WALTER SCHÜBLER

NESTROY

www.residenzverlag.at

Printed in Austria by Wiener Verlag, Himberg
ISBN 3-7017-1227-1

WALTER SCHÜBLER

NESTROY

Eine Biographie
in 30 Szenen

Residenz Verlag

»*Mein Leben?!*: ist kein Kontinuum! (nicht bloß durch Tag und Nacht in weiß und schwarze Stücke zerbrochen! Denn auch am Tage ist bei mir der ein Anderer, der zur Bahn geht; im Amt sitzt; büchert; durch Haine stelzt; begattet; schwatzt; schreibt; Tausendsdenker; auseinanderfallender Fächer; der rennt; raucht; kotet; radiohört; ›Herr Landrat‹ sagt: that's me!): ein Tablett voll glitzernder snapshots.«

(Heinrich Düring in Arno Schmidts
»Aus dem Leben eines Fauns«)

Inhalt

Vorbemerkung

Ich find, jede Beleuchtung ist unangenehm. Wenn man Jemanden haßt, ist man froh, wenn man ihn nicht sieht, wozu die Beleuchtung? – Wenn man Jemanden liebt, ist man froh, wenn Einem d'andern Leut nit sehn, wozu die Beleuchtung? – Die übrige gleichgültige Welt nimmt sich im Halbdunkel noch am erträglichsten aus; wozu also die Beleuchtung?

(ROCHUS in »Glück, Mißbrauch und Rückkehr« I,5)

»So ehrt man einen verstorbenen Erzbischof aber keinen lebendigen Mimerer«, empört sich Johann Nestroy im Jänner 1861. Ein Bild, unter Glas und in vergoldetem Rahmen, erregt den Zorn des sechzigjährigen Pensionisten: die Symbolographie »Johann Nestroy als Schauspieler, Dichter, Direktor und Mensch«, auf der Nestroy um seine lorbeerbekränzte Büste herum in gut zwei Dutzend seiner Rollen posiert. Die Auswahl und die zum Teil falsche Kostümierung der Figurinen ärgern ihn – viel mehr noch bringt ihn jedoch etwas ganz anderes auf: das pomphaft Beweihräuchernde und, vor allem, das schlußstrichhaft Bilanzierende der eingefrorenen Huldigung.

Wie ehrt man einen *verstorbenen* Mimen? – Lebendig, versteht sich, ohne goldenen Rahmen und nicht unter Glas, kurz: indem man ihm Spielraum läßt, auch posthum; indem man der Versuchung widersteht, ein nur sehr lückenhaft dokumentiertes Leben mit Hilfe der Fugenmasse der »vermutlich«, »vielleicht«, »wahrscheinlich« und »wohl« zu einem Lebens-Bild zu komplettieren.

Es wird hier gar nicht erst der Versuch unternommen, irgendein »Bild« zu entwerfen oder zu vermitteln. Nicht, um aus der Not eine Tugend zu machen – weil es ohnehin illusorisch ist, rekonstruieren zu wollen, wie *es*, wie *er*, Nestroy, *wirklich* gewesen ist. Nicht, weil, wie es in der Posse »Moppels Abentheuer« heißt, die Vergangenheit »ein im Dunklen befindliches Gemählde« ist und die Diskretion, sobald »da die Neugierd ein Licht hinsetzen will«, augenblicklich wieder »den Schirm vorstellen« muß.[1] Sondern aus der Einsicht, daß, je mehr Tatsachen sich erhellen, die näheren Umstände und die Motivationen der beteiligten Personen – wie bei einer russischen Puppe – desto rätselhafter werden.

Hinter das »Geheimnis« Nestroy zu kommen wird gar nicht erst versucht. Dieses sich anbiedernde Hineinkriechen in eine Person, um deren Seelenleben zu ergründen, vernebelt mehr, als es Einsichten gewinnen läßt, blamiert immer nur den anmaßenden Biographen und bevormundet den Leser.

Es wird also nichts unternommen, um Nestroy zu einem von »uns« zu machen; um Erklärungen zu bemühen, die innerhalb des Bereichs des uns Einsichtigen und Zugänglichen einleuchten. Im Gegenteil: Die Fremdheit eines vor zweihundert Jahren Geborenen soll nicht kaschiert, sondern fruchtbar gemacht werden, indem sie akzentuiert wird. Deswegen, zumindest passagenweise, die Wiedergabe von Dokumenten in der aufs erste leicht befremdenden originalen Schreibung und Zeichensetzung. Erst diese Fremdheit reizt die Neugier und hilft der Phantasie auf die Sprünge; einer Phantasie und einem Vorstellungsvermögen, denen durch die Struktur dieser biographischen Annäherungen ein weiter Spielraum gelassen wird: keine lückenlose chronologische »Von-der-Wiege-bis-zur-Bahre«-Darstellung, die ohnehin nur die Illusion nährt, eins greife ins andre, gebe das andre, ergebe sich aus dem andren; sondern ein Reigen von rund um zentrale Themen und Ereignisse inszenierten Texten: Jeweils in sich abgeschlossen, lädt jede dieser Geschichten zur Lektüre weiterer Geschichten ein – die Einladungen in Form von tiefgestellten Zahlen (zum Beispiel: $\rightarrow_{99}$), die auf Weiterführendes in einem der durchnumerierten Kapitel verweisen, sind zu beherzigen oder auch nicht –, so daß sich am Ende, bei ganz unterschiedlichen Lektürepfaden, so etwas wie eine »Lebensgeschichte« ergibt.

Man wird auf diese Art Nestroy näher kommen. Nicht nah. Dafür aber der historischen Person – und nicht einem von vornherein zurechtgelegten Konstrukt, auf das man gestoßen wird. Nur auf dem Wege der Annäherung ist etwas zu erfahren. Wer Distanzen überspringt, dem sind alle Ziele gleich.

Die reservierte, chronikale Erzählhaltung, die sich weigert, Fakten und Vermutungen zu vermengen, erhält durch Nestroysche »Motti« jeweils einen Dreh – aber gerade nicht aus der irrigen Annahme, Leben und Werk seien irgendwie zur Dekkung zu bringen; und gerade nicht in der Absicht, Rollentext mit imaginierten Anführungszeichen zu lesen und ihn damit als Meinung des Autors auszuweisen.

Hinter dem Beharren auf dem O-Ton steht nicht die Freude an einem oberflächlichen Kolorit; dieses Beharren auf dem originalen Wortlaut der zeitgenössischen Quellen entspringt vielmehr der Überzeugung, daß mit einer sprachlichen Einebnung genau jene leichten Irritationen applaniert werden, die beim Erfassen der Atmosphäre einer doch fremden Vorstellungswelt und Welterfahrung hilfreich sind. Und damit auch dem Erkennen der feinen »psychologischen Quadrilierungen, die das Unterfutter« der Person Nestroy bilden.[2]

1

»Abermahls Malheur«

Nestroys Spielleidenschaft

Machen aber Leidenschaften glücklich? Konträr! Strenge Moralisten sagen: um glücklich zu sein, muß man alle Leidenschaften aus sich verdammen. Dieser Rat ist ungefähr so gut, als wie wenn man einem, der über enge Stiefel klagt, sagt: er soll sich beide Füß amputieren lassen, damit er kein Verdruß mehr mit dem Schuster hat. – Eigentlich hab ich nur eine Leidenschaft, nämlich die, daß ich gern allen meinen Leidenschaften nachhänge. Und statt dem sollt ich sie besiegen? Nein, das ist mir ein viel zu trauriger Triumph, wo man selten verdiente Anerkennung hat davon, denn die Leut sagen von einem Besieger seiner Leidenschaften nie: »Das war ein starker Geist«, sondern sie sagen: »Das müssen schwache Leidenschaften gewesen sein«. – Wenn ich nur auf diese Art glücklich werden kann, dann wär es wohl besser für mich, ich wäre ein unerfüllter Wunsch meiner Mutter, eine gehaltlose Idee meines Vaters geblieben, statt daß ich zum wirklichen Dasein geboren ward.

(Arthur in »Umsonst« I,5)

»Du wirst den Kopf beuteln, und wirst sagen oder denken: ›Mein Prinzipal ist ein liederlicher Lump geworden.‹ Die Charwoche über *war* ich's auch. Ich habe nach Sechsmonathlicher Pause wieder gespielt; das Tutti-Piket! seit Palmsonntag kostet es mich nach Abschlag zweymahligen Gewinnes baare 104 [Gulden]. Gestern habe ich aber das Finale gemacht, mindestens auf ein Jahr. Gestern erlitt ich die letzte Schlappe mit 36 [Gulden] 40 Kreuzer. – Spielschuld ist Ehrenschuld ich muß sie heute Nachmittag pünctlich zahlen, um so mehr, da ich das Spiel nicht mehr fortsetze. Ermögliche mir daher 40 [Gulden] und mittle sie mir im Laufe des Vormittages zu. Meine Finanzen müßen und werden in Ordnung kommen, mit Deinem freundlichen Rath und Beyhilfe wird es schon gehen.«[1]

Glück im Spiel ist in Nestroys Stücken ein bewährter dramaturgischer Kunstgriff; Glücksspiel, ob in der Lotterie oder am Kartentisch, häufig Bilderlieferant – und einmal auch Aufhänger eines arrestträchtigen Extempores →10. Fordert Nestroy abseits der Bühne das Glück heraus, ist allermeist ein zerknirschter Hilferuf an Ernst Stainhauser, den »Oekonomie-Controlor« des Carltheaters, die Folge. Denn der leidenschaftliche Kartenspieler ist, nach Leopold Rosners Auskunft, am Spieltisch »eine sogenannte ›Wurzen‹. Er verlor fast immer, und oft sehr ansehnliche Beträge, und da ihn das Glück im Spiel verließ, so hatte er zu seiner Erholung noch für eine andere Partie vorgesorgt.«[2]

Wofür Stainhauser immer wieder heimlich Geld flüssig machen mußte – ob zur Finanzierung der galanten Abenteuer seines Direktors →2, auf die Rosner hier anspielt, oder zur Begleichung von Spielschulden –, ist im einzelnen nicht mehr zu eruieren. Die Partie Piquet – einem zeitgenössischen »Spielbuch« zufolge das einzige Kartenspiel für zwei Personen, »dem Leute von Bildung und feiner Erziehung Geschmack abgewinnen können«[3] – gehört jedenfalls zum Tagesablauf wie der nachmittägliche Spaziergang. Und die guten Vorsätze, die Finger vom Spiel zu lassen, müssen immer wieder der Versuchung weichen, das Glücksrad zu drehen – wie ein undatierter bleistiftgeschriebener Brief an Stainhauser belegt: »Abermahls Mahlheur, abermahls hat mich der Teufel geritten. In Zwey Tagen 68 [Gulden] in dem Höllen-Piket verloren! Übermache mir Vormittag oder Nachmittag um $3/4$ auf 3 Uhr das Geld.«[4]

2

»Notorisch galante Aventuren«

Nestroys »geheime Liaison's«

Mein Entschluß ist schon gfaßt; verliebt war ich in meinem Leben nicht, so sehr als mir alle saubern Madln gfalln; ich werd mich auch nie verlieben, ich geb nur so hinundwieder Gastrollen beym schönen G'schlecht.

(EDUARD in »Die Gleichheit der Jahre« II,13)

»In den Scenen, in denen er nicht beschäftigt war, zog er sich in seine Garderobe zurück – nicht selten in angenehmer Gesellschaft.«[1] Es klingt ganz nach posthum sich anbiedernder Komplizenschaft, wenn Eduard von Bauernfeld insinuiert, Direktor Nestroy sei wie sein Vorgänger, der »erotische Riese« Carl →7, hinter den Choristinnen her gewesen. Oder wenn der am Carltheater engagierte Schauspieler Leopold Rosner gönnerhaft augenzwinkernd seinen Direktor auf dem Weg zu einem seiner verschwiegenen Tête-à-têtes schildert: »Uns, die wir ihn fast täglich vom Café Weißhappel aus beobachten konnten, entging es nicht, daß er zeitweilig einem der Fiaker, die dort ihren Standplatz hatten, mit den merkwürdig beweglichen, buschigen Augenbrauen zublinzelte. Dann schmunzelte der kundige Rosselenker, deckte anscheinend gleichgiltig seine Pferde ab und fuhr langsam dem Herrn Director nach, der, jedes Aufsehen gerne vermeidend, erst bei der Brücke in den Wagen stieg.«[2]

Andererseits werden Nestroys »notorisch galante Aventuren« 1859 vor Gericht ins Treffen geführt – im Verlauf eines Vaterschaftsprozesses, in dem Nestroy bestreitet, er habe eine siebzehnjährige Schauspielerin des Carltheaters verführt. Das sei zu der Zeit, da er »Rosa W.« kennenlernte, »bereits nicht mehr möglich gewesen, und der Ruf, der ihr aus früheren Engagements vorhergegangen sei, lege dar, daß sie im Gegentheile: ›gar früh geübt habe‹«. Was wiederum die klagende Partei abstreitet, die darauf dringt, daß Fräulein W. »den ›allerersten Unterricht‹ von dem in diesem Fache allerdings bewährten Meister Nestroy genossen habe«. In erster Instanz wird jedenfalls auf Vaterschaft *und* Verführung erkannt und Nestroy zu einer monatlichen Unterhaltszahlung von dreißig Gulden verurteilt.[3]

Theaterverhältnisse eben? Ein »konfidentieller Bericht der Polizeidirektion über die Vorstadt-Theater Wiens« vom 25. Dezember 1857 stellt dem Personal des Carltheaters ein wenig zufriedenstellendes Führungszeugnis aus, ist doch »das Privatleben der Mehrzahl durch Schulden und Unzucht bemakelt«. Als »immer derangiert« wird der – gut verdienende – Louis Grois hervorgehoben, und »als Wüstlinge haben die Schauspielerinnen Braunecker-Schäfer und Zöllner einen üblen Ruf«.[4] Ob das Gericht bei der Urteilsfindung die lockere Moral des Carltheater-Ensembles ganz allgemein in Anschlag bringt oder den inzwischen Causa publica gewordenen ausschweifenden Lebenswandel des Direktors Nestroy im besonderen, ist nicht aktenkundig. Dokumentiert sind jedoch trotz des ausgefeilten Versteckspiels, das Nestroy betreibt, einige seiner gerüchteweise unzähligen Liebschaften.

Auf Gastspiel in Prag, erhält Nestroy – übermittelt durch seinen Wiener Kollegen Ignaz Stahl – einen Brief seiner Geliebten Louise Rusa, in dem sie ihm ihren Entschluß mitteilt, sich einer Operation am Hals zu unterziehen. Nestroy fürchtet das Schlimmste und erteilt Stahl für den Fall, daß die Rusa den Eingriff nicht überleben sollte, am 2. August 1842 detaillierte Anweisungen für eine »schöne Leich«: »Sarg sehr elegant, kirchliche Einsegnung einfach, denn ich stecke nicht gerne den Pfaffen Geld in den Rachen, Todtenwagen der eleganteste der in Wien existiert, mit 4 Pferden; Grab ein appartes, ja nicht unter Creti und pleti in ein Dutzendgrab hinein.«

Die Lakonie dieser Anweisungen – Nestroy: »Ich wünsche, daß diese Aufträge die unnöthigsten Zeilen gewesen seyn mögen, die ich je in meinem Leben geschrieben« – kontrastiert grotesk mit der bürokratischen Umständlichkeit der Maßregeln für die weitere Abwicklung der geheimen Korrespondenz zwischen Wien und Prag: »Am 8. August schickst Du mir die letzte Depesche unter meiner Adresse nach Prag. Geschieht die Operation so früh, daß ein Bericht darüber an mich noch am 8. von Wien nach Prag abgehen kann, so ist es gut. Kann ich diesen Bericht aber erst in einem vom 9. datierten Briefe erhalten, so muß der Brief als Einschluß an mich nach Prag gesendet werden, und ein Couvert, an Schauspieler Fischer darüber kommen. Da ich am 11. erst am Nachmittag um 6 Uhr von hier nach Brünn reise, so wird Fischer noch Gelegenheit haben, mir diesen Brief persönlich in Prag zu übergeben. Außerdem ist er schon avvisiert, ein neues Couvert darüberzumachen, und mir ihn unter der Adresse des Director Thiel nach Brünn zu senden. Director Thiel wird mittlerweile hievon von mir avvisiert werden. Vom 10. August an, sende alle Briefe an mich als Einschluß nach Brünn, das äußere Couvert an Director Thiel. Nachricht muß ich vom Tage der Operation an, täglich haben, theils von Dir, theils von der Mutter der Rusa, welche zu ihrer Pflege nach Wien gereist ist, und ihre Briefe ebenfalls durch Dich an mich senden muß, was Du ihr sagen wirst. Director Thiel wird schon von mir avvisiert, daß er die, vor meiner Ankunft in Brünn, für mich an ihn gelangenden Briefe mir aufbewahrt, und mir selbe, so wie die folgenden, nur unter 4 Augen übergiebt, denn«, und damit benennt Nestroy den Grund der erbetenen Diskretion, »vermuthlich wird mich die Weiler mit meinem Sohn Carl in Brünn besuchen.«

Die Heimlichkeiten betreffen nicht nur den Briefwechsel, sondern auch finanzielle Transaktionen. Seine Gastspiele →16 läßt Nestroy sich »doppelt« honorieren: Die offizielle Gage geht in die Verwaltung seiner Lebensgefährtin Marie Weiler →6 über; aus den Beträgen, die er gleichzeitig unter der Hand erhält, bestreitet er seine Amouren. Und die sind kostspielig: Im Vaterschaftsprozeß weist die klagende Partei nicht nur darauf hin, daß Nestroy sich des Vertrauens Rosa W.s durch »große Summen als Sustentationsbeträge« versicherte; die Höhe der Klagssumme – neben monatlich 50 Gulden Unterhalt für das Kind, 218 Gulden als Kosten des »Ereignisses« und 750 Gulden Verdienstentgang auch 6000 Gulden für die »verlorene Frische der Jugend« – wird unter anderem dadurch gerechtfertigt, daß der vermögende Theaterdirektor »einer anderen natürlichen Tochter eine Mitgift von 7000 Gulden und eine Heiratskaution von 6000 Gulden gegeben« habe.[5]

Am teuersten – finanziell und was das häusliche Ungemach betrifft, das sie verursacht – kommt Nestroy seine am besten dokumentierte Affäre zu stehen. Dabei hatte er die Kontaktanbahnung haarklein und diskretest inszeniert: Anonym – mit »L. B. v. R.« gezeichnet – richtet er am 12. März 1855 einen Werbungsbrief an ein »Fräulein«, das, nachdem er es wiederholt im Theater gesehen hat, der »Gegenstand [s]einer glühendsten Wünsche« ist. Umständlicher noch als die komplimentösen Präliminarien fallen die Spielregeln für das erste »abtastende« Rendezvous aus: »Ich wähle eine unverdächtige Stunde halb Zwey Uhr Mittags; ich wähle einen unverdächtigen Ort, die Prater-Hauptallée. Ich werde früher schon mich unten befinden, und Morgen Donnerstag Punct halb Zwey Uhr langsam vom untern Ende der Haupt-allée, vom Rondeau nehmlich, nach dem obern Ende derselben, nach dem Prater-Stern zufahren. Wenn Sie, mein Fräulein zur selben Zeit halb Zwey Uhr vom Praterstern nach dem Rondeau hinunterfahren, so werden unsere Wagen sich begegnen. Belieben Sie, damit ich Ihren Wagen in einiger Entfernung schon erkenne, da man in Wien links fährt, am geöffneten Wagenfenster rechts, das Schnupftuch zu halten; dieses Schnupftuch wird mir zugleich das mich hochbeglückende Zeichen seyn, daß Sie, im Falle Sie mich Ihrer Gunst würdig finden, in meine oben ausgesprochene Ansicht über geheime Liaison's eingehen. Ich selbst werde, da zu dieser Zeit mehrere Wagen den Corso machen, durch einen lichtgrauen hochroth ausgeschlagenen Reise-Manteau Ihnen erkennbar seyn. Ohne Ihnen dann weiter zu folgen, sehe ich Ihr Erscheinen als die Erlaubniß an, den Zweyten Schritt zu thuen. Dieser wird darin bestehen, daß Sie gleich den folgenden Tag einen Zweyten Brief von mir bekommen. In demselben werde ich Ihnen einen Vorschlag machen über die Art und Weise, wie ich das Glück haben kann, Sie zu sprechen.«

Daß Nestroy selbst sich der Gunst der Schauspielerin Karoline Köfer würdig erachtete, erhellt aus seinem Bedauern, daß er wohl nicht das Glück gehabt habe, dem Fräulein Köfer im Theater aufgefallen zu sein: »man wird ja gewöhnlich übersehen, wenn man, wiewohl vielleicht mit einigen Ansprüchen auf Eroberungen ausgerüstet, sich an der Seite der Gemahlin, und somit als Ehekrüppel präsentiert.«

Dieser durchaus selbstbewußten galanten Seite steht eine geradezu geschäftlich nüchterne Haltung zu seinen erotischen Ausflügen gegenüber: »Meine Ansicht ist die; junge schöne Damen mögen in was immer für Lebensverhältnissen seyn, ein im Stillen begünstigter, beglückter, und dafür dankbarer, discreter Freund ist nie unbedingt zu verwerffen, und selbst, wenn Sie Braut seyn sollten, dürfte Ihnen nach den Flitterwochen ein derart geheimer Freund nicht ohne Nutzen seyn.« Nestroy war sich auch darüber im klaren, daß er die Gunst Rosa W.s mit mehreren Herren teilte, und erbot sich vor Gericht, zumindest fünf namhaft zu machen. Fräulein Köfer jedenfalls teilt Nestroys »Ansicht über geheime Liaison's«, das Schnupftuch lädt zu den nächsten Schritten ein.

Ende Juli 1856 wird Nestroy telegraphisch von Reichenau nach Bad Ischl beordert. Marie Weiler verlangt eine Stellung-

Johann Nestroy, photographiert von P. Frankenstein, 1858

nahme zu einem anonymen Brief, der ihr zugegangen ist. Als Nestroy alarmiert in Ischl eintrifft – der Haussegen hängt schon längere Zeit schief –, ist eben ein zweiter anonymer Brief zugestellt worden. »Ich war darauf gefaßt, in beyden neue Enthüllungen an die Frau über das, zwischen mir und Fräulein Köfer bestehende Verhältniß zu finden, so wie ich auch schon auf meine Antwort gefaßt war, daß nehmlich die Klugheit, und noch gar viele Rücksichten gebiethen, diesen Punct endlich einmahl mit Stillschweigen zu übergehen, und die Sache hinzunehmen, wie sie ist, am besten und klügsten, gar keine Notiz davon nehmen, das Ohr den Zuträgern zu schließen, und Briefe, welche keine Unterschrift haben, nicht zu lesen. Der Inhalt war aber ein ganz anderer, als ich vermuthete. Der Brief enthielt nichts, als die schändlichsten Schmähungen gegen die Weiler, und Lobeserhebungen für Fräulein Köfer, so wie nur der glühendste Liebhaber seine Geliebte loben und preisen oder wie man sich selbst preisen, oder preisen lassen kann, wenn man bey der ungemessenen Lobpreisung irgend einen Zweck mitverbindet«, berichtet Nestroy Ernst Stainhauser.

Seltsam vertraut klingen Nestroy diese Schmähungen: Daß die Briefe von Männerhand geschrieben sind, vermag ihn über die Urheberin nicht zu täuschen: Karoline Köfer. Nestroys Entschluß steht fest: »Wenn auf einen weiblichen Charakter, an welchem es ohnehin schon so manche dunkle Stelle giebt, neuerdings ein so finsterer Schlagschatten fällt, da schwinden wohl die Lichtpuncte alle mit einemmahle hin.«[6] Theatersekrektär Franz Treumann wird instruiert, der intriganten Mätresse die unwiderrufliche Auflösung der Beziehung mitzuteilen.

Der Deliierungsvertrag sieht vor: Karoline Köfer erhält ein letztes Mal die monatliche »Gage« von 83 Gulden 30 Kreuzer, den Halbjahreszins für die ihr von Nestroy gemietete Wohnung am Laurenzerberg, 500 Gulden Abfindung sowie weitere

300 Gulden, wenn sie sich an von Treumann mündlich mitgeteilte Bedingungen hält. Im Gegenzug verpflichtet sich die Ex-Geliebte, ein Porträt Nestroys sowie seine Briefe zurückzugeben.

In einem Brief an Stainhauser resümiert Nestroy am 5. August 1856 die Affäre Köfer: »Ich war nie so verblendet, daß ich die niedrige Habsucht, und andere Verworffenheiten jenes Charakters nicht eingesehen hätte; ich habe diesen Bruch schon lange im Stillen vorhergesehen, und deßhalb auch meine Briefe, deren ich äußerst wenig schrieb, stets so gehalten, daß ich mich in keiner Hinsicht compromittiere, selbst wenn die Ablieferung keine vollständige gewesen seyn sollte.«

Nestroys Argwohn, die Köfer habe nicht alle seine Briefe retourniert, bestand zu Recht – was man von seiner Arglosigkeit, daß diese ihn ohnehin »in keiner Hinsicht« kompromittierten, nicht behaupten kann.

3

»›Merk Dir das: wenn Einer dumm redt, muß man noch dummer reden, als er‹«

Personsbeschreibungen

Leidenschaft läßt sich nicht in geometrische Figuren zwängen, ebensowenig als Poesie im Quadrat der Hypothenuse zu finden [ist].

(NESTROY: *Aus dem literarischen Nachlaß*[1])

»Neurasthenische Symptome« ferndiagnostiziert Otto Rommel, der 1930 aus den zahlreichen Anekdoten zur Person Nestroys als primäre Komponenten von dessen Persönlichkeit »ein starkes Triebleben und eine erstaunliche Willensschwäche« abstrahiert.[2] »Innerlich unsicherer, haltloser, leichtsinniger, nie ernsthaft durchhaltender, ausgesprochen subjektiv-persönlich auffassender, getriebener« Mensch, lautet 1962 der Befund von Richard. R. Pokorny.[3] Rommels Anamnese gründet auf der Irritation Nestroys, die wahrscheinlich eine Stecknadel am Kostüm einer Mitspielerin auslöste (von Anna Grobecker erzählt; siehe unten). Pokornys Psychogramm beruht auf einer graphologischen Interpretation von Nestroys Handschrift.

Der – bei den nur spärlich überlieferten Lebensdokumenten zugegeben großen – Versuchung, die Charakterogramme Nestroys durch »Selbstzeugnisse aus seinem Werk« (!) zu »verifizieren« (Rommel[4]), erliegen fast alle Post-mortem-Diagnostiker.[5] Als würden sich die Abgründe der Seele des *Autors* im Dialog von dessen *Figuren* auftun. Warum nicht auch die nachgelassenen »Aphorismen« aus der Hand Nestroys in die Psycho-»Analyse« einbeziehen und beherzigen – einer lautet: »Je tiefer ich in meinen Ideen das Senkblei auswerfe, desto mehr finde ich in mir den Abgrund der Widersprüche.«[6]

Die folgende Auswahl zeitgenössischer Blitzlichter auf die Person Nestroy läuft keineswegs auf eine Nobilitierung dieser Anekdoten, Theatertratschereien und Nekrologplaudereien zu »authentischen« Dokumenten hinaus – da sind ohnehin die Verzerrungen des Stille-Post-Effekts vor, die manchmal zwei, drei Versionen ein und derselben »Begebenheit« überliefern: Einmal etwa verfolgt Nestroy wutentbrannt den Souffleur, der ihn im Stich gelassen hat, mit dem »gezückten Holofernes-Schwerte«, dann wieder mit einem »hölzernen Kindersäbel«; einmal auf einer Probe, dann wieder nach einer Aufführung der »Teufelsmühle am Wienerberg«. Einmal poltert der aufgebrachte Nestroy unablässig »Schinakel-Gesellschaft!«, weil sein Gepäck auf einer Rheinreise verlorengegangen ist; dann wieder wegen bürokratischer Schikanen des Lloyd in Triest; und in einer dritten Version, als sich herausstellt, daß ein Schiff der Donau-Dampfschiffahrts-Gesellschaft, in Wien angelangt, Nestroys Gepäck in Linz vergessen hat.

ANONYMER VERFASSER EINES FLUGBLATTS mit dem Titel »*Nestroy* und die *Freiheit in Krähwinkel* oder was hat Nestroy für einen Karakter, und was haben wir von ihm zu hoffen« (identifiziert den Autor Nestroy mit seiner Figur Eberhard Ultra aus »Freiheit in Krähwinkel«) → 28:

»Nestroys Personsbeschreibung
Nahme ....Ultra!
Gebürtig ....deutschen Bund
Alt ....3 ½ Monath! (Das frühere wird nicht gerechnet.)
Kopf ....unruhiger Kopf
Augen ....dunkel aber hellsehend
Mund ....wie ein Schwert
Nase ....Freiheitschnupper!
Größe............mittlere Barrikadenhöhe!
Charakter......polizeiwidrig! –«[7]

Ludwig Gottsleben: »Nestroy war auf der Bühne nicht in Verlegenheit zu bringen. Ein Anderer war er im Leben. Im Kaffeehaus saß er oft auf Nadeln, wenn es schon höchste Zeit war, in die Garderobe zu gehen und der Markör sein leises Rufen: ›Bitte zahlen‹ nicht hörte. Laut zu rufen, oder energisch ans Glas zu klopfen, wäre dem schüchternen Mann unmöglich gewesen. Wenn dann ein Tischnachbar merkte, daß Nestroy schon mehrmals vergeblich nach dem herumschießenden Kellner gezischt hatte, erbarmte er sich und rief laut: ›Markör, was ist denn, der Herr von Nestroy will zahlen.‹ Nestroy bedankte sich dann durch eine stumme Verbeugung bei dem kouragierten Nachbar, der sich so laut zu rufen traute.«[8]

Friedrich Kaiser: »Während der Proben hatte ich zum erstenmale Gelegenheit gefunden, die persönliche Bekanntschaft der Schauspieler zu machen, von welchen selbstverständlich die ersten Stützen des Theaters, Nestroy und Scholz, mein besonderes Interesse in Anspruch nahmen. Nestroy war damals ein fünfunddreißigjähriger und in Wahrheit schön zu nennender Mann, sein Benehmen ein ungemein liebenswürdiges und artiges. Von der Anmaßung, welche anderen Günstlingen des Publikums eigen zu sein pflegt, gänzlich frei, fügte er sich in bescheidenster Weise jeder ihm gegebenen Andeutung, erlaubte sich nie ein absprechendes Urtheil über das Werk anderer Verfasser, und war überhaupt mit seinem Witze sehr zurückhaltend, so lange eine neue Bekanntschaft nicht bis zu einer gewissen Intimität gediehen war. Der Meinung eines Anderen widersprechen, war nicht seine Sache, im Gegentheil, er pflichtete oft scheinbar auch einer seiner eigenen Ueberzeugung nach gänzlich falschen Ansicht bei, und machte sich dann später, im Kreise seiner Freunde, selbst darüber lustig.

So entsinne ich mich eines Gespräches, welches wir zu der Zeit, als Karl v. Holtei an der Wien gastirte →17, mit Letzterem über Göthe und Schiller führten. Holtei schwärmte in demselben Maße für Göthe, als er ungerecht gegen Schiller war, an welchem er hauptsächlich das zu tadeln fand, daß seine dramatischen Gestalten zu sehr idealisirt und jeder Lebenswahrheit entbehrend seien. ›Denken Sie sich,‹ perorirte er in seinem breiten schlesischen Dialekte, ›denken Sie sich z. B. den Melchthal im »Tell«. Er ist doch nur ein Schweizer Hirte und wie spricht er über das Licht?!‹ ›Ja,‹ fiel Nestroy ein, ›der Melchthal muß wenigstens schon einmal Augenarzt gewesen sein!‹ Holtei, durch diese Zustimmung noch mehr ermuthigt, fuhr fort: ›Und dann erst der alte Attinghausen –‹ ›Der war Doktor der Philosophie,‹ ergänzte Nestroy, und so ging es fort, so daß Holtei, immer mehr ins Zeug gerathend, zuletzt kein gutes Haar mehr an Schiller's Bühnen-Charakteren ließ, und Nestroy ihn in seinen verschrobenen Ansichten immer durch neue hyperbolische Glossen bestärkte. Ich hörte staunend zu, als aber Holtei sich enfernt hatte, fragte ich Nestroy, wie es denn möglich sei, daß auch er eine solche Sprache geführt habe? ›Das verstehst D' nicht,‹ belehrte mich Nestroy. ›Merk Dir das: wenn Einer dumm redt, muß man noch dummer reden, als er; dann öffnen sich erst die Schleusen seiner Dummheit vollends, und man kann sich den Mann ganz auskosten!‹«[9]

Friedrich Uhl: »Nestroy auf der Bühne mußte den Glauben erwecken, man habe es mit einem vollendeten Zyniker zu tun, einer Art von Mephistopheles der Leopoldstadt →12. Wie sehr war man aber überrascht, wenn man den Mann in seiner Wohnung als den bescheidensten und schüchternsten Menschen erkannte. Und dieses sein Wesen war nicht gemacht, es war eine Seite des reichen aber widerspruchsvollen Organismus dieser großen Künstlernatur. […] Auf dem Theater staken alle Teufel in seinem Leibe und hüpften aus seinem unflätigen Munde; in seinem Zimmer trat uns Nestroy nicht nur als fast unterwürfig bescheidener, sondern auch liebenswürdiger, gelehrter und belehrender Mann entgegen, der, wenn er zu fließendem Sprechen gebracht worden war, die vom Theater entlegensten Gebiete am liebsten betrat. So war es ihm eine Herzensfreude, zwei riesiggroße, an der Basis glatt geschliffene Ammoniten aus dem Untersberger Gebiete vorzuzeigen, die er selbst ausgegraben und als kostbaren Schatz, auf eisernen Gestellen, zu eigenem Ergötzen und zur Bewunderung jener, die ihn besuchten, aufgestellt hatte. [...] Nestroy war der gefälligste Mensch, der nie für sich selbst etwas beanspruchte und jedes Lob, das man ihm spendete, fast mit einer Art von Beschämung aufnahm. Sein Theater und sein Haus, höchstens hie und da das Kaffeehaus, waren allein die Orte, in denen man Johann Nestroy sehen konnte. Der Mann, welcher so großen Einfluß auf den Geist der Wiener Gesellschaft gewonnen, war für das, was man gesellschaftliches Leben nennt, nie zu haben.«[10]

Ludwig August Frankl: »Nestroy im Leben war das grellste Widerspiel von dem, wie er sich auf der Bühne darstellte. Der Mann, welcher den entsetzlichen Muth besaß, Dinge zu sagen, über welche nicht selten Männer, wenn sie in Gesellschaft von Frauen das Schauspielhaus besuchten, errötheten, der urkomische Wirkungen durch ein oft faunisches Geberdenspiel, durch die frappante Betonung eines Wortes den rauschendsten Beifall hervorzurufen im Stande war, erschien, wenn nicht unter vertrautesten Freunden, über alle Maßen zahm, schüchtern und verlegen. Er sprach nur mit halblauter Stimme und wie in übergroßer Höflichkeit nur vorgebeugten Leibes und an der Kante des Sessels sitzend.«[11]

Ludwig Speidel (über das Aufeinandertreffen Nestroys und Hebbels → 17 im Haus des Burgschauspielers Bogumil Dawison): »Hebbel, der trotz seiner beweglichen Ungelenkheit den Weltmann zu spielen liebte, ging dem großen Komiker der Leopoldstadt entgegen und begrüßte ihn als Kollegen. Nestroy dankte in seiner verlegenen Weise. Zu einem eingehenderen Gespräche kam es nicht zwischen ihnen, denn Hebbels Mitteilungsbedürfnis brach sich an der Schüchternheit und Einsilbigkeit Nestroys. Und wie auch hätten diese grundverschiedenen Naturen eine mittlere Tonart finden können, in der es möglich gewesen wäre, sich gegeneinander auszusprechen! Schon im Äußeren standen sie einander als wunderliche Kontraste gegenüber. Hebbel ganz ein nordischer Mensch: blauäugig, hellblond, die Haut licht wie Birkenrinde, die Stirn unmäßig hoch. Er war in seiner Art elegant gekleidet, in den Bewegungen aber lebhaft und ungeschlacht; in seiner Mitteilung immer bedeutend, in der Form aber des Sprechens, im Wurf und Ton der Rede pedantisch und lehrhaft. Nestroy, ein weitläufiger, unbeholfener Mann, steckte in einem altmodischen langen Rocke mit Kummetkragen, trug eine weit herabfallende geblümte Weste mit großen Taschen, in die er beim Gespräch die Hände tauchte, und eine bunte Halsbinde mit einem kräftigen roten Stich vollendete den kleinbürgerlichen Anzug. Das Gesicht stark gerötet, mit deutlich eingedrückten Spuren des Lebens und der Bühne, kein schöner Zug, aber alles gescheit, und unter den fliegenden dunklen Augenbrauen stachen und lärmten ein Paar kluger und dreister Augen. Sprache: die Wiener Mundart, welche sich der Schrift anzunähern suchte und dadurch doppelt dem Dialekte verfiel. So standen Norddeutsch und Süddeutsch einander gegenüber, in ihrem Gegensatze noch geschärft durch die verschiedene Richtung des Geistes und daher ungeschickt zu einem bequemen Gedankenaustausch.«[12]

Anna Grobecker: »Ich war berauscht von dem Eindruck, den die Vorstellung [»Tannhäuser«-Parodie] auf mich machte, u. konnte es kaum erwarten, bis ich Gelegenheit hatte, Nestroy diesen Heros in seinem Genre meine Begeisterung für ihn mitzutheilen. Bisher war ich ihm nur oberflächlich vorgestellt, doch als er am nächsten Abend bei meinem ersten Auftreten hinter die Coulissen kam, wollte ich die günstige Gelegenheit benützen. Wie erstaunt war ich, in diesem in seinen Stücken u. in seiner Darstellung von Geist sprühenden Mann, solche Schüchternheit zu entdecken. Ich fühlte, er wollte mir über meinen Erfolg etwas angenehmes sagen, u. brachte fast nichts heraus als ›Gnä Frau!‹ – Gnä Frau – das machte mich auch so verlegen, daß ich ein über das andere Mal ›Herr Director‹ stotterte, bis unsere geistreiche Unterhaltung, die nur in abgerissenen kurzen Sätzen bestand, durch den Inspicienten, der mich auf die Scene rief, gestört wurde.«[13]

LEOPOLD ROSNER: »Auf der Probe von ›Kampl‹ stellte ich mich meinem Director als neuengagirtes Mitglied vor. Mein Herz schlug hörbar bei den wenigen Worten, die ich vorbrachte, als ich dem Vielbewunderten gegenüberstand, und meine Verlegenheit wuchs, als ich die seinige sah. ›Ich hab' schon g'hört – von der Frau,‹ sagte er, sich verbeugend, ›na, es wird schon gehen –nja.‹ Mehr brachte er nicht hervor. Ich stammelte etwas von ›nicht weiter stören wollen‹ und befreite ihn von mir.«[14]

ANTON LANGER: »Dem Fremden gegenüber scheu, verlegen, fast linkisch, das unvermeidliche Gespräch auf die nothwendigsten Höflichkeits-Phrasen beschränkend, athmete er erst auf, wenn er sich im Kreise derer befand, vor denen er sich nicht anders zu geben brauchte, als er war. Da begann das wunderschöne geistreiche Auge Blitze zu schießen, da lächelte der feine Mund mit der spöttisch verzogenen Lippe, da arbeiteten Hand und Schultern, jeden Wortblitz plastisch erläuternd, da gemahnte sein ganzes Wesen an des alten Römers Spruch: Est Deus in nobis, agitante calescimus illo; und wenn der Gott, der in Nestroy agitirte, am häufigsten auch ›Gott Pan‹ war, man hörte ihm doch mit Vergnügen zu. […] Nur als Director lobte er, geleitet durch seine Herzensgüte, die unbedeutendste Leistung des unbedeutendsten Schauspielers, er konnte es nicht übers Herz bringen, jemand wehe zu thun → 25.

Seine Herzensgüte war überhaupt sprichwörtlich; kein Armer, wenn er auch nicht der Kunst angehörte, ging unbeschenkt von ihm; – selbst der Mißbrauch, den man von seinem guten Herzen machte, ließ dieses nicht erkalten. Die Summen, die er während seiner sechsjährigen Directionsführung den verschiedenartigsten Humanitäts-Anstalten zugemittelt, sind sehr bedeutend. Höflich gegen jedermann, nachsichtig gegen Fehler, zugänglich für jede Bitte, konnte er gleichwol, wenn einmal der Faden seiner Engelsgeduld riß, in fürchterlichen Zorn gerathen, und ich habe es selbst erlebt, wie er auf einer Probe dem Souffleur, der ihn gereizt hatte, endlich mit dem gezückten Holofernes-Schwerte über die ganze Bühne nachrannte, so daß der Bedrohte sich durch einen gewagten Sprung in die Versenkung retten mußte.«[15]

Friedrich Uhl: »Man sagt uns, Nestroy sei furchtbar gewesen in seinem Zorne. Wir haben ihn nur einmal wuthentbrannt gesehen; indessen die Wirkung war so erheiternder Natur, daß der Fall kaum mitzählen kann. Man gab die ›Teufelsmühle am Wienerberge‹. Nestroy spielte den ›Käsperle‹. Der Souffleur war süßen Weines oder sauren Bieres voll und ließ Nestroy im Stiche. Der Vorhang fiel. Nestroy war außer sich. Er riß das Schwert, das hölzerne, aus der Scheide, wußte nicht was er that, und verfolgte tobend und rasend den Souffleur, den man seinen Händen entreißen mußte!«[16]

Leopold Rosner: »Er memorirte noch mit sechzig Jahren gut, und konnte sich schrecklich ärgern, wenn ihm ein Wort fehlte und der Souffleur nicht zur Zeit einsprang. Auf der Probe von Berg's ›Wölfe im Schafspelz‹ ließ ihn der Mann im Kasten einen Moment hängen, Nestroy genirte sich vor dem Dichter. ›Da kann i fuchsteufelswild werden! I weiß mei Roll'!‹ rief er ärgerlich hinab, ›i hab's ja g'lernt, und g'rad wo S' schweigen sollen, reden S' immer drein, und wann i Ihnen amal brauch', da machen's die Pappen nit auf!‹ Ein andermal ging die Geschichte recht bedenklich aus. Der sonst verläßliche Souffleur hatte das Unglück, zwei Blätter zugleich zu fassen und soufflirte bei einer Gesangseinlage im letzten Act der ›Teufelsmühle am Wienerberg‹ einen Text, der nicht zur Musik paßte. Nestroy stockte und ging – consternirt ab. Nach vielen Hervorrufen begann er die Ballade aus den ›Zwölf schlafende Jungfrauen‹ aufs Neue und sang sie unter großem Beifall zu Ende. Was sich aber dann begab, ist mir unvergeßlich. Nestroy war in eine Art Raserei verfallen. Er paßte den Souffleur am Schluß der Vorstellung ab, verfolgte den Mann, der sich durch die Flucht retten wollte, mit dem hölzernen Kindersäbel, den er als Käsperle trug, über die Bühne, dann schlug er mit einem Schwert, welches einer der Ritter liegen gelassen, auf ihn los und versicherte, daß er ihn erstechen wolle. Der herbeigeholte Regisseur vermochte nur mit Mühe den Bedrängten zu befreien und Nestroy zu besänftigen. Der liebe gute Mensch war außer sich gerathen. Am nächsten Tage wurde der Souffleur, der klagen wollte, durch eine sehr ansehnliche Summe abgefertigt.«[17]

Friedrich Uhl: »Er war bescheiden, fast lächerlich bescheiden, gut, milde, schüchtern-ängstlich, sanft, stets bereit fremdes Verdienst zu überschätzen und an sich zu zweifeln; aber einmal in Feuer gerathen konnte er brennen und lodern, prasseln und schnauben; einmal durch fremde Anmaßung in die Höhe gebracht, konnte er wuthentbrannt das Schwert der Entrüstung schwingen. Nestroy im Frack war ein ungeschicktes Kind, im Hauskleid ein sprühender oft ungezogener Junge; Nestroy, dem Fremden, dem Einzelnen gegenüber, war fast demüthig artig; auf dem Theater, im Kreise von Bekannten herrschte er mit der ganzen Verwegenheit des souveränen, launigen Einfalls, der keine Grenzen, nichts kennt, als sich zur Geltung zu bringen und sich durchzusetzen.«[18]

Leopold Rosner: »Dieser geistsprühende Dichter, dieser geniale Komiker hatte nicht den Muth, nicht das Herz, den miserabelsten Schauspieler zu tadeln – auch nicht hinter dessen Rücken! Er lachte über den humorlosesten Komiker, war schüchtern und verlegen im Umgange bis zur Unglaublichkeit und vermochte es nicht, Jemandem ein Anliegen abzuschlagen. In den meisten Fällen war ›die Direction‹ nicht in der Lage, was der Director Nestroy zusagte →25, auch gutzuheißen, denn Nestroy *bewilligte Alles*!«[19]

Anonym: »Eigenthümlich berührten sich zwei Extreme in Nestroy's Charakter: Ein unverwüstliches Phlegma und keine Grenze kennende Heftigkeit. Von seinem Phlegma gibt folgende köstliche Geschichte Zeugniß. Als am 26. Oktober 1848 die kaiserlichen Soldaten in der Jägerzeile gegen Bem's Barrikaden anstürmten und das Gewehrfeuer und der Kartätschendonner die Häuser in ihren Grundfesten erschütterten, saß Nestroy ruhig und gemüthlich in seiner Garderobe im rückwärtigen Trakte des Theaters und spielte mit Grois und Steinhauser Preferance →1. Die Kugeln sausten über die Dächer, die Bomben schlugen in die naheliegenden Häuser ein, Nestroy mischte ruhig weiter und spielte. Endlich zerschmetterte eine Kartätschenkugel das Fenster und schleuderte Glasscherben und Rahmen mitten in das Zimmerchen. Jetzt erst erhob sich Nestroy und sagte in seiner bekannten Weise: ›Kinder, jetzt geh'n mer, es könnt uns doch a Herz in der Hand verbrennen.‹ Auf einer Reise am Rhein war das Gepäck Nestroy's als dieser eben das Dampfschiff verlassen wollte, nicht zu finden. Das ganze Schiff ward durchstöbert, nirgends eine Spur von dem Gepäck. Nestroy schäumte vor Wuth und war nicht zu beschwichtigen. Endlich näherte sich ihm der Intendant des Schiffes und erklärte, er stehe im Namen der Dampfschifffahrts-Gesellschaft gut für jedes einzelne Paket. – Nestroy's ganzer Zorn entlud sich gegen den armen Intendanten; aber er hatte nur ein Wort für seine Wuth: ›Was Dampfschifffahrtsgesellschaft‹, rief er – ›Schinakelgesellschaft!‹ – Und das eine Wort konnte er den ganzen Tag über nicht los werden. Was man ihn fragte, worüber man mit ihm auch sprach, er erwiderte nichts als ›Schinakelgesellschaft.‹ – Fünf Stunden später überreichte ihm der Kellner im Gasthofe die Speisekarte und frug ihn, was er zu essen wünsche? Nestroy warf die Karte auf den Tisch und brummte nichts, als: ›Schinakelgesellschaft.‹«[20]

Leopold Rosner: »Ich glaube, es war im Jahre 1858, als die Déjazet mit einer französischen Truppe am Carl-Theater gastirte und Nestroy mit einem Theile seiner Gesellschaft einen Gastrollen-Cyklus in Triest absolvirte → 16. Er hatte mit Grois und Treumann einen ›Spritzer nach Venedig‹ verabredet und nach der letzten Vorstellung fuhr man zum Schiffe, welches gen Mitternacht abging, um die Karten zu lösen. Die Herren erstaunten sehr, als ihnen dort bedeutet wurde, daß die Karten für die Fahrt Tags vorher im Stadtbureau gelöst werden mußten. Grois entschuldigte sich, es sei ihm dieser Gebrauch unbekannt gewesen und stellte seine beiden Kollegen bei dieser Gelegenheit vor. Offenbar erwartete er sich eine Wirkung davon. Der Mann am Einlaß aber blieb kalt. ›Ausnahmen gibt es nicht. Wenn Sie morgen Vormittags Karten lösen, können Sie übermorgen mitfahren.‹

Die Herren waren sehr verstimmt, daß die Partie auf diese Weise zu Wasser wurde und kehrten um, Nestroy aber ärgerte sich über diesen Zopf ganz unsäglich. Wie immer, wenn er sehr aufgeregt war, spuckte er nach rechts und links. ›Das will ein Lloyd sein,‹ rief er, ›das ist ja eine Schinackel-Gesellschaft! Eine Schinackel-Gesellschaft und nicht –‹ Er konnte sich viele Stunden lang nicht beruhigen und als er am nächsten Tage das

Johann Nestroy, photographiert von Hermann Klee, 1861

Coupé zur Rückfahrt bestieg – denn Venedig war natürlich aufgegeben – mußte er seinem gepreßten Herzen noch einmal Luft machen und ›*Schinackel-Gesellschaft!*‹ rief er noch einmal aus Leibeskräften.«[21]

LUDWIG AUGUST FRANKL: »Von Linz auf einem Schiffe der Donau-Dampfschifffahrt-Gesellschaft auf dem Landungsplatze in Nußdorf bei Wien angelangt, zeigte es sich, daß Nestroy's Gepäck in Linz vergessen worden war. Er schlug Lärm, der Beamte kam, um den Zufall zu entschuldigen. Nestroy erwiderte ingrimmig: ›Dampfschifffahrt? Schinakel-Gesellschaft!‹ ›Das Gepäck, Herr v. Nestroy, wird morgen in Wien sein!‹ ›Schinakel-Gesellschaft!‹ erwiderte Nestroy. Der Beamte ging; Nestroy wiederholte nur: ›Schinakel-Gesellschaft!‹ und fast ohne Unterlaß, bis er im Fiaker in Wien angelangt war.«[22]

ANNA GROBECKER: »Später habe ich wenig mit ihm verkehrt, nur einmal war ich im Tritsch Tratsch mit ihm beschäftigt, wo Nestroy plötzlich auf der Scene so verwirrt wurde, daß wir Alle glaubten, sein Gedächtniß habe ihn plötzlich verlassen. Als wir nun hinter die Coulissen kamen, untersuchte uns Grois u. da klärte es sich auf, daß es eine Stecknadel war, die den Nestroy so irritirte. Es wurde an uns Damen nun die dringende Bitte gestellt, mit der größten Sorgfalt zu vermeiden, daß eine Stecknadel an unserer Kleidung zu sichtbar werde, weil das dem Nestroy förmliche Nervenzuckungen verursacht!«[23]

FRANZ WALLNER: »Ein größeres Original, nach allen Richtungen hin, als Nestroy war, hatte die deutsche Bühne wohl nie aufzuweisen. Geistreich wie Wenige, war er in Gesellschaft so scheu und wortkarg, daß man einen Dummkopf vor sich zu haben meinte, und nur dann und wann raunte er einem Freunde oder einem neben ihm sitzenden näheren Bekannten ein Witzwort, meist sarkastischen Inhalts, zu, welches an Schlagfertigkeit alles übertraf, was im Verlauf mehrerer Stunden gesprochen worden war. Freilich sind fast alle diese *bonmots* so cynischer Natur, daß sich die meisten derselben nicht wieder erzählen lassen →12.«[24]

Franz Wallner: »Täglich mit einer namhaften Rolle beschäftigt – als Director sagte er mir einst, er sei sein fleißigstes Mitglied – spielte er doch nur mit Widerwillen, kam erst in der letzten Minute seiner Verpflichtung nach, war in der Garderobe, fünf Minuten vor dem Auftreten, noch der mißmuthige, faule Nestroy, der sich aber, sobald er die Scene betrat, mit Blitzesschnelle in den genialen, geistreichen Künstler verwandelte.«[25]

Leopold Rosner: »Man sah es ihm förmlich an, wenn ein Extempore in der Luft schwebte. Es durchzuckte ihn elektrisch, wenn ihm der Gedanke durchs Hirn flog, seine Augenbrauen bewegten sich, und er stürzte vor. ›'s hat heraus müssen!‹ sagte er dann zu Grois oder zu Carl Treumann.«[26]

A. v. Wurzbach (über Nestroys Extempore, das auf die Geldstrafe anspielt →15, die er auf eine Beschwerde der »Ostdeutschen Post« hin für einen Seitenhieb auf die preußische Königskrönung erhalten hatte): »Bei der nächsten Aufführung des Lumpaci-Vagabundus sprach er sich in einer Couplet-strophe in drastischer Weise über das ›Verklagengeh'n‹ aus, und nachdem er donnernden Beifall geerntet, eilte er in die Coulisse und rief hoch aufathmend: ›Na, sag'n hab' ich's ihnen müssen!‹ Und diese seine eigenen Worte charakterisiren Nestroy in dieser Beziehung am trefflichsten. Es lag schon in seiner Jugend fertig in seinem Charakter dieses ›Sag'n hab' ich's ihnen müssen!‹«[27]

Leopold Rosner: »Friedrich Kaiser erzählte mir, daß er an einem Normatage, an welchem in keinem Theater gespielt werden durfte, mit Nestroy, Grois und Karl Treumann die Verabredung getroffen, sich Vormittags in einem traulichen Weinstübchen bei einem delikaten Frühstücke einzukneipen und recht gemüthlich zu sein. Die ›g'schpirrten Täg‹ wurden aber anno Konkordat sehr streng kontrolirt und die Verkaufsläden durften nicht geöffnet werden. Sogar auf die Delikatessenhandlungen erstreckte sich das Verbot, und als man in der Rothenthurmstraße vor Schneider's Weinstube anlangte, war richtig gesperrt.

›Gehen wir zum Faber ins Kleeblattgassel‹ proponirte Treuman; ›dort ist es vortrefflich und man kann vom Hof aus hinein.‹ Aber auch dort war geschlossen. Nun schlug Grois ›die drei Lauffer‹ vor. Man zog gegen den Michaelerplatz. Der Friseur Hyppolyt, der am Kohlmarkt im ersten Stocke etablirt war, hatte in auffallender Weise beleuchtet und die Fenster weit geöffnet; bei den ›drei Lauffern‹ aber war Alles zu. Nun versuchte man es noch beim ›Kameel‹ und bei den ›weißen Löwen‹. Als aber auch dort kein Einlaß gewährt wurde, vermochte Nestroy, der sich so auf das Vergnügen dieses Vormittags gefreut hatte und nun so arg enttäuscht ward, gar nicht zu beruhigen. ›So geht das nicht – sagte er – etwas muß geschehen. Wißt's was, gehen wir zum Hyppolyt und *lassen wir uns die Haar' schneiden.*‹«[28]

4

»Erster Komiker und Bass-Buffo«

Zwischen Sänger- und Schauspielerkarriere

So gings und ging es fort[,] ich schrie im Übermaß, / Ich sang drauf los, wußt selber oft nicht was. / Und trotzdem hab ich doch die Stimm nicht verloren, / Doch ward mir endlich bang für meine Ohren; / Posaunen, Bombardons, Trompeten und Tamtam, / Das reißt das stärkste Trommelfell ja endlich zusamm'. / Mag zürnen mir der Landgraf hinfür wie er will, / Ich halt es nicht mehr aus, was z'viel is, is zu viel.

(TANNHÄUSER in »Tannhäuser« III,4)

Wohlwollend übt die »Theaterzeitung« jene Nachsicht, um die der Debütant auf dem Theaterzettel der Wiener Hofoper vom 24. August 1822 gebeten hat, in dem er ankündigt, daß er »in der Rolle des Sarastro seinen ersten theatralischen Versuch wagen« wird: »Hr. Nestroy überraschte das Publikum. Ein ganz junger Mann, von großem Wuchse und vortheilhafter Bildung, mit einer biegsamen, angenehmen Stimme, und aller Disposition zu Spiel und Darstellung war eine erfreuliche, willkommene Erscheinung. Schon sein Recitativ: ›Steh auf, erheitere dich, o Liebe!‹ wurde verdienter Maßen lebhaft applaudirt. Die Arie: ›In diesen heiligen Hallen‹ mußte er wiederholen. Obwohl der Part des Sarastro für diesen Sänger etwas zu tief zu liegen scheint, so führte er ihn dennoch lobenswerth durch, und erregte überhaupt bei diesem seinem ersten Auftreten, durch Spiel und Gesang die schönsten Hoffnungen. Gewiß wird ihn die günstige Aufnahme ermuntern, für seine Ausbildung alles mögliche zu thun.«[1] Zwar merken auch andere Blätter kritisch an, daß es dem jungen Baß noch an Tiefe fehle, trotzdem wird Nestroy nach einer kurzen Probezeit auf zwei Jahre an die Hofoper engagiert, für 600 Gulden im ersten und 1000 Gulden im zweiten Jahr. Sechsundfünfzigmal steht er in Opern und Singspielen in seinem ersten Jahr auf der Bühne, tragende Rollen erhält der Anfänger nicht.

Am 29. August 1823 notiert er in sein Rollenbuch: »Ich tratt dieses mahl zum letzten mahle im k[.]k. Hoftheater nächst dem Kärnthnerthore auf, nachdem ich auf Ansuchen meine Entlassung von der Direction erhalten hatte, indem ich von Hr[n]. Jul. Miller[,] Bevollmächtigtem der Direction des deutschen Theaters in Amsterdam[,] schon engagiert war.«[2] Die Bilanz von Nestroys Engagement am Deutschen Theater in Amsterdam: 1600 holländische Gulden im ersten, 2500 im zweiten Vertragsjahr, 182 Auftritte in Opernrollen, ein Vorrücken aus der zweiten Garnitur in größere Partien – und neun Rollen in Sprechstücken, darunter eine seiner späteren Paraderollen, der Amtsdiener Klaus in Adolf Bäuerles Posse »Die falsche Primadonna (Catalani) in Krähwinkel«.

Als das Deutsche Theater nach wiederholten Saalschlachten von den Behörden am 15. August 1825 geschlossen wird, steht neuerlich Engagementsuche an. Ein am 26. Oktober unterzeichneter Vorvertrag mit dem Brünner Nationaltheater wird nach stürmischem Beifall beim Debüt als Jakob in Méhuls »Joseph und seine Brüder« bis Ostern 1827 verlängert. Ersten Opernpartien – Figaro, Don Giovanni, Papageno – stehen wieder Paraderollen im Genre Lokalstück gegenüber, etwa der Käsperle in Friedrich Henslers »Teufelsmühle am Wienerberg«. Nach Schwierigkeiten mit der Zensur → 15 vorzeitig wieder auf Engagementsuche, unterzeichnet Nestroy am 15. Mai einen Vertrag bei Johann August Stöger, dem Prinzipal des Ständischen Schauspielhauses Graz und des Preßburger Theaters. In die Jahre des Stögerschen Engagements fällt der Übergang von der Oper zum Sprechstück mit Musikeinlagen.

Einen episodischen Rückfall – Nestroy gastiert im Juli 1830

an vier Abenden in den komischen Opern »Der Dorfbarbier« und »Der Sänger und der Schneider« am Kärntnertor-Theater – wird nicht nur von der angesehenen »Theaterzeitung« nicht goutiert, die höflich, aber deutlich festhält, der Künstler habe »hier nun einmahl nicht durchgreifen« können.[3] Als »hinreichend für den Lokalgesang« wird Nestroys Stimme eingestuft, die zwar durchaus einer edleren Ausbildung fähig gewesen wäre und sich für die feinsten komischen Opernrollen hervorragend geeignet hätte. Indes: »Jetzt hat seine Stimme durch die häufige Anwendung des Oesterreichischen Jargons sehr gelitten.« Vermittelnd hebt die »Theaterzeitung« die Begabung Nestroys für ein anderes Bühnengenre hervor, indem sie betont, »daß in unserer, an Komik immer mehr verarmenden, Zeit Hr. Nestroy stets eine angenehme und willkommene Erscheinung seyn wird und daß die Ehre *dreymahligen* Hervorrufens, die ihm heute zu Theil ward, an und für sich einen hinlänglichen Beweis seines Talentes liefert.«[4]

Anfang 1831 wieder auf Engagementsuche, ist Nestroy noch unschlüssig, ob er sich auf die Lokalkomiker-Rolle festlegen oder seine Karriere als Opernsänger fortsetzen soll. Das belegt nicht nur ein Brief an die Direktion des königlichen Hoftheaters in Stuttgart – in dem Nestroy sich am 5. Februar 1831 die »Freyheit« nimmt, »Dieselben mittelst dieser Zeilen in Kenntniß zu setzen, daß ich mit kommenden Ostern mein bisheriges Engagement als erster Komiker und Bass-Buffo der vereinigten Theater zu Gratz und Pressburg zu verlassen, und einige Zeit an verschiedenen Bühnen als Gast zuzubringen gedencke«[5] –, darauf deutet auch der Verlauf der Vertragsverhandlungen mit dem Theater an der Wien hin.

»Ja wenn ich nicht gewesen wäre, *wo* und was wäre Nestroy?!« Die Anekdote, auf die der ruhmredige Sekretär des Theaters an der Wien, Joseph Franz (Adler), seinen nicht unmaßgeblichen Anteil an der Karriere Johann Nestroys gründet, schuldet sich nicht allein triumphalistischem Gehabe. Karl

Carls rechte Hand und die Friedrich Kaiser zufolge wenn schon nicht wichtigste, so doch »am wichtigsten thuende Person«[6] des Verwaltungsapparates des Theaters »auf der Wied'n« – vom Ensemble wenig schmeichelhaft mit dem Schillerschen »Franz heißt die Kanaille« belegt – schreibt das Engagement Nestroys seiner Überzeugungskraft zu.

Mit einiger Reserviertheit referiert Friedrich Kaiser Franz' Schilderung der Vertragsverhandlungen zwischen Nestroy und dessen Lebensgefährtin Marie Weiler und Direktor Carl, die nach einem Gastspiel am Theater in der Josefstadt – Nestroy war dort am 11. März 1831 als invalider Soldat Sansquartier in Louis Angelys Vaudeville »Zwölf Mädchen in Uniform« und als Barbiergeselle Adam in der Schenk-Weidmannschen komischen Oper »Der Dorfbarbier« aufgetreten – aufgenommen worden waren: »Nestroy begehrte nicht mehr als einen Jahresgehalt von zwölfhundert Gulden, und diese Forderung schien dem Direktor – überspannt! Da aber jener bereits auch vom Kärnthnerthor-Theater den Antrag erhalten hatte, sich als Buffo engagiren zu lassen, ließ er sich auf ein weiteres Feilschen nicht ein, wechselte nur einen Blick des Einverständnisses mit seiner Gefährtin, verließ mit einem kurzen: ›Geh'n wir!‹ das Bureau Carl's, und ging geraden Wegs dem Opernhause zu, wo der Kontrakt bereits zur Unterschrift vorlag. Davon wurde Carl erst in Kenntniß gesetzt, nachdem sich Nestroy bereits entfernt hatte, und, Gefahr im Verzuge sehend, beauftragte er augenblicklich seinen Sekretär, [...] Franz, sogleich den Fortgegangenen nachzueilen und Alles aufzubieten, sie zurückzubringen. Franz schlug selbstverständlich den Sturmschritt ein, ereilte das Paar glücklicherweise noch auf der über den Stadtgraben zum Kärnthnerthor führenden Brücke, und bot nun seine ganze Ueberredungskunst auf, um dasselbe zur Rückkehr zu bewegen, was ihm endlich auch gelang. Und so schlossen denn Nestroy und die Weiler am 23. August 1831 auf Grundlage der ursprünglich von ihnen gestellten Bedingungen ihre auf mehrere Jahre lautenden Verträge mit Carl.«[7]

Darauf, daß Nestroy tatsächlich einen unterschriftsreifen Vertrag mit dem »Hoftheater nächst dem Kärnthnerthore« als zweites Eisen im Feuer hatte, weist eine Meldung in der »Theaterzeitung« vom 30. August 1831 hin. Dort wird dementiert, daß Nestroy an die Hofoper engagiert worden sei; vielmehr werde er demnächst – tatsächlich schon am 30. August – »den Zyklus seiner Antrittsrollen« am Theater an der Wien eröffnen.

Nestroys Debüt in der »Carl'schen Gesellschaft« – er gibt den Maestro Crescendo in Herzenskrons Lustspiel »Der Gang ins Irrenhaus« und den Sansquartier – bilanziert die »Theaterzeitung« mit dem Resümee »und es ist kein Zweifel, daß das Theater an der Wien eine vortreffliche Akquisition an ihm mache, durch welche es dem Publikum noch manchen heitern Genuß bereiten wird«[8] wie schon sein Hofopern-Debüt neun Jahre zuvor, sehr wohlwollend.

5

»Es war ein beyspielloser Lärm«

Eine Nestroy-Premiere anno 1833

Wenn ein neues Stück gegebn wird, da geht's oft vertrackt / Es habn recht gefallen die ersten zwey Act, / Da glaubt schon der Dichter am Ziel sich zu sehn, / Nun heut, meint er, kann nicht das G'ringste mehr gschehn, / Überstanden is jetzt schon die ganze Gefahr, / Und 's is Alles nit wahr, es is Alles nit wahr.

(LORENZ in »Die verhängnißvolle Faschings-Nacht« III,1)

Moritz Brüxner, seit Anfang Oktober 1833 in Wien zu Gast, erlebt – nachdem er auf der Hochkultur-Bühne Kärntnertor-Theater bereits eine Aufführung der Meyerbeer-Scribschen Oper »Robert der Teufel« gesehen hat – am 9. Oktober im Theater an der Wien die Premiere von Nestroys Parodie »Robert der Teuxel« →17 und damit nach den »herrlichsten Lebens- und Kunstgenüßen, deren Wien in so reichem Maaße darbiethet«, eine »neue Erweiterung meiner Erfahrungen im Gebiethe des Wiener Volkslebens«.

»›Robert der Teuxel‹, Parodie von Nestroi, wurde seit mehreren Wochen auf dem Theater an der Wien erwartet. Verhältnisse hatten die Darstellung dieser Neuigkeit von einer Frist zur andern verschoben. Endlich langte denn doch der erharrte Abend an, und die Straßen-Affichen verkündeten die erste Aufführung dieses neuesten Productes eines Verfassers, welcher durch frühere Werke sich bereits zu einem Lieblinge der Wiener erhoben hatte.

Die Gallerien waren vor 4 Uhr von Menschen überfüllt. Es

war 6 Uhr, als ich selbst in der Vorhalle erschien, um mir ein Billet ins Parterre zu lösen. Diese Absicht zu erreichen, bedurfte ich vorläufig das ganze Aufgeboth aller meiner Mannskräfte, denn das Gedränge hier war so arg und ungestüm, daß es mich an die Tage Trojas gemahnte, nachdem die Hellenen hinein gekommen waren, und das Volk sich nach dem Tempel drängte. Nach verschiedenen vergeblichen Versuchen gelang es mir endlich, durch einen geschickten coup de main, mich glücklich am Cassa-Locale zu poussiren.

Neue Hindernisse! Hier stand der Cassier mit aufgehobenen Händen und bath das Publikum auf's flehendste, von der Idee abzulassen, heute noch ins Theater zu kommen. ›Sie können nicht mehr hinein!‹ rief er ein Mahl über das andere Mahl: ›Es ist vergebens! Sie verschwenden nutzlose Bemühungen, behalten Sie Ihr Geld und lassen Sie mich in Ruhe! Sie gehen Ihrem Unglücke entgegen! Sie werden erdrückt!‹

Ich erlaubte mir den menschenfreundlichen Cassier zu versichern, daß ich mir seit meiner Anwesenheit in Wien das Erdrücken schon bei mehreren Gelegenheiten angewöhnt hätte, und mir eben nicht mehr viel daraus machte. Mit dem Blicke des Mitleids reichte er mir hierauf eine Einlaßkarte, und wendete sich mit jener schmerzlichen Miene von mir, wie man sie zu machen pflegt, wenn man Jemand für verloren achtet.

Um von dem Cassa-Locale bis an die Thüre zu gelangen, welche ins Parterre führt, war nunmehr noch eine ganz artige Aufgabe. Das Publikum stand nicht anders, als eine Mauer vor mir, und in den unsäglichsten Bemühungen sie zu durchbrechen, fing mir der Schweiß aus allen Poren zu dringen, ohne daß ich noch einen Fuß breit Terrain gewonnen hatte; als plötzlich durch eine jener sonderbaren Umwälzungen, welche sich bei gewaltigen Volksgedrängen nicht selten vorfinden, ein ganzer Klumpen Menschen zusammen aus dem Parterre herausgeschoben wurde, und ich mich nebst einigen Andern mit einem Mahle an ihrer Stelle befand. Ich weiß mir's noch heute nicht zu erklären, wie denn das eigentlich zugegangen war, denn über dem lärmenden Getöse rings um mich herum, hatten mir die Sinne bereits angefangen zu schwinden, und ich fand mich erst wieder, als ich mitten im Parterre, durch die unbehaglichste Stellung von der Welt, zu mir selbst gebracht wurde. –

Wenigstens siebenzehn Ellenbogen arbeiteten zu gleicher Zeit dergestalt an meinen unschuldsvollen Rippen, daß ich es am Ende meiner Tage noch werde bedenken müssen, wie es denn möglich war, daß keine derselben zerbrach. – Alles drängte nach Vorwärts, alles wollte den besten Platz, alles wollte Raum gewinnen. Da ich in dieser gepreßten Lage bald links bald rechts, und nicht selten vollkommen umgekehrt zu stehen kam, so hatte ich die günstigste Gelegenheit von der Welt, mir den großen, weiten äußeren Schauplatz des Theaters nach Muße zu betrachten. Es war in der That ein eben so erhabener als niederdrückender Anblick. Erhaben in der Ferne, niederdrückend, oder vielmehr zerdrückend aber in der Nähe.

Diese amphitheatralischen Erhöhungen der Gallerien riefen mir die Arenen der alten Griechen und Römer ins Gedächtniß, und ich war eben im Begriffe, eine Ode zu improvisiren, als der Anblick jener Carnevals-Figuren, womit das schöne Locale verunziert ist, und die Stimme einer meiner mehrfältigen nächsten Nachbarn mich durch den Ausruf ›*Außa!*‹ erinnerte, daß ich in Wien und zwar im Theater an der Wien mich befände. Es hatte dieses Außa, welches beiher gesagt, so viel als ›Hinaus!‹ heißt, einem Sitzaufsperrer gegolten, welcher doch auch allzu löwenmuthig durch die unendliche Volksmenge sich durchzuarbeiten versuchte, und welchem zwei Damen gleichsam anklebten, die er nach ihren Sperrsitzen zu bringen sich in den Kopf gesetzt hatte. Es hätte nicht viel gefehlt, daß er die allzukühne Idee gebüßt hätte.

Indessen verläugnete sich die Humanität der Wiener, welche ich während meinem kurzen Aufenthalt in Wien schon hundertfältig zu würdigen Gelegenheit gefunden hatte, doch auch selbst in der allergepreßtesten Lage, in welcher sich noch jemahls Menschen können befunden haben, nicht im Geringsten; sondern im Gegentheil saßen die beyden Damen, ehe ich nur's versah, auf den Armen zweier zunächststehenden Männer, welche sie wieder den Armen entfernter Stehenden überlieferten, und so kam es, daß unsere gepreßten Schönen gleichsam durch Spedition endlich doch glücklich an den Ort ihrer Bestimmung und wohlbehalten auf ihren Sperrsitzen anlangten, wohin man ihnen gleichfalls durch Spedition die nöthigen Schlüßel nachlieferte. –

Inzwischen hatten die Gallerien einen eben so lebhaften, als sich laut kund gebenden Antheil an dieser Parterre-Scene genommen, und dieselbe mit so allgemeinem Händeklatschen und Bravorufen begleitet, daß darüber für mehrere Minuten die Zeichen der Ungeduld waren unterbrochen worden, womit man bereits den Beginn der Darstellung zu fordern begonnen hatte. –

Wer mir für den Augenblick, als die mitleidenswürdigste Person erschien, war der früher bemeldete allzu löwenmuthige Sitzaufsperrer, welcher jetzt gerade neben mir sich in der allerkümmerlichsten Lage, die sich denken läßt, befand. Er war in seinem dienstfertigen Eifer für die beiden Damen unglücklicher Weise meinem Hintermann auf die Fußzehen getreten, und der Behelligte hatte ihm nichts Geringeres als den Tod geschworen, wenn er noch einen Ruck machte. So stand denn nun das ziemlich kleine Männchen eingepfrängt zwischen einigen Riesenkörpern, ohne weder vor- noch rückwärts zu können, und war nahe daran, Blut zu schwitzen, als plötzlich ein neues Abentheuer ihn wieder der leidenden Situation enthob.

Ein junger blaßer Mann vor mir hatte schon seit einigen Minuten befängliche Symptome herannahender Ohnmacht blicken lassen, und ohne ein Wort zu verlautbaren, fiel er mir nun plötzlich wie ein Sack auf den Magen. Ich sage auf den Magen – denn mir in die Arme zu sinken, dazu fehlte es mir und ihm am genügenden Raume. – Ich hätte, ob dem nahmenlosen Gedränge, eben so wenig vermocht, eine Hand zu heben, als er zu Boden zu sinken im Stande war. Ich war aufs Äußerste betroffen, aber wer sich diese günstige Gelegenheit, zu entschlüpfen, nicht entschlüpfen ließ, war unser kleiner Sitzaufsperrer. Mit einer Geschwindigkeit, welche alle Schilderung zurücklassen würde, bemächtigte er sich der Person des jungen blaßen Mannes, rief mit donnernder Stimme: Platz da für einen Ohnmächtigen! und ehe wir es uns versahen, waren auch schon Beide verschwunden. –

Ein Augenblick der Ruhe trat ein. – Das Orchester stimmte an, der Vorhang rauschte auf; das Stück begann!

Es ist nicht mein Beruf, hier auf eine Kritik der Nestroischen Parodie einzugehen. – Dieser Localdichter hat in vielen seiner Produkte schon bewiesen, wie sehr er Wien, die Wiener und deren Geschmack kennt. Der lebhafte Besuch, welchen seine Stücke bei den häufigsten Wiederholungen erfahren, spricht in dieser Beziehung am deutlichsten und lautesten für ihn. Nestroi ist bereits einer der beliebtesten Localdichter der Wiener, und ich glaube, er wird es noch weit mehr *werden*.

Aber nicht umhin kann ich hier des lauten, anhaltenden, lebhaften Antheiles zu gedenken, womit das überfüllte Haus die heutige Darstellung Scene für Scene begleitete; ein Antheil, welcher um so bemerkbarer hervortrat, je weniger zufälliger Weise gerade dieß neueste Produkt Nestroischer Muse sich einer unbedingt beifälligen Aufnahme zu erfreuen hatte.

Mit einer Unbefangenheit, mit einer gemüthlichen Ungeniertheit, wie selber eben nur wieder die joviale Bonhomie des Wieners fähig ist, thaten sich die entgegengesetztesten Urtheile und Ansichten in nicht selten sehr lauten Ausrufungen kund: Charmant! rief der Eine; O je! rief der Andre; Warum nicht gar! rief der Dritte.

Diese Ansichten, welche sich solcher Weise geradezu gegen einander ankämpfend häufig laut genug machten, führten endlich zu Versuchen der getheilten Partheien, sich gegenseitig zu imponiren. So brach denn die eine Hälfte des Publikums alsbald in ein tumultuarisches Zischen aus, während die andere Hälfte ein nicht minder tumultuarisches Klatschen und jenes unauslöschliche Gelächter aufschlug, wie nur ein Homer seine Götter kann lachen lassen. Es war ein beyspielloser Lärm, und ein großer Theil meiner Aufmerksameit für das Stück ging verloren in der Aufmerksamkeit für diese wechselnden Scenen und Bilder stürmischer Erregung, so des Beifalls als des Mißfallens; worin ich einen Genuß fand, wie eben nur der Wiener mit seinem so empfänglichen als reizbaren Gemüth, und wie eben nur solch ein gigantisches Gebäude, wie das Theaterhaus an der Wien in seiner Überfülle zu biethen vermag.

Aber in welchen Augenblicken sich mir der Character der Wiener wieder auf's klarste, auf's herrlichste – möchte ich sagen – kund gab, das war in jenen gelungenen Scenen des Stückes, in jenen glücklicheren Momenten seines Autors, wo er, die Ansprüche seines Publikums ganz errathend, ihnen mit Laune und Witz auch ganz genügt hatte. Nie werde ich vergessen diese eintönende, diese übereinkommende, diese so gänzlich partheylose stürmische Würdigung des Geleisteten von Seite der ganzen zahllos versammelten Menge. Dann tönte der Beifallsruf des weiten Hauses wie nur aus einem Munde, und im raschen Vergessen jeder andern Rücksicht erfreute sich jedes Gemüth wieder nur des augenblicklichen Genußes.

Ich lernte Herrn Nestroi an diesem Abende wirklich hochschätzen, wie ich es an manchem Anderen vielleicht nicht gelernt hatte. Wahrhaftig! es gehört Muth und wahrer innerer Dichterberuf dazu, einem so beweglichen Publikum, wie die Wiener es bilden, und wie insbesondere dieses Theater bey derley Gelegenheiten es vereint, auf den Brettern, welche allüberall die Welt bedeuten, mit seinen Dichtungen entgegen zu treten, und dort das Urtheil der versammelten Menge zu erwarten.«[1]

6

»Die Frau«

Nestroys Lebensgefährtin Marie Weiler

Seckieren muß man die Männer, bständig unterm Wasser halten muß man s', denn wie man s' nur ein bisserl Luft schnappen laßt, wie sie sich nur ein wenig glücklich fühlen, da sind s' gleich nix nutz. Das schöne Geschlecht muß das starcke in der Corda halten, sonst wär's ja hernach im Ehstand gar nicht auszuhalten mit diese sogenannten Herrn der Schöpfung. Der Ehestand gleicht einem Wagn, / Gepackt mit Freuden und mit Plagn; / Der Mann is darinn eingespannt, / Das Weib kutschiert mit mächtger Hand. // Mit dem Pantoffel sitzt sie da, / Und lenckt den Mann hin, fern und nah, / Und hält sie fest den Zügel an, / Geht stets den rechten Weg der Mann. // Doch läßt die Frau den Zügel nach, / Da rennt der Mann hinein in Tag, / Sprengt aus dem Gleis, wie toll herum, / Und wirft den Ehstandswagen um.

(Nanett in »Der Treulose« I,24)

»Viele herzliche Grüße von der Frau«, »was Dir die Frau bereits geschrieben«, »In Betreff der Abreise der Frau«, »Ich habe hier etwas für die Frau im Kauf«, »von Seite der Frau«, »zwischen mir und der Frau«[1] – kommt Nestoy in seinen Briefen auf seine langjährige Lebensgefährtin Maria Lacher, genannt Marie Weiler, zu sprechen, tituliert er sie fast ausschließlich als »die Frau«: eine Rollenbeschreibung, die so vage ist, daß sie jeden nur erdenklichen Spielraum bietet – der Akteurin ebenso wie dem vermeintlichen Regisseur.

In den Jahren 1828 und 1829 ist die 1809 geborene Sängerin am Ständischen Schauspielhaus Graz engagiert. Sie gibt dort etwa im »Freischütz« die Agathe – neben Nestroy als Kaspar –, die Pamina in der »Zauberflöte«, den Cherubin in der »Hochzeit des Figaro« und die Elvira im »Don Giovanni«. Einer anonymen Lobeshymne der Wiener »Theaterzeitung« vom 19. April 1828 – »Dem. Weiler, welche bisher in Grätz mit ausgezeichnetem Beyfalle aufgetreten, und gegenwärtig bey dieser Bühne engagirt wurde, ist eine Sängerinn, welche als eine wahre Zierde dieses Theaters betrachtet werden kann, indem sie alle Vorzüge einer gebildeten Schauspielerinn und Sängerinn in sich vereint, und zugleich eine jugendliche angenehme Gestalt besitzt« – wird vom regelmäßigen Korrespondenten des Blatts fünf Wochen später ein Dämpfer aufgesetzt: »Ueber Dem. Weiler (Fiorella) ist in Nr. 48 der Wiener Theaterzeitung von einem Ritter, ohne Nahmen, solch' ungemeines Lob ausgesprochen worden, daß uns eigentlich über sie nie mehr etwas zu sagen übrig bliebe. – Doch erlauben wir uns heute zu bemerken, daß sie uns in dieser Fiorella zu befangen und zu unsicher erscheinet, als daß wir ein so unbedingtes günstiges Urtheil über sie fällen könnten. – In frühern Opern, in denen sich uns Dem. W. zeigte, befriedigte sie uns mehr, besonders als Agathe im ›Freyschütz,‹ und wird diese noch jugendliche Sängerinn sich größere Lebhaftigkeit und Deutlichkeit im Spiele wie im Gesang und in der Deklamation anzueignen streben, wird sie sich bemühen uns zu zeigen, daß sie auch immer fühlt und empfindet, was sie singt und was sie spricht, so werden wir sie immer gerne einen Platz unter unsern Sängerinnen einnehmen sehen.«[2]

Spätere Theaterkritiken anerkennen regelmäßig das gesangliche Können der Weiler, zeigen sich aber wenig angetan von ihren schauspielerischen Leistungen. Friedrich Kaiser – dessen Urteil allerdings unter dem Vorbehalt zur Kenntnis genommen werden muß, daß er als Autor manchen »Wickel« mit der nachmaligen grauen Eminenz des Carltheaters hatte →25 – attestiert ihr »eine ganz hübsche Gesangsstimme, aber ein höchst mittelmäßiges Darstellungstalent« und »selbst in ihren jungen Jahren eher eine abschreckende, als anziehende Bühnen-Erscheinung«.[3]

Für den Wechsel von der Oper zur Posse, den die Weiler mit dem Umzug von Graz nach Wien vollziehen muß, versucht Nestroy seine Partnerin, die in Sprechrollen nicht durchzudringen vermag, mit Singrollen zu entschädigen, in denen sie ihr künstlerisches Kapital, eben ihre Stimme, zur Geltung bringen kann: Bella in »Nagerl und Handschuh«, Laura in »Lumpacivagabundus«, Isabella in »Robert der Teuxel«, Babett in »Der Tritschtratsch«, Fanny in »Zu ebener Erde und erster Stock«, Ida in »Der Treulose«, Flora Baumscheer im »Talisman«, Rosalie im »Mädl aus der Vorstadt« … – lauter unbedeutende Rollen. Marie Weiler spielt ab 1844 nur noch sehr selten, tritt 1851 ganz von der Bühne ab.

In Nestroys Leben spielt sie nach wie vor die Hauptrolle. Wann genau die Lebensgemeinschaft beginnt, ist nicht mehr festzustellen; die erste Eintragung Nestroys in einem Rollenverzeichnis, das dieser für die Weiler führt, datiert jedenfalls vom 11. Jänner 1828. Das Paar hat zwei Kinder – Carl Anton Johann wird 1831 geboren, Maria Cäcilia 1840 –, eine Heirat ist jedoch ausgeschlossen, da Nestroy von seiner Gattin Wilhelmine von Nespiesni →8 zwar seit 1827 getrennt, aber bis zur gerichtlichen Scheidung am 15. Februar 1845 in aufrechter Ehe lebt und dem katholisch Getrauten eine Wiederverheiratung ohnehin verwehrt ist.

Diese – rechtlich – prekäre Situation ist immer in Anschlag zu bringen, wenn die Weiler von Dritten vorschnell als »hantige Bißgurn« abgestempelt wird, die den leichtlebigen Partner allzu kurz hält. Einzig Leopold Rosner rückt sie in ein anderes Licht: »Frau Weiler war eine kluge, vornehm empfindende Frau. Sie ist wiederholt falsch beurtheilt worden. Im Geschäfte ruhig und sicher urtheilend, war sie rasch und pünktlich in allen Ausführungen und zumeist auch nobel in ihren Verfügungen. […] Die Weiler war nicht engherzig. Daß sie Nestroy gewissermaßen bevormundete, war nothwendig, denn sonst hätte der Vater ihrer Kinder *Nichts* besessen →1, und unbequem – war sie ihm nur manchmal →2. Trotz ihrer seltenen Klugheit – foppte er sie zuweilen, aber er hat sie als Charakter immer hoch geschätzt und duldete auch nicht den Hauch eines Tadels oder eines Angriffes auf sie.«[4]

Ein »konfidentieller Bericht der Polizeidirektion über die Vorstadt-Theater Wiens« aus dem Jahr 1857, der nebenbei »der Demoiselle Weiler« einen wesentlichen Anteil am ausgezeichneten Geschäftsgang des Carltheaters bescheinigt →25, weist darauf hin, daß Direktor Nestroy dem liederlichen Lebenswandel seines Ensembles umso weniger Einhalt gebieten könne, »als er selbst im Konkubinate lebt«, und regt an: »Um diesen Pflichten als Vorstand eines Kunstinstitutes, das auf Verbesserung der Sitten, Veredelung des Geschmackes und Hebung der Bildung einen wohltätigen Einfluß üben soll, wirksamer nachzukommen, wäre es im Interesse der öffentlichen Moral wünschenswert, daß Nestroy sein langjähriges Zusammenleben mit Demoiselle Weiler endlich durch eine eheliche Verbindung mit ihr legitimiert, wozu er auch schon dadurch verpflichtet ist, daß er ihrem Ordnungssinn und redlicher Gebarung seinen Wohlstand verdankt. Diese Motive scheinen selbst eine behördliche Einwirkung, jedoch in unauffälliger Weise, zu rechtfertigen.«[5] Zumindest verfügt die »k.k. n.ö. Statthalterei« am 5. März 1858 – »durch die Gnade des Allerhöchsten Landesfürsten« – die »Legitimation der beiden Kinder der Maria Antonia Lacher, nämlich Carl und Maria Cäcilia«.[6]

Belastet wird die Beziehung immer wieder durch die Seitensprünge Nestroys, der es dabei scheint's zunehmend an Diskretion fehlen läßt, denn Franz Wallner zufolge »entblödete er sich nicht, durch offene Untreue tausend und abertausend Mal die Eifersucht seiner Gebieterin bis zur rasenden Flamme anzufachen«[7]. Der Aufwand, den Nestroy gemeinhin betreiben muß, um die doppelte Buchhaltung zur Finanzierung seiner Liebschaften zu verschleiern und seine geheime Korrespondenz über Deckadressen abzuwickeln →2, ist beträchtlich. Und seine Eskapaden ziehen handfeste Gegenmaßnahmen nach sich: In einem Postskriptum weist Nestroy den Schauspieler Johann Jungwirth an: »Wenn Sie mir wieder schreiben, sagen Sie ja dem Theaterdiener, daß er den Brief mir selbst einhändigt, und zwar im Theater oder im Kaffeehaus. Zu Hause wird jeder Brief an mich erbrochen und gelesen.«[8]

Unbestritten bleibt, daß es die Weiler ist, die für Nestroys solides bürgerliches Dasein und häusliche Geborgenheit sorgt. Nestroy selbst bekennt in seinem Testament, daß die »treue Freundin meiner Tage«, die er als Universalerbin benennt, »durch aufopferndes Wirken das Meiste zur Erwerbung« seines Vermögens beigetragen habe[9], und im Leumundszeugnis, das die Wiener Polizeidirektion Nestroy am 21. Oktober 1854 für die behördliche Bewilligung der Pacht des Carltheaters ausstellt, wird darauf hingewiesen, daß die Weiler »ihn zu seinem eigenen Vorteile dergestalt beherrscht hat, daß er beide mit ihr erzeugte Kinder, von denen der Sohn als Oberleutenant im k. k. Genieregimente dient, nicht nur sehr sorgfältig erziehen lassen, sondern auch noch eine Summe von beiläufig 30.000 [Gulden] erübrigen konnte«.[10]

Zwei schwere Beziehungskrisen sind dokumentiert: Von Hamburg aus – mit seiner Tochter auf Erholungsreise nach Helgoland und Holland, während seine Lebensgefährtin sich nach Bad Ischl zurückgezogen hat – teilt Nestroy seinem vertrauten Freund Ernst Stainhauser am 1. Juli 1856 mit: »die häusliche Angelegenheit steht schlecht«; und, dezidiert: »meine Häuslichkeit muß auf einen festen Punct kommen, so, oder so.« Der Konflikt schwelt schon einige Wochen: Am 13. Juni hatte Marie Weiler Stainhauser aufgetragen, sie nicht mehr mit der Administration des Carltheaters behelligen zu wollen, das »hieße nur eine wunde Stelle nutzlos berühren und somit mir nutzlos Schmerz verursachen«.[11] Sie lehnte auch eine von Louis Grois angetragene Vermittlungsaktion ab und begann ihre privaten Sachen aus dem gemeinsamen Haushalt zu schaffen.

Zurück in Reichenau, pflichtet Nestroy Stainhauser am 18. Juli brieflich bei, daß ein fauler Friede »schlechter als gar keiner« sei, und teilt dem Vertrauten, der zwischen den Konfliktparteien vermittelt, seine Bedingungen für einen Friedensschluß mit: »1. Vollkommene Freygebung meiner Person. 2. Compagniegeschäft im Geschäft zu Ein Dritttheil reinen Gewinst-Antheil für Weiler, Zwey Dritttheile für mich, (mit unbedingter Disposition). 3. Eine leicht und ohne Aufsehen thunliche Separierung der Wohnung in der Wohnung. Wie und ob sich die Sache später in's Freundlichere gestalten könne, das muß der Zeit und dem Zufall in ruhiger Abwartung anheim gegeben werden.«

Zu vermuten steht, daß Nestroys Liaison mit Karoline Köfer bei diesem Krach mit im Spiel war, denn dem Brief an Stainhauser liegt nicht nur einer an Köfer bei – der nicht überliefert ist –, in dem Nestroy seiner Mätresse wohl klargemacht hat, daß er das Verhältnis zu beenden gedenke. Das würde immerhin die anonymen Schmähbriefe der Köfer an die Weiler erklären, derentwegen Nestroy kurz darauf nach Bad Ischl zitiert wird →2. Das Paar arrangiert sich, Nestroy überträgt der Weiler per eigenhändiger »Instruction«[12] vom 9. Dezember 1856 »die Verwaltung der Gesammtgeschäftsadministration« des Carltheaters, und die Buchhaltung weist in Hinkunft 315 Gulden Gehalt und ein Drittel der Einnahmen für Marie Weiler aus.

Worin das Zerwürfnis des Sommers 1858 gründet, läßt sich nicht mit Bestimmtheit sagen. Die Lage ist jedenfalls ernst: Stainhauser, der wieder einmal die undankbare Vermittlerrolle spielt, teilt die Weiler aus Bad Ischl mit, daß sie sich von den

Johann Nestroy (sitzend) mit Louis Grois, photographiert von Ludwig Angerer, 1861

Geschäften und der Verwaltung der Bühne zurückziehen werde. Und weiter: »Nach allem was Sie wissen, werden Sie wohl begreifen daß ich Nestroy von nun an, als *Fremden* zu betrachten entschlossen bin.«[13] Nestroy, wieder auf Reisen, wendet sich alarmiert, zerknirscht und trotzig zugleich von Paris aus am 19. Juni an Stainhauser: »Du sagst über die Frau Manches Richtige, wenn auch die Freundschaft zu mir Dich hinreißt, gerade im Betreff ihrer, zu viel Recht in meine Waagschale zu werffen. Sie ist jedenfalls, was unser häusliches Zerwürffnis anbelangt, mehr im Recht als ich. Ich habe ihr viel, sehr viel angethan, und mich entschuldigt nur der richtige Grundsatz: ›was man nicht weiß, macht einem nicht heiß.‹ Sie sollte und dürfte Vieles, sehr Vieles nicht wissen; daß sie es aber weiß, ist nicht *meine* sondern *ihre* Schuld; nicht *Mangel an Delikatesse meinerseits* ist das, was den so nöthigen Schleyer des Geheimnisses zerrissen, sondern auf die höchste Potenz getriebenes, an die spanische Inquisition mahnendes *Spionieren ihrerseits.* [...] Das größte Unrecht ihrerseits ist, daß sie mich als Verschwender ausschreyen will; selbst wenn es wahr wäre, dürfte sie es am wenigsten thuen. Ich habe in mancher Beziehung vielleicht mehr ausgegeben als ich klugerweise hätte sollen, aber Gott sey Dank, ich stehe ganz gut in meinem Vermögen; nicht so gut als die Frau sagt, daß ich stehen könnte, aber auch viel besser als Du glaubst, daß ich stehe. Ich habe ein anständiges Capital, und werde wenn ich noch die Zwey Jahre und Vier Monate rüstig fortarbeite für mein Alter *mehr* als *gedeckt* da stehen, und ihre Besorgniß, ich werde je von ihr etwas brauchen, schlägt ein wenig in's Lächerliche über. Übrigens weißt Du in vollem Maße auch die höchst vorzüglichen Eigenschaften der Frau zu würdigen, gewiß im höchsten Werthe weiß auch ich dieselben zu schätzen.«

Nestroy lenkt ein, gelobt, alles zu tun, um »die Frau« zu versöhnen – was ihm trotz der halsstarrigen Einschränkung »ohne meine Rechte über einen gewissen Grad hinaus, der festgestellt ist, zu beeinträchtigen« gelingen wird –, und zwar nicht aus pekuniären Erwägungen oder weil er sie als Geschäftsführerin des Carltheaters nicht entbehren könnte, sondern einzig und allein »aus wahrer auf Dreyßigjähriges Zusammenseyn gegründeter Anhänglichkeit des Herzens, aus der innersten Überzeugung daß man ein frohes Alter nur an der Seite des Wesens hoffen kann, mit welchem man das Leben in allen seinen Wechselfällen durchgemacht«.

7

»Corsarenbriefe«

Das Reich des Theaterunternehmers Karl Carl

Die Schillerischen Stück haben alle durch die Bank einen schlechten Schluß. Z.B. nehmen wir den »Don Carlos« »Ich habe das meinige gethan, thun Sie das Ihrige.« Ist das ein Ausgang für ein honettes Stück? Nach meiner Bearbeitung heirathet der Don Carlos die Prinzessin Eboli; Herzog Alba macht den Brautführer, und die Marquisin von Montican, die sie im 2. Act nach Frankreich fortschummeln, die kommt als Kranzeljungfer zurück. Das ganze schließt dann mit einem fröhlichen Auto-Kaffée. [...] Mit dem »Wallenstein« ist's nehmlich so: Seine letzten Worte sind: »Ich denke einen langen Schlaf zu thun.« – Das ist so was Fades, da muß das Publicum einschlafen, es mag wollen oder nicht. Bei mir reitet der Wallenstein am Schluß in Wien als Courier ein, und bringt 's Extrablattl, daß die Schweden geschlagen sind. Das ist doch ganz ein anderer Ausgang? Und im »Fiesko«, das möcht ich wissen, für was kommt denn eine Verschwörung vor, für was denn die Dummheiten? Nach meiner Bearbeitung bleibt die Verschwörung ganz weg, und das Stück schließt mit der Privat-Komedie, die der Fiesko gibt, wobei sich die Familien Doria und Lavagna ungeheuer blamiren. – So wird doch der Schluß komisch; da müssen die Stuck einen Effect machen.

(Nicodemus Papp in »Der Zettelträger Papp«, 2. Szene)

»Vereinte Gesellschaft des Theaters in der Josephstadt und an der Wien unter der Direktion der Carl Friedrich Henslerschen Erben« hieß zunächst die Firma, unter der vom Pfingstmontag

1826 an am Theater in der Josefstadt gespielt wurde; am 3. Oktober wies der Theaterzettel des Josefstädter Theaters aus: »Unter der Direction der Karl Friedrich Hensler'schen Erben und des königl. bayrischen Hofschauspielers und Directors Carl«; und am 28. Juni 1827 zeichnete der neue starke Mann im Wiener Theaterleben – in dessen Ensemble Nestroy 1831 eintritt →4 – die Einladung zur Eröffnungsvorstellung des Theaters an der Wien mit »Die Direction der k.k. priv. Theater an der Wien und in der Josephstadt, Carl, Director.«[1]

Carl Andreas Bernbrunn alias Karl Carl, Jahrgang 1787, hatte sich am Herzoggarten-Theater und dann am »königlich baierischen Theater am Isarthore« zu München seine ersten Sporen als Schauspieler – und hier mit seinem ins Hanswurstige verzerrten Staberl –, Regisseur und Intendant verdient. Nach einem glänzenden Gastspiel des Isartor-Theater-Ensembles, mit dem er von August 1825 bis Ende März 1826 das bankrotte Theater an der Wien wiederbelebt hatte, pachtet er – »vereint mit den Kräften des Theaters in der Josefstadt«[2] – per 1. Oktober 1826 die Wiedener Bühne. Am 6. Oktober teilt Carl der Polizeihofstelle mit, daß er sich mit der Erbin des Volksdramatikers und Direktors des Josefstädter Theaters Karl Friedrich Hensler, der Ende November 1825 verstorben war, »für die Entreprise des Theaters in der Josefstadt auf gleichen Anteil assoziiert und die oberste unumschränkte Leitung des Theaters in der Josefstadt übernommen habe«.[3] Ein Versuch, das ebenfalls bankrotte Leopoldstädter Theater an sich zu bringen, scheitert vorerst nicht zuletzt am Widerstand der Schauspieler dieses Hauses, die sich – »in der kränkendsten Unruhe« ob der drohenden »Eigenmächtigkeiten« des prospektiven Direktors – in Protestnoten an die Landesregierung und die Polizeihofstelle gegen die Monopolisierung der Wiener Vorstadttheater verwahren. Die »Gesuche« tragen unter anderem die Unterschrift Ferdinand Raimunds.[4]

Ende Juli 1828 gibt Carl die Direktion des Josefstädter Theaters ab – nicht ohne vorher die Starkomiker des dortigen Ensembles, Friedrich Hopp und Wenzel Scholz, seinem eigenen einverleibt zu haben –, sichert sich jedoch, bis zum vertraglichen Ausscheiden im September 1831, als Gesellschafter weiterhin jeden Einfluß auf die Bühne.

Amtliche Zeugnisse über Umtriebe und Gebaren des neuen Wiener Großimpresarios werden von zeitgenössischen Schilderungen detailreich bestätigt: Ein polizeiliches Gutachten, das Kaiser Franz I. über den neuen Pächter des Theaters an der Wien per Handschreiben vom 8. Jänner 1828 angefordert hatte, hält fest: »Hat die Staatsverwaltung lediglich den Betrieb einer Geschäftsanstalt, wie das Theaterwesen ist, im Auge, ohne auf die Moralität seiner Mitglieder und auf die mögliche Richtung des Kunstgeschmacks zu blicken, so ist Carl zur Übernahme der Leitung ganz geeignet.« Und führt weiter aus: »Herr Carl ist nicht vom Kunstsinne, sondern von Eigennutz geleitet. Er will ohne Rücksicht auf die Folgen mit dem möglichst kleinsten Aufwand viel erwerben. Die Oper wird allmählich in ein Singspiel, dieses in Burlesken verwandelt, der Geschmack des Publikums allmählich herabgesetzt«.[5]

Carl, ganz frühkapitalistischer Unternehmer, betreibt seine Bühnen wie Fabriken. Angesichts der immer zweifelhaften Qualität der zu erwartenden Stücke müsse der Theaterdirektor, »um die unersättliche Novitätensucht des Publikums zu befriedigen«, sich von vornherein durch Quantität decken, läßt Carl den Jungdramatiker Friedrich Kaiser wissen.[6] Als er Kaisers Erstling, ein »einfaches Lustspiel«, ablehnt, nimmt er sich den talentierten Bühnenautor zur Brust und läßt ihm eine regelrechte Lektion »in der Possen-Fabrikation« angedeihen: »Das Theater an der Wien kann nur als ein *Volkstheater en gros* prosperiren, und jeder Direktor, welcher es versuchen würde, mit dem Hofburg- oder Operntheater wetteifern zu wollen, müßte dies Streben, wenn man es auch als ein edleres bezeichnen könnte, mit seinem Untergange büßen.«[7] Für den Erfolg eines Schauspiels am Wiedener Theater stehe er nur ein, »wenn es für den Schusterjungen auf der letzten Galerie eben so faßlich und verständlich ist, als es andererseits den Grafen in seiner Loge nicht durch allzuderbe Behandlung verletzen darf. Ebenso ist's mit dem heiteren Genre. Die Stacheln des feinen Witzes, welche gleich jenen der Brennessel mehr gefühlt als gesehen werden, üben ihre Wirkung nur auf zarte Nerven. Das Publikum aber, welches aus den Werkstätten ins Theater geht, braucht stärkere Reizmittel, es gibt sich nicht zufrieden, wenn es nur lächeln kann, es will laut auflachen. Ich kann kein besseres Gleichniß finden als dies: Wenn Sie als Maler ein bis in die kleinsten Nuancen der Natur nachgeahmtes Miniatur-Bildchen zeigen, so wird nur eine Ihnen ganz nahestehende kleine Anzahl von Personen daran Wohlgefallen finden; wenn Sie aber durch ein Bild den Beifall einer großen, Ihnen ferner stehenden Menge erzielen wollen, so müssen Sie schon die Kontouren in dicken Linien zeichnen und grellere Farben aufsetzen.«[8]

Als Carl »mit einem fast häßlich zu nennenden Undanke«, wie Kaiser anmerkt[9], während seiner sechseinhalbjährigen Doppeldirektion – Ende 1838 hatte Carl das traditionsreiche, aber gänzlich heruntergewirtschaftete Theater in der Leopoldstadt in seinen Besitz gebracht – Nestroy und Scholz und mit ihnen das Volksstück →26, »welches ihn zum überreichen Manne gemacht hatte, aus dem Theater an der Wien hinüber in das stets von ihm stiefväterlich bedachte Leopoldstädter Theater« verwies, stießen Kaisers Einwendungen bei seinem Direktor auf taube Ohren: »Das österreichische Volksstück war das tägliche Brod Ihres Publikums, jetzt reichen Sie dem letzteren dafür süßes Backwerk; lüstern greift es danach und läßt, wie Kinder zu thun pflegen, das Brod liegen. Dies wird aber nur so lange währen, bis das große Kind, das Publikum, fühlen wird, daß es sich mit den Leckereien den Magen verderbe, dann wird es diese mit Ekel wegwerfen, und sich wieder nach einem gesunden und nahrhaften Stück Brodes sehnen.«[10]

Kaiser sollte zwar recht behalten, aber Anfang der vierziger Jahre war Vaudeville angesagt, und am Theater an der Wien gab Carl dem Publikum, wonach es verlangte. Kaiser mußte auf Weisung seines Direktors Lokalpossen, die er Nestroy und Scholz auf den Leib geschrieben hatte, zu Vaudevilles umarbeiten, in deren Hauptrollen Carl sich selbst und seine Mätresse Brüning in Szene setzen konnte. Kurzfristige Adaptierungen für den Tag und mutwillige Änderungen waren aber an Carls Bühnen nichts Außergewöhnliches: Nestroys Stück »Der konfuse Zauberer oder Treue und Flatterhaftigkeit« wird drei Tage nach der Premiere am 26. September 1832 unter dem Titel »Treue und Flatterhaftigkeit oder Staberl als konfuser Zauberer« aufgeführt. Scholz war erkrankt und Carl, dessen Paraderolle Friedrich Kaiser zufolge in allen seinen Darstellungen kräftig durchschien, eingesprungen. »Der Seeräuber Stockfisch ward in den Parapluimacher Staberl metamorphosirt, den Hr. Carl darstellte, nebstbei auch eine Scene des englischen Kunstreiters gab, den Rest dieser Rolle aber Hrn. Werle überließ«, referiert der »Wanderer«, der die Umbesetzung verdutzt resümiert: »Nicht leicht erfuhr eine Theater-Novität schon im Entstehen auf dem Theaterzettel größere Veränderungen, als das neueste Zauberspiel im Theater an der Wien.«[11]

Es mußte schnell produziert werden, für den Tag, Meter-, Dutzendware, und wenn die neuen Stücke nur eine Handvoll Aufführungen erlebten, schlugen sie auch nicht schwer aufs Budget des Direktors, dessen Mengen-Vorgaben darauf hinausliefen »aus dem Dichter einen Fabrikanten zu machen, der ihm, dem Kaufmanne, jährlich zu gewissen Zeiten eine Partie Waare abzuliefern hatte«, wie Kaiser seufzt[12], der den Produktionsdruck drastisch schildert: »Aber wie ist dichterisches Produciren möglich, wenn der Dichter den festgesetzten Termin, an welchem sein Stück fertig sein *muß*, im Auge habend, sehr oft *inerte Minerva* sich an sein Pult setzen muß; wenn ihm, wie es unter Carls's Leitung mir und Andern oft geschah, die einzelnen Bogen von einem Abgesandten des Directors entrissen werden; wenn er oft, am zweiten Acte schreibend, nicht mehr durchlesen kann, was er im ersten Acte geschrieben; wenn er endlich, nachdem das Stück fertig ist, aus besonderen Rücksichten, welche die Direction für einen oder den andern Schauspieler, öfter aber noch für eine *Schauspielerin* hegt, überredet oder – gezwungen wird, ganze Charactere neu umzugestalten, gegen seinen Willen die Wahrscheinlichkeit und Natürlichkeit aufzuopfern, und dem leidigen Theater-Effecte zu huldigen?!«[13]

Carl verwandelte die darniederliegenden Wiener Vorstadttheater in florierende Bühnenunternehmen, indem er auf die zwei Genres setzte, mit denen er schon in München reüssiert hatte: auf das Spektakelstück und die Burleske. Auch der Schauspieler August Lewald, der unter Carl am Isartor-Theater kurze Zeit Direktionssekretär und diesem treu ergeben gewesen war, hebt die Inszenierungslust Carls hervor: »Der äußere Spektakel, womit Karl die Stücke umgab, war oft großartig zu nennen; nichts, was Andern unmöglich schien, schreckte ihn ab; sein Feuer und Talent überwanden alle Schwierigkeiten. Aber auch in andern Beziehungen war er unerschöpflich und seine scenischen Beimischungen trugen stets zur bessern Wirkung des Ganzen bei; nur war es schade, daß er das Feinere verschmähte und stets das Grellste wählte.«[14] Was zählte, war der Effekt.

Sensation machen Carls »lebende Theater«: Er läßt die Kulissen entfernen, wirkliche Bäume und Sträucher aufstellen, um, die Tiefe der Bühne ausnutzend, Raum für Massenchoreographien, für Aufmärsche zu Fuß und zu Roß zu schaffen, bisweilen gar für ganze Kunstreitertruppen. Schillers »Jungfrau von Orleans« wird unter seiner Hand zu einem Spektakelstück, die »Räuber« werden zu einer sechsaktigen »Pferdekomödie«.

Der Erfolg beim Publikum, dessen Verlangen nach Circenses er vollauf befriedigte, gab Carl vorerst recht, und die fachliche Eignung wollte ihm auch die Polizeihofstelle nicht absprechen: »Durch die langjährige Routine verbindet er mit voller Sachkenntnis und Umsicht im Theaterwesen rege Tätigkeit, Ersparungs- und Einschränkungssucht, und er vereinigt in sich das Amt eines Regisseurs, Maschinisten, Dekorateurs, Kostümeurs und Schauspielers. Nichts entgeht ihm bei Proben und Vorstellungen vom Kleinsten bis zum Größten, er sieht auf Ordnung, Fleiß und ineinandergreifendes Zusammenwirken, auf die seiner Leitung anvertrauten Interessen«. Allein: »in der Wahl der Mittel, um diesen Zweck zu erreichen, macht er solche Mißgriffe, daß dieselben nicht nur im Publikum laut getadelt werden, sondern auch bereits ein Gegenstand polizeilichen Reflexes geworden sind.«[15]

Im November 1826 hatte Carl bei der Polizeioberdirektion Theatergesetze eingereicht und um Erteilung des Imprimatur angesucht. »Da aber die festgesetzten Strafen zu vielfältig und zu strenge bemessen gewesen und überdies der Willkür der Direktion ein solcher Spielraum offen stand, daß die Behörden dadurch beständiger Behelligungen und der Gefahr ausgesetzt wären, in den vorauszusehenden immerwährenden Konflikt zwischen den Mitgliedern der Bühne und der Direktion verwickelt zu werden, so sei dieser Entwurf mit der Weisung zurückgestellt worden, ihn nach Muster der hier schon bestehenden Gesetze zu modifizieren und insbesondere jede Willkür in der Art der Bestrafung zu beseitigen«, führt Karl Glossy aus.[16]

Und Carls »Directionssystem«, sprich das eiserne Sparen an den Produktionskosten und sein autokratisches Regime, wendet sich schließlich gegen ihn. Ende der dreißiger Jahre tut das Publikum im Wiedener Theater deutlich seinen Unmut kund, indem es seine Novitäten auspfeift. Kaiser berichtet, daß bei Premieren im Theater an der Wien »wenigstens ein Drittheil des Publikums in der Absicht gekommen war«, das neue Stück, »sobald sich nur irgend ein Anlaß böte, zum Durchfallen zu bringen. Man wollte Carl strafen und schlug nach seinen Dichtern und Schauspielern, wie ein König, welcher einen andern König bekriegt, damit beginnt, ihm seine Soldaten wegzuschießen. Fiascos so stürmischer Natur wie damals wurden seit jener Zeit nicht mehr erlebt, und selbst der allbeliebte Nestroy wurde, wenn eines seiner Stücke nicht eben ›bombenfest‹ gebaut war, beinahe insultirt.«[17] →13 Ende der vierziger Jahre hatte Carl durch seine Knickerei und Willkür auch den Großteil seiner Autoren so sehr vergrault, daß sie ans Theater in der Josefstadt flohen, dessen Direktor, Franz Pokorny, seit 1839 Tantiemen zahlte.

Sein ganz persönliches Fiasko erlebt Carl 1845. Wiederholt ist ihm das Theater an der Wien, das unter Konkursverwaltung steht und das er um einen bescheidenen Pachtschilling bespielt, zum Kauf angeboten worden. Nachdem sich schon zehn Jahre zuvor bei einer Auktion kein Käufer für die Bühne gefunden hatte, findet es Carl auch am 23. April 1845 nicht der Mühe wert, der auf diesen Tag angesetzten Zwangsversteigerung beizuwohnen – er überwacht die Generalprobe von Nestroys neuer Posse »Unverhofft«.

Für 199.000 Gulden erhält Franz Pokorny den Zuschlag, als Meistbietender von ebenjenem Baron Dietrich unterstützt, dem Carl das Leopoldstädter Theater im Dezember 1838 vor der Nase weggeschnappt hatte. Carl verliert das »herrliche, großartige, vierstockhohe Theater mit seinen Nebengebäuden«, es bleibt ihm die »alte baufällige Baracke, mit drei Gallerien, die so nieder waren, daß die Soldaten die Czakos vom Kopf nehmen mußten, wenn sie Wache standen«, wie Adolf Bäuerle das Leopoldstädter Theater bezeichnet.[18]

Die bei der Abschiedsvorstellung »auf der Wied'n« am 30. April versprochene Verwandlung des »veralteten Theaterhäuschens nahe am Donaustrande« in einen »stattlichen Tempel des Frohsinns und der Heiterkeit«[19] zieht sich hin. Eine erste oberflächliche Behübschung kann die Mängel der Spielstätte nur notdürftig kaschieren. Am 7. Mai 1847 wird das Theater in der Leopoldstadt geschlossen. Bis zur Eröffnung des nach Plänen der Hofopernarchitekten van der Nüll und Siccardsburg an der Stelle des großteils demolierten »veralteten Theaterhäuschens nahe am Donaustrande« – in nur sechs Monaten Bauzeit – errichteten Carltheaters am 10. Dezember 1847 spielt das Carlsche Ensemble auf einer provisorischen Bühne im als Theatersaal adaptierten riesigen Tanzsaal des Leopoldstädter Vergnügungsetablissements Odeon; »zur wahren Profanation der Kunst«, wie Ferdinand Ritter von Seyfried naserümpfend anmerkt[20] – aber zum Besten von Carls Kasse.

»Sein Personal ist, mit Ausnahme einiger weniger, schlecht bezahlt, so daß es von seinem Gehalt unmöglich auch nur die unentbehrlichsten Lebensbedürfnisse befriedigen kann, und insbesondere der weibliche Teil notgedrungen ist, nach irgend einem Nebenverdienst zu suchen«,[21] stellt ein polizeiliches Gutachten fest, das, indem es die »Moralität« der Ensemblemitglieder in Zweifel zieht, auch die Art des »Nebenverdiensts« insinuiert. Offen angesprochen wird die »Maitressenwirtschaft« Carls, der, in seinem »Privatvergnügen« so ökonomisch wie in Geschäftsangelegenheiten, die Kosten für seine zahllosen Verhältnisse niedrig zu halten wußte, indem er, wie Rommel anmerkt, »seine Direktorsstellung skrupellos ausnützte«.[22]

Ab Mitte der dreißiger Jahre enthalten Carls Verträge neben dem Paragraph XIV auch den berüchtigten Paragraphen V. Unter Punkt XIV verpflichtet sich der Unterzeichner, die festgesetzte Vertragsdauer in ihrer vollen Länge zu erfüllen. »Herr Direktor Carl behält sich jedoch das Recht vor, diesen Kontrakt auch noch während seiner festgesetzten Dauer zu jeder Zeit nach vorhergegangener sechswöchentlicher Kündigung in allen seinen Teilen wieder auflösen zu können.«[23]

Nestroy als Schauspieler Pitzl in der Posse »Umsonst«, photographiert von Hermann Klee, 1861

Mit dem Paragraph V, der Carls Verträgen die Bezeichnung »Corsarenbriefe« eingetragen hat, »verbinden sich«, wie es dort heißt, die Schauspieler, »bei Auflösung oder Ausgang dieses Kontraktes auf keinem hierortigen Vorstadttheater, unter keiner wie immer Namen habenden Bedingung mitzuwirken, und zwar durch achtzehn ununterbrochen aufeinander folgende Monate, vom Tage der Auflösung oder des Ablaufes dieses Kontraktes an gerechnet.«[24] Eine Knebelbestimmung, deren Übertretung teuer zu stehen kommt: Das Pönale beträgt einhundert Gulden.

Unter Paragraph XVII – »Additional-Artikel« – verpflichtet sich Karl Haffner im November 1837, »in jedem Kontraktsjahre dem Direktor Carl wenigstens acht neue, von ihm verfaßte Theaterstücke, worunter wenigstens fünf neue Lokalpossen mit Gesang begriffen sein müssen«, zu liefern. »Diese acht Stücke müssen jedes den ganzen Abend ausfüllen und genau für das zur Zeit der Ablieferung des Stückes bei dem Theater a. d. Wien angestellte Kunstpersonale berechnet sein. Es versteht sich hiebei von selbst, daß Herr Direktor Carl nur solche Stücke anzunehmen verbunden ist, welche von Herrn Karl Haffner zur Zufriedenheit des Herrn Direktors Carl verfaßt wurden und die Zensurbewilligung erhalten.«[25] Der Preuße Haffner hat seine Wiener-Dialekt-Possen nicht nur generell auf das Ensemble abzustellen, »Herr Direktor Carl« sichert sich darüber hinaus vertraglich das Recht, »jederzeit zu bestimmen, welche und wieviel Komiker in einer von Herrn Karl Haffner zu verfassenden Lokalposse beschäftigt sein sollen«.[26] Als »Hausdichter« hat Haffner daneben »alle ihm von Herrn Direktor Carl übertragenen Abänderungen oder Anfertigungen neuer Szenen, Aktschlüsse oder neue Gesangstexte unentgeltlich zur anberaumten Zeit zu verfassen«.[27] Er bezieht dafür ein monatliches Gehalt von 40 Gulden – und für jedes neue Stück ein lächerliches Honorar von zwanzig Gulden »bei der ersten, siebenten, dreizehnten, zwanzigsten, fünfundzwanzigsten Aufführung«. Zudem »eine halbe Einnahme, nach Abzug der Kosten«.[28] Für seine Benefizvorstellung hat Haffner allerdings ein neuntes Stück zu liefern – honorarfrei.

Der Kapellmeister Adolf Müller hat in den Jahren 1836 bis 1839 gegen ein Jahresgehalt von 1000 Gulden und eine halbe Einnahme – für die er die Musik unentgeltlich zu liefern und die Kosten für die Kopiatur zu tragen hat – in jedem Kontraktjahr außer seiner Benefizoper noch zwei weitere Opern oder Possen mit Gesang und zwanzig Musikstücke nach Angabe und zur Zufriedenheit des Herrn Direktors Carl zu komponieren, »bei welchen es dem Herrn Direktor freisteht, diese zwanzig Nummern nach seinem Bedünken entweder teilweise oder zu einem vollständigen Werk, nämlich zu einer Oper, Posse mit Gesang, Melodram etc. komponieren zu lassen«. Für jede abendfüllende Oper, die Müller darüber hinaus schrieb, stand ihm ein Honorar von 40 Gulden zu.[29]

Carl hält seine Schauspieler mit dem berüchtigten Paragraphen V und vertraglich fixierten drakonischen Strafen selbst für kleinste Vergehen nicht nur wie Leibeigene, er fordert auch höchsten Einsatz – bei den Proben und zumal während der sechseinhalbjährigen Doppeldirektion, da er das Theater an der Wien und das Leopoldstädter Theater gleichzeitig bespielt. »Die Schauspieler Carl's waren, seitdem er mit Einer Gesellschaft zwei Bühnen zu versehen hatte, fast täglich bald hier, bald dort beschäftigt und mußten, da sie einen großen Theil der Tageszeit mit dem Hinüber- und Herüberfahren zu verläppern gezwungen waren, oft auch die Nachtstunden zum Einstudiren ihrer Rollen verwenden, nie aber kam es dem Direktor in den Sinn, sie für ihre übermäßige Anstrengung, oder für ganz besondere Leistungen auf irgend eine Weise zu belohnen«, klagt Friedrich Kaiser an.[30]

Ausgiebig macht Carl von seinem Recht Gebrauch, Schauspielern, die er gerade nicht braucht, einen »Urlaub zu gewähren«, das heißt, sie unter Einstellung der Bezüge vom

Dienst zu suspendieren, ohne sie allerdings aus der Vertragspflicht zu lösen. Wenn er sie braucht, verlangt er ihnen alles ab. Der Arbeitstag der Premiere von Nestroys Zauberspiel-Parodie »Der gefühlvolle Kerkermeister« in der Schilderung Eugen Eiserles: »Erwähnenswerth ist, daß am Tage der Vorstellung die General-Probe um 8 Uhr Früh begann, und um $3/4$ 6 Uhr Abends, als schon die Leute an der Kassa standen, der 3. Akt noch nicht probirt war. Kapellmeister Müller mußte sich mit dem Orchester in den Probesaal begeben, und konnte nur flüchtig den letzten Akt durchnehmen. Um 10 Uhr war die Vorstellung, vom günstigsten Erfolge begleitet, zu Ende, nachdem weder Direktor Carl, noch Kapellmeister, noch Schauspieler und Musiker seit 14 Stunden das Theater verlassen hatten. So arbeitete Carl!«[31]

Finanzielle Notlagen seiner Ensemblemitglieder nützt er schamlos, um sie zu Dumpingbedingungen in langfristige Verträge zu zwingen; oder, wie bei Wenzel Scholz, um jeden Vorschuß, den er gewährt, an die Bedingung zu knüpfen, daß der alte, schlecht dotierte Vertrag verlängert wird – womit abzusehen ist, daß die nächste Bitte um Vorschuß und damit die nächste Vertragsverlängerung nicht lange auf sich warten lassen wird.

Als Wenzel Scholz 1833 vom Hof ein Engagement ans Burgtheater angeboten wird, bittet er Carl um Entlassung aus seinem Vertrag: »Mit meinem Weibe und meinen Kindern trete ich vor Sie, Herr Direktor! hin und spreche: ›Herr! in Deiner Hand ist das Glück dieser Familie, fordere, welchen Entgelt Du willst, ich werde suchen, für den trostreichen Gedanken, die Meinen nach meinem Tode geborgen, und mich ihnen durch mögliche Schonung meiner Kräfte vielleicht länger geschenkt zu sehen, selben realisiren zu können, alles aufbiethen, um in die andere Waagschale Ihrer Großmuth durch die Lösung meiner eingegangenen Verpflichtung würdigen Entgelt legen zu können. Jede Entschädigungssumme mit der augenblicklichen Tilgung meiner Schuld, sei sie noch so groß, wiegt meinem Vaterherzen nicht die wohlthätige Beruhigung auf, Weib und Kinder nach meinem Hinscheiden versorgt zu wissen.‹«[32] Carl lehnt eine Vertragsauflösung nicht nur rundweg ab, sondern gibt Scholz auch noch gönnerhaft zu bedenken, daß er gar nicht ans Burgtheater passe und er den Abgang seines renommierten Komikers schon deshalb nicht hinnehmen könne, da immerhin das Wohl und Wehe von 300 Familien, die er als Impresario in Lohn und Brot setze, von der schauspielerischen Substanz seines Ensembles abhingen, die durch den Abgang des gefeierten Stars Scholz empflindlich litte.

Aufgebracht greift Scholz zur Feder und macht brieflich seinem Ärger über die miserable Bezahlung und die Bedrängnis Luft, in die er dadurch geraten ist: Wenn »bey einem Manne von *Ihrer Denkungsart*« schon nicht daran zu denken gewesen sei, daß er auf sein vertraglich verbürgtes Recht verzichte, so hätte Carl ihm, der seit sieben Jahren zur Mehrung des Reichtums seines Direktors nicht unwesentlich beigetragen habe, wenigstens die »herabwürdigenden *Gegengründe* ersparen können«. Carls Untergriff: durch Scholz' »*Erscheinen auf der Hofbühne müßte selbe zu volksthümlichen Possen schreiten*«, sprich, Scholz' Spiel »zöge das Theater herab«, er verderbe durch sein Auftreten die Lustspiele der Hofbühne, »diesen Ihren Vorwurf[,] sage ich, kann man sich nur dadurch erklären, daß Sie mein Talent nach *Ihrer Kunst* bemessen, die wirklich jedes Stük herabzieht, und durch *Ihren Auftritt* zwar nicht zur *volksthümlichen,* aber zur Staberlsthümlichen Possenreißerei herabgezogen wird«.

»Sind Ihnen gleichwol 300 *Familien!!!* zu erhalten aufgebürdet, so kann Ihnen von den Behörden doch nicht zugemuthet werden, zum Besten dieser 300, *eine Familie, meine nähmlich* alles Glükes, aller Ruhe zu berauben, zu welchem Verluste fast für immer ich mich als bedrängter Familien Vater durch Ihre im Unglüke nicht genug erkannten listigen Vorschläge bringen ließ, da kein anderer Ausweg für mich war«, macht Scholz seiner Empörung weiter Luft. »Nur zum einfachsten Leben« reiche sein Einkommen hin; daß Carl ihm – »freylich höhnisch genug«, indem er zu den mickrigen 1450 Gulden Gehalt die Spielhonorare und zwei halbe Einnahmen zu je 350 Gulden in Anschlag brachte – vorgerechnet hatte, daß er von den 2850 Gulden, die er jährlich verdiene, spielend 1000 für seine Familie beiseite legen könne, verbittert den Komiker, der sich um die Chance seines Lebens gebracht sieht: »Wenn Sie eine Einnahme von mir *wenigstens* auf 350 [Gulden] schätzen, ja bestimmt annehmen, wie nennt man denn einen solchen Menschen, der eine Sache, welche offenbar 350 [Gulden] werth ist, im Bedrängnisse des Besitzers um 50 [Gulden] ablöst, wie es bei einer meiner Einnahmen der Fall war. Ich frage weiters, wie nennt man denn einen solchen Menschen, der aus Mißtraun meiner Krankheit mir in Begleitung eines seiner Diener einen Politzey-Bezirks-Arzt zur Ueberzeugung ins Haus schikt (folglich eine authentische Person) den Beweiß meiner Krankheit durch selben erfährt, und mir dennoch folgenden Tages derselbe Diener, *von der großmüthigen Direction,* in deren anstrengendem Dienste ich meine Gesundheit geopfert habe, die Nachricht bringt: man werde die Tage meiner Krankheit aufnotiren, und mir selbe von meinem künftigen Urlaubs-Monat abziehn, – ich frage Sie und die ganze Welt, Thut das ein *rechtlicher* Mann?«[33]

Scholz fühlt sich von Carls »*prahlerischer Großmuth* auf *eine Art* belohnt, vor welcher jeder rechtliche Mensch ausspukt«; sieht sich seit dem Empfang von Carls »ehrenrührerischem« Brief nicht mehr in der Lage, zu Carls »Vortheile spielen zu können. Laune läßt sich nehmen, aber nicht geben, guter Wille läßt sich aneifern, aber auch tödten.«

Scholz blieb, mußte bleiben; Carl entließ ihn nicht aus dem Vertrag, und die 18 spiel- und honorarfreien Monate, die nach

Vertragsende oder -auflösung ins Haus gestanden wären, hätte der notorisch abgebrannte Scholz nicht durchgestanden.

1852, nach knapp 27 Jahren in Carlschem Engagement, wird Scholz bei seinem Direktor als »gehorsamer Sohn« vorstellig um Verlängerung seines Vertrags zu besseren Konditionen. Seine Jahresgage – Scholz begann 1826 mit 1200 Gulden, erhielt 1833 1500, 1837 1700 und vom Juni 1836 an 1940 Gulden – möge auf 3000 Gulden angehoben werden; Nestroys Gage belief sich auf 5000 →11, die Carl Treumanns auf 6000 Gulden. Scholz unterzeichnete den Bittbrief an seinen Direktor mit »Ihr treuester, aufrichtigster und anhänglichster Diener«.[34]

8

»Ich stimme für diese Heurath nicht«

Nestroys Ehefrau Wilhelmine Nespiesni

Eher a Locomotiv aufhalten, als ein'n jungen Beamten, der mit 'n Anstellungsdecret in d' Sacristey rennt a Cupolation b'stell'n.

(Kampl in »Kampl« III,7)

»Ich stimme für diese Heurath nicht.«[1] – Über die Motive seiner Mißbilligung gibt das Tagebuch des Hofsekretärs und Theaterintimus J. K. Rosenbaum keinen Aufschluß. Er hält darin am 23. August 1822 schlicht fest: »Die Zwettling erzählte mir, daß Nestroy ihre Minna heurathen will, wenn er beim Hoftheater engagirt wird.«[2] Sei's drum: Nestroy debütiert am 24. August am Kärntnertor-Theater →4, und am 7. September 1823 – wie den Trauungsmatrikeln der Wiener Pfarre St. Augustin zu entnehmen ist – werden »Herr Johann Nep. Nestroy, k.k. Opernsänger am k.k. Hoftheater«, und die neunzehnjährige »Jungfrau Wilhelmine von Nespiesni«, eine voreheliche Tochter der Gattin des Notariatssekretärs Franz Wilhelm Zwettlinger und eines Franz Joseph Grafen Zichy de Vásonykeö, »kopuliert«.[3]

Zwei Tage darauf reist das Paar nach Amsterdam ab, wo Nestroy sein Engagement am Deutschen Theater antritt. Eine Schwangerschaft – Wilhelmine Nestroy wird am 21. April 1824 von einem Sohn, Gustav, entbunden – verhindert, wie Nestroy in seinem Rollentagebuch festhält, den »ersten theatralischen Versuch« seiner Gattin, die in dem Lustspiel frei nach Shakespeare »Liebe kann alles oder Die bezähmte Widerspenstige« am 17. Jänner 1824 debütieren hätte sollen. Unter dem 22. Dezember 1824 vermerkt Nestroys Rollentagebuch eine »unzeitige Entbindung« seiner Frau.

1827, während des Grazer Engagements, läßt Wilhelmine Nestroy ihren Gatten mit dem dreijährigen Sohn sitzen – »eines mit einem damahls in Grätz sich befindlichen Grafen Batthyany unterhaltenen Liebesverhältnißes wegen«[4], wie sie 14 Jahre später erklärt.

16 Gulden an monatlichen Alimenten gesteht ihr der Scheidungskontrakt zu, Nestroy zahlt freiwillig 25. Als sie jedoch auf seinen Namen Schulden macht, 160 Gulden, begleicht er diese erst – »aus freyem Willen, ohne mir im geringsten etwas schuldig zu sein[,] ohne daß ich aus irgend einem Rechtsgrund eine Forderung an ihn machen könnte«[5], wie sie kniefällig anerkennen muß –, nachdem sie am 7. September 1841 eine Erklärung unterfertigt, in der sie die Alleinschuld für den Bruch der Ehe auf sich nimmt. Ferner räumt sie Nestroy das Recht ein, ihr den Schuldenbetrag in Zehnguldenraten von den monatlichen Alimentationszahlungen abzuziehen, sollte sie die Umwandlung der kontraktlichen in eine gerichtliche Scheidung hintertreiben. Überdies muß sie sich zur Entlastung Nestroys folgende demütigende Erklärung abringen: »Wenn ich daher jemahls gegen irgend Jemand von [...] an ihn zu machen habenden Forderungen sprechen sollte, so erkläre ich dies meinerseits theils für eine falsche Vorspiegelung[,] um von Leuten Geld auszulocken, theils für eine Verläumdung des Herrn Nestroy[,] der selbst dann, wenn ich mir hätte einbilden können, noch eine Forderung an ihn zu haben, durch gegenwärtige Ausgleichung meiner Schulden dieselbe auf überwiegende Weise getilgt habe.«[6]

Am 15. Februar 1845 wird die Ehe gerichtlich geschieden, am 21. März wird Wilhelmine Nestroy auf Antrag ihres geschiedenen Mannes »wegen Verschwendung«, das heißt wegen der Schulden, die sie auf seinen Namen gemacht hat, unter Kuratel gestellt. Unversöhnlich bleibt Nestroy bis zuletzt: Die

Fortzahlung der Alimente, 45 Gulden monatlich, ist alles, womit er seine Ex-Gattin testamentarisch bedenkt.

Diese steht bis an ihr Lebensende – sie stirbt am 16. November 1870 an Altersschwäche – unter der Vormundschaft ihres Schwagers. Bei einem Gesuch um Aufhebung der Kuratel, das dieser im Februar 1870 beim Bezirksgericht Leopoldstadt stellt, gibt Wilhelmine Nestroy zu Protokoll: »Ich glaube nicht, daß mein seeliger Mann derartige Gründe hätte, die aus meinem Verschulden hervorgingen, daß er mich wegen Verschwendung unter Curatel setzen ließ, da er für mich lediglich einige hundert Gulden Schulden bezahlte. Ich habe nämlich mit meinem verstorbenen Mann nicht mehr leben können und lebte vor der gesetzlichen Scheidung schon getrennt von ihm. Damals hat er mir monatlich bloß 25 [Gulden] zu meiner gänzlichen Verpflegung gegeben, mit welch geringem Betrage ich unmöglich auskommen konnte und daher genötigt war, Schulden zu machen, um die notwendigsten Lebensbedürfnisse befriedigen zu können, keineswegs aber, um verschwenderische Auslagen zu bestreiten. Wenn daher schon die Curatelverhängung über mich nach meiner Ansicht durchaus nicht begründet war, ferner der Hauptzweck derselben, nämlich, daß ich auf den Namen meines Mannes keine Schulden mache, ganz entfällt, weil mein Mann schon längst tot ist, so glaube ich, daß zur Fortsetzung dieser Curatel nicht der geringste Anlaß besteht, da ich seit 1845 von der monatlichen Apanage per 45 [Gulden] leben mußte, womit ich auch auskam, ohne Schulden zu machen. Ich glaube, daß unter diesen Umständen von einem verschwenderischen Lebenswandel wohl nicht mehr die Rede sein kann.«[7]

9

»Bis an die Gränze des Muthwillens«

Nestroys unheimliche Bühnenpräsenz

Is denn das a Sünd', wenn der Mensch a Acteur is?

(MATHIAS DAMISCH in »Theaterg'schichten durch Liebe, Intrigue, Geld und Dummheit« I,6)

»›Jetzt is's nimmer zum Aushalten, was der Director mit mir treibt!‹ – ›Was ist geschehen?‹ frug der Andere. – ›A neuche Roll' hab' i kriegt, schon wieder so a malefiz-komische, mit der i aber gar nix anz'fangen weiß!‹ – ›Wie heißt sie?‹ – ›Ein' g'wissen Sansquartier soll i spiel'n; a verruckt's dumm's Stuck is's, was nix machen wird!‹ Und der Erzürnte lief mit der Rolle ingrimmig davon.«[1]

Eines Vormittags sei Nestroy ins Zimmer seines Kollegen Walter gestürzt, habe das Manuskript seiner neuen Rolle wütend auf den Tisch geworfen und seinem Ärger darüber Luft gemacht, daß der Direktor des Grazer Ständischen Theaters, Johann August Stöger, ihn, der sich »mehr für's Tragische ›eingeschossen‹ wähnte« und sich in ernsten Partien am wohlsten fühle, aufs komische Fach festlegen wolle und ihm mit dem einäugigen Invaliden Sansquartier in Louis Angelys Vaudeville »Zwölf Mädchen in Uniform« eine Charge zugeteilt habe – die eine seiner Paraderollen werden sollte.

»Nachmittags, während der Piquetstunde, erheiterte sich plötzlich Nestroy's Antlitz, und er raunte Walter in die Ohren: ›G'rad is m'r was eing'fallen, i weiß schon, was i thu'! Der wird si anschau'n! I mach' aus dem verfluchten Kerl, den i spiel'n soll, ein' alten versoffenen … Deutschmeister, nachher hab' i g'wiß a Ruah!‹ Und er hielt Wort. In derbst grotesker Maske und carikirtester Ausführung gab er den undefinirbaren ›Charakter‹, und das Publicum, anfänglich stutzig, lohnte alsbald das Wagniß mit frenetischem Beifall.«

Selbst wenn diese Anekdote, die Friedrich Schlögl überliefert, nur gut erfunden sein mag, ist sie insofern aufschlußreich, als es offenbar einer »Gründungsgeschichte« für das outrierte Spiel Nestroys bedurfte, das – beim Sansquartier – aus einem Nichts an Text eine »über jede Beschreibung komische« Figur[2] schuf und – generell – anfänglich für einige Irritationen sorgte, weil es den Rahmen der herkömmlichen Drolerie sprengte. Über diesen »kolossalen Styl« im Komischen kann der Theaterredakteur der »Bohemia«, Anton Müller, beim ersten Prager Gastspiel Nestroys im Jahr 1840 – im Gegensatz zum spontan begeisterten Publikum – erst lachen, nachdem er sich »von einem verzeihlichen Befremden erholt hat«.[3]

Eindringlicher als jedes andere zeitgenössische Urteil, lassen Bernhard Gutts Kritiken des Prager Nestroy-Gastspiels vom Juli 1844 die körperliche, die gestische, mimische und stimmliche Bühnenpräsenz Nestroys erahnen[4]: Den Nebel in seiner Posse »Liebesgeschichten und Heurathssachen« gibt Nestroy am 11. Juli »mit einem Aplomb, einer Entschiedenheit, die ihres Erfolges vollkommen sicher ist. [...] Herr Nestroy hat eine fast unwiderstehliche komische Gewalt; er geht in den Couplets, in welchen er die lächerlichsten Liebespaare copirt, in Gebärde und Stimme bis an die Gränze des Muthwillens; aber es ist ein gesunder Muthwille, von dem man nirgend sagen kann: hier ist zu viel. Mit dem bloßen Blicke, mit der stummen Miene erzielt Herr Nestroy Effekte, die andern beim Aufgebote aller Kräfte unerreicht bleiben.«

Als eine von drei Rollen verkörpert Nestroy am 25. Juli in »Der Bär und der Bassa«, »einer Reihe albern ausgeführter Späße, die Gottlob weit hinter uns liegen«, den Ali Hatschi. »So entschieden aber das Stück mißfiel«, referiert Gutt, »so sehr sprach Herr Nestroy an und zwar hauptsächlich durch die Erscheinung. […] Der unendlich lange dünne Leib, die weiten Puffhosen bis an's Knie, der glatte, runde, den Gypspagoden ähnliche Kopf, die gespreizten automatischen Bewegungen, das leere, albern freundliche Lächeln, eine gewisse kindische, täppische Gutmüthigkeit bildeten ein so unwiderstehlich komisches Ensemble, daß das Publikum in der ersten Scene Hrn. Nestroy's schon über den bloßen Anblick nicht aus dem Lachen kam. Hr. Nestroy ist aber auch das Stück; Alles außer ihm ist unbeschreiblich fad.«

Im »Tritschtratsch« – »das Stück aber ist so unangenehm, als unbedeutend« – gibt Nestroy am 27. Juli den »Tabakkrämer Sebastian Tratschmiedl«, eine Figur, die auf Gutt einen ebenso unangenehmen Eindruck macht wie das Stück insgesamt. Nur Nestroys virtuoses Spiel vermag das grundsätzliche Mißfallen abzuschwächen: »Bekanntlich ist das vorzugsweise Heraustretende im Tratschmiedl die unbegreifliche Zungenfertigkeit, mit welcher Hr. Nestroy Satz an Satz knüpft, fast ohne Athem zu holen und in ununterbrochenem Schwalle die einzelnen Sätze hervorquellen läßt. Beinahe vermag das Ohr dem eiligen Fluge seiner Zunge nicht zu folgen, und diese Jagd nach Wortlaut und Wortsinn macht, ehe man sich einigermaßen an diese Redeweise gewöhnt hat, einen verwirrenden Eindruck. Wäre übrigens Volubilität der Zunge der einzige Vorzug der Rolle, so hätte sie keinen anderen Werth, als den eines gelungenen Kunststückes, das Hrn. Nestroy sobald keiner nachmacht, einer Art Jonglerie mit Worten. Aber bis in die kleinsten Beugungen der Stimme spricht uns ein bestimmter Charakter an, der des neuigkeitssüchtigen, mißwollenden und schadenfrohen Schwätzers, und das hebt die Leistung auf einmal auf dramatischen Boden. In der ganzen äußeren Erscheinung ist derselbe Charakter scharf ausgeprägt, in der vorgebeugten Haltung des Oberleibes, dem lauernden Blicke, dem in weiten langsamen Schritten schleichenden Gange.«

Seine Eindrücke vom Gastspiel resümierend, faßt Gutt Nestroys Bühnenwirkung zusammen: »Herr Nestroy zieht seinem Charakter gleich beim ersten Anlegen die weitesten Gränzen. Maske, Haltung und Bewegung, Sprechweise, das ganze Aeußerliche der Gestalt wird so entschieden und kräftig als möglich hingestellt. Hiedurch gewinnt er den weitesten Raum zu freier Bewegung und er hat es nicht nöthig, um den Effekt zu steigern, über die ursprünglichen Umrisse hinauszugehen und die Einheit der Leistung zu zerstören. Diese Folgerichtigkeit, die feste Anschauung des umgränzten Spielraumes und der daraus hervorgehende Ton der eigenen Uiberzeugung sind es vorzüglich, die seinen Leistungen die gedrungene Kraft geben, welche keinen Zweifel an ihnen aufkommen läßt. [...] Nestroy kann weit gehen, ohne uns stutzen zu machen, denn er weiß genau, wie weit er gehen will. – Mit dieser Festigkeit hängt die rapide Darstellungsweise des Hrn. Nestroy zusammen. Nirgend ist eine Pause oder Lücke; der Fluß der Sprache und des bezeichnendsten Gebärdenspieles ergießt sich ununterbrochen, ohne jemal in ermüdende übermäßige Beweglichkeit auszuarten, weil Hr. Nestroy in der flüchtigsten Darstellungsweise immer die Ruhe der Selbstbeherrschung zu bewahren weiß. Unglaublich ist der Nachdruck, den er mit einem Blicke, mit einer leichten Geste, mit einer bezeichnenden Stimmbeugung dem Worte zu geben weiß.«

Während Anton Müller darauf hinweist, daß Nestroy den Sansquartier »den Eigenthümlichkeiten seiner Komik«[5] angepaßte habe, schreibt Ludwig Speidel Nestroys Outrieren auf die Rechnung der Zensur →15: »Wie es eine halbstumme Zeit mit sich brachte, verlegte er seine halbe Kraft in sein stummes Spiel. Was das Wort unausgesprochen ließ und lassen mußte, gab sein Spiel kund. Er hatte witzige Gebärden, spöttische Mienen, ja das Spiel seiner Augen und Augenbrauen war dämonisch und konnte sich bis zum Teuflischen verzerren.«[6] Otto Rommel schreibt das karikierende Spiel dem Rollenfach Nestroys zu. Eine grell überzeichnete Interpretation der sogenannten »chargierten« Episodenrollen – ungeschickte Diener, tolpatschige Bauernburschen, stadt- und weltfremde Landjunker, beschränkte oder protzige Bauern, verzopfte Bürokraten, dünkelhafte Schulmeister, genialisch sich gerierende Schriftsteller und Dichterlinge, komische Freier – sei nicht nur von den Autoren intendiert, sondern lege auch das Genre »Lokalstück« nahe.[7]

Kaum chargiert, sondern schlicht naturalistisch erscheint Friedrich Schlögl – er sieht Nestroy nach der Premiere von »Lumpacivagabundus« am 11. April 1833 noch »unzähligemale« in dieser Rolle – Nestroys Knieriem: »seine höchste, gewissermaßen genialste schauspielerische Leistung in daguerreotypischer Wiedergabe einer Volksfigur«. Schlögl rechnet Nestroy die Darstellung dieses »crassen Wiener Typen« als perfekte Illusionsleistung an: »Jeder Blick, jede Achselbewegung, jedes Zucken mit den Augenwimpern, jede Geste, jeder Schritt, jeder Ton und jedes Wort war abgelauscht, die unscheinbarste Nuance abgeguckt dem Vorbilde, das allerdings nur in den muffigsten Schenken zu finden.« Jenen »Zimperlichen«, die diese Figur »gemein« fanden, sich an »einzelnen allzu genauen Details« stießen, »die ihnen ›shocking‹ dünkten«, die, sich die Nase zuhaltend, empört – »Man riecht ja den Schnaps!« – das Theater verließen, hält er die »kunstvolle Totalität der Schöpfung« entgegen.[8]

Nestroys Outrage und seine forcierte Komik lösen nicht nur schallendes Gelächter, sondern auch Beklemmung aus: Der Hofschauspieler Carl Ludwig Costenoble notiert nach einer Aufführung von Friedrich Hopps »Hutmacher und Strumpfwirker« am 2. Juni 1837 in sein Tagebuch, daß Nestroys »Wesen« »nicht im mindesten so harmlos-graziös wie Scholz' Eigenthümlichkeit« sei – letztere sei schlicht zwerchfellerschütternd –, sondern »immer an diejenige Hefe des Pöbels« erinnere, »die in Revolutionsfällen zum Plündern und Todschlagen bereit ist. Wie komisch Nestroy auch zuweilen wird – er kann das Unheimliche nicht verdrängen, welches den Zuhörer beschleicht.«[9]

In einer Eingabe, mit der Nestroy am 6. Oktober 1835 reuig vor die »k.k. hohe Polizei- und Zensurhofstelle« tritt, um ob eines gegen Franz Wiest gerichteten Extempores →[10] um Nachsicht zu bitten, führt er, als »Mann von Ehre«, seinen nach den Beleidigungen Wiests aufgeregten »Gemütszustand« als Milderungsgrund ins Treffen. Er habe sich »in einem solchen Grade von Aufregung« befunden, daß ihn gleich zu Beginn der Vorstellung sein sonst ausgezeichnetes Gedächtnis im Stich gelassen habe; »ich brachte auf diese Weise gleich bei meinem ersten Liede eine sehr bedeutende Störung hervor, fehlte dann bei jeder Szene«. Erst nach dem Ausfall gegen Wiest habe er, »mit gehöriger Fassung wie sonst, bis zu Ende spielen« können.[10]

Die Erfüllung seiner »Berufs- und Kontraktpflicht, fast täglich für das Vergnügen des Publikums zu wirken«, erfordere eine »immer heitere Laune«, die allerdings empfindlich unter »kleinlichen Malicen« leide, die Wiest in den Journalen gegen ihn auslasse. Sollte die »hohe k.k. Polizei- und Zensur-Hofstelle« nicht geruhen wollen, Wiest jegliche schriftliche Äußerung über Nestroy für immer zu untersagen, sähe dieser sich gezwungen, seinen Vertrag mit dem Theater an der Wien zu lösen. Denn sollte Wiest den Namen Nestroy in Zukunft auch nur erwähnen, könne er nicht mehr für sich »gutstehen« und stünde »jede Störung des öffentlichen Vergnügens von [s]einer Seite zu vermuten«. Nestroy weiter: »Ich halte es für meine Pflicht, dieses Mißtrauen, welches ich gegen mich selbst habe, hiemit anzuzeigen.«

Nichts weniger als seine Gesundheit, sein Leben stehe auf dem Spiel: »Zudem kommt noch der Umstand – wobei ich mich auf die Zeugenschaft des Herrn Medizinal-Doktor von Moos berufe, der mich schon einmal in einem ähnlichen Falle behandelte – daß großer, heftiger Ärger, verbunden mit dem plötzlichen, psychischen Zwange, lustig zu erscheinen, gefährlich, sogar lebensgefährlich auf mich wirken könne; seine eigenen Worte waren, daß mir so was einen Schlagfluß oder hitziges Gallenfieber zuziehen kann.«

Auch wenn Nestroy hier das Klischee von der Unberechenbarkeit des Künstlers bemüht, um die Behörde milde zu stimmen – das Image des Theaterkünstlers, der sich, einmal auf der Bühne, selbst nicht mehr in der Hand hat, dürfte in seinem Fall mehr als eine Schutzbehauptung sein.

Wo immer die Ursachen für Nestroys outriertes Spiel liegen mögen – Rollenerfordernis, krampfhaftes Ringen um den Beifall des Publikums, exhibitionistisches Sichausagieren eines extrem Schüchternen →3, Unterlaufen der Text-Zensur durch expressive Mimik und Gestik –, mit »artistisch-literarischen Ehrentiteln« wie »Hogarth« oder »Cruikshank der Bühne« oder »Mephisto des Volksstücks« sei Nestroys Spiel nicht zu fassen, resümiert Friedrich Schlögl: »Wer unter seinem Banne gestanden, von seinen blitzenden Augen getroffen wurde, wer die elementare Gewalt seiner Charakterisirung und Darstellungsweise empfunden, wer die Raketen seines Witz-Feuerwerkes zischen gehört, die Volubilität seiner spitzen Zunge bei seinem meisterhaften Couplet-Vortrage oder in einem seiner berühmten, gedankenreichen Monologe bewundern konnte und bewundern mußte – der summirt alle diese Eindrücke mit dem Facit: ›Nestroy‹!«[11]

10

»Eine ganz originelle Art Ohrfeigen«

Die Affäre Wiest

Meine Geduld setzt den Hut auf, und ich seh s' völlig nachn Stock greifen, mir scheint, sie geht aus.

(PETER SPANN in »Der Unbedeutende« III,27)

»Zwing-Uri. Kercker, 17. Jänner 1836

Lieber Freund Lucas!

Ich sitze fest zwischen 4 Wänden. Gestohlen kann ich unmöglich werden. Jetzt kann mir Niemand mehr abstreiten daß ich ein *gesetzter* Mann bin. Naiv und sinnreich war es von Dir, daß Du mir, dem *Gefangenen*, Spindlers *Kettenglieder* schicktest. Mich hat einiges sehr unterhalten. Ich bin Dir sehr verbunden. Karten gespielt wird hir nicht, es ist nicht Ton in den Kerckern. Deine Bücher und meine Flaschen sind also meine einzige Beschäftigung, ich schlürfe mit Muße den beyderseitigen Innhalt in mich. Zwey Tage muß ich sitzen wegen Extemporieren in ›Mädchen in Uniform‹, dann, daß wier nicht aus der Übung kommen, Drey Tage wegen Hund Wiest. Indessen, der Schuft wird mir, und zwar bald, auf die Länge einer Schneider Elle in den Wurf kommen, und dann dürfte seine Bocksseele unter meinen Fäusten gewaltig zu zappeln anfangen. – Mein Arrest ist vollkommen den Grundsätzen der Kercker-Etiquette gemäß. Die Schlößer an meiner Thüre haben die Größe derer, die man gewöhnlich vor den Kerckerthüren der Hochverräther antrifft. Die Bewachung vor einem möglichen echappieren ist so sorgfältig, als ob ich um Zwey Millionen Obligationen verfälscht, 7 Jungfern, á 13 Jahr alt, genothzüchtigt, einige Kinder und diverse Erwachsene umgebracht hätte. Vor meinem

Gitterfenster ist ein hölzerner Kobel, damit die Lichte nur von oben eindringen kann, aus Vorsicht, daß ich mit andern Missethätern, Genossen meiner Frevelthaten, nicht vielleicht durch Zeichensprache correspondieren kann. Ich schreibe Dir diese Miserabilitäten nur, damit Du Dir ein Bild machen kannst, wie sehr man in Wien Kunst und Künstler achtet, und mit welcher ausgezeichneten Humanität mann sie bey geringen Vergehungen behandelt. – So sitze ich in der pickantesten Einsamkeit; nur selten bringt das sanfte Himmelblau eines bedienenden Polizey-Mann's eine Abwechslung in das einförmige Weiß meines Thurmgemachs. Wie einem in müssigen Stunden mancherley treffende Gedancken kommen, so ist mir eine ganz originelle Art von Ohrfeigen eingefallen; ich glaube daß sie in Wiest's Galgenphysiognomie sich nicht unvortheilhaft ausnehmen dürften. Wier wollen sehen, was zu thuen ist.

Dein Freund
J. Nestroy
Sänger, Schauspieler, Komicker, Dichter,
und Arrestant, und der Himmel weiß,
was noch Alles.«

Fünf Tage Arrest hat Nestroy von 16. bis 21. Jänner 1836 abzusitzen; zwei wegen Extemporierens in einer »Zwölf-Mädchen-in-Uniform«-Vorstellung – und drei wegen »ehrenrührigen Extemporierens« in der Aufführung von »Zu ebener Erde und erster Stock oder die Launen des Glücks« vom 3. Oktober 1835. Am 24. September 1835 im Theater an der Wien uraufgeführt und von Publikum und Presse* begeistert aufgenommen, war

* Die »Theaterzeitung« vom 26. September 1835: »Du kannst es nicht glauben, mein freundlicher Leser, welche angenehme Uiberraschung es für einen Referenten ist, in einem Theater, das er sonst nur mit Angst zu betreten und unter allen Folterqualen schlechter Productivität zu besuchen gewohnt war, einer so überraschend glücklichen Arbeit zu begegnen. Nestroy hat endlich für sein reiches Talent einen schöneren, reineren Wirkungskreis gefunden, er ist aufgestiegen aus dem Qualm der Tabagien und

diese »Lokalposse mit Gesang in drei Aufzügen«, die auf einer zweigeteilten Bühne das Spiel von den tugendhaften Armen und den lasterhaften Reichen inszenierte, vom Journalisten Franz Wiest in der Zeitschrift »Der Sammler« höhnisch heruntergeputzt worden. In der Vorstellung vom 3. Oktober legt Nestroy in der Rolle des impertinenten Bedienten Johann, der die Spieltische zu »arrangieren« hat,[1] die Karten mit folgenden Worten auf den Tisch: »An dem Tisch wird Whist gespielt – 's ist merkwürdig, daß das geistreichste in England erfundene Spiel den gleichen Namen mit dem dümmsten Menschen von Wien hat.«

Diese Invektive quittieren selbst Teile des Publikums, das die Extempores Nestroys sonst mit stürmischem Beifall bedenkt, mit Unmut. Die Theateraufsicht schreitet ein: »Der nachmals als Polizist berühmt gewordene Regierungsrath v. Felsenthal, welcher an jenem Abende noch als einfacher Kommissär die Inspektion des Theaters hatte, und persönlich mit Nestroy befreundet war, eilte«, so Friedrich Kaiser, »in Begleitung des Sekretärs Franz auf die Bühne, und sprach den eben von der Scene Abgetretenen mit den Worten an: ›Aber,

aus den Schlupfwinkeln der plebejischen Lüderlichkeit, und hat ein humoristisches Gemälde geschaffen, für welches bei unseren dermaligen Zeit- und Kunstverhältnissen der Titel ›Localposse‹ fast zu bescheiden gewählt ist. Der Dichter tritt uns mit einer Originalität, mit gereifter Lebensklugheit, mit einer Fülle von Witz und Humor entgegen, welcher sogar das Gebiet des Poetischen sehr nahe liegt, und der jüngste veredelte Sprößling der Lumpacivagabundusfamilie führt bereits den Wapenbrief feinerer Sitte und eines edleren Strebens. Die der Form nach neu und effectvoll durchgeführte Idee, das Klare und Uiberwiegende einer reineren Tendenz, die sich den höheren Interessen des Lebens anschließt, der Reichthum an glücklichen Gedanken, und hauptsächlich die so gewandt realisirte Absicht, durch Contraste die Hauptidee und den Fortgang scharf und deutlich auszuprägen, – alles dies sind Vorzüge, die den überaus glücklichen Erfolg dieses humoristischen Gemäldes auf ehrenvolle Weise förderten und zugleich den unwiderlegbaren Beweis geben, daß Nestroys Talent Producte zu liefern im Stande sey, die mit dem Maßstabe der Kunst gemessen, vor allem was die jüngste Gegenwart geboten, auf eine entscheidende Weise hervortreten.«

lieber Nestroy, was haben Sie gethan? Bedenken Sie, wenn von dem Vorfalle Graf Sedlnitzky Kunde erhält …‹ Aber Nestroy, einmal in blinde Wuth versetzt, ließ ihn nicht aussprechen, sondern muthete dem Kommissär zu, dem Grafen dieselbe Einladung zu überbringen, welche bekanntlich Götz von Berlichingen an den Feldhauptmann adressirt, worauf Felsenthal den Arm des Sekretärs ergriff, und sich mit den Worten ›Geh'n wir – ich muß nicht Alles hören!‹ wieder von der Bühne entfernte.«[2]

Die schmähende Besprechung im »Sammler« dürfte nur der Tropfen gewesen sein, der das Faß zum Überlaufen brachte: Offen denunziatorisch hatte Wiest etwa 1834 bei seiner Besprechung »des Nestroy'schen Machwerkes« »Müller, Kohlenbrenner und Sesseltrager« genau auf jene Punkte abgehoben, die der Zensur → 15 gefälligst nicht entgehen hätten sollen: »Drey Männer erschießen sich […]. Drey läppische Buben wollen sich aufhängen und drey siegwartisirende Mädchen sich ins Wasser stürzen […]; endlich legen sich dieselben Drey ins Bett; ein Todesengel macht seine Kreuz- und Querhiebe in der Luft – und sie sind todt, erscheinen aber gleich als Geister in weißen Schlafröcken, um Lazzi zu machen. Dieß eine Handlung? – Wir glaubten uns in einem Tollhause zu befinden, oder in einem Hospital, nicht in einem Theater […]. Wir sehen nichts als Selbstmord, und dieß ist die Moral? – Drey große aber als Kinder angelegte Figuren betteln mit spaßhaften Ausdrücken um den Segen des Vaters: ›Vater segne uns, Vater segne uns!‹ mit dem wird hier Scherz getrieben, um ein läppisches Bonmot: ›das ist ein gesegneter Tag!‹ herauszuwürgen? Dieß ist die Moral? – Eine Ehescheidung in ihrer gröbsten Blöße ungeheuer outrirt, wird hier der Menge preisgegeben, schlechte Weiber in ihrer Niedrigkeit dargestellt, und betrunkne schwache Männer dem Gespött preisgegeben. Kann das eine Moral seyn? Muß da nicht mancher Gebildete über diese Übertriebenheit erröthen. Ist das die Moral, die von der Bühne herab gelehrt werden soll, und wäre es auch eine Pfennigbude? Kann da die Kritik schweigen? die Stimme des Publicums schweigen?«[3]

Auch der Burgschauspieler Carl Ludwig Costenoble, der Wiest nicht schätzt (er attestiert ihm »Halbwissen« und einen »lahmen Geist«[4]), ist über Nestroys »Frechheit« indigniert; er hält den Vorfall in einer schärferen Version in seinem Tagebuch fest: »Mit den Spielkarten in der Hand, trat Nestroy dicht vor die Rampe und sagte: ›Ich begreif' gar nit, wir ma so vüll Vergnügen an dem Whistspiel haben kann – Wiest! So a Spüll, das seinen Namen von dem dummsten Menschen in Wien hat, und der obendrein zur Schande der Menschheit Kritiken schreibt!«[5] Und selbst Nestroys nachmaliger lebenslanger Freund Ernst Stainhauser befindet in seinem Journal, daß der »Artikel der heutigen Nummer des Sammlers, worin der famose Schneiderssohn Wisth [Nestroys] letztes Werk herabsetzt und selbst in eine Persönlichkeit ausartet, die zwar den Unwillen des gebildeten Lesers erregen mußte, ihm aber durchaus kein Recht [gibt], öffentlich auf der Bühne in seinem Zorne sich mit einem Extempore über besagten Rezensenten verlauten zu lassen«.[6]

Wiest klagt, Nestroys Rekurs wird am 16. Dezember 1835 abgelehnt, seine Beschwerde gegen »den förmlich pasquillanten Aufsatz« Wiests, die er am 6. Oktober bei der »hohen k.k. Polizei- und Zensurhofstelle untertänigst« einbringt[7] – in der er für den Fall, daß diese nicht geruhen wolle, in Zukunft Ausfälle dieses »unbärtigen Jungen« gegen ihn zu unterbinden, droht, »geziemendst um ämtliche Auflösung [s]eines Kontraktes mit der Direktion des k.k. priv. Theaters an der Wien anzusuchen« –, fruchtet nichts: Er muß wegen »schwerer Polizey-Übertrettung«[8] hinter Gitter. Als Nestroy nach der Haftentlassung am 25. Jänner 1836 als Knieriem im »Lumpacivagabundus« wieder auf der Bühne steht, erhält er – in der Szene, da der liederliche Schuster sich darüber empört, daß sein Freund Leim ihn im Zimmer eingeschlossen hat, um ihn am Branntweinsaufen zu hindern – für die Worte »Er hat – hat – mich eing'sperrt? – Das hat er nicht nötig – ich war schon eingesperrt« ebenso demonstrativ Beifall, wie er diese betont hat.[9]

11

»Als Gratifikation für bereits geleistete Dienste«

Nestroys Verträge mit Carl

Der Verstand is das Licht unsers Lebens; darum: / Wer keinen hat, wandelt im Finstern stets um; / Auch 's Geld is a wichtige Sach heutzutag, / Und der Mensch, bei dem 's allweil schwarz is im Sack, / Für den is das Leben dann, sei's, wie es sei, / Auch nichts, als a bständige Nachtwandlerei.

(Strick in »Die beiden Nachwandler« II,28)

Die ersten Verträge Nestroys mit Direktor Carl →7 sind nicht im Wortlaut überliefert, bekannt ist nur, daß er als Schauspieler 1831 eine Monatsgage von 100 Gulden* erzielte. Dazu kamen die Spielhonorare sowie sehr wahrscheinlich, weil üblich, eine oder zwei halbe Einnahmen à etwa 300 Gulden. Zum Vergleich: 1833 bot Carl dem Schauspieler Porth – unter dem Hinweis, das seien seine Sätze für Spitzenkräfte – für das erste Jahr 1000 für das zweite 1100 und für das dritte 1200 Gulden Konventionsmünze Gage, eine halbe Einnahme, drei Gulden Spielhonorar sowie einen Monat Urlaub »mit Rücklassung aller Emolumente«. Franz Wallner erhielt Ende der dreißiger

* 1 Gulden Konventionsmünze (abgekürzt: 1 fl. C.M.) entspricht nach Auskunft der Oesterreichischen Nationalbank 1830 einem heutigen Kaufwert von 208 Schilling, 1840 einem von 205, 1850 einem von 172 und 1860 einem von 132 Schilling – sofern die Kaufwerte, bei ganz unterschiedlichen Lebenshaltungskosten, überhaupt vergleichbar sind. Zur Orientierung: Ein Textilarbeiter verdiente 1830 im Schnitt 35 Kreuzer (1 Gulden = 60 Kreuzer), ein Seidenweber 45 Kreuzer pro Tag. Ein Kilo Schwarzbrot kostete 6 Kreuzer, ein Kilo Rindfleisch je nach Qualität zwischen 16 und 18 Kreuzer. 1847, als Nestroy und Carl den langfristigen Vertrag schlossen, belief sich ein durchschnittlicher Wochenlohn auf knappe 4 Gulden, kostete ein Kilo Brot 13 Kreuzer, ein Kilo Rindfleisch etwa 50 Kreuzer.

Jahre als talentierter Anfänger mit doch schon einiger Spielerfahrung 300, Ignaz Stahl als guter zweiter Schauspieler 400 Gulden jährlich.[1]

Ob Carl Nestroy auch als Autor verpflichtete oder dieser bloß für sein Benefiz – beim Benefiz gehört ein vertraglich fixierter Teil der Nettoeinnahmen, meist der halbe, dem Benefizianten – ein Stück beizustellen hatte oder sich schreiben durfte, ist nicht bekannt. Für seine ersten Stücke erhielt Nestroy, nach Friedrich Kaiser, der sich auf Nestroys eigene Mitteilung beruft, für die erste, siebte, elfte und zwanzigste Vorstellung je 20 Gulden, so daß ein Stück höchstens 80 Gulden brachte.[2] Trotz Stargage ist auch für Nestroy die Zahl der Aufführungen, die seine Stücke erreichen, wichtig →24. Erlebt ein Stück weniger als sieben Aufführungen, bringt es dem Autor lediglich 20 Gulden →7.

In einer Abschrift ist ein »Nachträgliches Übereinkommen« erhalten, das Nestroy und Carl am 14. November 1832 getroffen haben.[3] Darin werden die am 25. August 1831 und am 8. Mai 1832 geschlossenen Verträge bestätigt und bis 22. August 1838 verlängert. Weiters wird »Herrn Dir. Karl Carl« das Recht eingeräumt, während eines jeden Kontraktjahrs »dem Herrn Nestroy einen Reiseurlaub von ein oder auch zwei Monaten anzuweisen, während welcher Zeit die dem Herrn Nestroy *pro rata temporis* entfallende Besoldung und *Emolumente* aufzuhören haben«. Außerdem »erhält Herr Nestroy eine Gehaltsvermehrung von jährlichen Einhundert Gulden C.M.« im Kontraktjahr 1835/1836, ebenso im darauffolgenden. Nestroy erhielt also 1835/1836 1300 und die folgenden zwei Kontraktjahre 1400 Gulden jährliches Gehalt. In einem »Additional-Artikel« wird festgehalten, daß Nestroy ab 1. Mai 1835 »eine Wohnung im Theatergebäude Nr. 15 a. d. Wien, bestehend aus drei Zimmern auf die Gasse, 1 Küche und 1 Boden«, gegen monatlich 10 Gulden 50 Kreuzer zur Verfügung gestellt wird.

Nestroy als Schuster Knieriem in der Zauberposse »Der böse Geist Lumpacivagabundus«

Ein handschriftliches »Protokoll der Einnahmen«, das Nestroy über die Jahre 1839 bis 1842 führte,[4] gewährt Einblick in seine finanziellen Verhältnisse. Im Kontraktjahr 1839/1840 etwa nahm Nestroy (zusammen mit der Weiler →6) an Gage 2400, an Spielhonorar 865, an Stückhonorar 620, an Benefizien 1349, aus Stückverkauf 600 und durch Gastrollen 1092, in Summe also 6926 Gulden ein. Für sein »Mädl aus der Vorstadt« erhielt er 1841 eine »Gratifikation« von 150 Gulden, ein Stückhonorar von 50 Gulden für den ersten Abend, zehn Gulden für den zweiten und dann abwechselnd für jede Aufführung je 5 und 10 Gulden Tantiemen – abgesehen vom allabendlichen Spielhonorar von 3 Gulden –, so daß er im Dezember 1841 allein 641 Gulden bezog. Er verkaufte das Stück überdies an auswärtige Theater und bezog dafür einmal 306 Gulden, dann 145 Gulden. Aus einem Brief von Ende April oder Anfang Mai 1839 geht hervor, daß Nestroy für jede Gastspielrolle in Lemberg »83 fl. 20 kr.« fordern durfte.

Die Bestimmungen des Vertrags – »ohne Kündigung von einer oder der anderen Seite« –, mit dem Carl vor der Errichtung des neuen Theatergebäudes in der Leopoldstadt →7 Nestroy 1847 für zehn Jahre an sich band, sind im einzelnen durch einen erhalten gebliebenen Auszug bekannt.[5] Sie sicherten Nestroy – exklusive der Gastspieleinnahmen – ein Jahreseinkommen von etwa 9000 Gulden und damit Wohlhabenheit:

»1) Fixer Gehalt als *Schauspieler*, monatlich 416 fl 40 kr.

2) Spielhonorar: 4 fl.

3) Eine halbe kostenfreie Benefice auf die erste Vorstellung eines neuen Stückes von Nestroy.

4) Als *Dichter*: eine halbe kostenfreie Benefice auf die erste Vorstellung eines neuen Stückes von demselben.

5) Als Honorar für jedes neue Stück erhält der Dichter Nestroy bei der ersten Vorstellung (wenn auch dasselbe sein Benefice ist) ein Honorar von 100 fl. Von der zweiten bis inclusive zwanzigsten Vorstellung 6 Prozent von jeder brutto Einnahme.

Die einundzwanzigste Vorstellung als halbes Benefice. Von der zweiundzwanzigsten bis zur vierzigsten Vorstellung 6 Prozent; die einundvierzigste Vorstellung als halbes Benefice und so fort alle folgenden Vorstellungen.
6) Herr Nestroy erhält in jedem Jahre einen Reise-Urlaub von 6 Wochen mit Beibehaltung seines ganzen Gehaltes. Sollte jedoch die Direktion veranlaßt sein, Herrn Nestroy keinen Urlaub bewilligen zu können (welches sie ihm zwei Monate früher anzuzeigen hat), so erhält Herr Nestroy für diese sechs Wochen eine Ablösung von 1600 fl. Das Spielhonorar in diesen sechs Wochen wie gewöhnlich.
7) Herr Nestroy ist verpflichtet, nur *zwei* neue Stücke in jedem Kontraktjahr zu schreiben. Sollte er mehr schreiben, so wird ihm jedes neue Stück auf obige Weise honoriert. Zwei oder drei kleine Stücke gelten als ein ganzes.«[6]

Bei Vertragsabschluß erhält Nestroy ein Handgeld, eine »bare Summe von 15.000 fl. C.M.« – »wovon die Hälfte als Gratifikation für bereits geleistete Dienste«.[7]

12

»Napoleon der Gemeinheit«

Nestroys »schmierige Wachstubenzoten«

In meinem Kopf ist ein Fleckel wohin das Wort Vernunft noch nie gedrungen ist. Auf diesem Fleckel is ein Radl, und wenn [das] einmahl laufend wird [–]

(Lorenz in »Die verhängnißvolle Faschings-Nacht« I,26)

»Ich kann jedoch versichern, daß etwas Unanständiges in Miene und Geberde dabei nicht vorgekommen ist, denn dergleichen liegt nicht in meiner Tendenz. Ich kann meine Popularität durch solchen üblen Geschmack nicht auf das Spiel setzen.« – Die Pose des Unschuldslamms verfängt nicht: Johann Nestroy wird »wegen Uebertretung durch Abweichung von dem bewilligten Texte« im Stück »Das Kind des Bettlers« – aufgeführt von 3. bis 7. Mai 1860 – zu einer Geldstrafe von vierzig Gulden verurteilt. In der Verhandlung, die dieser Verurteilung vorangeht, erklärt Nestroy zu seiner Verteidigung: »Die in dem Stücke ›Das Kind des Bettlers‹ von der Censur gestrichene Scene, worin eine leichtfertige Person und ihre Verlockung der Männerwelt vorgeführt wird, ist bei der ersten Aufführung dieses Stückes auch weggelassen worden, d. h. es wurde von dem gestrichenen Text kein Wort gesprochen. In dem Arrangement der Scene selbst schien es mir zu liegen, daß in dem dargestellten öffentlichen Spaziergange eine Frauensperson von zwei Männern begleitet wird, was zu einem Geberdenspiel Anlaß gab, welches wahrscheinlich von prüder Seite anstößig befunden worden sein mag.«[1]

Noch das letzte Nestroy betreffende polizeiliche Protokoll dokumentiert eine Eigenart des Schauspielers, die schon in dessen Anfangsjahren Anstoß erregt hatte. Eine erste Rüge dafür, daß er sich »gegen die öffentliche Sittlichkeit benommen« hat, erhält Nestroy im Theaterrapport eines Brünner Konfidenten vom 4. Dezember 1825 →15. Der Bericht des Brünner Polizeidirektors an den Gouverneur spezifiziert: »Der bei der hiesigen Bühne befindliche Schauspieler und Sänger Nestroy erlaubte sich, bei der Darstellung der Operette ›Der Dorfbarbier‹ im 1. Akte in der Rolle des Adam eine zensurierte Szene mit Gesang wegzulassen und für solche eine andere, früher nicht vorgelegte, einzulegen, von welcher der 2. Absatz vom Gesang nicht nur an und für sich sittenwidrig ist, sondern durch die Art und Weise des Vortrages noch sittenwidriger wurde.«[2]

Was am inkriminierten »2. Absatz vom Gesang«* »an und für sich sittenwidrig« sein soll, ist mit heutigen Maßstäben schwer nachvollziehbar, die Klagen über *»die Art und Weise des Vortrages«* reißen seither nicht mehr ab. Friedrich Theodor Vischer empört sich 1860 über die »schmierigen Wachstubenzoten«, die Nestroy in der Vorlesung des Sansquartier über die »Jungfrau von Orleans« »losließ«** – und fast mehr noch über das Publikum: »Von unsern Theatern – und wir verstehen doch

* »Es hat jüngst existieret / Ein Eh'paar hier, / Im Haus war einlogieret, / Ein junger Offizier. // Der Eh'mann kriegte Schmerzen / Im Kopf, ganz fürchterlich, / Und denkt, 's ist nicht zu scherzen, / Man holet mich. // Ich sag' ›Aus dem Gehirne / Muß was hervor‹, / Und setz' ihm auf die Stirne / Eine Vesicator. // Da wachsen ihm zwei Knochen / Grad' hier, unterm Hut, / Sein Weib kam in die Wochen / Und so war's gut.«

** *Spricht:* Jetzt, das is eigentlich keine Komödie, sondern mehr dramatische Fabel. – Na ja – Man weiß nix G'wiss's – und jetzt kommt auch nix mehr auf – es is schon z'lang her – und die Nachbarschaft is schon alle todt. *Liest:* König (zu Johanna): Mein sei die Sorge, Dich einem edlen Gatten zu vermählen: *Spricht:* Curios, dieser König will par tout eine verheiratete Jungfrau von Orleans haben – na, das is halt so eine fixe Idee von ihm. *Liest:* Agnes Sorel: Laß' uns weiblich erst das Weibliche bedenken. *Spricht:* Jetzt, das nennt sie was Weibliches, wenn's ihr ein' Mann auffidisputiren – ah, das is nicht schlecht. *Liest:* Johanna: Die reine Jungfrau nur kann es vollbringen, keinem Manne kann ich Gattin sein. *Spricht:* O du Teufi, du – aber wohl auch einen Spaß – würde solche Gemeinheit mit Fußtritten gejagt, hier [in Wien] wurde gerade bei den widerlichsten Stellen am meisten geklatscht, und es sitzt vor diesen Vorstadtbühnen zwar nicht das Publikum des Burgtheaters, aber doch wahrlich auch nicht lauter Pöbel«[3] →13. Zimperliche Prüderie könnte man auch hinter den Beanstandungen des Nestroyschen Sansquartier durch ansonsten durchaus wohlwollende Theaterkritiker vermuten: »und manchen zu freyen Scherz sollte sich der wahre Künstler nie gestatten, auch wenn er dadurch die Gallerie zum Lachen reitzt« (1828); »und jeder Tadel müßte unterbleiben, hätte Hr. Nestroy nicht bey der Vorlesung einzelner Stellen aus Schillers ›Jungfrau von Orleans‹ und bey dem Exerzieren der weiblichen Mannschaft sich einige Späße *ex tempore* erlaubt, welche die Schicklichkeit ewas verletzten« (1831); »und würde diese Art Komik nicht schon beinahe die Gränze des Schicklichen überschreiten, so würde der Effect, den sie immer hervorbringt, zu loben seyn« (1831).[4]

Selbst das Wissen um ein damals deutlich niedrigerschwelliges Schicklichkeitsempfinden liefert keine hinreichende Erklärung für Vischers Tiraden und das Naserümpfen der Theaterkritiker. Die liegt denn auch nicht im Text, sondern im Spiel.

da mirkt man den Fanatismus des Alterthums – das nimmt man jetzt nicht mehr so genau. *Liest:* Johanna: Die Stirne meines königlichen Herrn ist noch nicht gekrönt. – *Spricht:* Na, das beweist, daß die Agnes Sorel eine ganz honette Person ist. – Ich bin nur neugierig, was das noch für ein Ende nimmt mit dieser d'Arkischen Jeannnett'. (Blättert einigemale um.) *Liest dann weiter:* Lionel. *Spricht:* Aha, is schon da – derjenige welcher – Lionel – das is eigentlich englisch und heißt deutsch Leanhl. – *Liest:* Nicht beide verlassen wir lebendig diesen Platz! *Spricht:* Aha! – geht scharf d'rein, der edle Brite. *Liest:* Johanna: Fliehe. Lionel: Ha! Johanna (mit abgewandtem Gesicht): Weh' mir! *Spricht:* Aber g'rad die nämlichen Spomponaden wie heutzutag haben's schon g'habt – anno dazumal – wie noch der Aberglauben im Schwung war. *Liest:* Dunois. *Spricht:* Aha, da kommt schon der Viersitzige – will ich sagen der Batar von Orleans. *Liest:* Was ist der Jungfrau? – sie erbleicht – sie sinkt! *Spricht (aufstehend):* Aber hab' ich mir's nicht gleich denkt – so viele Engeländer und eine einschüchtige Jungfrau – die G'schicht muß ja ein' traurigen Ausgang nehmen. (Geht ab.)

Vischer: »Nun aber dieser Nestroy: er verfügt über ein Gebiet von Tönen und Bewegungen, wo für ein richtiges Gefühl der Ekel, das Erbrechen beginnt. Wir wollen nicht die thierische Natur des Menschen, wie sie sich just auf dem letzten Schritte zum sinnlichsten Genuß gebärdet, in nackter Blöße vor's Auge gerückt sehen, wir wollen es nicht hören, dieß kothig gemeine ›Eh‹ und ›Oh‹ des Hohns, wo immer ein edleres Gefühl zu beschmutzen ist, wir wollen sie nicht vernehmen, diese stinkenden Witze, die zu errathen geben, daß das innerste Heiligthum der Menschheit einen Phallus verberge.«[5]

Die öffiziöse Theaterkritik, indigniert über die derbe Clownerie Nestroys – Ignaz Seidlitz: »Nestroy ist der Napoleon der Gemeinheit!«[6] –, weiß sich mit ihrer ablehnenden Haltung gegenüber den unflätigen Hanswurstiaden mit der Zensur eins. Der Aktionsradius der letzteren ist aber im Gegensatz zum Spielraum des frech outrierenden Mimen begrenzt: Auf Verlangen des Statthalters, der auf eine Beschwerde der »Reichszeitung« hin am 7. Juni 1851 Aufklärung über die Aufführung von Friedrich Kaisers Stück »Verrechnet« am Carltheater verlangt hatte, berichtet die Stadthauptmannschaft »gehorsamst«: »Überhaupt outriert Nestroy in dem fraglichen Stücke auf eine so unästhetische Weise, daß seine Rolle einen wahrhaften Ekel verursacht. Das Stück fand, ungeachtet das Haus nur halb voll war, einen lebhaften Beifall, und der Verfasser wurde mehrmals hervorgerufen. Bei dieser Gelegenheit kann man die gehorsamste Bemerkung nicht unterdrücken, daß die Komiker des Leopoldstädter Theaters durch ihre Darstellungsweise die ihnen zugewiesenen Rollen gewöhnlich ins Gemeine und Triviale herabziehen und daß es eben deshalb angezeigt sein dürfte, den für dieselben bestimmten Text soviel als möglich scharf zu begrenzen, um ihnen hierdurch jeden Anlaß zu unliebsamen Ausschweifungen zu benehmen. Insbesondere dürfte dieser Umstand bei den Possen von Kaiser und Nestroy seine Anwendung finden, indem die in denselben vorkommenden komischen Partien absichtlich so hergestellt werden, um den Komikern einen weiten Spielraum für ihre Darstellungsweise offen zu lassen«[7] →9.

Im Herbst 1855 legt Nestroy die Posse »Zwölf Mädchen in Uniform«, die seit Mai 1851 nicht mehr gegeben worden war, der Zensur vor. Das Stück wird nicht zugelassen. Der Zensor Emanuel Straube in seinem Gutachten: »Wie diese Farce – ich möchte sagen: liegt und steht – ist sie allerdings unverfänglich genug; aber man kennt die Taktik, mittels einer Grimasse oder Gebärde in ein harmloses Wort oder einen unbedenklichen Satz unahnbare Zoten und Zötchen hineinzuraffinieren, welche zensurlich nicht vorgedacht werden konnten. So z.B. gleich S. 4: ›In der Hosen werd' ich eine Braut.‹ Der Spaß ist nur dumm; aber wenn der Darsteller ihn so spricht, als käme noch ein Gedankenstrich, so ergänzt der Hörer das weitere in einem Sinne, der eine Zote daraus macht. [...] Rätlich dürfte es daher sein, der Direktion einzuschärfen, daß die Darsteller sich streng aller eigenmächtigen pantomimischen und sonstigen Zusätze zu enthalten haben, widrigenfalls sofort mit Einstellung der Aufführungen vorgegangen werden würde.«[8]

Der Zensor Johann Ludwig Deinhardstein gesteht zwar zu, daß »die Vorstadtbühnen nicht die Verpflichtung haben, gleich dem dafür vom Staate subventionierten Hofburgtheater derart auf Sittlichkeit einzuwirken«, das dürfe allerdings nicht als Freibrief verstanden werden, die Sittlichkeit »auf eine so auffallende Art zu verletzen, wie es in der gegenwärtigen, von Zoten und Gemeinheiten aller Art zusammengesetzten Posse geschieht. Fast in jeder Szene kommen Stellen vor, welche durch eine zu begleitende Gebärde des sie vortragenden Schauspielers, welche sich weder früher überwachen noch später aufweisen läßt, den Anstand auf eine empörende Weise verletzen.«[9]

Die Zensoren können zwar den Text beschneiden, den Spielraum Nestroys aber nicht entscheidend einengen →9. Oberkommissär Janota hält im März 1851 mit Nachdruck fest, daß »Nestroy mit seinen Stüken wesentlich zur Entsittlichung des wiener Volkes beigetragen [habe], und bis auf den heutigen Tag nur zu oft die harmlosesten Worte durch sein Mienen- und Händespiel zur gemeinsten Zote werden«.[10] Straube, der in einem Akt vom 4. Mai 1857 zur Rechenschaft aufgefordert wird, wie es denn möglich war, daß in Friedrich Kaisers Charakterbild »Etwas Kleines« Stellen stehenbleiben konnten, die dann in der Presse als lasziv getadelt wurden,* bleibt nur ein verständnisheischendes, resigniertes Händeringen: »Incastis omnia incasta.«[11]

Am 13. Dezember 1857 berichtet die Stadthauptmannschaft über eine Aufführung der Posse »Die verhängnißvolle Faschings-Nacht« am Carltheater vom 8. Dezember: »›Die verhängnisvolle Faschingsnacht‹, vor 18 Jahren zum ersten Male aufgeführt, ist eine jener älteren dramatischen Arbeiten Nestroys, welche gar keine unflätigen Stellen enthält und welche durch das ausgezeichnete Spiel aller damals Beschäftigten einen überaus günstigen Erfolg hatte. Die am 8. d. M. stattgefundene Vorstellung war größtenteils mit unzureichenden Kräften besetzt und mußte durch das drastische Spiel Nestroys über dem Wasser erhalten werden. Es ist eine bekannte Tatsache, daß die Mimik Nestroys den unscheinbarsten Stellen häufig einen zweideutigen Sinn unterlegt, allein dieses Gebärdenspiel ist mit seinem ganzen Wesen so innig verwebt, daß er sich desselben selbst im Privatleben nicht entschlagen kann, und ihm dieses verbieten zu wollen, hieße nichts anderes, als seiner Schauspielerlaufbahn ein Ende machen.«[12]

* Als »Zoten« wurden gerügt: daß der Heuchler Weichherz (Grois) als Dienstgeber zu der neu aufgenommenen Hausgehilfin sagt: »Wir werden dich nicht zu sehr anstrengen!« Ebenso, daß der Steinmetz Peter Schartig (Nestroy) – er ist über einen Korb gestolpert, in dem ein Kind in einem dunklen Hausflur ausgesetzt wurde – sagt: »Wie ich gefallen bin, war das Kind schon da.«

13

»Kanonen, Kanonen! Zusammenkartätschen die Canaille da unten!«

Nestroy und sein Publikum

SCHLICHT: Ein satirisches Unternehmen –? Hast du Freunde?
JULIUS: Die hoff' ich zu finden.
SCHLICHT: Mit der Satire? Mit dem ominösen Zauberstab, der die besten Freund' in Feind' verwandelt?
JULIUS: Was fällt dir ein?! Die Menschen lachen gerne.
SCHLICHT: Das wohl, wenn aber einer nach dem andern merkt, daß er bei die Satiren über sich selber gelacht hat, das bildet eine Masse, die einem's bitter nachtragt.

(»Mein Freund« Vorspiel,7)

»Einiges Nachzischen beym Applaudieren disgustierte mich so, daß ich den 3ten Act durchaus schlecht und kaum hörbar spielte«, hält Nestroy am 11. Dezember 1825 im Rollenbuch fest.[1] Seine Rechtfertigung, vom Theaterkommissär zur Rede gestellt: Er sei es nicht gewohnt, sich vom Publikum so behandeln zu lassen, und habe daher im dritten Akt der »Teufelsmühle am Wienerberg« lustlos weitergespielt und so leise gesprochen, daß ihn selbst die Zuschauer in den ersten Reihen nicht verstehen konnten – »daß das Publikum wisse, weshalb es zische«.[2] Die »Geringschätzung« des Publikums trägt Nestroy zwölf Stunden Arrest ein.

Devote Verbeugungen vor der obrigkeitlich geschützten Majestät des Publikums sind Nestroy fremd, das Verhältnis steht auf Kampf. Gefallen und Mißfallen werden deutlich kundgetan. Mit jeder Szene wird eine neue Runde eingeläutet. »Man kann sich«, erinnert sich Friedrich Uhl 1908, »heute in Wien, wo oft in Theatersachen Gleichgültigkeit und Blasiertheit den Ton angeben, wo die Claque, die damals noch vollständig unbekannt war, sich eingenistet hat, schwer einen Begriff machen, wie sich ein Erfolg im Carltheater zu den Zeiten von Nestroy und Scholz darstellte und wodurch ein Durchfall sich zu erkennen gab. Jeder Witz Nestroys wurde aufgefangen und hin und her geworfen wie eine glänzende Kugel, er flog von Mund zu Mund; die Strophen der Couplets wurden bejubelt und zahllose Hervorrufe lohnten den Darsteller und Dichter; aber auch welches Pfeifen und Zischen, welches Pochen mit Stöcken und Füßen, welches Geschrei, welcher Skandal, wenn das Stück dem Publikum nicht mundete! Der Tumult begann oft bereits im ersten Akt und hielt sich bis zum Schlusse auf der Höhe des Unschönen und Rohen. →5 Es ist geradezu unbegreiflich, wie die Darsteller jener Zeit die Kraft gewinnen konnten, derartigen Stürmen zu widerstehen und mit der Rede, so oft für Augenblicke Ruhe eintrat, fortzufahren. Es gehörte das eben zum Metier, zu den Künsten, welche ein Schauspieler gelernt haben mußte.«[3]

Die ungemeine Beliebtheit von Nestroys Stücken schildert die »Theaterzeitung«: »Ein neues Stück von Nestroy! […] Das Publikum Wiens freut sich oft wochenlang auf die schlagenden, herrlichen Gedanken, welche der geniale Dichter zum Besten geben, auf die trefflichen Bonmots, die er aufhäufen, auf die meisterlichen Wendungen, Wort-, Sach- und Situationswitze, die er vorführen, und die tausend Drollerien, welche er den Personen seines Stückes in den Mund legen wird. Ist dann das ersehnte Stück aufgeführt, hat das Publikum dasselbe so recht in sich aufgenommen, dann freut es sich wieder, alle die köstlichen geistigen Bonbons, die überzuckerten satyrischen Pillen weiter zu präsentiren, und in geselligen Kreisen und öffentlichen Orten noch eine Nachlese, von dem zu halten, was ihm so äußerst schmackhaft und genußreich erschienen.«[4] Der Verdacht, daß die »Theaterzeitung« – deren Herausgeber Adolf Bäuerle Nestroy äußerst gewogen war – hier etwas dick aufträgt, läßt sich ausräumen: Betulich hält Ludwig August Frankl in seinen seriösen »Sonntags-Blättern« fest: »Ein neues Trauerspiel […] erregt lange nicht die Sensation, wie die Aufführung eines Nestroyschen Stückes; es wird Gegenstand der Konversation: Man citirt seine Witze, spricht mit seinen Redensarten, am Clavier des Fräuleins liegen die Couplets« – sehr zum Mißfallen des indignierten Sittenwächters: »und es wäre zu wünschen, daß die hiesigen Damen, wie einst die Englischen, mit Larven ins Schauspielhaus kämen, oder wie bei den Griechen – gar nicht.«[5]

Die Zuschauer kennen selbst ihrem erklärten Liebling gegenüber keine Gnade, und der wankt bisweilen unter den Unmutsstürmen: »Unter heftigem Pochen und Zischen zu Grabe getragen« wurde gleich bei der Premiere am 17. Jänner 1834 Nestroys Zauberposse »Der Zauberer Sulphurelectrimagneticophosphoratus und die Fee Walpurgiblocksbergiseptemtrionalis«, »ein werthloses Machwerk«, wie Heinrich Adami, der Rezensent der »Theaterzeitung«, befindet. Adami weiter: »Das Publikum gab auch gleich in der Eingangsscene zwischen der Fee und dem Zauberer seine Ansicht über diesen verfehlten Spaß mit besonnener Strenge zu erkennen, und von diesem Augenblicke an mehrte sich mit dem Fortgange des Stückes die Verwirrung. Die ersten zwei Acte und die größere Hälfte des dritten gingen unter beständigem Toben vorüber, und fast hätte der Unwille des Publikums es dahin gebracht, daß die Comödie gar nicht zu Ende gespielt worden wäre. […] Bei dem tobenden Lärmen, welches gleich am Anfange des Stückes ausbrach und von Scene zu Scene immer ärger wurde, hatten die an diesem Abende beschäftigten Schauspieler eine schwierige Stellung. […] Hr. Nestroy wurde durch die wenig freundliche Weise, womit man ihn bei seinem jedesmaligen Erscheinen den Mißgriff des Dichters fühlen ließ, im Spiele beinahe ganz aus der Fassung gebracht.«[6]

Wenzel Scholz steckt die Unmutsäußerungen ungerührt weg; Nestroy reagiert trotzig: »Nach einem Liede wurde er gerufen, erschien aber erst, nachdem fast eine Viertelstunde lang sein Wiederauftreten begehrt worden war. Die Vorstellung mußte unterbrochen werden, denn das Publikum bestand darauf, daß er sich zeige.«[7]

Das Publikum, das in den 1830er Jahren das Theater an der Wien frequentiert, charakterisiert Friedrich Kaiser: »Wenn man das Wort ›Volk‹ nicht etwa für identisch mit dem Worte ›Pöbel‹ hält, sondern unter jenem die Mittelklasse der Residenzbewohner, Bürger, Beamte und die nicht blos an sinnlichen Genüssen hängende Arbeiterschaft, versteht, so war damals das Theater an der Wien ein Volkstheater im eigentlichen Sinne des Wortes. Selbst die Logen und Parterre-Sitze waren mehr von den Familien wohlhabender Fabrikanten und anderer Geschäftsleute, als von Hochadeligen besetzt«, nur vereinzelt fand sich Demimonde auf den teuersten Plätzen ein. »Die zweite und dritte Galerie waren von Minderbemittelten besetzt, welchen durch die billigen Eintrittspreise doch das Vergnügen, wöchentlich wenigstens einmal das Theater zu besuchen ermöglicht war. Oben im Olymp sah man Leute, welche sich freilich wenig Zwang anthaten, und sich's bei drückender Hitze in Hemdärmeln bequem machten; in den Zwischenakten ertönten in den Höhen die Rufe: ›Frisches Bier – geselchte Würstel!‹, während im Parterre die Austräger des Zuckerbäckers, ›Numero‹ genannt, mit dem Federbusche auf dem Cylinderhute und den Tassen in der Hand, eben so laut ihr ›Punsch, Limonade, Gefrorenes!‹ ausriefen, und doch vor dem Gesurre, welches im ganzen Hause herrschte, kaum gehört werden konnten.« Gleichwohl, so Kaiser, brachte man der Kunst den ihr gebührenden Respekt entgegen: »Sobald aber der Vorhang in die Höhe ging, trat alsogleich die lautlose Stille ein«.[8]

Das Publikum des Theaters an der Wien, das um die Knickerei weiß, die Carl seinem Personal zumutet →7, schlägt bei den Premieren des öfteren den Sack und meint den Esel. Friedrich

Kaiser: »So oft ein neues Stück aufgeführt wurde, konnte man überzeugt sein, daß wenigstens ein Drittheil des Publikums in der Absicht gekommen war, dasselbe, sobald sich nur irgend ein Anlaß böte, zum Durchfallen zu bringen. Man wollte Carl strafen und schlug nach seinen Dichtern und Schauspielern [...]. Fiascos so stürmischer Natur wie damals wurden seit jener Zeit nicht mehr erlebt, und selbst der allbeliebte Nestroy wurde, wenn eines seiner Stücke nicht eben ›bombenfest‹ gebaut war, beinahe insultirt.«[9]

Bekommt das Publikum den Direktor selbst zu fassen, spielt es ihm übel mit. Neidisch auf den Zulauf, den das Josefstädter Theater unter Franz Pokorny bei den Vorstellungen des Zauberkünstlers Döbler verzeichnet, versucht Carl in der Hauptrolle der Posse »Der konfuse Zauberer« sich über den billigen Erfolg des Konkurrenten mit Taschenspielertricks lustig zu machen. Was das Publikum nicht goutiert. »Dieses aber bereits sehr für Pokorny eingenommen, errieth die Bosheit seiner Absicht und strafte ihn dafür, indem es das Stück und ihn selbst verhöhnte und auspochte; ja die Erbitterung ging so weit, daß man ihm von der Galerie herab ein paar Frankfurter-Würstchen zuwarf. Carl, welcher überhaupt nie gröberen Unsinn vorbrachte, als wenn ihm die innere Aufregung Worte in den Mund legte, hob das ihm zugeworfene Zeichen verdienter Würdigung auf, trat, die Würstchen hoch in der Hand haltend, bis an die Rampe vor, und sprach mit vor Wuth bebender Simme: ›Der große *Dichter* (sic!) sagt: Herr! vergib ihnen, denn sie wissen nicht was sie thun!‹ Hierauf brach erst im ganzen Hause ein Sturm der Entrüstung los, und hätte sich der beleidigte Beleidiger nicht schleunigst zurückgezogen, so wären ihm vielleicht die Trümmer abgebrochener Sperrsitze an den Kopf geflogen.«[10]

Nestroys Stücke mit ihrer hintergründigen und häufig »dem Schamgefühl widerstrebenden« Komik, die sich von jener harmlos unbefangenen der naiven Possen seiner Vorgänger abhob, habe nach und nach, so bemerkt Kaiser indigniert, ein anderes Publikum ins Theater an der Wien gezogen: die »Aristokratie der Geburt und des Geldes«[11] – und er macht Nestroy für das Ende »der eigentlichen *Volksbühne*« verantwortlich →26. Anfang der 1850er Jahre war das Carltheater bereits zum »Lieblings-Versammlungsorte der Geldaristokratie und Derjenigen, welche erst danach strebten, zu derselben gezählt zu werden«,[12] geworden, rümpft Kaiser die Nase ob der »Habitués« und Börsianer, ob des »›*reichgewordenen Pöbels*‹«, der nun die teuersten Plätze okkupierte und sich damit berechtigt glaubte, »über Dichtung und Schauspielkunst diktatorisch zu urtheilen«.[13]

Ein vertraulicher polizeilicher Bericht über die Wiener Vorstadttheater spricht 1857 auch dem Carltheater die Bezeichnung »Volkstheater« ab; weder seien die Vorstellungen ein »treuer Abdruck des Wiener Volkslebens«, noch böten sie »dem Volke einen seinen Bedürfnissen entsprechenden gesunden geistigen Genuß«.[14] Auch was das Publikum betrifft, könne von einer »Volksbühne« wie noch zu Raimunds Zeiten keine Rede mehr sein: »Die Mehrzahl der Besucher besteht aus reichen Müßiggängern, aus Israeliten, Börsemännern und Reisenden oder hier domizilierten Fremden, die nach dem *dolce far niente* oder nach der Spekulation oder sonstigen Geschäften des Tages lachen, nichts als lachen wollen. Solche blasierte Naturen können nur durch Erschütterung des Zwerchfelles aus ihrer Abspannung aufgeweckt werden. Diese Lachlustigen zu befriedigen, hat sich das Carl-Theater zu der vozüglichsten Aufgabe gemacht, und ihrem Gelingen dankt es sein Glück.«[15]

Nestroy hat sein Publikum immer am Schnürl: »Die Leute hörten ungemein aufmerksam zu«, erinnert sich sein Kollege Ludwig Gottsleben: »Im Monolog wurde jede einzelne witzige Redewendung beklatscht. [...] Allerdings hat die plastische Art Nestroys beigetragen, daß die Theaterbesucher so aufmerkten. Wenn eine Stelle kam, deren Witz erst durch Nachsinnen klar

Nestroy als Tabakkrämer Sebastian Tratschmiedl in der Posse »Der Tritschtratsch«

wurde, so stellte sich Nestroy im Profil an die Rampe und wurde etwas leiser in der Rede, machte schiefe Augen aufs Parterre und alles spitzte die Ohren. Nach Schluß der gelungenen Anspielung brauste der Beifallssturm los. So wurden seine Monologe oft 7- bis 8mal unterbrochen. Nestroy merkte man es auch immer an, wenn er ein Extempore einstreuen wollte. Solche Stegreifwitze trugen ihm bekanntlich mehrmals Arreststrafe ein. Als man nach dem Jahre 1848 nicht mehr so streng war, mußte er seine politischen Anspielungen, die er nicht unterdrücken konnte, mit Geld büßen →15. Wurde dann das Stück wiederholt, in dem sich Nestroy ›unanständig‹ benommen hatte, dann wartete das ausverkaufte Haus schon höchst gespannt, wie er sich diesmal bei der gefährlichen Stelle benehmen würde. Ein eigentümlich prophetisches Zwinkern mit den Augen, ein sonderbares Zucken mit den langen Beinen, das Emporheben des rechten Zeigefingers ging dann voraus, und aus der folgenden Pause, mit ihrer stummen Beredsamkeit, hörte jedes Kind die von der Zensur unterdrückten Worte in ihrer ganzen Ursprünglichkeit heraus.«[16]

Nestroy sucht den Kontakt zum Publikum: Als er am 30. April 1834 als Bedienter Martin in »Die Putzdocken oder Alles nach dem Journal« auf der Bühne steht, tritt er dem Gerücht entgegen, er sei der Bearbeiter des »von dem Publikum unbedingt verworfenen« Stücks.[17] Die Zuschauer nehmen Nestroys Klarstellung und Ehrenrettung »mit rauschendem Beifalle« auf. Franz Wiest →10 kann im »Sammler« Nestroys »Rechtfertigung, daß die Posse nicht von ihm herrühre, nur mißbilligen, weil dieß wieder von jener Sucht herrührt, mit dem Publicum zu conversiren, und diese Breterconversation wahrlich nicht Lob verdient«.[18]

Das Publikum ist jedoch keineswegs immer geneigt, sich auf Nestroys »Breterconversation« einzulassen. Die Premiere von Nestroys Posse »Eine Wohnung ist zu vermiethen« am 17. Jänner 1837 gerät zum Fiasko. Vom überfüllten Haus – der Publikumsandrang ist so groß, »daß Viele, um zu ihren Sperrsitzen zu gelangen, über die Schranken des Orchesters steigen mußten«[19] – wird das Stück »mit einer Erbitterung ausgezischt [...], wie sie seit Langem nicht wahrgenommen worden ist«[20] – verdientermaßen, darin sind sich die Rezensenten einig. Nestroy ist offensichtlich anderer Meinung. Die »Wiener Zeitschrift für Kunst, Literatur, Theater und Mode« wiegelt zwar begütigend ab, Nestroy könne bei all den »Siegen« (!), die er errungen habe, doch diese eine Niederlage wegstecken, »ohne trotzig und unartig zu schmollen wie ein verzogenes Kind«[21]; was allerdings von der floskelhaften Untertänigkeit, mit der sich der Benefiziant Nestroy auf dem Theaterzettel dem Publikum empfiehlt – »Verehrungswürdige! Ihrer bekannten Huld und Wohlgewogenheit empfiehlt sich ganz ergebenst Johann Nestroy, Komiker dieser Bühne« – im Ernstfall zu halten ist, zeigt Nestroys Reaktion auf sein unzufriedenes Publikum, die Saphir ganz entschieden als unangebracht rügt: »Wenn Hr. N. eine Anspielung auf *Parteien im Hause* sich erlaubt, so finde ich mich berechtigt, ihn auf das höflichste an die Ehrerbietung zu erinnern, die der Darsteller dem Publikum schuldig ist. Wenn ein Stück mißfällt, schreit Alles: Partei! Partei! Noch nie ist es einem Dichter eingefallen, wenn er applaudirt wurde, zu rufen: Partei! Partei!«[22]

Nestroy will Tuchfühlung mit dem Publikum; stößt es ihn zurück, zieht es sich Zorn und Verachtung des Werbenden zu: Bei einem der turbulenten Durchfälle, berichtet Louis Grois, habe sein ausgezischter Mitspieler durch die Zähne geknirscht: »›Kanonen, Kanonen! Zusammenkartätschen die Canaille da unten!‹ Dabei machte er wie ein rasender Stier, dem es zwischen den Hörnern brennt, seine lustigen Sprünge weiter und erschütterte die Zuhörer zum unsterblichen Gelächter.«[23]

14

»Sie lächerlicher Vomkunstrichterstuhlherabdieleutevernichtenwoller«

Nestroy und seine Kritiker

Ich sag's nur, weil ich g'rad davon red' – a Bissel schmeicheln, transeat, aber gar z' dick auftragen, das is schon a glatte Impertinenz mit ein'n g'stickten Überzug. Der Teufel möcht reich seyn, wenn man sich den ganzen Tag müßt' hudeln lassen, lobgehudelt is auch gehudelt. Das is ja abg'schmackter als der Spenadlsaft.

(Kampl in »Kampl« II,8)

»*Motto:* Cuneus cuneum trudit.
(Sehr frei in's Deutsche übersetzt:)
Für den groben Klotz einen groben Keil. Altes Sprüchwort.

Herr M. G. Saphir!
Ich habe bisher Ihre fortwährend gegen mich gerichteten, theils mit Ihrem, theils mit dem Namen eines Ihrer Handlanger untersudelten Schmähungen keiner Beachtung gewürdigt; da nun aber mein, auf diese Nichtbeachtung basirtes Stillschweigen, bei Ihrer zunehmenden Frechheit, die öffentliche Meinung leicht auf die Meinung bringen könnte, ich schwiege aus andern Gründen, – etwa weil ich Sie als Literaten, oder als Kritiker, oder gar als Mensch – (o Gott –!!) oder als irgend sonst Etwas respectire, – so sehe ich mich zur Beseitigung solch' heilloser Irrthümer genöthigt, das Stillschweigen aufzugeben, und so schonend als möglich, – sogar mit Vermeidung der Ihnen mißliebigen Waffe des Witzes – in einfacher, klarer, deutscher Sprache, Ihnen für die elende, lächerlich-bärbeißige,

niedergrimmige Gehässigkeit, die Sie gegen mich entwickeln, meine unbegrenzte Verachtung auszusprechen. Pfui! Sie sollten sich schämen, so ein alter Mann, und noch derlei journalistische Gassenbüberei treiben; gehört sich das?

Bei Erwähnung Ihrer kritischen Miserabilität ist mir, als wüchse mir ein Foliant unter der Hand, und ich muß es mir wiederholt einschärfen, daß ich nur einen Artikel und keinen ganzen Jahrgang zu schreiben habe. Deshalb sei es auch nur im Vorbeigehen berührt, wie Sie z. B. in Ihrem Kritikaster-Dünkel nach Fehlern an Andern haschen, während Sie in Ihren salbadrigen Vorlesungen (die Sie in geistiger Kurzsichtigkeit für Meisterwerke halten, weil die Collegialität Sie stets mit eigentlicher Kritik verschonte), sich selbst die gröbsten Verstöße gegen Rhetorik, Logik und andere derlei Kleinigkeiten zu Schulden kommen lassen, deren Kenntniß man freilich, bei Ihrem Mangel an gründlichen Studien, von Ihnen nicht prätendiren kann. – So will ich ferners auch nur beispielsweise erwähnen, wie Sie mit beispielloser Arroganz bei Besprechung des ›Schützlings‹ sich zu sagen erfrechten, es wären nur vier witzige Gedanken in dem Stücke, die Applaus erhielten, und diese wären von Ihnen – sage *von Ihnen – i. e. M. G. Saphir!* Das hätte ich mir nie von mir gedacht; es kann auch nicht so sein, denn wenn ich schon durchaus nöthig hätte, nach fremden Witzen zu trachten, wie käme ich dazu, sie *von Ihnen* zu nehmen? *Warum denn durch die dritte Hand?* Warum denn nicht lieber gleich da, wo Sie sie selber stehlen? Oder glauben Sie, man weis es nicht, wie Sie es machen, wenn Sie etwas mehr als Ihre abgeschmackten Wortverdrehungen zu Markte bringen, wie Sie von jeher Jean Paul, Börne etc. geplündert, oder wie Sie des herrlichen Rückerts Geistesblüthen als *selbsterzeugte* ›Wilde Rosen‹ verkauft?

Uiber alles Dieses ausführlicher bei passender Gelegenheit; für jetzt muß ich Ihnen nur, weil Sie mir unter andern Kleinigkeiten auch alle edleren Gefühle abstreiten – zeigen, wie sehr

Sie mir Unrecht thuen, wie ich namentlich ein sehr edles Gefühl, was vielleicht Niemand mit mir theilt, für Sie im Busen hege, *es ist das Gefühl des Mitleids, des innigsten Bedauerns,* und dieses zwar aus zwei Gründen. Für's Erste hat die dumme Hartnäckigkeit, mit welcher Sie Gelungenes, Halbgelungenes und Mißlungenes von mir in gleichem Maße begeifern, das Publikum auf die Idee gebracht, als wären Sie auf Jeden neidisch, der bisweilen einen witzigen Gedanken hat, und da kränkt es mich denn, daß ich so oft hören muß, wie die Leute sagen: ›Das ist recht niederträchtig von dem Saphir, daß er den Nestroy so verfolgt, *glaubt denn der eingebildete Mensch* (Saphir nämlich) *ein ausschließliches Privilegium auf Witz und Humor zu haben?* Was will er denn, der –‹ etc. – So reden die Leute. Und mir thut das in der Seele weh, wenn ich sehe, daß ein Mann, der der Welt gerne weismachen möchte, er sei ein großer Mann, sich so übler Nachrede aussetzt, und so kleinlich niedrige Gefühle zur Schau trägt. Muß ich Sie deshalb nicht bedauern, Sie armer Mann? – Ferners blamirt Sie noch das auf die auffallendste Weise; – Sie belfern seit Jahren meine Stücke an, wie ein bissig knurriger, an einen Schiebkarren gefesselter Wäscherpintsch die Vorübergehenden. Und wenn mich nun Jemand fragte: ›Hat Ihnen dieser M. G. Saphir mit seinem jahrelangen Gebelle Schaden zugefügt?‹ So müßte ich offen und ehrlich antworten: Nein, auch nicht den Geringsten! – *Möge Ihnen dies der sprechendste Beweis Ihrer kritischen Nichtigkeit sein,* Sie lächerlicher Vomkunstrichterstuhlherabdieleutevernichtenwoller; – muß ich Sie deshalb nicht abermals bedauern, Sie armer, erbärmlich armer Mann? – Ich werde weich – die Rührung übermannt mich – ein Schluchzer – eine stille Thrä – – – ich muß schließen. J. Nestroy.«

Lange Jahre hindurch hat Nestroy die Anpöbelungen des Wiener Journalisten Moritz Gottlieb Saphir unwidersprochen über sich ergehen lassen – bis ihm der Kragen platzt und er obiges Schreiben in die »Theaterzeitung« vom 18. Februar

1849 einrücken läßt. Dieser offene Brief ist – das erweist ein detaillierter Vergleich mit zwei bleistiftgeschriebenen Entwürfen – keine aggressive Beflegelung, sondern – aufs erste überraschend – eine durchaus wohlüberlegte, ironisch gebrochene Verspottung[1]: nachdem Saphir Nestroy im Rahmen der Artikelserie »Didaskalien. Des Wiener Volksstücks Glück und Ende« →26 im von ihm herausgegebenen »Humoristen« vorgerechnet hatte, daß »vier witzige Gedanken« im »Schützling« von ihm, Saphir, stammten, ein weiterer von August Wilhelm Schlegel und ein sechster von George Sand (die Plagiatsunterstellung reicht Nestroy gleich an Saphir und dessen 1847 in »vermehrter und verbesserter Auflage« erschienene Gedichtsammlung »Wilde Rosen« weiter)[2]; nachdem Julius März ihn im »Humoristen« wegen der »gemeinen Spässe« und »ordinären Anspielungen« der Revolutionsposse »Freiheit in Krähwinkel« – März tut sie rundweg als »Mißgeburt« ab – geifernd angefallen hatte[3]; und nachdem »er« im »Humoristen« Nestroy die »geist- und witzlosen Gemeinheiten« von dessen am 6. Februar 1849 uraufgeführter Posse »Lady und Schneider« vorgezählt und ihn des Opportunismus geziehen hatte[4] →28.

Läßt man unterschiedliche Gewichtungen im einzelnen außer acht, waren sich die Rezensenten von den dreißiger bis in die fünfziger Jahre in ihren ästhetischen Maßstäben einig: Das Volksstück hatte »durch harmlose Geißelung von Mißbräuchen, durch witzige Persifflage von Schwachheiten, durch heitere Schilderung von Modethorheiten belehrend und nützend auf die Sitte, auf den Geist, auf den ganzen Charakter des Volkes einzuwirken«[5], also eine erbauliche, didaktische Veranstaltung zu sein →26.

Nestroys satirischer Witz trifft zwar in aller Regel den Geschmack seines Publikums, die Konsequenz, mit der er der »niedrig-komischen« Muse bar jeglicher moralischer Tendenz huldigt, vermögen die Kritiker jedoch nicht zu goutieren. Ein anonymer Rezensent des »Jux« bringt 1842 das Verhältnis des

Stückeschreibers Nestroy – als Schauspieler stehen Nestroys Qualitäten ab Mitte der dreißiger Jahre weitgehend außer Streit – zu den Rezensenten auf den Punkt – wenn man »kann« im letzten Satz durch »will« ersetzt: »Ihr fordert von ihm unermüdet, seit Jahren, daß seine Stüke eine solidere Grundlage, eine bessere Gesittung haben sollen, daß das Fleisch seiner lebensstrotzigen Karaktere minder *roh*, und ihr Blut minder *dick* sei; Ihr verlangt vor Allem und Jedem Sinnigeres, Gemüthlicheres, Edleres; aber Nestroy geht eben so unermüdet seit Jahren seinen Weg fort, und bringt Euch Stüke, durch und durch mit rothwangiger Lebensfrische, mit jauchzendem Lachstoffe durchtränkt. ›Nehmt mich, wie ich bin,‹ sagt er, ›ich kann Euer Gemüth nicht erheben und veredeln, ich kann Euch die Thräne nicht in's Auge loken, wie Raimund, der Unsterbliche, aber Spässe und Scherze und Kurzweile kann ich Euch bieten, wie vor und neben mir keiner, eine Posse im lustigsten und einfachsten Sinne des Wortes kann ich Euch bringen‹!«[6]

Die Attacke, die der »Humorist« nach der »Unverhofft«-Premiere vom 23. April 1845 reitet, bezeichnet wieder einmal die Angriffspunkte: »Nestroys Produktionen haben insbesonders in jüngster Zeit einen Ton erreicht, vor dem man jede bessere Empfindung warnen, den jede wahrheitsliebendere Kritik entschieden zurückweisen muß. Mit einem gewissen Scharfsinne, mit einer gewissen Sorgfalt wird fast jeder Rede ein zweideutiger Sinn gegeben.« Und – unverzichtbarer Bestandteil der konservativen Kritik – sie hält Nestroy die »älteren Possendichter« als Vorbild entgegen: »Ihr lokaler Charakter, ihre nationelle Bedeutsamkeit, ihre Harmlosigkeit und Gemüthlichkeit und vor allem Andern ihre *Originalität*, ihr Wurzeln im vaterländischen Boden – sind das nicht Vorzüge, denen man nacheifern sollte?«[7]

Adolf Bäuerles »Theaterzeitung«, die »Unverhofft« ausgesprochen positiv rezensiert hatte, zeigt sich am 24. Jänner 1846

Nestroy als Amtspraktikant Eustachius Specht in J. C. Hickels Charakterbild »Ein Gaukler«

besorgt, seit nunmehr schon einem Dreivierteljahr kein neues Stück von Nestroy auf der Bühne gesehen zu haben, und springt Nestroy gegen die gehässigen Herabsetzungen des »Humoristen« bei: »Ein Gerücht meldet, Nestroy werde kein Stück mehr schreiben. Er habe seine Feder für immer niedergelegt, er habe alle Lust verloren, je mehr eine Posse zu verfassen; ja, nicht einmal zu seinem Benefice wolle er sich hiezu verstehen. Das wäre für das Volkstheater sehr betrübend. [...] Wäre hieran *gemeine* und *neidische Kritik* schuld, so sollte Hr. Nestroy diese nicht beachten, wie überhaupt *solche* Kritik schon längst der *allgemeinsten Verachtung* preisgegeben ist.«

»Der allgemeinsten Verachtung preisgegeben«: Saphir steht nicht nur als »Vertrauter R.« auf der Lohnliste der Staatskanzlei: Ferdinand Ritter von Seyfried merkt noch diskret an, daß weder Bäuerle noch Saphir, »Redacteure und Eigenthümer der beiden verbreitetsten belletristischen Blätter Wiens«, der »Theaterzeitung« und des »Humoristen« – »in fortwährenden Geldverlegenheiten« –, »an einem zu ›engen Gewissen‹ litten«[8]; unverblümt beim Namen nennt Friedrich Kaiser die Käuflichkeit Saphirs, mit dem Direktor Carl »bald im freundschaftlichsten Verkehre, bald im grimmigsten Hader lebte, je nachdem der reiche Theaterpächter die in seinen Händen befindlichen und bereits fälligen Wechselaccepte jenes gefürchteten Kritikers ruhig im Portefeuille liegen ließ, oder unartig genug war, dieselben präsentiren zu lassen«.[9] Carl warf Saphir in einer am 15. Juli 1849 im »Oesterreichischen Courier« (der ehemaligen »Theaterzeitung«) veröffentlichten Erklärung – noch schärfer in der Ausgabe von 16. Juli – coram publico vor, er habe von ihm Geld für positive Besprechungen gefordert und erhalten und verfolge das Carltheater jetzt, da Carl sich weigere, seine neuen Forderungen zu erfüllen. Saphir antwortete im »Humoristen«[10], ohne indessen, wie Carl im »Oesterreichischen Courier« am 20. Juli feststellt, »das *entehrende Factum* [...] auch nur mit *einer Sylbe zu widerlegen*! M. G.

Saphir hat demnach meine gegen ihn veröffentlichte Anklage stillschweigend *bestätiget*. Satis! Das hochverehrte Publikum weis nun zur Genüge, was es in der Folge von den Kritiken des ›Humoristen‹ über *meine* Anstalt zu halten hat, die *nichtswürdige Feilheit* des M. G. Saphir, ist im Angesichte der deutschen Presse *constatirt*, und der ›Humorist‹ von mir als *Judas-Blatt* ans Kreuz genagelt. Requiescat in pace!« Dokumentiert ist auch eine – widerwillige – Zahlung Nestroys in der Höhe von 300 Gulden an Saphir im Jahr 1858, allerdings nicht, wofür diese erfolgte.

Ob die grundsätzliche Gewogenheit, mit der Bäuerles »Theaterzeitung« Nestroy begegnete, erkauft war, läßt sich nicht im einzelnen belegen. Überliefert ist, daß Bäuerle im April 1858 beim »Oekonomie-Controlor« des Carltheaters, Ernst Stainhauser, um einen »Vorschuß« von einhundert Gulden einkam – mit dem Hinweis: »Erweisen Sie mir diesen Liebesdienst, die Direktion des Carl-Theaters und Sie sollen sich überzeugen, daß es keinen dankbareren Menschen gibt als Ihren Verehrer Adolf Bäuerle«.[11] Da auszuschließen ist, daß es sich um Tantiemenzahlungen handelte – die zwei noch auf dem Spielplan des Carltheaters stehenden Bäuerle-Stücke brachten es auf keine nennenswerten Aufführungszahlen –, dürfte Nestroy dem finanziell schwer angeschlagenen Bittsteller eine Art Leibrente ausgesetzt haben. Um den ehemals sehr angesehenen Bäuerle – dessen publizistischer Einfluß durch die inzwischen stark reduzierte Auflage seiner »Theaterzeitung« gelitten hatte – nicht zu kränken, dürfte diese karitative Zuwendung eben als Vorschuß deklariert worden sein.

Überdies dürften die schmeichelhaften Dankadressen, die Nestroy Bäuerle wiederholt brieflich darbrachte, keine bloßen Floskeln gewesen sein. Nach der enthusiastischen Kritik des Stückes »Einen Jux will er sich machen« in der »Theaterzeitung« versicherte Nestroy Bäuerle, daß er sich »doppelt geschmeichelt fühle, solches Lob aus dem Munde des Mannes zu vernehmen, der als Gründer und Vorbield in dem Genre dramatischer Dichtung glänzt«, in dem er sich bewege.[12]

Mit Grund: Bereits in den Anfängen seiner Wiener Zeit, Anfang Juli 1832, intervenierte Nestroy zugunsten von Marie Weiler, die als Mitwirkende in Karl Meisls Posse »Die schwarze Frau« in der Besprechung der »Theaterzeitung« schlecht weggekommen war: Ob es nicht möglich sei, »eine Gegenrecension von ein Paar Zeilen gefälligst einzurücken« oder wenigstens »von der am 4. July statt gehabten Vorstellung ›Nagerl und Handschuh‹ in einer kleinen Kritick anzuführen, daß diese 24. Vorstellung sich einer besonders günstigen Aufnahme zu erfreuen hatte, indem diese Parodie wieder mit der ursprünglichen Rollenbesetzung gegeben wurde. Hierauf könnte eine Erwähnung der Hauptrollen seyn, und dann darauf übergegangen werden, daß Demoiselle Weiler ihre schwierige Arie im 2. Acte mit voller Reinheit und Sicherheit vortrug, und so wie immer in ihren Gesangsnummern vom Publicum mit lautem Beyfall belohnt wurde«?[13] In der »Theaterzeitung« vom 14. Juli 1832 wird Nestroy willfahren – in beinahe auf Punkt und Beistrich ebenjener Formulierung, die Nestroy vorgeschlagen hatte.

Vor der Premiere von »Der Färber und sein Zwillingsbruder« am 15. Jänner 1840 bittet sich Nestroy Bäuerle gegenüber aus, die Aufführung nicht von dessen Mitarbeiter Josef Tuvora besprechen zu lassen, der »sich in neuerer Zeit so gassenbübisch im Theater benommen und nahmentlich erst gestern vor Zeugen im Leopoldstädter-Theater sich auf eine Weise über mich herausgelassen, die nur einen gänzlich bornierten Purschen, oder einen aus den niedrigsten Gründen gegen eine Sache eingenommenen Menschen verräth«.[14] Auch hier wird Nestroys Wunsch entsprochen.

Auf Anfrage Bäuerles wendet sich Nestroy im Juli 1841 gegen den Abdruck eines Beitrags aus Karl Gutzkows »Telegraph für Deutschland«, der über Nestroys Hamburger Gastspiel →16 äußerst abfällig und – wie Nestroy findet – tendenziös berichtet: »Ich verlange gewiß keine Lobhudeley, aber der Aufsatz, das dürfen Sie mir auf's Wort glauben, ist zu sehr von der Wahrheit, von dem unbestreitbar günstigen Erfolge entfernt. Gutzkow ist mir nicht freundlich gesinnt«.[15] – Der Abdruck unterbleibt.

Nestroy pflegt den Kontakt zur Presse bis zuletzt. Noch am 30. Jänner 1862 bedankt er sich bei Friedrich Uhl für eine »ebenso liebenswürdige als nachsichtsvolle Beurtheilung« seines Gastspiels am Wiener Kaitheater im »Beobachter«. Als Theaterdirektor informiert er die Zeitungen über den Spielplan, kündigt er Gastauftritte an, läßt er Journalisten Freikarten zukommen, und er reagiert auch auf Rezensionen.

So wie er sich schon früher gegen eine Falschmeldung zur Wehr gesetzt hatte: Das Wiener »Fremdenblatt« hatte am 12. August 1851 unter Berufung auf die »Grazer Zeitung« gemeldet, Nestroy sei bei seinem Gastspiel in Ofen wegen eines politischen Extempores in Konflikt mit den Behörden geraten. In einem Brief an den Herausgeber des »Fremdenblatts«, Gustav Heine, ersucht Nestroy am 13. August – gegen »Insertions-Gebühr« –, »die hir beygefügte Erwiderung gefälligst einrücken zu wollen«: »Da die *Grazer Zeitung* in der Regel nicht zum Lesen verwendet wird, und namentlich den Semmering nur als Emballage des trefflichen *Grazer* Zwiebacks übersteigt, so hätte es eigentlich gar nichts auf sich, daß sie die Notiz bringt – *ich habe in Pest wegen eines Couplets Anstände und sogar einen kurzen Arrest zu bestehen gehabt.* – Da aber diese Notiz aus der Verborgenheit der Grazer-Spalten in die gelesensten Blätter Wiens hinüberschlüpfte, und somit in die Oeffentlichkeit übergegangen ist, so sehe ich mich genöthigt, hiemit zu erklären: daß sowohl meine Censur-Vergehen, wie auch meine Kerkerhaft in Pest, lediglich eine Erdichtung des geist- und phantasiereichen Korrespondenzlers der ›Grazerin‹ sind.« Nachdem die »Grazer Zeitung« im Abendblatt vom 16. August die Meldung bereits dementiert hatte, unterstreicht deren Wiener Korrespondent im Morgenblatt vom 17. August die Authentizität der Meldung, führt das gerüchteweise beanstandete Couplet im Wortlaut an (»Früher sah man in den Gärten schönes *Grün*, und *weiße* und *rothe* Blumen, jetzt findet man nur *schwarzen* Rettig und *gelbe* Rüben«) und untermauert die Glaubwürdigkeit mit dem Hinweis, daß Nestroy ja schon öfter »aus gleichem Anlasse einige Zeit vergönnt wurde, ›fern von der Bühne über das Extemporiren nachzudenken‹«[16] →10.

So leichthin, wie er die »Grazer Zeitung« als provinzielles Packpapier abqualifiziert, tut Nestroy die Presse gemeinhin nicht ab. Er verfolgt die Theaterzeitungen sowie die Theaterkolumnen der Tagespresse, insbesondere die ihn betreffenden Urteile, aufmerksam. Daß er die Kritiken beherzigt und bei seiner schriftstellerischen Arbeit in Anschlag bringt, scheint unwahrscheinlich. Wie er auf Einwürfe seiner professionellen Kritiker reagiert, verdeutlicht ein Reflex auf eine Rüge bezüglich der Gattungsbezeichnung von »Glück, Mißbrauch und Rückkehr«. Das Stück – uraufgeführt am 10. März 1838 – wird auf dem Theaterzettel als »Lustspiel mit Gesang« angekündigt. Die Rezensionen – vom »Wiener Telegraph« über die »Wiener Zeitschrift« bis zum »Humoristen« – stoßen sich an der Etikettierung eines burlesken Dialektstücks als »Lustspiel«. Saphir befleißigt sich gar, der Rezension im »Humoristen« in seiner Eigenschaft als Herausgeber eine Fußnote hinzuzufügen, in der er mit dem »Mißbrauch« der Gattungsbezeichnung »Lustspiel« hart ins Gericht geht: Er müsse »durchaus dagegen protestiren, daß man ein solches Stück – so erfreulich dessen Erscheinung in seinem Kreise auch ist – ein *Lustspiel* nenne. Es handelt sich hier um die *Begriffe* in der Kunst, in der Literatur. Im Interesse der Kunst [...] kann ich es nicht billigen, daß man alle Bezeichnungen und Gattungsformen so durcheinanderwürfelt; daß man willkürlich, als ob die von der Ästhetik gesetzten Grenzsteine und Abmarkungen ein Kinderding wären, die dramatischen Gestalten durcheinander bläst, und Lustspiel, Posse, Farce u.s.w. blinde Kuh spielen läßt. [...] Einem Produkt, mit solchen Gestalten, in dieser Diktion, mit diesem Jargon – so vortrefflich sie in der Posse sein mögen – kann der Titel: ›*Lustspiel,*‹ vor keinem literarischen Forum eingeräumt werden.«[17]

Wie tief ihn sachliche Kritik beeindruckt, geht daraus hervor, daß Nestroy sein übernächstes Stück, »Gegen Thorheit gibt es kein Mittel«, als »Lustiges Trauerspiel« bezeichnet.

15

»Ich hab' mir's was kosten lassen«

Nestroy und die Zensur

Die Censur is die jüngere von zwey schändlichen Schwestern, die ältere heißt Inquisition; – die Censur is das lebendige Geständniß der Großen, daß sie nur verdummte Sclaven *treten*, aber keine freyen Völker *regieren* können; – Die Censur is etwas, was tief unter dem Hencker steht, denn derselbe Aufklärungsstrahl, der vor 60 Jahren dem Henker zur *Ehrlichkeit* verholfen, hat der Censur in neuester Zeit das Brandmahl der *Verachtung* aufgedrückt.

(EBERHARD ULTRA in »Freiheit in Krähwinkel« I,14)

»Ich wurde nach der Arie im 1sten Act, und am Schlusse hervorgeruffen. Mußte aber den folgenden Tag auf der Polizey erscheinen, wegen meinem Censurwidrigen Text in meiner 1sten Arie. Über diesen Punct wurde noch ein paar Tage hintereinander Protockoll aufgenommen«, hält Nestroy im Rollenbuch am 3. Dezember 1825 nach einer Aufführung des »Dorfbarbiers« fest.[1] Der Theaterrapport des Konzeptspraktikanten, der die Vorstellung überwachte, vom 4. Dezember 1825 führt aus: »Bei Gelegenheit der von der [hierortigen] Theaterdirektion am gestrigen Tage gegebenen Oper ›Der Dorfbarbier‹ hat sich der Schauspieler Johann Nestroy, so die Rolle des Barbiergesellen Adam gab, in dem ersten Aufzug bei dem Umstand, wo er die Beschwerden seines Standes aufführete, dadurch, daß er angab, es seien in seinem Orte 2 Eheleute angekommen, in deren Haus zugleich ein Offizier einquartiert worden und so mit der Frau des Ehemannes in nähere Berührung kam, sehr unanständig und durch die Art seines Vortrages gegen die öffentliche Sittlichkeit benommen. Welches strafbare Benehmen des Schauspielers Nestroy der Gefertigte zur weiteren gesetzlichen Verfügung gehorsamst anzeiget.«[2]

Aus dem am selben Tag aufgenommenen Protokoll der Brünner k.k. Polizeidirektion geht hervor, daß Nestroy »vorgefordert und ihm aufgetragen worden ist, die von ihm eigenmächtig eingelegten zwei Reden und zwei Gesänge* zu übergeben«.[3] Über den Umstand, daß er von der Zensur nicht vorab genehmigten Text zum Besten gegeben hat, gibt der »Sänger und Schauspieler in dem hiesigen städtischen Nationaltheater« zu Protokoll: »Bei der gestern abgehaltenen Probe habe ich, als die Musik zu jener Stelle kam, die mich allein traf, bloß die ersten Takte anschlagen lassen und erklärt, ich wisse meine Rolle schon und sei mir eine Probe nicht nötig. Jenen abgegebenen Text habe ich früher in Amsterdam, wo ich in Engagement gestanden bin, in derselben Rolle gesungen, fand ihn nach meiner Überzeugung nicht anstößig und habe daher solchen auch in der gestrigen Szene gesungen, ohne daß mir derselbe von irgend jemand souffliert worden wäre.«[4]

Nestroy stellt sich dumm, versichert, nichts vom Paragraph 8 der »hohen Gubernialvorschriften vom 18. Jänner 1803« gewußt zu haben, wonach jedes Extemporieren streng untersagt ist; der ebenfalls einvernommene Theaterdirektor weist

* 1) »Es schlief jüngst unser Richter / Mit offenem Mund / Und schnitt verzwickte G'sichter / Und schnarcht' recht g'sund. // Da springt von der Erden / Eine Maus ihm in den Hals, / Man ruft gleich die Gelehrten, / Mich, ebenfalls. // Sie gaben ihm Klystieren / Nach altem Brauch, / Doch konnt' man nichts prästieren / Die Maus blieb ihm in Bauch. // Da denk' ich, kannst es wagen, / Ja, was die Kunst nicht thut, / Ich lass' ihm eine Katz' in Magen, / Und gleich war's gut.«
2) »Es hat jüngst existieret / Ein Eh'paar hier, / Im Haus war einlogieret, / Ein junger Offizier. // Der Eh'mann kriegte Schmerzen / Im Kopf, ganz fürchterlich, / Und denkt, 's ist nicht zu scherzen, / Man holet mich. // Ich sag' ›Aus dem Gehirne / Muß was hervor‹, / Und setz' ihm auf die Stirne / Eine Vesicator. // Da wachsen ihm zwei Knochen / Grad' hier, unterm Hut, / Sein Weib kam in die Wochen / Und so war's gut.«

allerdings darauf hin, daß die Theatergesetze in der Männergarderobe zu jedermanns Einsicht aushängen. Nestroy führt ins Treffen: »Die Pièce ›Der Dorfbarbier‹ ist so ein veraltetes Stück, daß jeder, welcher in der gegenwärtigen Zeit die Rolle des Adam in jenem Stücke gibt, gewöhnlich etwas einlegt, um die schon veralteten Späße nicht immer vortragen zu müssen«[5], und gelobt, daß »ich mich in Zukunft gewiß genau und pünktlich nach der mir soeben bekanntgegebenen Vorschrift benehmen werde«[6].

Im Bericht an den Gouverneur empfiehlt der Polizeidirektor – der sich darüber wundern muß, »welche sonderbare Begriffe von Schicklichkeit und Sittlichkeit dieser Sänger besitze«, habe dieser doch sein Extempore »nicht für sittenwidrig gehalten«[7] –, Nestroy mit einem zwölfstündigen Arrest zu bestrafen. Der Zwischenfall bleibt jedoch ohne Folgen – vorerst.

Doch schon am 11. Dezember gibt es neuerlich Anstand. – Nestroy: »Einiges Nachzischen beym Applaudieren disgustierte mich so, daß ich den 3ten Act durchaus schlecht und kaum hörbar spielte. Im 4ten Act fieng ich wieder an mit Eifer zu spielen, hatte lärmenden Beyfall und wurde am Schlusse hervorgeruffen.«[8] Der Polizeirapport vom 12. Dezember hält fest, daß Nestroy zur Rede gestellt – dessen Rechtfertigung: »es seie ihm im 2. Akt unverdient nachgezischt worden, er seie nicht gewöhnt, sich von dem Publikum so behandeln zu lassen. Er habe daher im 3. Akt in der Art gespielt, daß das Publikum wisse, weshalb es zische« → 13 – und angewiesen wurde, »im nächsten Akt seine Rolle so zu geben, wie es das Ganze erfordere, was er auch getan hat, und wurde derselbe in den ersten Szenen des 4. Aktes mit allgemeinem Applaus empfangen«.[9]

Dennoch: »Wegen der Geringschätzung mit der ich den Abend vorher das Publicum behandelte, mußte ich um 9 Uhr Vormittags in den Polizey-Arrest, ging dann in die Probe, nach der Probe in den Arrest, und zur Vorstellung wieder heraus. Am Schlusse wurde ich hervorgeruffen. Den folgenden Tag, mußte ich um neun Uhr Vormittags in den Arrest, bis 4 Uhr Nachmittags, und somit war die Sache abgethan.«[10]

Vier Monate später eine Eintragung im Rollentagebuch, die sich auf eine Vorstellung von Nicolo Isouards »Aschenbrödel« am 14. April 1826 bezieht, in der Nestroy den Dandini gab: »Wegen Extemporieren, wurde ich nach dieser Vorstellung am 18ten Aprill zur Polizey citiert, erklärte aber durchaus daß ich in solchen Rollen extemporieren müsse.« Der Eintrag im Rollenbuch vom 28. April 1826: »Ich tratt diesen Abend, ohne es zu wissen, zum letzten Mahl in Brünn auf, wiewohl ich noch 11 Monathe Contract hatte. Ich wurde nehmlich am 30sten Aprill zur Polizey citiert, und es kam die Entscheidung daß, infolge meiner Erklärung vermöge welcher ich mir das Extemporieren nicht verbiethen lasse mein Contract annulliert sey.«[11] Ein Rechtsmittel gegen diese Verfügung gibt es nicht. Nestroy geht am 1. Mai auf Engagementsuche nach Wien.

Paternalistisch wachen die Behörden über die Bühnen. Sie »gewähren« den »kaiserlich-königlich privilegierten« Theatern eine Art Veranstaltungsmonopol, um sie gleichzeitig einer strengen Zensur zu unterwerfen. Für die Zeit der Vorstellungen – »womit die Leute vor denen privat und öffters zu gefährlichen Absichten veranlassenden *conventiculis* oder Zusammenkünften abgehalten werden«[12] – ist jede andere öffentliche Unterhaltung untersagt. Dem Zensor obliegt der Schutz des Staates, der Religion und der »öffentlichen Moral« – jeweils im weitesten Sinn: Es gibt keine genauen Richtlinien, umfassend wird in den Manuskripten der Stücke, für die bei der Zensurbehörde eine Aufführungsbewilligung beantragt wird, nicht nur alles, was ganz plan Anstoß erregt, gestrichen, sondern auch alles, was bloß Assoziationen anstoßen könnte. So durften etwa zwei Verliebte nicht gemeinsam die Szene verlassen, ohne von einer »Anstandsdame« beaufsichtigt zu werden.[13] Eingegriffen wird bis in die Regieanweisungen, die Maske und die Kostümierung, und der Theaterkommissär überwacht nicht nur die Generalprobe, sondern achtet auch in der Aufführung darauf, ob vom bewilligten Text abgewichen wird.

Die Beanstandungen der Zensoren nehmen den anspielungs- und andeutungsreichen Bühnendialogen Nestroys nicht nur einiges an Farbigkeit – wenn sie diese nicht gar völlig verstümmeln –, die geforderten Änderungen müssen bisweilen unter enormem Zeitdruck durchgeführt werden. Die Aufführung von »Die beiden Herrn Söhne« wird erst acht Tage, jene von »Das Haus der Temperamente« erst fünf Tage vor der Premiere behördlich bewilligt.[14] Zur Vermeidung von Verzögerungen behilft sich Nestroy mit einer Art Vorzensur. Er nimmt die zu erwartenden Einwendungen des Zensors vorweg, indem er in der Reinschrift seiner Texte »anstößige« Stellen spiralig durchstreicht und darüber entschärfte Wendungen notiert, die ein Kopist in jene Fassung einarbeitet, die bei der Zensur eingereicht wird. Beim »Lumpacivagabundus« sind etwa 140 solcher vorzensurierter Stellen nachzuweisen, bei »Müller, Kohlenbrenner und Sesseltrager« sind 150, bei »Robert der Teuxel« gar über 200 dokumentiert.[15]

Daß dem Schauspieler Nestroy ob der vorzensurlichen Selbstverstümmelung des Autors Nestroy – um zeitraubende Auseinandersetzungen mit der Zensur zu vermeiden, ist er gezwungen, eventuell anstößige Stellen zu tilgen oder zu ersetzen – bisweilen der Kragen platzt und er von der Zensur nicht freigegebene Textpassagen spricht oder singt, ist nur zu verständlich.

Ein Zensurakt vom 7. Oktober 1851 ereifert sich über die politischen Anspielungen in den Stücken der Vorstadttheater. Nur das Carltheater sei bemüht, »das radikale Tendenzwesen gänzlich zu verbannen« – »mit Ausnahme des Leopoldstädter Komikers Nestroy, der wegen Extemporierens zuerst verwarnt und im Wiederholungsfalle mit einem Geldbetrage gestraft wurde«.[16] Der Zensurakt zu Nestroys Stück »Mein Freund« ist umso interessanter, als sich der Autor in einer ausführlichen eigenhändigen Eingabe an »Hochwohlgeboren K.K. Herr Statthalter von Nieder-Österreich« vom 22. März 1851 gegen die »Beanständungen« des Zensors zur Wehr setzt, der wiederum in »Bemerkungen über die Eingabe des J. Nestroy bezüglich der von ihm verfaßten Posse ›Mein Freund‹« am 24. März Stellung nimmt.

Im folgenden Auszüge aus dem Schlagabtausch zwischen Nestroy und seinem Zensor in schneller Schnittfolge.[17] Nestroy: »Nachdem die von mir verfaßte Posse ›Mein Freund‹ der K.K. Stadthauptmannschaft zur Beurtheilung unterlegt wurde, sind mir von dem K.K. Stadthauptmannschaftl[ich]en Ober-Commisär, Herrn v. Janota mehrere Stellen und Worte aus beygefügten Gründen als beanständet kundgegeben worden. Ich erlaube mir das Beanständete sammt den angegebenen Gründen, wie auch meine Gegenbemerkungen gehorsamst zu unterbreiten.« Janota weist in seinen »Bemerkungen über die Eingabe des J. Nestroy« vorab darauf hin, daß ihm »die Autorschaft des anonim eingereichten Stükes erst aus der überreichten Eingabe bekannt wurde« und ihn, »abgesehen von der objektiven Stichhältigkeit der gemachten Bemänglungen, aber die Autorschaft des Nestroy nur dazu bestimmen« könne, umso entschiedener auf seiner »ursprünglichen Ansicht zu verharren«.

Nestroy: »Beanständet wurde ferner pag. 58, u. 59 die Scene des ›Stuzl‹. Es erscheint darin ein kleiner Junge, welcher für seinen Bruder in der Leihbibliothek ›wühlerische Bücher‹ verlangt, wofür ihm der alte Commis der Bibliothek verdientermaßen den Schopf beuteln will. Diese Scene hat, nach meiner Meinung gerade das Gute, daß sie die in der Jugend grassierenden üblen und verkehrten Grundsätze geisselt. Das Lächerlichmachen ist in solchen Dingen das wircksamste Mittel den in der Menschennatur wurzelnden Reitz des Verbothes zu neutralisieren. Das Lächerlichmachen des Bösen und Schlechten ist die einzige moralische Wircksamkeit der Komick, ich glaube, man sollte sie gerade darum am wenigsten beschränken.«

Janota: »Hier wäre ich mit der Bemerkung des Verfaßers ganz einverstanden, wenn in der ganzen Scene irgend eine Moral läge. So ist es aber bloß darauf abgesehen, dem kleinen Repräsentanten des radikalen Elementes Beifall zu verschaffen und ihn allenfalls zur Fortschreitung auf dieser Bahn aufzumuntern. Überhaupt sollte die theatralische Schaustellung entgegengesezter politischen Prinzipien gänzlich vermieden werden, weil dadurch Parteileidenschaften angeregt und Demonstrazionen hervorgerufen werden.«

Nestroy: »Ferner wurde beanständet: pag. 98, die Stelle: – ›Es ist Luxus vom Schicksal, daß es Pfeile schleudert, an seinen Fügungen sieht man ohnedem, daß es das Pulver nicht erfunden hat.‹ – aus dem Grunde, weil diese Stelle im Widerspruch mit der religiösen Ergebenheit stehe. Das ›Hadern mit dem Schicksal‹, glaube ich, kann durchaus nichts Anstößiges haben, denn es existiert gar kein Stück, wo derley nicht in allen Nuancen vorkömmt. Raisonnements über Schicksal, blinden Zufall, Glückslaunen, Verhängniß ectr machen den größten Theil der Reflexionen aller Stücke aus, und sind zu keiner Zeit als collidierend mit der Christlichen Religion – welche sämmtliches Obbenannte ignoriert, und nur eine Vorsehung statuiert – betrachtet worden. Übrigens darf man nur in dieser Stelle das Wort ›Fügungen‹ weglassen, und ›Thaten‹ dafür setzen, so ist auch der leiseste Anklang vermieden.«

Janota: »Es handelt sich hier nicht um ein bloßes Hadern mit dem Schiksal sondern um eine atheistische, das christlich-religiöse Gefühl beleidigende Ansicht, welche noch dazu mit scheinbarer, humoristischer Ruhe vorgetragen wird, und durch den Ausdruk ›deine Blize leuchten nicht‹ eine direkte Beziehung auf das höchste Wesen nach biblischer Anschauung nimmt. Der Gegenstand ist zu ernst, zu heilig, und die Pofanazion deßelben könnte von gefährlicher und verderblicher Wirkung sein.«

Nestroy: »Ferner wurde beanständet: pag 106 die Stelle, – ›es kann unmöglich *schwer* seyn, Etwas Geringes in die Höh' zu heben.‹ – und zwar aus dem Grunde, weil dieß als eine Anspielung auf Herrn Minister Bach genommen werden könnte. Es ist in dieser Scene von einem jungen Baron die Rede, welcher ein Mädchen von geringem Stande zu sich emporheben will, somit auf die, mit Schließung einer Maisalliance verbundenen Mißlichkeiten hingedeutet. Dem Context nach ist also eine Anspielung auf Herrn Minister Bach nicht denckbar. Aber auch in dem Wortlaut ›Geringes erheben‹ kann diß nicht liegen, denn alle verdienstvollen Männer, die zu hohen Würden gelangten, sind früher etwas Geringeres gewesen; es giebt keinen Praesidenten der nicht früher Concepts-Praktikant, keinen General, der nicht früher Cadett war ectr. Spezielle Anspielung auf Herrn Minister Bach, ist aber auch von dieser Seite nicht zu deducieren.«

Janota: »Da mich eine zweijährige Erfahrung gelehrt hat, daß die radikale Partei in den früheren Stüken alle ähnlichen Ausdrüke auf die auffallendste Art bejohlt und auf die böswilligste Weise im Publikum den Glauben verbreitet hat, daß derlei Anspielungen auf den Herrn Minister Bezug hätten, so habe ich es für meine Plicht gehalten, solchen Demonstrazionen vorzubeugen und einen Mann nicht unnöthiger Weise begeifern laßen, der sich um den Staat so große Verdienste erworben hat.«

Nestroy: »Beanständet wurde pag. 163 das Wort ›Umsatteln.‹ Es ist, wie Sinn und Zusammenhang zeigt, dieses Wort hir gar nicht in politischer Beziehung gebraucht.

Es wurden ferners mehrere einzelne Worte als pag 3, 97, 119, 159. beanständet, weil es Worte der politischen Zeitungssprache seyen. Alle diese Worte sind hir ohne politischer Beziehung in ihrer natürlichen Bedeutung hingestellt, und es dürfte

Nestroy als Musikenthusiast Landgraf Purzl in der Wagner-Parodie »Tannhäuser«

überhaupt beynahe u[nm]öglich seyn, im Dialog jedes Wort zu vermeiden, welches zufällig auch ein in der Zeitungspolitick gebrauchter Audruck ist.«

Janota: »Daß mehr[er]e der politischen Terminologie angehörige Ausdrüke beanständet wurden, hat seinen Grund in dem Umstande, daß es nie möglich sein wird, die Tagespolitik von der Bühne auszuschließen, sobald man nicht mit Strenge alles zurückweist, was, wenn auch nur formell, dem politischen Gebiete angehört, und gerade das Entetement der Autoren auf derlei Ausdrüke beweist, daß damit etwas weiter und tiefer Liegendes beabsichtigt werde. [...] Daß übrigens Nestroy beim Niederschreiben dieser Posse an die Tagespolitik nicht gedacht haben soll, ist kaum zu glauben, indem dies eine allzugroße Selbstverleugnung voraussezen ließe, die von dem Verfaßer der berüchtigten ›Freiheit in Krähwinkel‹ welche im Jahre [1]848 ungeheuren Skandal verursachte, nicht zu erwarten wäre« →28.

Nestroy: »Endlich wurde beanständet pag 20, eine Stelle, und zwar aus dem Grunde, weil es eine Zote wäre. Ich berühre diesen Punct zuletzt, weil ich dagegen mit der größten Entschiedenheit protestieren muß. Der Context weist deutlich darauf hin, daß keine Zote beabsichtigt ist. Übrigens sind Zoten, welche einstens unläugbar gerade beym elegantesten Theile des Publikums als Modeartikel sehr beliebt waren, jetzt gänzlich aus der Mode, ich glaube nicht leicht, daß ein Dichter jetzt derley beabsichtigen wird, indem damit durchaus kein Effect zu erzielen ist, sondern im Gegentheil das Zotenschreiben in seinem eigenen Fleische wühlen hieße. Übrigens, wenn man Zoten finden will, dann ist auch jeder Satz eine Zote. Die Worte ›Vater, Mutter, Sohn, Tochter‹ sind lauter Zoten, weil man, wenn man will, dabey an den unerläßlich damit verbundenen Zeugungsact dencken kann.«

Janota: »Die ganze Argumentazion gegen das Zotenwesen grenzt an Unverschämtheit, da Nestroy mit seinen Stüken wesentlich zur Entsittlichung des wiener Volkes beigetragen [habe], und bis auf den heutigen Tag nur zu oft die harmlosesten Worte durch sein Mienen- und Händespiel →9 zur gemeinsten Zote →12 werden. Man braucht nur die 12 Mädchen in Uniform zu sehen, um das Gesagte sattsam gerechtfertigt zu finden. Wie wenig Sinn Nestroy für ein loyales Streben hat, beweist der Umstand, daß er von seiner alten Gewohnheit, dem Extemporiren, nicht laßen kann, und erst in der lezten Zeit bei Gelegenheit der Aufführung des Kaiser'schen Charakterbildes ›Frauenstärke und Männerschwäche‹ wegen Extemporirens radikaler Floskeln von dem betreffenden Bezirkskommissariate in die gesezlichen Schranken gewiesen werden mußte, nachdem er zuvor meiner mündlichen Aufforderung keine Folge gegeben hat.«

Oberkommissär Janota glaubt, hiermit »den Nachweis geliefert zu haben, daß mich bei der Bemängelung der vom Verfasser revindizirten Stellen weder Willkühr noch übertriebene Ängstlichkeit, sondern ruhige Auffaßung, Erfahrung und Pflichtgefühl leitete, weshalb ich auch mit vollkommener Beruhigung der hohen Entscheidung entgegen sehe«. Janota wurde denn auch ob seiner »Umsicht und Sorgfalt in Beurteilung dramatischer Werke« belobigt – die man für diesmal »nur deshalb übergehe, weil die beanstandeten Stellen ohne zu auffallendes Hervorheben und Akzentuieren den gefürchteten Erfolg nicht haben werden«. Korreferent Karl Hölzl hatte dafür plädiert, dem »Parodisten« eine gewisse Freiheit und das Stück mit den vom Autor vorgeschlagenen Änderungen aufführen zu lassen – unter strenger Überwachung der Vorstellungen.

Mehr als einen Etappensieg gegen die nach einer kurzen zensurfreien Zwischenzeit 1848 wiederinstallierte »schändliche Schwester« →28 konnte Nestroy damit nicht verbuchen. Schon am 7. Juni 1851 verlangt der Statthalter vom Stadthauptmann Aufklärung über das am 5. Juni im Carltheater uraufgeführte Stück »Verrechnet« von Friedrich Kaiser, über das die »Reichszeitung« sich beschwert hatte. »Gehorsamst« wird berichtet: »Der in der ›Reichszeitung‹ Nr. 135 ausgesprochene Tadel, daß die in dem besagten Stücke vorgekommenen Anspielungen auf ›Beichte‹ und ›die Schwarzen‹ zu weit getrieben seien, hatte seinen Grund in den Extemporationen, welche sich der Schauspieler Nestroy erlaubte. Man hat gleich nach der ersten Vorstellung die nötigen Vorkehrungen getroffen, daß von dem konzedierten Texte nicht abgegangen werde, und sich auch nachträglich die Überzeugung verschafft, daß dem diesfallsigen Auftrage genau entsprochen werde. Dem Schauspieler Nestroy wurde das Extemporieren für die Zukunft auf das strengste verwiesen und derselbe im Wiederholungsfalle mit einer Geldstrafe bedroht.«[18]

Der Wiederholungsfall tritt ein – wiederholt. Eine »Strophe, die der hierortigen Zensur niemals vorgelegt und daher auch nie zum Vortrage zugelassen worden« war, trägt Nestroy im Fall von »Verrechnet« etwa eine Geldstrafe von zehn Gulden ein. Und im letzten Amtsprotokoll des Leopoldstädter Polizeikommissariats, das sich mit Nestroy beschäftigt, wird er 1860 »wegen Uebertretung durch Abweichung von dem bewilligten Texte in dem Stücke ›Das Kind des Bettlers‹ zu einer Geldstrafe von 40 fl. CM. verurtheilt«.[19]

Die politischen Extempores der letzten Jahre – Spitzen gegen Frankreich und Preußen – lassen sich zwar in den Polizeiakten nicht mehr nachweisen, die breite Presseberichterstattung und private briefliche Äußerungen → 18 heben sie jedoch über den Rang des »Wenn schon nicht wahr, so doch gut erfunden« hinaus. Als Jupiter habe Nestroy in der »Orpheus in der Unterwelt«-Aufführung vom 17. Jänner 1862 etwa Merkur, der ihm die Krone aufsetzen wollte, mit den Worten zurückgewiesen: »Halt, die da setz' ich mir selber auf.« Wegen dieser Anspielung auf das Zeremoniell der preußischen Königskrönung (am 18. Oktober 1861) habe er eine Geldstrafe bekommen – und sich bei der nächsten Aufführung dadurch schadlos gehalten, daß er an ebendieser Stelle – das ganze Haus in gespannter Erwartung – sich demonstrativ den Mund abgewischt und dazu mürrisch gebrummt habe: »Ich hab' mir's was kosten lassen.«[20]

16

»Jeder Weg, den man einschlägt, ist ein Umweg«

Nestroy auf Reisen

Ich hab Vierzehn Anzüg' theils licht und theils dunckel, / Die Frack und die Pantalon, Alles von Gunckel[.] / Wer mich anschaut, dem kommet das g'wiß nicht in Sinn, / Daß ich trotz der Gard'rob ein Zerrissener bin. / Mein Gemüth is zerrissen[,] da is Alles zerstückt, / Und ein z'riss'nes Gemüth wird ein nirgends geflickt. / Und doch – müßt' i erklär'n wem den Grund von mein'n Schmerz, / So stundet ich da, als wie's Mandl beym Sterz; / Meiner Seel, 's is a fürchterlich's G'fühl, / Wenn man selber nicht weiß, was man will. // Bald möcht' ich die Welt durchflieg'n ohne zu rasten, / Bald is mir der Weg z' weit vom Bett bis zum Kasten.

(Herr von Lips in »Der Zerrissene« I,5)

»Ich mache hir so bedeutende Geschäfte, daß mir jeder Tag Frist ein großer Gewinn ist«, drängt Nestroy Ernst Stainhauser gegenüber am 1. September 1847 um Aufschub seiner Rückkehr nach Wien. Von Berlin – wo er im Juli in acht verschiedenen Rollen aufgetreten ist – gelangt er auf seiner sommerlichen Tournee über Hamburg – wo er den August über am Thalia-Theater gastierte – mit einiger Verspätung nach Frankfurt am Main. Statt wie angekündigt am 23. steht er dort erst am 30. August das erste Mal als Titus Feuerfuchs auf der Bühne.

Von Mainz, Wiesbaden und Darmstadt werde er auch noch »pouseriert«, also umworben (in Wiesbaden und Mainz gastierte er auch während des Frankfurter Gastspiels noch); in Wien, wo er vor seiner Abreise nach Prag, Brünn und Graz für seinen »Schützling«, der bei Publikum und Kritik begeisterte

Aufnahme gefunden hatte, von Saphirs »Humorist« wieder einmal ordentlich zerzaust und von Saphir →14 höchstpersönlich kurz darauf wieder einmal für den Niedergang des Lokal- und Volksstücks an den Pranger gestellt wurde,[1] →26 erwartet ihn ein Provisorium. Das Theater in der Leopoldstadt war am 7. Mai geschlossen worden. Bis zur Eröffnung des an der Stelle des großteils demolierten Theaters in der Leopoldstadt errichteten Carltheaters am 10. Dezember 1847 spielte das Carlsche Ensemble auf einer provisorischen Bühne im Leopoldstädter Vergnügungsetablissement Odeon. Am 19. September, da er wieder in Wien sein sollte, steht Nestroy in Wiesbaden auf der Bühne.

Nun mag es zwar auf Gastspielreisen einfacher gewesen sein, die doppelte Buchführung vor Marie Weiler zu verschleiern →6 und das Extrakonto für seine »geheimen Plaisirs« →2 und die Spielschulden →1 zu speisen; doch auch wenn Nestroy enorme Gagen für seine Gastauftritte erhält (sein Vertrag mit Carl sieht für den Fall, daß er seinen sechswöchigen Sommerurlaub nicht antreten kann, weil er in Wien gebraucht wird, eine Abgeltung von 1600 Gulden vor) – finanziell ist er auf »diese bedeutenden Geschäfte« nicht angewiesen. Erst recht nicht 1847, da Carl sich gerade die Unterschrift unter einen Vertrag, mit dem sich Nestroy auf zehn Jahre ans Carltheater bindet, ein Handgeld von 15.000 Gulden kosten hatte lassen →11.

Auch was man späterhin unter direktorale Pflichten rubrizieren könnte, rechtfertigt in keiner Weise den touristischen Aufwand: 1857 und 1858 ist Nestroy jeweils für einige Tage in Paris – dienstlich, wie die »Theaterzeitung« mit Bezug auf das geplante Engagement der Truppe von Monsieur Briol ausführt: »Herr Nestroy begibt sich persönlich nach Paris, um die Leistungen der für dieses Unternehmen gewonnenen Schauspieler kennen zu lernen und zu beurtheilen.«[2] Nestroys Bilanz seiner Sondierungen hat allerdings nichts vom Enthusiasmus der »Theaterzeitung« an sich, die am 21. August 1857 meldet: »Director Nestroy ist von seiner Erholungsreise wieder zurückgekehrt. Sein Aufenthalt in einem Seebade hat ihn verjüngt, sein Verweilen in Paris hat ihn mit vielen angenehmen und nützlichen Erfahrungen bereichert, welche dem Publikum Wiens zu Gute kommen werden«; Nestroy hingegen am 21. Juli von Scheveningen aus an Johann Baptist Lang: »Unsere Reise war sehr interessant, jedoch keineswegs in Bezug auf theatralische Ausbeute, indem aller Orten, auch in der Weltstadt Paris, schlechtere Stücke und mittelmäßigere Darsteller an der Tagesordnung sind, als in Wien.«

Nestroy ist, so scheint es, ganz gern einmal »weg« – weg von den Wiener Theater- und den häuslichen Verhältnissen und Mißliebigkeiten. Im August 1859 kauft er in Bad Ischl ein Sommerhaus – und verbringt den Urlaub 1860, wie schon den vorangegangenen, auf Helgoland. Während der zwei schweren Zerwürfnisse mit seiner Lebensgfährtin →6 ist er den Juni und Juli über weg: 1856 gastiert er in Berlin und Hamburg und macht anschließend mit seiner Tochter Maria Cäcilia auf Helgoland Urlaub; 1858 geht er allein auf Reisen: Hamburg, Paris, dann wieder von Hamburg aus nach Helgoland.

Nach den Wanderjahren – Amsterdam (1823 bis 1825), Brünn (1825/1826), Graz (ab 1826), dann zwischen den Stögerschen Bühnen Graz und Preßburg pendelnd (1829 bis 1831) – hatte Nestroy mit dem Engagement am Theater auf der Wied'n in Wien Fuß gefaßt. Schritt für Schritt weitet er nun seinen Aktionsradius aus: Mitte März 1834 gastiert er in Wiener Neustadt, im Sommer 1834 in Karlsbad, im Dezember 1835 in Preßburg, von 16. September bis 1. Oktober 1836 in Graz, im November wieder in Preßburg, im Mai 1837 in Ofen und in Pest, im Juni 1839 in Brünn, im Juli in Lemberg, von Anfang Juni bis Mitte Juli 1840 in Prag und Brünn, von 1. bis 25. Juni 1841 in Prag und von 3. bis 9. Juli in Hamburg, im Juli und im August 1842 wieder in Prag und Brünn, von 4. bis

11. Juni 1843 in Linz, von 21. Juni bis 11. Juli in Breslau … Ab 1839 ist Nestroy zwanzig Jahre hindurch jeden Sommer auf Tournee: im August 1844 erstmals am Königstädtischen Theater in Berlin, mit einem Abstecher nach Frankfurt an der Oder; 1845 nach einer Station in Brünn von 17. Juli bis 4. August in Berlin, von 10. bis 28. August in Prag, von 2. bis 10. September in München …

Die Reisen sind beschwerlich: »Auch ist von Hamburg nach Frankfurt eine fatale Reise, jeder Weg, den man einschlägt, ist ein Umweg, und nur theilweise Eisenbahn. Man mag es machen wie man will, so braucht man Drey Tage«, beklagt er sich am 22. August 1847 Stainhauser gegenüber. Und die Terminpläne sind meist strapaziös gedrängt. Der Abstecher von Berlin nach Frankfurt an der Oder, dem Nestroy »füglich nicht ausweichen« kann, da er auf dem Rückweg nach Wien liegt: »ich reise Mittwoch um 7 Uhr früh hier ab«, teilt er Marie Weiler am 24. August 1844 nach siebenwöchiger Tournee mit, »komme um 10 Uhr mit Eisenbahn nach Frankfurt, habe um 11 Uhr Probe, um ½ 7 Uhr Abends Vorstellung, bis 9 Uhr, um 10 Uhr auf die Nacht geht gleich der Eilwagen nach Breßlau weiter. Donnerstag auf die Nacht um 11 Uhr komme ich nach Breßlau, Freytag Früh geht dann die Eisenbahn nach Oppeln; ist dort die Postverbindung hergestellt, wie ich höre, so fahre ich p[e]r Eilwagen nach Ollmütz, wo nicht, so nehme ich von Oppeln nach Ollmütz Extrapost, erreiche in der Nacht von Freytag auf Samstag Ollmütz und fahre 5 Uhr früh am Samstag p[e]r Eisenbahn nach Wien, wo ich um 2 Uhr Nachmittag ankomme.«

Schon lange bevor Nestroy in den großen Theaterstädten außerhalb der Habsburgermonarchie zur Popularisierung seiner Stücke beiträgt – er steht bei seinen Gastspielen nicht nur in eigenen Stücken auf der Bühne –, sind dort seine Possen auf den Spielplänen – und auch seine Gegner auf den Plan getreten: In einem Brief an einen Wiener Zeitungsherausgeber, mit einiger Wahrscheinlichkeit an Adolf Bäuerle adressiert, versucht Nestroy am 31. Juli 1841, die abfällige Besprechung seiner ersten Hamburger Auftritte ins rechte Licht zu rücken. »Glück, Mißbrauch und Rückkehr oder Das Geheimniß des grauen Hauses« war von Karl Gutzkows »Telegraph für Deutschland« als »widerliches Produkt« bezeichnet worden, Nestroys schauspielerische Leistung im »Talisman«: »gleichsam wie Einer, der diesen Moment aus dem Buche vorgelesen hätte«.[3] Nestroy ersucht, davon abzusehen, die »Telegraph«-Rezension abzudrucken: »Ich verlange gewiß keine Lobhudeley, aber der Aufsatz, das dürfen Sie mir auf's Wort glauben, ist zu sehr von der Wahrheit, von dem unbestreitbar günstigen Erfolge enfernt. Gutzkow ist mir nicht freundlich gesinnt; daß das ›Graue Haus‹ als Stück nicht sonderlich angesprochen, ist gewiß, Mißfallen hat es aber keineswegs erregt, ebenso geht Herr Gutzkow über gewisse Dinge z. B. über das wahrhafte Furore meiner eingelegten Quodlibet-Arie, nach welcher ich 3 Mahl gerufen wurde, was in Hamburg gar nicht der Brauch ist, über den Effect des Tanz-Duettes, etc. unendlich klein hinweg. Das Auffallendste ist noch, daß er vom Talisman, wo es mir erst vollkommen gelang, alle Stimmen für mich zu gewinnen, noch viel kleiner spricht, als von der ersten Vorstellung.« Nestroy läßt es sich überhaupt angelegen sein, daß in Wien positiv über seine Gastspielreisen berichtet wird; zurückgekehrt, bedankt er sich bei Redakteuren für ausführliche Berichte, läßt sich Besprechungen seiner Gastauftritte nachsenden.

Eine Intrige erwartet Nestroy bei seinem ersten Auftritt in Berlin. Am 24. August 1844 teilt er Marie Weiler mit: »Es wurde am 31. July in Prag ein Brief aufgegeben anonym, und directe an S[ein]e Majestät den König von Preussen addressiert; der Brief kam natürlich in die Hände des Ministers Graf Wittgenstein, welcher (der König war damahls nicht mehr in Berlin) den Brief gelesen; in demselben schreibt man an den König, er möchte ja nicht gestatten, daß Herr Nestroy in Berlin zum Auftreten komme, denn der Witz und die Satyre dieses Menschen vergiftet nicht nur die Moralität des Volkes, sondern ist auch in politischer Hinsicht durch pikante Anspielungen höchst gefährlich. Dieß ohngefähr war der Inhalt des Briefes. Graf Wittgenstein theilte die Sache dem Policey-Minister mit, und reiste ab. Du kannst Dir denken, wie also ingeheim meine ersten Gastrollen überwacht wurden. Nun hatte vorgestern Cerf in irgendeiner Angelegenheit beym Polizeyminister zu thun. Dieser lobte mich nun ausserordentlich, und erzählte dann Cerf die Geschichte von dem Brief, und fragte Cerf, was er davon halte. Cerf sagte, das sey offenbar eine Niederträchtigkeit die Jemand ausgeübt, um mir den Weg nach Berlin zu versperren, und *wem* gar soviel darangelegen seyn konnte, daß ich nicht nach Berlin komme, das sey beynahe mit Händen zu greiffen, nur sey es schwer bey einer so gröblichen Verläumdung ohne directen Beweis einen Nahmen auszusprechen.« Carl Friedrich Cerf, der Direktor des Königstädtischen Theaters, argwöhnt, daß der beliebte Berliner Komiker Friedrich Beckmann hinter der Vernaderung stecke, der »jedesmahl desperat« gewesen sei, wenn er von Einladungen Cerfs an Nestroy gehört habe, und »immer erst wieder froh aufgeathmet« habe, wenn er von Nestroys Absage erfahren habe.

Ohnehin hatte es Nestroy in Berlin nicht ganz leicht. Das Münchner Publikum hatte er 1845 »sogleich beim Bandl«: »Wir Münchener sympathisiren gleichsam mit den gemüthvollen Wienern und wir Beide, die Münchner und die Wiener, fühlen durch die Herzkammer; die Norddeutschen fühlen mit dem Hirnkasten«, erklärt sich das »Münchener Tagblatt«[4] den triumphalen Erfolg von Nestroys Possen. Die norddeutschen Zuschauer sind hingegen nicht gleich spontan begeistert: »das fremdartige Idiom, das der Künstler als einen integrirenden Theil seines Wesens unmöglich ganz verleugnen konnte, die süddeutsche Landessprache mit dem besondern Ausdruck und Ton, mit den eigenthümlichen Wortfügungen und der ganzen originellen Redeverbindung, diese weiche, oft Artikel und Partikel verschluckende Mundart, die bei Nestroys erstaunlicher Zungenfertigkeit den norddeutschen Ohren noch lakonischer klingen mußte, das Alles machte die Berliner anfänglich stutzen«, bemerkt der Berlin-Korrespondent der Wiener »Theaterzeitung«, Friedrich Adami.[5]

Nicht nur das süddeutsche Idiom befremdet im hohen Norden: Während etwa »Glück, Mißbrauch und Rückkehr« im süddeutschen Raum eines der Zugstücke ist, hat Nestroy bei der erst- und auch gleich letztmaligen Aufführung in Norddeutschland wenig Erfolg. Das bürgerliche Lehrstück, das genau auf die österreichische Wirklichkeit zugeschnitten ist und in österreichischen und böhmischen Landen auch so verstanden wird, erscheint unter Hamburger Verhältnissen »ohne alles Interesse und im hohen Grade unwahrscheinlich«[6]. Auch der »Jux«, einer von Nestroys größten Gastspielerfolgen überhaupt, kommt in Norddeutschland nur ein einziges Mal zur Aufführung (1844). Nestroy differenziert denn in seinem Gastspielrepertoire auch zwischen Norddeutschland und dem südlichen deutschen Sprachgebiet.[7]

Neben Unterschieden in Mentalität, ästhetischen Kriterien sowie gesellschaftlichen und politischen Verhältnissen entscheidet über Erfolg oder Mißerfolg eines Gaststücks offenbar auch die jeweilige Publikumsstruktur. Denn trotz der reservierten Aufnahme, die »Kampl« 1852 in Prag widerfährt und die der Korrespondent der Wiener »Theaterzeitung« mit Mentalitätsunterschieden erklärt (»Nicht umsonst bemerkten wir in einem unserer früheren Berichte, daß Prag viel nördlicher liege«[8]), ist der »Kampl« mit seiner antifeudalen Tendenz noch weiter nördlich, in Berlin, ein triumphaler Erfolg beim »besseren«, beim großbürgerlichen Publikum.

Und es zieht Nestroy auch mehr und mehr in den Norden, nach Hamburg, Helgoland. Nicht nur als Schauspieler – nur zu gern wäre er einmal nach Island gereist, wie Anton Langer in seinem Nachruf in der »Presse« berichtet: »Man muß wo hingehen, wo man was anderes sieht, als überall. Was sieht man denn in Paris, London, Berlin, Hamburg? – Leut', und wieder Leut' und nichts als Leut'. – Man muß wo hingehen, wo Menschen leben, die noch keine Leut' sind, in ein Land, wo der eine Berg Feuer speit, wie ein angebundener Drach', der gern loskommen möcht', – wo der andere Berg Wasser auswirft, so heiß, daß man gleich das Geschirr abwaschen kann, wenn man seinen Jausen-Kaffee mit der Rennthiermilch getrunken hat. – Das ist interessant, das ist der Mühe werth, daß man hingeht.«[9]

17

»Das grobe, stück- und flickwerkige Unterfutter statt der glänzenden Außenseite«

Nestroy als Parodist

Ich spende in der Regel nie physische Püffe, ich halte es mit den geistigen Hieben, und diese auszutheilen, geben uns die lieben Mitmenschen Gelegenheit im Überfluß. Da glauben die meisten, zum Schlagen braucht man einen Stock, eine Reitgerte, oder die Hand; weit gefehlt. Die eigenen Worte des Menschen sind das, womit man sie am triftigsten schlagen kann.

(ARTHUR in »Umsonst« III,26)

Karl von Holtei war merklich »not amused«. Noch zehn Jahre nach der »Untat« erinnert er sich pikiert: »Vor dem Theater an der Wien hatten wir eine Art von Furcht und glaubten uns dort schlecht angeschrieben. Herr Nestroy hatte in einer Parodie ›Weder Lorbeerbaum noch Bettelstab‹ nicht nur die Schwächen meiner Stücke persiflirt, sondern auch mancherlei Angriffe persönlich gegen mich und meine Frau gerichtet.«[1]

Im November 1834 gastiert der Breslauer Theaterschriftsteller, Schauspieler und Rezitator im völlig darniederliegenden Theater in der Josefstadt und verbucht mit seinem Rührstück um ein verkanntes Dichtergenie »Lorbeerbaum und Bettelstab oder: Drei Winter eines deutschen Dichters« einen ungeheuren Erfolg – beim Publikum wie bei der Kritik. Ergreifend findet etwa »Der Wanderer« nach der Wiener Premiere am 22. November trotz gewichtiger Einwände gegen des Stück die Zeichnung des überspannten Schriftstellerkünstlers Heinrich: »dieser Herabgekommene, durch seine eigene Schuld mehr als durch die der Mitwelt erdrückte, nicht im Kampfe, sondern durch seine eigene Zerrissenheit umkommende Dichter kann wohl im ersten Acte unser reges Mitleid in Anspruch nehmen, im Verlaufe aber durch den pathologischen kränkelnden Geisteston, durch die völlige Auflösung aller physischen Kräfte, durch die völlige Vernichtung der menschlichen Natur – nur wehethuenden Schreck bei uns hervorbringen.«[2] Larmoyant war das Stück um den an Unverstand und Borniertheit seiner Mitwelt zerbrechenden Dichter; zu Tränen gerührt das Publikum: Zwar spricht der Kritiker des »Sammlers« die Wirkung der »edlen Sentenzen aus dem Dichterleben« auf die Zuseher an, »die in unserer Brust die mächtigsten Gefühle erweckten, und jedes fühlende Herz gerührt mit sich fortrissen«[3], ob das Wiener Publikum – so wie das berlinische bei der Aufführung des Stücks am Königstädtischen Theater – in Tränen zerfloß, geht aus den Premierenberichten nicht hervor.

Sonderdrucke der Lieder aus dem Rührstück belegen jedenfalls den überwältigenden Erfolg beim Publikum und bestätigen Holteis Erinnerungen: »Bald ertönten denn auch die Weisen jener Lieder auf allen Straßen, und so mancher lyrisch gestimmte ›Schusterbu'‹ schrie mir in's Gesicht: ›Ergrautes Mütterchen, dann singe / die Lieder Deines Freundes nur.‹«[4] – Szenen aus dem Wiener Alltag, wie sie allenfalls die Theater-Erfolge Nestroys zeitigten.

Der steht allerdings zu der Zeit in der Gunst von Publikum und Kritik nicht hoch. Lediglich »Die Familien Zwirn, Knieriem und Leim« war im November 1834 zumindest nicht unfreundlich aufgenommen worden. Die anderen zwei Nestroy-Stücke des Jahres 1834, »Der Zauberer Sulphurelectrimagneticophosphoratus« und »Müller, Kohlenbrenner und Sesseltrager«, waren auf vehementes Mißfallen gestoßen. In seiner »parodirenden Posse« »Weder Lorbeerbaum noch Bettelstab«, die das Holteische Zugstück auf die Schaufel nimmt, geht Nestroy denn auch mit der Wiener Theaterkritik →14 und dem Publikumsgeschmack →13 herb ins Gericht.

Bei allen Vorbehalten gegenüber biographistischer Interpretation: Drei Mal heißt jenes Blatt, das eine übelwollende Kritik des von Leicht verfaßten Stücks noch vor dessen Aufführung schreiben läßt, in Nestroys Manuskript »Theater-Zeitung« (nachträglich anonymisiert zu »Zeitung«). Ebenjene »Theaterzeitung« empört sich in ihrer Premierenbesprechung über den Ratschlag, den der Kupferschmiedlehrling Gottfriedl dem Dichter Leicht erteilt: »Und wann Sie wieder ein Stuck schreiben, so verfeinden S' Ihnen ja mit die Lehrbub'n nit; die letzte Gallerie giebt nicht selten den Ausschlag, und da geb'n wier den Ton an«[5]: »Schusterbuben erscheinen als Repräsentanten des Publikums!«[6]

Einigen Aufschluß darüber, wie Nestroy neben der überspannten Dichterfigur auch das deklamierend outrierte Spiel Holteis – der selbst in der Rolle des verblasenen Poeten zu sehen war – persiflierte, liefert der Premierenbericht des »Wanderers«: »Das Luftschnappen in der poetischen Ueberschwenglichkeit, der monotone gurgelnde Parlandogesang, das Rhapsodische im Anstimmen und das verhauchende Elegische seiner Weisen und neben an wieder die größte Materialität, alles zusammen bildet ein Ganzes, das wohl nicht durch die Parthie, aber durch die Trefflichkeit der Repräsentation zur vollendeten Parodie wurde.«[7]

Und indigniert mußte auch die »Modezeitung« anerkennen, daß Demoiselle Condorussi »ihr liebenswürdiges Original in Ton, Haltung, Tracht, Geberde und Gang recht fleißig studiert, nur eine Kleinigkeit fehlte – die Liebenswürdigkeit«.[8] Das manierierte Spiel von Holteis Frau Julie Holzbecher, die die empfindsame Dichtersgattin Henriette gab, wird im arg naiven Julerl der Nestroyschen Parodie ganz offen aufs Korn genommen. Wenig angetan war die »Theaterzeitung« von diesem gelungenen Untergriff ad personam: »durchaus nicht zu billigende Erscheinung« und »liegt außer der Sphäre der Parodie«, ereifert sie sich.

Ungeteilten Zuspruchs konnte sich »Weder Lorbeerbaum noch Bettelstab« auch beim Publikum nicht erfreuen. Während das Holteische Rührstück im Theater in der Josefstadt ein Riesenerfolg war, wurde die Parodie bereits nach nur neun Aufführungen abgesetzt. Damit war die Strategie, die die Vorstadttheater verfolgten, diesmal nicht aufgegangen: Sie versuchten, sich an die Erfolge der konkurrierenden Bühnen anzuhängen. Bevorzugt wurden Zugstücke »hohen Stils« der Hoftheater auf den Vorstadtbühnen trivialisiert, sprich: karikiert, travestiert, parodiert.

Nestroy färbt die Vorlagen lokal ein, er »degradiert« burlesk die Figuren, trivialisiert Fabel und Motive: Die normannische Fürstentocher Bertha, die Mutter Roberts in Meyerbeers Monstre-Oper »Robert der Teufel«, wird bei Nestroy »d' Frau Regerl« aus der »Weihburggassen«; der »Graf von Lugano« der Héroldschen Schaueroper gerät in Nestroys »Zampa« zum »reichen Makkaronimacher« »Guckano«; der tödliche Dolchstoß in Holteis effektreichem Kriminaldrama »Ein Trauerspiel in Berlin« wird in Nestroys »Verhängnißvoller Faschings-Nacht« zur schallenden Ohrfeige abgerüstet.

Ein nur fragmentarisch erhaltener Brief Nestroys an Eduard von Bauernfeld von Anfang Oktober 1856 – Nestroy ist Direktor des Carltheaters – stellt klar den parodistischen Bezugspunkt Hoftheater heraus. Es geht darin um Bauernfelds »Melampe«, eine stoff- und motivparodistische Komödie, deren Handlung zwar im 17. Jahrhundert angesiedelt ist, die aber auf die 1848er Ereignisse anspielt. Wenn das Publikum schon nicht durch die Kenntnis einer Vorlage über die parodistische Intention des Stücks Klarheit habe, sei es unabdingbar, daß Bauernfelds Name auf dem Theaterzettel aufscheine, um diese zu signalisieren: »Ich habe das Stück mit großer Aufmerksamkeit und gespanntem Interesse gelesen, und nach einem Zwischenraum von Acht Tagen wieder gelesen. Es ist eine so geistreiche Satyre, daß sie mir einen wahren Genuß bereitete. Nun aber, um selbe dem Publicum vorzuführen, ist es vor Allem nöthig, das Publicum auf den richtigen Standpunct zu versetzen, von welchem aus dieses parodistische Werk beurtheilt werden muß. Dieß unterliegt bey jeder Parodie /: denn jede Parodie steht mehr oder minder auf der Spitze einiger Schwierigkeit; hier aber ist es doppelt schwer, weil es sich nicht um die Parodie eines eben im Hoftheater Sensation erringenden Trauerspieles handelt. Hier ist dieß nur durch eine renomierte Firma zu erzielen, ein berühmter Nahme, wie der Ihrige muß an der Spitze stehen, pseudonym oder anonym ist meines Erachtens dieser Zweck durchaus nicht zu erreichen.«[9]

Geradezu exemplarisch stellt sich diese Dynamik im Fall von Nestroys »Robert der Teuxel« dar. Nicht nur bringt Direktor Carl schon einige Wochen nach der ersten Wiener Aufführung der Meyerbeer/Scribeschen Oper »Robert der Teufel« am Kärntnertor-Theater diese »parodierende Zauberposse« Nestroys am 9. Oktober 1833 als aufwendiges Ausstattungsstück auf die Bühne des Theaters an der Wien; auch das Leopoldstädter Theater hatte eine Parodie im Repertoire, Joseph Schickhs »Robert der Wauwau«, und zudem wurde die Oper im Theater an der Josefstadt gespielt.

Dennoch: Viel eher als eine durchgehende Parodie der unmittelbaren Quelle sieht etwa Friedrich Walla in »Robert der Teuxel« eine kritische Auseinandersetzung mit dem »(Un)Geist« der romantischen Oper ganz generell.[10] Gattungstheoretisch argumentierend, bekräftigt die Literaturwissenschaft, was schon Nestroys Zeitgenossen im Zusammenhang mit »Weder Lorbeerbaum noch Bettelstab« auffiel: »Allein Hr. Nestroy hat uns hier, so wie einst im ›Robert den Teuxel‹ bewiesen, daß er mit dem innern Wesen der Parodie keineswegs vertraut sei. Lächerlichkeiten und Verzerrungen bilden ja noch keine Parodie; sondern die ironischen Belehrungen, die aus der geißelnden, aber keineswegs zerfleischenden Behandlung hervorgehen und die wir hier, so sehr sich Hr. Nestroy an den Gang der Handlung und an die Charaktere im Originale selbst gehalten, durchgehends vermissen. Hr. Nestroy ist ein glücklicher Naturalist, der mit baroker Laune und viel Spaßhaftigkeit auch hier einzelne Scenen erfaßt und wenigstens der Außenseite nach gelungen durchgeführt hat, aber eben so wenig den Keim in sich trägt, eine zusammenhängende, geläuterte, wahre Parodie zu schreiben, als jenes Product Holtei's mehr genannt werden kann als ein blendendes Effect-Stück.« Der Rezensent des »Wanderers« nimmt vorweg, was heute Communis opinio ist: »Einzelnheiten in der Charakteristik und in der sprachlichen Behandlung« habe Nestroy »trefflich gearbeitet, und uns wenigstens die Idee an die Hand gegeben, daß jener Dichter Heinrich, hier der Dichter Leicht, selbst schon eine parodirte Person sei«.[11] Auch die ausdrücklich auf den Theaterzetteln als Parodien ausgewiesenen Stücke – etwa »Nagerl und Handschuh« (»neue Parodie eines schon oft parodierten Stoffes«; des Aschenbrödel-Stoffes nämlich), »Martha oder die Mischmonder Markt-Mägde-Miethung« (»parodierende Posse mit Gesang«; nach der Flotow-Oper »Martha oder Der Markt zu Richmond«) oder der »Der Zauberer Sulphurelectrimagneticophosphoratus« (der bei einer Neuinszenierung 1839 als »Parodie des Raupach'schen Dramas ›Robert der Teufel‹« bezeichnet wird) – unterscheiden sich kaum von Nestroys übrigen Stücken und sind am ehesten als Possen mit parodistischem Einschlag zu klassifizieren.

Und jene Zerrbilder Nestroys, die üblicherweise dem Genre der Parodie zugeordnet werden, weil sie sich schon mit ihren schräg zitierenden Titeln auf eine bestimmte Vorlage beziehen – etwa »Robert der Teuxel«, »Nagerl [Nelke] und Handschuh« nach Auguste Schreibers am Leopoldstädter Theater aufgeführtem Zauberspiel »Finette Aschenbrödel oder Rose und Schuh« oder die »parodierende Lokal-Zauberposse« »Zampa der Tagdieb oder die Braut von Gips« nach der am Kärntnertor-Theater gespielten Oper »Zampa oder die Marmorbraut« –,

Nestroy als Schreiber Blasius Rohr in der Posse »Glück, Mißbrauch und Rückkehr«

gehen über das Genre der Parodie hinaus und haben als »parodistisches Seitenstück« noch Bestand, während das »Hauptstück« längst vergessen ist.[12]

Selbst das gemeinhin als Musterbeispiel literarischer Parodie geltende Stück »Judith und Holofernes« – nur sechs Wochen nach der Wiener Erstaufführung von Hebbels »Judith« am Burgtheater auf der Bühne des Carltheaters zu sehen – kann nicht nur gleichberechtigt neben dem »Original« bestehen, sondern hier wie in anderen Vorlagenbearbeitungen Nestroys konzentriert sich die Parodie auf eine einzige Figur, den Popanz Holofernes, dessen dröhnendes Berserkertum Nestroy mit lockerer Hand vom Erhabenen ins Lächerliche wendet →21. Bei Hebbel: »Er komme, der sich mir entgegen stellt, der mich darnieder wirft. Ich sehne mich nach ihm! Es ist öde, Nichts ehren zu können, als sich selbst.«[13] Bei Nestroy: »Ich bin der Glanzpunckt der Natur, noch hab' ich keine Schlacht verloren, ich bin die Jungfrau unter Feldherrn. Ich möcht' mich einmahl mit mir selbst zusammenhetzen nur um zu sehen, wer der Stärckere is, ich oder ich.«[14] Die weihevolle Weitschweifigkeit, die sich der Hebbelsche Feldherr gern gefallen läßt – »Bote: Nebucad Necar, vor dem die Erde sich krümmt, und dem Macht und Herrschaft gegeben ist vom Aufgang bis zum Niedergang, entbietet seinem Feldhauptmann Holofernes den Gruß der Gewalt. Holofernes: In Demuth harr' ich seiner Befehle«[15] –, reizt seine menschliche Karikatur zu unbändigem Zorn: »Herold: Nebucadnezar, der da herrscht vom Orient bis zum Occident, vom Continent bis zum – Holofernes: Fikrament und kein End' –! Was will er der Nebucadnezar?«[16] Und dem hochtönend steifleinenen Kompliment, mit dem Holofernes Judith (bei Nestroy: den als Judith verkleideten Joab) bedenkt: »Du gefällst mir, wie mir noch Keine gefiel«[17], setzt Nestroy ein augenzwinkernd-hemdsärmliges entgegen: »Gar kein übler Schneck. Ich krieg' Achtung vor Bethulien.«[18]

Zudem ist die Parodie hier ein Mittel, um politische Satire auf die Bühne zu bringen. Die Zeitgenossen wußten die Verbindung zwischen der Belagerung der biblischen Stadt Bethulien durch Holofernes und der Belagerung des aufständischen Wien durch Windischgrätz im vergangenen Oktober herzustellen, der Phantasie wird zum Sprung von der historischen Illusion in die jüngste Wiener Realität nachdrücklich aufgeholfen; unter anderem mit Holofernes' »Versprecher« in seiner Reaktion auf die Nachricht von der Unterwerfung Mesopotamiens: »Warum so spät? was zieht ihr euch, wie Strudelteige? wie weit is es wohl von Mesopotamien *bis in d'Leopoldstadt? sprich ich, bis Assirien,* wie weit?«[19] Der Uraufführungstag, der 13. März 1849, fiel zudem mit dem Jahrestag des Ausbruchs der Revolution zusammen.

Die »Travestie in einem Acte« hielt sich nicht auf der Bühne, sie wurde, obwohl aufwendig ausgestattet, Ende März 1849 wieder abgesetzt (bevor sie 1856 wiederaufgenommen wurde). Die Rezensenten hatten das »Machwerk«, in dem »Dummheit, Gemeinheit und Trivialität zu einem babylonischen Thurme aufgeschichtet sind«[20], harsch abgelehnt, insbesondere empörten sie sich über die mit antisemitischen Klischees kraß karikierten Hebräer. Nur der »Oesterreichische Courier« billigt der »höchst amusanten, die Lachmuskeln in fortwährender Thätigkeit erhaltenden Bagatelle« zu, »die verwundbaren Stellen des Originals [...] mit Gewandtheit aufgefunden und benützt« zu haben: »Stellt man die Forderungen nicht zu hoch, und bedenkt man, daß die Travestie auch die Caricatur in sich begreift, so wird man von der Vorstellung vollkommen befriedigt scheiden, und, besonders wenn man das Original kennt, und damit ein Bischen ernster ins kritische Gericht geschritten ist, gewiß gestehen, sich recht wohl unterhalten zu haben.«[21]

Der Autor des parodierten Originals, Friedrich Hebbel, dürfte sich jedenfalls auf den Schlips getreten gefühlt haben. 1847 attestiert er Nestroy nach einer Aufführung des »Schützlings« in Graz noch »gesundes Naturell« und »tüchtiges Talent« und schätzt ihn höher als »das Meiste, was sich in Wien auf Jamben-Stelzen um ihn herum bewegt«.[22] Und noch sieben Wochen vor der Uraufführung von »Judith und Holofernes« versichert er in einer Rezension: »Ich liebe eine gute Posse. So gewiß eine lebendige Fliege mehr werth ist, wie ein aus Marzipan gebackener oder aus Holz geschnitzter todter Adler, so gewiß steht jene höher, wie ein mittelmäßiges Trauerspiel, und so sicher wird ein Kunstverständiger für einen einzigen Nestroy'schen Witz *de première qualité* eine Million gewöhnlicher Jamben hingeben, die das phrasenhafte und triviale Gedankenleben des sogenannten Dichters umsonst zu verhüllen suchen, wie sie sich auch aufbauschen mögen.«[23] – Beinah scheint es, als weise Hebbel hier auf die Schwachpunkte seiner »Judith« hin; als serviere er Nestroy die Angriffspunkte auf dem silbernen Tablett.

Eine unmittelbare Reaktion Hebbels auf »Judith und Holofernes« ist nicht überliefert, Karl Kraus dürfte indes nicht ganz fehlgehen, wenn er dessen aus späteren Jahren dokumentierten Meinungsschwenk darauf zurückführt, daß »Nestroys Witz ihm an die tragische Wurzel gegriffen hat«.[24] 1861 bezeichnet Hebbel Nestroy – dessen Name 1849 nicht als Autor auf dem Theaterzettel von »Judith und Holofernes« aufgeschienen war; das war erst 1856 anläßlich einer Wiederaufnahme des Stücks der Fall – in einem seiner »Wiener Briefe« für die Leipziger »Illustrierte Zeitung« beiläufig als »Genius der Gemeinheit«[25], und Ende 1862 spricht er ein halbes Jahr nach dem Tod Nestroys von dessen »giftig-sittenlosen Possen«[26] und den »*Augiasställen,* die Johann Nestroy hinterließ«.[27] Auch Richard Wagner überliefert Hebbels Antipathie gegen Nestroy: »Der verstorbene Hebbel bezeichnete mir einmal im Gespräche die eigentümliche Gemeinheit des Wiener Komikers Nestroy damit, daß eine Rose, wenn dieser daran gerochen haben würde, jedenfalls stinken müßte«[28] – als wäre dieser drastische Vergleich auf »Judith und Holofernes« gemünzt.

Ein treffenderes Bild für Nestroys parodistische Grundhaltung als der pikierte Hebbel findet der Kritiker Franz Dingelstedt, der im Zusammenhang mit der Kupelwieserschen Bearbeitung des Pariser Erfolgsstücks »Les Mémoires du Diable« überlegt, wie man das Vaudeville noch auf Wiener Boden verpflanzen könnte, und dabei auf Nestroys parodistische Aneignung fremder Vorlagen zu sprechen kommt: »Macht aus dem französischen Vaudeville eine Wiener Localposse, jedoch in absichtlicher Parodie, nicht durch unwillkürliche Herabzerrung; dreht die Rollen um, wie ein Gewand, in Darstellung und Auffassung, und zeigt uns das grobe, stück- und flickwerkige Unterfutter statt der glänzenden Außenseite.«[29]

Die Wohlgeruchs-Schwaden von Hebbels penetrant parfümierter Stelzerei zu vertreiben war dem geübten Parodisten Nestroy ein leichtes. Der hatte nicht bloß als Schauspieler und Sänger einschlägige Erfahrung – in Rossinis »Othello« singt er etwa 1822 am Kärntnertor-Theater den »Dogen«, 1823 in Amsterdam den »Brabantino«, 1830 spielt er in Preßburg in Ferdinand Kringsteiners Parodie »Othellerl, der Moor von Wien« die Titelrolle, 1833 in Wien dann den »Cassio« und 1839 den »Rodrigerl« –, sondern auch als Autor in seinen Possen Spiel-, Sprech- und Gesangsstile, gängige Stoffe und Motive kritisch-polemisch oder verulkend immer wieder auf die Schaufel genommen.

Richard Wagner war scheint's um einiges generöser als Hebbel. Bereits zwei Monate nach der Wiener Erstaufführung seines »Tannhäuser«, am 31. Oktober 1857, war Nestroys »Zukunftsposse mit vergangener Musik und gegenwärtigen Gruppirungen« (nach der Ulkparodie »Tannhäuser und die Prügelei auf der Wartburg« des Breslauer Arztes Hermann Wollheim) zu sehen und zu hören gewesen. Wagner fühlte sich von der banalisierenden Parodie seiner »Zukunftsmusik« bei einer Aufführung des Nestroyschen »Tannhäuser« im Carltheater angeblich so gut unterhalten, daß er dem Komponisten, Kapellmeister Karl Binder, als Zeichen seiner Anerkennung eine Krawattennadel vermachte.[30]

18
»›Dulekmi‹«
Nestroys politische Ansichten

Ich habe auch meine Stunden der Empörung, aber ich verstecke sie, weil ohnmächtige Empörung lächerlich ist. Da ich nicht stolz sein kann, bin ich demütig geworden, um mir die Scham zu ersparen, niederträchtig zu werden.

(NESTROY: Aus dem literarischen Nachlaß[1]*)*

»Ich bin ein Schwarzgelber geworden, und zwar vom allerschwärzesten Gelb.« Wem oder welchem Unstand verdankt Nestroy die Läuterung vom republikanischen Saulus zum bekennenden habsburgisch-monarchistischen Paulus? – Niemand anders als Moritz Gottlieb Saphir →14, dessen »Humorist« nach der Premiere von »Freiheit in Krähwinkel« →28 am 3. Juli 1848 entrüstet eine Rechtfertigung vom Autor einfordert: »*Wer oder was ihn dazu berechtigte, die Sache unserer Freiheit, eine Sache, die wir mit unserem Blute bezahlten, in's Lächerliche, Gemeine herab zu zerren!*«[2]

In einem kaum lesbaren bleistiftgeschriebenen Briefentwurf stattet Nestroy seinem hartnäckigsten rezensierenden Widersacher furios polemisch seinen Dank ab – pflichtschuldig: »ich danke Dir das Beseltseyn mit wahren ächt patriotischen Gefühlen, ich danke Dir die Feststellung meiner politischen Grundsätze. Man wird fragen, wie das? […] Es kam so einfach, so schnell. Aus meinem Salönchen gehen einige Fensterchen in das Jägerzeilchen; ich saß da vom Freyheitsschwall so gut ergriffen wie Hunderttausend Andere, da weckte mich ein Wagengeräusch aus republicanischen Träumen, ein Fiakerpirutsch fuhr heran, zwey elende Mähren vorgespannt, aber das waren

Götter gegen die Gestalt, die im Pirutsch saß, was mag das wohl gewesen seyn? Du vermuthest es nicht? Du dummes Saphirchen, Du selbst warst es. Du als Nationalgardist einen großen Säbel angeschnallt, ob links, ob rechts das weiß ich nicht, denn er baumelte Dir zwischen den Schlotterbeinen, […] die ganze Gestalt […] mit allen möglichen Bändern der Freyheit geschmückt. Ach das sah zu malitiös aus, zu infam. Da bekam ich ein degout von der Freyheit, die Vernunft behauptete ihr Recht wider, und ich sage es mit Stolz, ich bin ein Schwarzgelber geworden, und zwar vom allerschwärzesten Gelb.«[3]

Ein zur Karikatur verzerrter die Sache der Revolution vertretender Nationalgardist Saphir habe den Wandel seiner politischen Gesinnung ausgelöst – damit scheint Nestroy die Communis opinio zu bestätigen: Eine anfänglich kritische Haltung zu den Revolutionsereignissen des Jahres 1848 (»Die lieben Anverwandten«) sei unter dem Druck des Publikums einer reserviert zustimmenden (»Freiheit in Krähwinkel«) gewichen, die nach dem Sieg der Reaktion dann wieder in eine dezidiert kritische umgeschlagen sei (»Lady und Schneider«, »Höllenangst«).[4] →28 Politische »Aussagen« träten in Nestroys Stücken ab 1849 zugunsten skeptisch-pessimistischer Reflexionen über das Menschsein zurück; daß er einen Großteil der Stücke, die er noch schreibt, im Theatermilieu ansiedelt, zeuge von einer resignativen, apolitischen Weltabgewandtheit.

Diesem literaturwissenschaftlichen Befund, der auf einer interpretatorischen Analyse von Nestroys Stücken beruht, ist generell entgegenzuhalten, daß grob fahrlässig handelt, wer nicht sauber zwischen den Gefühlswelten literarischer Figuren und der des Autors unterscheidet; wer der Versuchung nicht widersteht, Rollentext mit imaginierten Anführungszeichen zu lesen und ihn damit als Meinung des Autors auszuweisen. Das Unterfangen, in Nestroys Figuren – auch in den in Monologen und Couplets kommentierenden und räsonierenden

Zentralfiguren – das Sprachrohr des Autors zu sehen, ist umso fragwürdiger, als die Posse ein Genre ist, das im Dienst der komischen Wirkung in der Figurenzeichnung übertreibt, zuspitzt, verzerrt, karikiert, klischiert, typisiert. Der weite Interpretationsspielraum, der sich eröffnet, verbietet es von vornherein, aus einer Blütenlese von »Aphorismen« und Rollentexten den politischen Standpunkt Nestroys oder dessen Weltbild herausdestillieren zu wollen.

Nestroys Sprachspielmanie, seine Hingabe an die quecksilbrig schillernden, sich formierenden und wieder auseinanderstiebenden Bedeutungen ist, wie Karl Kraus festhält, »gesinnungslos wie die Liebe«.[5] →19 Er teilt Watschen nach *allen* Seiten aus. Und Egon Friedell meint in seiner »Kulturgeschichte der Neuzeit«, daß Nestroy »gleichermaßen den Konservativen als bedenklicher Umstürzler wie den Liberalen als finsterer Reaktionär« galt, weil er als echtes Komödientemperament gar nicht anders konnte, als die Dinge von oben zu betrachten, »von einem erhöhten Standpunkt olympischer Heiterkeit, vor dem rechts und links nur zwei Hälften und meistens zwei recht lächerliche Hälften desselben menschlichen Grundwesens sind«.[6]

Keiner Interpretation bedürfen hingegen die brieflichen Aussagen Nestroys seinem langjährigen Freund Ernst Stainhauser gegenüber – mit dem einschränkenden Hinweis freilich, daß einer Person, die beinahe 900 Rollen spielte, die verschiedensten Verkleidungen zu Gebote stehen. Nestroys Bemerkungen zur Tagespolitik sind outriert wie seine Bühnenauftritte →9 und überdies von einer kaustischen Verve, die auch jener der pointiertesten Bühnentexte nicht nachsteht. Der patriotische Legitimist ärgert sich in einem Brief vom 12. Juli 1859 darüber, daß Frankreich auf Kosten Österreichs seinen Einfluß in Italien ausweitet; er ist zornig ob der Demütigung Österreichs durch Preußen, das nur unter unzumutbaren Bedingungen bereit ist, Beistand zu leisten; für die Empörung protestantischer Lande über das am 18. Juni 1855 zwischen der Habsburgermonarchie und dem Kirchenstaat abgeschlossene Konkordat – es brachte eine Benachteiligung evangelischer Untertanen mit sich – zeigt er wenig Verständnis; die Nachricht vom Waffenstillstand kommentiert er, auf Urlaub in Helgoland, empört: »Ich lese keine Zeitung, denn die Berliner- und noch mehr die Hamburger-Blätter schreiben derart, daß ein Österreicher, – selbst wenn er kein so Gutgesinnter wäre, wie ich, – sie mit Entrüstung um die Erde werffen muß. Trotzdem ist die Waffenstillstandskunde zu mir gedrungen, und hat mich ganz ›baff‹ gemacht. Unterhandeln müssen mit einem Lumpen, wie dieser Napoleon, ist arg. Es ist dieß der klarste Beweis von der Niederträchtigkeit der anderen Großmächte, die uns theils im Stiche lassen, theils directe im Interesse dieses revolutionären Schuftes Napoleon handeln. [...] Wenn man einen Ausländer aufklären will, daß Concordat und Inquisition noch ein himmelweiter Unterschied ist, so glaubt er es nicht. Der Haß gegen das Concordat ist so groß und so eingewurzelt im Auslande, als ob schon Tausend Norddeutsche bey Auto da fé's gebraten worden wären.«

Und vier Tage später legt Nestroy, wieder in einem Brief an Stainhauser, nach: »Es ist der widerwärtigste Gedanke, Friede mit diesem Louis Napoleon, aber es konnte leider nicht anders seyn. Ich wünsche nur daß Kaiser Franz Joseph hinter diesem Frieden einen Racheplan an dem elenden ultraschuftigen Preussen reserviert; ein Austritt Österreichs aus dem deutschen Bund, wovon man hir allgemein spricht, wäre wohl die erste Hinweisung auf gerechte Vergeltung an elenden Freunden, die weit schlechter, als die ärgsten Feinde sind.«

Er, Nestroy, rächt sich auf seine Weise, indem er bei seinem letzten Gastspiel im Treumann-Theater als Knieriem über jene »berüchtigten Küsse«, die preußische Offiziere anläßlich des Besuchs in Compiègne auf Louis Napoleons Hände gedrückt haben sollen, extemporiert.[7]

Sein leidenschaftliches Bekenntnis zu einem Großösterreich, das die föderalistischen nationalistischen Bestrebungen der nichtdeutschen Kronländer entschieden mißbilligt, bestätigt die Anekdote, Nestroy habe die Einladung zu einem Gastspiel in Pest mit der trockenen telegraphischen Bemerkung ausgeschlagen: »Danke. Komme nicht. Habe soeben einen neuen Cylinder gekauft.« »Was sagst Du zu den Ungarn?« fragt er am 18. Dezember 1860 rhetorisch Ernst Stainhauser, um gleich darauf seinem Ärger Luft zu machen: »es sind recht gutgesinnte liebe Herrn. Vor Acht Tagen erhielt ich einen Antrag auf einen Gastrollen-Cyclus nach Pesth, allein ich habe ihn abgelehnt. Ich hatte mir eben einen schönen neuen Cylinder gekauft, warum soll ich mir den gleich antreiben lassen in seiner Glanzperiode? Ich liebe die Orte nicht, wo man die Kaiserlichen Adler herunterreißt, und habe einen degout vor dem Heldenthum, welches sich durch diese Adler-Maltraitierung manifestiert. Die Italiäner sind doch unsere geschwornen Feinde, und wie anständig benehmen sie sich im Vergleich mit den Ungarn. Es ist wahrscheinlich der Dank, den diese edle Nation dafür ausspricht, daß sie durch das Kaiserliche Diplom so sehr vor den civilisierten Völckern der Monarchie bevorzugt wurde. Es gehört dieß auch zu den Vorzügen von Gratz, daß hier nicht, wie in Wien, das Auge fortwährend durch den Anblick dieser, im allerunbegründetsten Stolze sich blähenden, honvédisch aufnationalisierten Laffen beleidigt wird.«

Auch ein gerüchteweise kolportiertes Extempore bei seinem Wiener Gastspiel im Winter 1862 erhält durch einen Brief an Stainhauser einige Plausibilität. Danach habe Nestroy als Jupiter in der Offenbach-Operette »Orpheus in der Unterwelt« dem Merkur, der sich nähert, um ihm die Krone aufzusetzen, diese mit den pathetischen Worten »Halt, die da setz' ich mir selber auf« aus der Hand genommen[8] – in Anspielung auf die Krönung Wilhelms I. zum König von Preußen am 18. Oktober 1861. Nestroy, seinem Briefpartner Stainhauser ob dessen geschliffenem Stil Rosen streuend: »Ich würde sagen, Du setztest mit diesem Brief Deinen früheren die Krone auf, aber ich will diese discreditierte Phrase nicht gebrauchen, denn das Sichdiekroneaufsetzen hat in neuester Zeit einen halb widerlichen halb lächerlichen Eindruck hinterlassen. Dieser Alle[r]frischgekrönteste kommt mir – im Vergleich mit den andern Monarchen, welche diesen mittelalterlichen Firlefanz keiner Beachtung würdigen, und möglichst zu vermeiden suchen – vor, als wie ein neu avvancierter Kadett. Der Officier mit vielen Dienst- und Verdienst-Jahren winkt meistens von Weitem schon der Schildwache, welche praesentieren will, zu, sie soll's gut seyn lassen; – der Lieutenant von Zwey Tagen aber geht häufig in kindischem Stolze absichtlich an möglichst vielen Schildwachen vorbey, um sich tüchtig anpraesentieren zu lassen. So ohngefähr nimmt sich der Allerfrischgekrönteste mit'n Krandl aus, welches Krandl sich aufzusetzen, er sich nicht versagen konnte. Nun er ist wohl kein junger Mensch, aber ein junger König; sonst müßte man vom Menschen sagen: ›Alter schützt vor Thorheit nicht‹ – über einen Ko[e]nig erlaube ich mir natürlich keine solche Äußerung, selbst wenn es der König ist, dessen Suite, als liebfreundliche Demonstration gegen Östreich, mit wahrem Wetteifer sich als A … lecker des Herzog's von Magenta gebärdete. –«[9]

Seine Behauptung, er absolviere die vormittägliche Zeitungslektüre mit ausgesprochener Gelassenheit, widerlegt der Grazer Pensionist →29 ziemlich überzeugend: »Freylich gewöhnt man Alles, und worüber man als loyaler Staatsbürger vor Kurzem noch rabiat geworden, das liest man jetzt mit Gelassenheit. So ist es auch bei mir. Früher bin ich rabiat geworden, wenn ich gelesen, wie weit die Ungarn die Kalpakbedeckte Kopflosigkeit ihre Frechheit treibt; jetzt lese ich mit Gelassenheit, wie bey Wahlen in Pesth Stimmen fielen auf Kossuth, Türr, Pulsky, Viktor Emanuel, Cavour und Garribaldi, und lächle über die nette Zusammenstellung dieser Staats- und

Völkerrechtliche Atmosphäre verpestenden tableaus, wovon Drey bereits (leider nur in effigie) am Galgen prangen, während man von den Drey andern nur weiß, daß noch Keiner ertrunken ist. – Früher bin ich rabiat geworden über den maßlosen Unsinn separatistisch-ungarischer Praetensionen, jetzt lese ich mit Gelassenheit die großmüthigen Finanz-Ideen eines Teleki, der der edlen Nation den Vorschlag macht, Zweyhundert Millionen von der Staatsschuld hochherzig anzuerkennen, während der kleine Rest von dritthalb Milliarden auf die übrigen Kronländer fallen soll, und denke mir lächelnd, da muß wohl der Österreichische Finanzminister statt ›Teleki‹ ›Dulekmi‹ sagen. Früher bin ich rabiat geworden über die Österreich beleidigende Gehäßigkeit ungarischer Tischreden; jetzt lese ich mit Gelassenheit die enormsten Absurditäten und Weindunstmißgeburten dieser jenseitigen Leitha-Leute und denke mir lächelnd ›ein Ungar red't viel, wenn der Tag lang ist‹, jetzt haben sie zwölf Jahre nichts reden dürfen, also gehn jetzt natürlich die Reden fort, wie die verschlagenen Blähungen bei einem Beamten, der nach acht durchseßenen Kanzley-Stunden sich über die Glacis nach Haus begiebt, wobey nur zu bedauern, daß die ersteren keineswegs den Sanitätswerth der letzteren haben.«[10]

Hat Nestroy nach einem zweistündigen Spaziergang endlich wieder den Appetit zurückgewonnen, der ihm als »legitimistischem Patrioten« über der Zeitungslektüre vergangen war, ergeben sich schon die nächsten politiko-kulinarischen Unzukömmlichkeiten: »Kann man Apetit zum Rindfleisch haben, wenn man bedenkt, daß die Ochsen von Polen und Ungarn kommen, und daß folglich auch ihnen Etwas von jener dort grassierenden Seuche – von den politischen Ärzten ›Nationalitätschwindel‹ genannt – anklebt? Kann man das Schweinerne goutiren, wenn man bedenkt, daß die Schweinezucht speziell aus Ungarn stammt? – Quillt einem beym Lämmernen nicht der Bissen im Mund, wenn man an die Lammsgeduld denkt, mit der man in Pesth ungestraft die K[aiserlichen] Adler herunterreißen ließ und dieß Attentat nur in Croatien unstatthaft fand? Wenn man in Croatien die Adler selbstverständlich nicht maltraitieren darf, warum durfte man's in Ungarn? Sind es denn nicht die nehmlichen Adler? Darüber muß ich einen Jäger fragen. Mit den Mehlspeisen hat man das nehmliche Gefrett. Können einem die böhmischen Dalken schmecken, wenn man bedenkt, daß die ungenießbaren Rieger und Palacky auch dazugehören? Bringt man einen ›Tirolerstrudel‹ hinunter, wenn man an den Insprucker-Landtag denkt, und an all das Eckelhafte, womit ein Paar intolerante Oroviste und gesinnungsverwandte Staatshämorhoidarien das liberale confessionelle Gleichberechtigung verkündende Gesetz des Kaisers zu besudeln wagen?«[11]

Trotz der am politischen Horizont dräuenden Sturmwolken erscheint Nestroy, im Gegensatz zu vielen Zeitgenossen, die Situation nicht als »trostlos«, denn »selbst diese Kleinmüthigen können nicht behaupten, daß sie rathlos ist, wir haben ja den Reichsrath. Und wären die Schwierigkeiten noch Zehnmal schwieriger, ich baue auf Grillparzer; mit Energie und Thatkraft ist so ein bischen Staatsmaschine schnell in rechte Geleis gebracht, und so gebe ich mich den rosigsten optimistischesten Anschauungen hin.«[12]

Dabei ist Nestroy – gutbürgerlich standesbewußt – ein durchaus kritischer Beobachter dieser »Staatsmaschine«. Etwa wenn er sarkastisch den Prozeß gegen den Hauptdirektor der Creditanstalt, Franz Richter, kommentiert, der im Zusammenhang mit dem Versuch gesehen werden muß, die Verantwortung für die Niederlage im 1859er Krieg von der Armeeführung auf dubiose Praktiken der Armeelieferanten abzuwälzen. Erstes Opfer dieser peinlich fehlgeschlagenen Finte war August Freiherr von Eynatten, im Krieg gegen Frankreich stellvertretender Armeekommandant. Angeklagt wegen Mißbrauchs der Amtsgewalt, nahm er sich in der Nacht vom 7. auf den 8. März 1860 im Gefängnis das Leben. Er hatte zwar ein Geständnis abgelegt und Geldgeschenke angenommen, es konnte ihm jedoch nichts angehängt werden.

Richter wurde bezichtigt, als Berater des Armeeoberkommandos dieses übervorteilt zu haben, was sich als haltlos erwies. Blieb der lächerliche Vorwurf der Bestechung: Richter hatte – zur Beschleunigung von Ladearbeiten – angeordnet, Trinkgelder und Zigaretten an Soldaten zu verteilen. Dennoch wurde er zu einmonatiger Haft verurteilt.[13] Nestroy dazu: »So machte z. B. das Urtheil im Prozeß ›Richter‹ hier einen komischen Eindruck, und ich kann den Leuten nicht Unrecht geben. Die Ungeheuerlichkeit des Beamten-Zopf's präsentierte sich da wirklich in Hydroxigengasmikroscopischer Größe. Die Kleinlichkeit der Verschärfung des Strafmonates durch Drey Fasttage ist wahrhaftig riesig. Dieses gegen Trun[k]bolde bey Rauf-Excessen, bey Taxfuhrverweigernden Fiakerknechten recht passende Verschärfungsmittel, bey einem Manne von Richters Stellung angewendet, heißt wirklich dem schönen Satz ›Vor dem Gesetz sind Alle gleich‹ die komischeste Seite abgewinnen. Drey Fasttage für den Director der Credit-Anstalt! warum nicht auch eine Stunde auf Erbsen knien?, oder einigemahle als Strafpensum das Zeitwort conjugieren ›IchhabedenEinattenbestochen, duhastdenEinattenbestochen, erhatdenEinattenbestochen, wirhabendenEinattenbestochen, etc.‹? Unwillkührlich macht man da auch die Reflexion, existiert denn Jemand, der noch Niemand zum Mißbrauch der Amtsgewalt bestochen hat? Ich habe bei ›Stierbök‹ immer ein gutes Trinkgeld gegeben, und siehe da, meine Portion Gefrorenes war größer als die Portionen Gefrorenes, welche andere mindertrinkgeldspendende Gäste erhielten. Kann mich das nicht auch auf die Bank der Angeklagten bringen? Bey meinem Abscheu vor den Fasttagen ist dieß eine unheimliche Idee.«[14]

19

»Alletagsworte« und der »Red' a Fey'rtagsgwandel anzieh'n«

Nestroys sprachliche Maßschneiderei

Der Ursprung des Zimmermanns hat schon das vor viele andere Ursprünge voraus, daß er nur halben Theil gemein is, die andere Hälfte is erhaben, und folglich das Ganze das, was die noblen Leut eine Mesallianze nennen. Der Holzhacker hat die Geometrie umarmt, und so is der Zimmermann entstanden. Unser Handwerkszeug bestätigt diese Abkunft. Die Hacken is unser simples väterliches Erbtheil, wir haben aber auch Zollstab, Zirkel, Winkelmaß als Vermächtniß von unserer tiefsinnigen Mama, und das sind Gegenstände, die man nicht leicht ohne zu denken in die Hand nehmen kann. Der Zollstab gibt uns die wahrste Ansicht von Länge und Breite, von Größe überhaupt, und wann man die einmal hat, da fallen einem dann allerhand Mißverhältnisse auf – wie so Mancher so groß herauskommt, und wenn man ihn genau abmeßt, so klein is, daß man ihm gern noch was aufmesset.

(Peter Spann in »Der Unbedeutende« 1,13)

Bereitwillig stimmte Nestroy zu, als Leopold Rosner, der für die »Wallishausser'sche Buchhandlung« eine Anthologie Wiener Couplets zusammenstellte, bei ihm um die Genehmigung einkam, auch welche aus seiner Feder aufnehmen zu dürfen – nicht ohne eine höfliche Bitte zu äußern allerdings: »›mit den Couplets ist das so eine eigene Sach'. Manchmal schlagt eines so ein, wie man's gar nicht erwartet hätt', und wieder ein anderes braucht länger, als ob sie sich erst hineinwachsen müßten. Da hab' ich in »Mein Freund« ein Couplet g'sungen »Hat denn die Sprach' da kein anderes Wort?«, es hat g'fallen – man kann vielleicht mehr Werth d'rauf legen wie auf manches andere, was mehr durchgeschlagen hat, – ja – und da möcht' ich bitten, daß *dieses* Couplet aufgenommen wird‹«.[1]

Obwohl es einige Zeit brauchte, bis man »sich hineinwuchs«: Es braucht heute kein biographisches Indiz mehr, auf welchen Aspekt seiner schriftstellerischen Arbeit der Autor Nestroy besondere Aufmerksamkeit wandte. Es braucht den Hinweis auf das Couplet nicht mehr, das in acht Strophen mit dem Refrain »Ja, hat denn die Sprach' da kein anderes Wort?«[2] die sprachliche Falschmünzerei, das Auseinanderklaffen von Etikett und Inhalt entfaltet, um die Verniedlichung Nestroys zum volksdümmlichen Lachtheater-Chargen zurechtzurücken, die in der gern bemühten und dem Autor leichtfertig als programmatische Selbstaussage unterstellten Bemerkung der parodistisch angelegten Dichterfigur Leicht →17 aus »Weder Lorbeerbaum noch Bettelstab« gründet: »Wollen Sie mich foppen? oder halten Sie mich wircklich für so dumm? Bis zum Lorbeer versteig' ich mich nicht. G'fallen sollen meine Sachen, unterhalten, lachen sollen d' Leut', und mir soll die G'schicht a Geld tragen, daß ich auch lach', das is der ganze Zweck: G'spaßige Sachen schreiben, und damit nach dem Lorbeer trachten wollen, das is eine Mischung von Dummheit und Arroganz; das is g'rad' so als wie wenn einer Zwetschken-Crampus macht, und giebt sich für einen Rivalen von Canova aus.«[3]

Karl Kraus stellte klar, daß der Nestroy, der dem Volk – »das zu allen Zeiten den Humor erst ungeschoren läßt, wenn es auch den Hamur bekommt«[4] – aufs Maul geschaut habe, nicht ohne den Nestroy zu haben sei, der diesem keineswegs nach dem Mund geredet hat →13: »Wir werden seiner Botschaft den Glauben nicht deshalb versagen, weil sie ein Couplet war. Nicht einmal deshalb, weil er in der Geschwindigkeit auch dem Hörer etwas zuliebe gesungen, weil er mit Verachtung der Bedürfnisse des Publikums sie befriedigt hat, um ungehindert empordenken zu können. Oder weil er sein Dynamit in Watte wickelte und seine Welt erst sprengte, nachdem er sie in der Überzeugung befestigt hatte, daß sie die beste der Welten sei, und weil er die Gemütlichkeit zuerst einseifte, wenn's ans Halsabschneiden ging, und sonst nicht weiter inkommodieren wollte.«[5] Unter vehementem Protest gegen die Verharmlosung Nestroys zum »gmüatlichen« Hanswurst stellte Kraus den Satiriker mit seinem »völlig sprachverbuhlten Humor« heraus, »bei dem Sinn und Wort sich fangen, umfangen und bis zur Untrennbarkeit, ja bis zur Unkenntlichkeit umschlungen halten«[6] – »Nestroy ist der erste deutsche Satiriker, in dem sich die Sprache Gedanken macht über die Dinge.«[7]

Und über sich selbst. Und sie tut das laut. Meist im Dialog, bisweilen auch im Selbstgespräch. Etwa wenn der Gewürzkrämer Zangler sich über das konversatorische und gedankliche Kleingeld ärgert, weil ihm dessen geringer »Kaufwert« schmerzhaft bewußt geworden ist: »Schon wieder, nein was ich die Sprichwörter nit ausstehn kann! Mich hat einmahl ein Sprichwort abscheulich angsetzt, nämlich das ›jung gefreyt, hat Niemand bereut‹. Das wird schier, wenn man alle Sprichwörter in der Eseley examinieret[,] 's erste Premium kriegn. Und dem Sprichwort zum Trotz, geh ich jetzt als so alter wieder auf Freyers Füßen, und ich werd's gwiß nicht bereun, wart nur Sprichwort, ich bring dich noch ganz um den Credit.«[8]

Oder wenn Nestroy Schablonen der Sprache jonglierend aus ihrer Erstarrung löst und sie ihm »für jede Redensart einen Gedanken« abwirft.[9] Wenn etwa der Pächter Krautkopf stutzt, als er polternd über die beim Wort genommene Sprache stolpert: »Da g'hören die Ruben her! An keine Ordnung g'wöhnt sich das Volk. Kraut und Ruben werfeten s' untereinand, als wie Kraut und Ruben.«[10] Oder wenn Nestroy einer Sprachblase die Luft ausläßt und, indem er sie auf den Boden herunterholt, aphoristische Erkenntnisse gewinnt: »LUDWIG: ach Alles hab' ich, Alles, nur keine Hoffnung im Herzen. KAMPL: Und das is g'rad' 's Leichteste. Zum Luftschlösser bauen braucht man nicht einmahl ein'n Grund, und Sie haben in mir einen Bauplatz gefunden. LUDWIG: Ohne Aussicht – KAMPL: Was fallt Ihnen ein! in einem Luftschloß hat selbst die Hausmeister-Wohnung eine paradiesische Aussicht.«[11]

Oder wenn der vazierende Barbiergeselle Titus Feuerfuchs mit den Sprossen der sozialen Leiter, die er im Verlauf von drei Akten hinaufsteigt, auch sein Idiom wechselt, weil er es versteht, seinem jeweiligen Gegenüber die Sprache abzulauschen, und ihm daher nach dem Mund reden kann. Er legt bei seinem Avancement – vom Gatten in spe einer verwitweten Gärtnerin über den Heiratskandidaten für eine verwitwete Kammerfrau bis zum Sekretär einer verwitweten Gutsherrin – nicht nur die Anzüge der jeweiligen »Seligen« an, sondern schlüpft auch ins »Sprachg'wandel« der jeweiligen Dame des Herzens. Im Gespräch mit Frau von Cypressenburg – »TITUS: Ich steh' jetzt einer Schriftstellerinn gegenüber, da thun's die Alletagsworte nicht, da heißt's jeder Red' a Fey'rtagsgwandel anzieh'n« – fühlt er sich bemüßigt, auf deren Erkundigungen nach seinem Vater hin seine Rede feierlichst auszustaffieren: »er betreibt ein stilles abgeschiedenes Geschäft, ein Geschäft bey dem die Ruhe das einzige Geschäft ist, er liegt von höh'rer Macht gefesselt, und doch ist er frey und unabhängig, denn er ist Verweser seiner selbst – er ist todt. FRAU VON CYPRESSENBURG (für sich): Wie verschwenderisch er mit 20 erhabenen Worten das sagt was man mit einer Sylbe sagen kann! der Mensch hat offenbare Anlagen zum Litteraten.«[12]

Meistens macht sich die Sprache im Zwiegespräch von Umgangsprache und Dialekt, Mundart und burgtheatralischem Schillerdeutsch, dialektal gefärbtem Idiom und Hochdeutsch

Gedanken über sich selbst. Auf kleinstem Raum dort, wo eine Figur aus den schwindelnden Höhen angemaßten Stils wieder auf den Boden des Dialekts herunterfällt: »DAMISCH: Ob sie mir was sagen oder nit, das verschaffet mir keine Linderung. Sie haben Keine die Sprach' die zum Herzen dringt. LISI: Diese Behauptung können wir durch Thatsachen dementieren. MALI: Wir haben schon zu curiose Herzen gesprochen. DAMISCH: Aber Sie haben eine locale Mundart, und Localität zerstört jede Posesie. (pikant) Amor war kein Stockerauer. MALI: (die Pikanterie erwiedernd): Potsdamer is er aber auch keiner g'west. DAMISCH: Das soll eine Anspielung auf die Göttersprache – LISI: Der affectierten Rosaura seyn. DAMISCH (mit Begeisterung): Die spricht keinen irdischen Dialect; sie redt himmlisch, überirdisch, Rosaurisch! Wann mir eine sagt: (in Local-Dialect): ›I lieb di, du bist mein All's auf der Welt‹ – was hab' ich da davon? – Wenn aber Eine sagt (übertrieben hochdeutsch): ›Du bist das Ideal meiner Träume, alle Regungen meines Herzens verweben und verschlingen sich mit dir!‹ –! das is a anders Numero.«[13] Hier wird Damischs gespreiztes Pirouettieren mit anschließendem Ausrutscher nicht nur durch die Dialekt sprechenden Mädel konturiert, sondern es wird durch Bühnenanweisungen explizit darauf abgehoben.

Ebenso gleitet die hochgestochen deklamatorische, weil geheuchelte Trauer Dappschädls über den Tod seiner Frau immer wieder aus: »Unglückseliger, wegen was erneuert Er jetzt wieder meinen Schmerz?«[14]; »Siehst du, dort in den Sternen, dort ist jetzt meine Gattin, unerreichbar für mich, *ich kann s' nicht g'lengen*«[15]. Nestroy treibt mit dem Nebeneinander von Sprachvarianten und Stilschichten unablässig sein aufgewecktes Spiel und schlägt daraus die erhellenden Funken seines Witzes. Mit einer Leichtigkeit, auf die ein Aphorismus aus seinem Nachlaß programmatisch gemünzt sein könnte: »Es läßt sich nichts finden, man muß den Dingen beistehn, daß sie sich finden lassen.«[16]

Leopold Liegler löste 1925 – die ersten Bände der Rommel/Bruknerschen »Sämtlichen Werke« Nestroys waren gerade erschienen – einen wahren Glaubenskrieg aus, als er eine Arbeit unternahm, »die bisher jedem echten Nestroyspieler selbstverständlich, jedem Nestroyherausgeber aber verboten schien«, nämlich »den Manuskripttext Nestroys ins Wienerische zurückzuübersetzen«.[17] Lieglers Begründung: »die mechanische Reproduktion jener papierenen Mißgeburt aus unzureichender Dialekttranskription und Hochdeutsch, welche die Nestroy-Manuskripte so oft darstellen«, sei ein Vergehen an »Wesen und Klang dieser Wortkunst«.[18] Nestroy könne »aus der Mundart und ihrem geistig-künstlerischen Klima gar nicht herausgehoben werden«.[19]

Die »Übersetzung« der Lokalposse »Eine Wohnung ist zu vermiethen« ruft Karl Kraus, der sich in der Nachfolge des Satirikers Nestroy sieht, auf den Plan: In einer Fußnote, die sich unter sechs Seiten seiner Polemik »Nestroy und das Burgtheater« zieht, verwehrt er sich vehement gegen Lieglers Unterfangen, das sich nicht bloß am »Text Nestroys«, sondern insbesondere an »Nestroys Sprachgeist« versündige: »Nestroy, der kein österreichischer Dialektdichter, sondern ein deutscher Satiriker ist, ins Wienerische übersetzen heißt ihm eine Anzengrube graben. Was wird aus dem Schillerpathos seiner Domestiken? Wie nimmt sich der klischeezersetzende Witz dieser Geschwollenheiten im Einheitsdialekt aus? Titus Feuerfuchs wird sich ausdrücklich der Verpflichtung bewußt, im Gespräch mit einer Literaturdame seiner Rede ›ein Feiertagsg'wandl anzuziehen‹, und bleibt darum vor der Möglichkeit bewahrt, in dem an und für sich dichterischen Satz über den ›Verweser seiner selbst‹ und das ›stille, abgeschiedene Geschäft, bei dem die Ruhe das einzige Geschäft ist‹, es in ein solches verwandeln zu müssen, bei dem d' Ruah dös anzige G'schäft is. Aber Liegler hat leider übersehen, daß alle die eigentlichen Nestroy-Typen das Feiertagsg'wandl über ihrer

Rede tragen, denn jede strebt aus dem terminologisch festgehaltenen Inventar ihres spezifischen Berufs in eine höhere sprachliche Region, was ja die große Eigenart und den komischen Habitus dieser Figuren bildet.«[20] Die dialektale Einebnung der Nestroy-Partitur bedeute, »der Seele des Nestroyschen Sprachwitzes an den Leib gehen, entgegen jener genial widerspruchsvollen Weisung, die für alle diese Typen gilt: ›ohne Scheu zu sprechen, wie ihnen der Schnabel wuchs‹, und eben nicht, wie er ihnen g'wachsen is.«[21]

Liegler hält zwar argumentierend im Nachwort zu seiner »Häuptling-Abendwind«-Bearbeitung dagegen: »Hochdeutsch ist übrigens gar kein Gegensatz zum Dialekt der Volksbühne, es gab auch auf dem Leopoldstädter Theater ein Hochdeutsch, aber das war noch lange kein Burgtheater-Deutsch, auch dort nicht, wo es parodistisch verwendet wurde. Die Nuance ist alles; sie geht aber verloren, wenn das aus der lebendigen Sprache des Volkes aufsprudelnde Wort Nestroys in dem überkommenen steifleinenen Unwienerisch mumifiziert wird.«[22] Dennoch weicht er vor dem elementaren Zorn seines ehemaligen Mentors zurück, der gedroht hatte, jede seiner Nestroy-»Übersetzungen« – »Eine Wohnung ist zu vermieten« war bei Richard Lányi erschienen, ebendem Verlag, der auch Kraus' Nestroy-Bearbeitungen publizierte – in der »Fackel« zu zerpflücken oder gar die Auflagen aufzukaufen und zu vernichten. Lányi hatte 1925 zwanzig Nestroy-Possen in der Lieglerschen Bearbeitung »in rascher Folge« angekündigt, es blieb nach der Krausschen Philippika bei der einen und einzigen. Liegler hatte den Verlag angewiesen, den Druck seiner »Übersetzungen« einzustellen.

Rechthaberei, ein Streit um des Kaisers Bart? Kraus versucht ja gar nicht erst, Lieglers Hauptargument zu entkräften, daß nämlich Nestroys Bühnenmanuskripte keineswegs in der überlieferten Form auf der Bühne zu hören gewesen seien. Unstreitig hängt der Nestroysche Sprachwitz am Dialekt. Nestroy

Nestroy als Hausknecht Knitsch in David Kalischs Posse »Ein gebildeter Hausknecht«

flächendeckend in Dialekt zu transkribieren muß allerdings schon daran scheitern, daß etwa für das häufig parodistisch eingesetzte hochgestochene Theaterdeutsch dem Dialekt schlicht die Worte fehlen; daß es konsequenterweise mit abgedumpften »a« und Nasalierungen nicht sein Bewenden haben kann, sondern daß unter diesem oberflächlichen Anstrich die Substanz der Partitur mit ihren souverän arrangierten Stimmen Schaden nähme. Das von Kraus zielsicher ins Treffen geführte Beispiel – »Sprich ohne Scheu, wie dir der Schnabel *wuchs*«[23] – führt das unwiderleglich vor Augen: Dieses Musterbeispiel sprachlicher Hochstapelei, die sich selbst auf engstem Raum bloßstellt, stelzt so geziert durch den Sprachsalon, daß sie sich die Stöckel nachgerade abbrechen *muß*, sie ist schlicht nicht in Dialekt »zurückzuübersetzen«. Das Präteritum »wuchs«, das der österreichische Dialekt nicht kennt, müßte zu einem »g'wachsn is« eingeebnet werden – und damit wäre der Witz nicht bloß verflacht, sondern verschwunden.

Die sprachliche Uniformierung würde die Unterschiede zwischen *den* Figuren, die souverän mit der Sprache spielen, und denen, denen oft die Sprache mitspielt[24], verwischen. So weit versteigt sich Liegler indes in der einzigen bei Lányi publizierten Posse ohnehin nicht. Er färbt bei seinem Versuch einer – aus seiner Sicht – Restauration Nestroys Bühnentexte nur bis zu einem Grad ein, der »den Leser verwirrt und dem Darsteller Sprechprothesen liefert, über die er strauchelt«[25], wie Kraus ungnädig anmerkt.

»Nestroys Dialekt ist Kunstmittel, nicht Krücke«[26], hierin behält Kraus das letzte Wort. Erst das Zusammen- und Gegenspiel der unterschiedlichen Sprachschichten und Sprechweisen macht den Reiz seiner Partituren aus. Er braucht neben dem Dialekt und der mittellagigen Umgangssprache auch das als gespreizt oder aufgeplustert markierte Hochdeutsch. Denn, wie Franz H. Mautner »mit nur leichtester Übertreibung« zuspitzt: »Die wesentliche Barrière zum Verständnis Nestroys in Norddeutschland →16 ist nicht der Dialekt seiner Figuren, sondern ihr Hochdeutsch [...]. Anmerkungen der Werkausgaben können, bis zu einem gewissen Grad, den Dialekt übersetzen, die Wirkung des Hochdeutschen, wo es nicht offenkundig ins Pseudoliterarische gesteigert ist, nicht.«[27]

20

»An und für sich ein widerlicher Gedanke«

Nestroys Todesscheu

Der Himmel is allerdings eine himmlische Idee, die nur zwei dunkle Seiten hat, das Vergessen und das Wiedersehn. Das Wiedersehen hat offenbar verschiedene Übelstände, die einer gründlichen Beseitigung bedürfen. Wissen wir, wie groß der Himmel is? ob man da nicht in Berührungen kommt, in Seelenanstreifungen, die einem höchst zuwider sind? Jeder, der Versöhnlichste Mensch hat a Paar Individuen, die ihm den Himmel gewaltig verleideten, wenn er's droben begegnen müßt, und andererseits, wenn wegen jeden Seeligen, dem die Seeligkeit eines anderen Seeligen ein Dorn im Aug is, dieser andere gleich verdammt werden müßt, bleibet der Himmel leer, wie die 17te Vorstellung von einem durchgefallenen Stück.

(Wendelin in »Höllenangst«[1])

Als Wenzel Scholz, Nestroys kongenialer Bühnenpartner und langjähriger Freund, am 5. Oktober 1857 um 10 Uhr abend siebzigjährig an einem Lungenödem stirbt, ändert Nestroy den Spielplan des Carltheaters. Er setzt die für den nächsten Tag angekündigten Possen kurzfristig ab und läßt Mosenthals Schauspiel »Deborah« geben. Er »fand in einem Zart[ge]fühl der rühmlichsten Art es unschicklich, diesen Tag, wo der gefeiertste Träger der Komik seiner Bühne auf der Bahre lag, den Ton der Heiterkeit und des Scherzes auf jener Bühne erklingen zu lassen, die er so lange geschmückt hatte«.[2]

Am Tag des Begräbnisses, dem 7. Oktober, bleibt das Carltheater geschlossen. Am Nachmittag säumen Tausende den

Weg des Leichenkondukts, um Scholz die letzte Ehre zu erweisen. Neben den Angehörigen und der »gesammten Gesellschaft des Karltheaters« gewahrt man »in dem Zuge die Direktoren: Dr. Laube, Hoffmann und Pokorny, den größten Theil der k.k. Hofschauspielergesellschaft, mit dem würdigen Herrn Anschütz, Mitglieder des k.k. Hofoperntheaters, der k.k. priv. Theater an der Wien, und in der Josefstadt, die Redakteure oder Mitarbeiter aller hiesigen Journale, Dichter, Gelehrte, Bürger, kurz Repräsentanten aller Stände«.[3] Einer fehlt: Nestroy. Der, »zu sehr von dem Todesfalle ergriffen, war an diesem Tage von Wien fortgereist«.[4]

Anekdoten über Nestroys Todesscheu kursieren zuhauf. »Buchstäblich wahr« soll die folgende sein: Bei seinem letzten Wiener Gastspiel, in seinem Todesjahr, bringt ihn eine unbedachte Bemerkung eines böhmakelnden Aushilfsgarderobiers völlig aus der Fassung: »›die Schminke ist alle frisch gemacht, – sie trocknet erst in einem Jahre aus, – und Herr v. Nestroy können sie ja benützen, wenn Sie aufs Jahr noch leben, und noch Theater spielen‹. Nestroy läßt die Schminke aus der Hand sinken und starrt den Schneider an: ›Ruft mir den Ober-Garderobier‹, stammelt er endlich. Dieser kommt und fragt, was der Herr Director wünsche. ›Wie sehe ich aus, Meier – wie sehe ich aus?‹ fragt Nestroy, schwer athmend. ›Wie immer, Herr Director,‹ erwidert der verwunderte Garderobier, ›gut, sehr gut.‹ – ›Also nicht wie ein Mann, der auf's Jahr nimmer Comödie spielen kann oder gar schon todt sein wird?‹ – ›Gott bewahre! wer hat den so was gesagt?‹ – ›Der dort, der dort,‹ ruft Nestroy zürnend, mit dem Finger auf das unglückliche Schneiderlein zeigend, das sich zitternd in eine Ecke drückt. Der Mann mußte aus der Garderobe; *fünf Tage lang* brachte Nestroy das unglückliche Wort nicht aus dem Gedächtnisse und konnte seinen Humor nicht wiederfinden.«[5]

Des Gedankens an den möglicherweise bevorstehenden Tod einer seiner Geliebten – Louise Rusa hat Nestroy brieflich mitgeteilt, daß sie sich gegen seinen Rat einer Operation unterziehen wird →2 – erwehrt sich der in Prag Gastierende 1842, indem er dem Schauspieler Ignaz Stahl brieflich detaillierte Anweisungen darüber gibt, wie ein eventuelles Begräbnis zu gestalten sei; indem er in Gedanken die sprichwörtliche »schene Leich« mit allem Aufwand inszeniert.

Sein letztes Auftreten inszeniert Nestroy als Posse: Bevor er in seiner »Testamentarischen Verfügung«, die er am 30. Jänner 1861 in Graz aufsetzt, zur »eisernen Casse« kommt, sprich zur Aufstellung und Aufteilung seines zu hinterlassenden Vermögens, überspielt Nestroy seine ans Panische grenzende Todesfurcht, indem er mit makabrer Ironie über dem Abgrund balanciert wie in seinen kaustischsten Bühnenmonologen.

»Das Einzige, was ich beym Tode fürchte, liegt in der Idee der Möglichkeit des Lebendigbegrabenwerdens. Unsere Gepflogenheiten gewähren in dieser höchst wichtigen Sache eine nur sehr mangelhafte Sicherheit. – Die Todtenbeschau heißt so viel wie gar nichts, und die medizinische Wissenschaft ist leider noch in einem Stadium, daß die Doctoren – selbst wenn sie einen umgebracht haben – nicht einmal gewiß wissen, ob er todt ist. – Das in die Erde Verscharrtwerden ist an und für sich ein widerlicher Gedanke, der durch das obligate Sargzunageln noch widerlicher wird. Mit einem Stoßseufzer denke ich hier unwillkührlich, wie schön war dagegen das Verbranntwerden – als Leiche nämlich – wo die Substanzen in die freyen Lüfte verdampfen, und die Asche in einer schönen Urne bei zurückgelassenen Angehörigen in einem netten Kabinettchen stehen bleiben konnte. – So that man vor zweytausend Jahren, aber freylich, bis die Menschen wieder so gescheidt werden, wie sie vor zweytausend Jahren gewesen, können immerhin noch zweytausend Jahre vergehen. – Nun, nachdem ich dem Fortschritt mein Compliment gemacht, wieder zur Sache. Ich habe, was meinen Leichnam anbelangt, folgenden Beschluß gefaßt. Ich laße mir vielleicht bald, vielleicht auch erst, wenn ich in ein höheres Alter vorgerückt sein werde, auf einem hiesigen Friedhofe eine Gruft bauen. Sollte jedoch mich der Tod vor Ausführung dieses Planes überraschen, so hat der Bau dieser Gruft alsogleich nach Eröffnung dieser Zeilen in Angriff genommen zu werden. Selbstverständlich kann und muß so ein Bau, welcher eigentlich kein Bau, sondern nur die Ausmauerung einer Grube ist, – in Drey, längstens Vier Tagen vollendet seyn. Eine derley Wohnung kann auch, ohne Sanitätsgefahr für die Wohnparthey sogleich bezogen werden. – Mein Leichenbegängniß wünsche ich mit ganzem Conduct, aber durchaus nicht nach Zweymahl Vierundzwanzig Stunden, – (welche Frist in der Praxis unverantwortlicher Weise mit der leichtsinnigsten Liederlichkeit oft auch noch um Zwölf oder noch mehrere Stunden verkürzt wird), – sondern darf erst mindestens volle Dreymahlvierundzwanzig Stunden nach dem Todesmoment Statthaben. Selbst dann noch will ich, nach vollendeter Leichen-Ceremonie, in einer Todtenkammer des Friedhofes, in offenem Sarge, mit der nöthigen Vorkehrung, um bey einem möglichen, wenn auch noch so unwahrscheinlichen Wiedererwachen ein Signal geben zu können, noch mindestens Zwey Tage (vollständig gerechnet) liegen bleiben, dann erst in die Gruft – aber selbst da noch mit unzugenageltem Sargdeckel – gesenkt werden.

Nachdem ich mich nun lange genug, beinahe schon zu lange bey meinem Leichnam aufgehalten, begeben wir uns von der steinernen Gruft zur eisernen Casse.«[6]

21

»Ah, wäre denn harmlos und geistlos dasselbe?«

Nestroys Komik

Jetzt das sind natürlich nix als phantastische Musirungen, die manchmahl aufperlen im Leidenskelch des Lebens, die natürlich bey einem voll aufperlnden Champagnerglas verschwinden, die aber [–]

(WENDELIN in »Höllenangst«[1])

In einem Gespräch über den Witz in der Posse »Unverhofft« behauptet der Maler Arnold, es gehe nichts über den harmlosen Witz, worauf der kritische Herr von Ledig sagt, er meine damit sicher den geistlosen Witz. »ARNOLD: Ah, wäre denn harmlos und geistlos dasselbe? LEDIG: Wenigstens kein großer Unterschied, denn nur der geistlose Mensch kann den Harm übersehn, der überall durch die fadenscheinige Gemüthlichkeit durchblickt.«[2]

Dem »zerrissenen Gemüth« des Herrn von Lips widerfährt in seinem umfassenden Überdruß ostentative Belebung: dadurch, daß die Witwe Schleyer ihm ihre Aufwartung macht, um ihn zum Ball zu laden, der durchaus »glänzend« werde. Belebend wirkt weniger die Aussicht auf das glänzende gesellschaftliche Ereignis, sondern Lips' zweideutiges Kompliment – das durch Nestroys Spiel → 9 einen eindeutigen Drall erhalten haben wird – ist da schon eher vom Einblick in das Dekolleté der Trauer tragenden Witwe – »sehr elegant und auffallend gekleidet« – inspiriert. Lips: »Der Glanz alles Glänzenden wird durch schwarze Unterlag gehoben, drum sind immer die Bälle die glänzendsten, denen das Unglück den dunklen Grund abgiebt, für welches dann der Glanz des Balles zum Strahl des

Trostes wird.«[3] Der Harm, der von Nestroys Komik ausgeht, liegt nicht in der Anzüglichkeit »dieser stinkenden Witze, die zu errathen geben, daß das innerste Heiligthum der Menschheit einen Phallus verberge«[4] und die Friedrich Theodor Vischer daher nicht zu vernehmen wünschte – nach denen aber Nestroys Publikum nachdrücklich verlangte. Enthüllend ist seine Komik insgesamt.

Zwar mengt sich immer wieder harmloses Wortgeklingel, das von kindlicher Spiellust zeugt, in den lebendigen Dialogfluß: Madame Schleyer beschwert sich über die Finten ihres seligen Gemahls, der sie in der Werbezeit mit einem geliehenen Wagen blendete: »Er ist öfters in Equipage zu mir kommen – zu einer unerfahr'nen Marchandmod gefahren kommen, is das sicherste Verfahren, ihr Herz in Gefahr zu bringen.«[5]; zwar ist es Nestroy nicht zu albern, den ausgekochten Puffmann kalauernd sinnieren zu lassen: »Halt ein'n Puff aus, der Puffmann, aber über den Puff is er baff!«[6]; oder Dandoli, dem »ersten Gesellen der Makkaronifabrik«, die unablässig wiederholte Klimperei »Ritti, i bitt' di! Ritti, i bitt' di!« in den Mund zu legen, mit der dieser um die Aufmerksamkeit des Stubenmädchens Ritti ringt.[7] Die spielerische Kombination klanglich ähnlicher, aber von der Bedeutung her verschiedener Wörter kann aber auch satirischen Mehrwert haben. Etwa wenn Titus Feuerfuchs sich »Fuchs-und-Weinbeer-artig« tröstet: »was ich von die Millionär weiß, so führen fast alle aus millionär[r]ischer Gewinn-Vermehrungspassion ein so fades trockenes Geschäftsleben«[8].

Wenn Muffl Herrn von Scheitermann versichert, daß dessen eben eintretende Gattin gar nicht »sie« sei: »Aber du, du irrst di, du! Dö? Dö da[,] die is ja nit Dö!«[9], dann geriert sich diese klingelnde logisch-paradoxe Passage nicht absurder und verspielter als das Geschehen der Posse »Frühere Verhältnisse« insgesamt. Und wenn Zangler sich dem übertölpelten Melchior gegenüber echauffiert: »Einen G'scheiteren tät' ich schicken, daß er augenblicklich jeden Saal, jedes Salettel, jeden Salon, jede Salaterie durchsucht«[10], dann drückt sich in der vordergründig absurden klangassoziativen Reihe eben seine Aufgeregtheit aus, als er glaubt, im Wirtshaus sein entführtes Mündel gesehen zu haben. Allerdings – dieser Schlenker in die Editionsphilologie sei gestattet – fällt der absurde Kulminationspunkt »Salaterie« der hier nach der Rommel/Bruknerschen Ausgabe zitierten Stelle in der Hein/Hüttner/Obermaier/Yatesschen Ausgabe flach: Die Scherzbildung »Salatrain« (»Salat« mit französisch »terrain«), die gegenüber der Rommelschen Lesart »Salaterie« (Scherzbildung mit Anklang an französisch »saladier«, »Salatschüssel«) dort als einzig belegte ausgewiesen wird, ist heute unverständlich.

Wenn ein Begriff wie eine Zwiebel abgeschält wird, legt er Schicht für Schicht einen philosophischen Kern frei: »Ja es glaubt's kein Mensch was der Mensch alles braucht bis er halbweg ein Menschen gleichsieht«.[11] Zwei Parallelstellen nehmen sich wie Kommentare dazu aus: »Ich weiß, daß der Mensch was werden soll in der Welt; ich weiß aber auch, daß das eine Sottis' auf die Menschenwürde is, denn es spricht deutlich aus, daß der Mensch viel zu wenig is, wenn er nix is, als ein Mensch. –«; »Menschen? warum nicht gar! der Mensch fängt erst beym Baron an!«[12]

»Die Beredsamkeit is der Schneider[,] der die Gefühle in Worte kleiden soll[,] ich hab aber den Schneider nicht, drum haben meine Gefühle nix anzleg'n[,] und Gefühle[,] die nix anz'legen haben[,] kann man nicht herzeigen vor d'Leut'[,] man muß sie immer verschließen«, beklagt der unbeholfene Kilian Blau seine Schüchternheit.[13] Nicht alle Charaktere Nestroys bescheiden sich indes mit ihrem Sprachg'wandel von der Stange – und erscheinen grotesk overdressed, wenn sie sich bemüßigt fühlen, einmal geborgte Haute Couture anlegen zu müssen: So der Buchdruckerei-Faktor Schlicht, wenn er seine edle Entsagung der Frau von Stein gegenüber in burleske Bilderkomik hüllt: »Ich weiß, was Sie geglaubt haben, und hätt' vielleicht Ihre Erwartungen übertroffen, wenn ich Ihnen mit der Desperationspechfackel hinabgeleuchtet hätt' über die Wendeltreppe meines Mißgeschicks; da wären wir angekommen in der Familiengruft Schlichtischer Gefühle, ich hätt' Ihnen die Grabschriften meiner Hoffnungen vorgelesen, und zwischen diesen Denksteinen wären Blumen aufgeschossen die, in einem Selam gebunden, die Ansicht ausgesprochen hätten: ›Du lebst, und die du liebst, lebt auch – alles andere is ja kein reelles Hindernis – die Lieb' ist eine Nachtigall, und die Nachtigallen haben das, daß sie im dunklen Laub des Verbotes viel reizender schlagen als auf der offnen, flachen Heerstraße der Pflicht‹, so hätt' es kommen können«.[14]

Den Spielraum von Nestroys Figuren bestimmt ihre Sprachmächtigkeit, ihre »Mündigkeit«.[15] Schlicht stolpert in seinem geborgten Nobelanzug linkisch dahin. Wenn hingegen Schnoferl die barock konstruierte Metaphernreihe seines »sentimentalischen Romans« – »Meine Junggesellenschaft ist nicht als staubige Distl auf der rohen Busta des Weiberhasses emporgeschossen, o, nein, sie ist als düsteres Epheu dem Garten der Liebe entkeimt« – mit dem läuternden originellen Vergleich »für mich war die Liebe kein buntes Gemählde in heit'rer Farbenpracht, sondern eine in der Drukerey des Schicksals verpatzte Lythographie«[16] abschließt, verschafft er sich ironisch Distanz zu seinem Selbstmitleid und trägt er das feine Tuch souverän.

Ihre Komik entfalten die Nestroyschen Bühnentexte nicht nur dort, wo den Figuren verfänglicherweise ein Knopf im Sprachg'wandel aufgeht und Blößen sichtbar werden; oder wo sich die Rede tautologisch zu »Liaison-Verhältniß«, »Besuch Visite«, »Eigenschaftsqualitäten«, »Jausensouper«, »Machinationsumtriebe«, »Odeur-Geruch« und »eine Zweifeltortur folterquält mich«[17] zum Wortschwall bauscht und wülstige Falten wirft. Die Komik entspringt punktuell auch ungemein treffenden Charakterisierungen und originellen Vergleichen, insbesondere solchen, wo die Diskrepanz der aufeinander bezogenen Sphären dem Verglichenen an die Erhabenheit geht. Für Dappschädel, den »desperatesten aller Wittiber«, ist ein Glückwunsch zum Geburtstag »grad so, als wann man einen Wallfisch eine Biskote gibt«.[18] Die Tandlerswitwe Theresia Stern ärgert sich auf einem Ball, daß Suse »noch so schwach in der Nobleß« ist: »einen Gang hat s', als wie eine Prozession, die aus einer einzigen Person besteht.«[19] Casimir Dachl scheut sich, seinen Stiefvater Peter Dickkopf aufzuwecken: »er hat ohnedem immer ein'n Hamur, als wie a Kreutzspinnerin wann g'weißingt wird.«[20] Und der aus Langeweile lebensüberdrüssige Herr von Lips beschreibt seine schwarzgerandete Befindlichkeit decouvrierend: »mein Inneres is zerrissen, wie die Nachtwäsch' von einem Bettelmann«[21].

Auch wenn Nestroy das Räderwerk der Sprache ankurbelt, »fahren bei der gehörigen Reibung die Funken der Heiterkeit heraus«[22]. Wie ein unbefangenes Kind bedient er sich in der Wortwerkstatt aus vorgestanztem Material, zerschnipselt es, häuft es zu nie gehörten Kombinationen auf: »Augenniederschlagerinnen« und »Nichtauffünfzählenkönnerinnen«, »Zufußgegangenseintum«, »Insicherheitgebrachtwerdung«[23]. Diese Neubildungen können grotesk ausufernde Umschreibungen sein, etwa im Fall von »unauflösliche Mannundweibiseinleibleidundfreudmiteinandertragungsanstalt«[24] für den abstrakten Begriff »Ehe«, der in »wechselseitige Lebensverbitterungs-Anstalt«[25] eine inhaltliche Verdichtung mit satirischer Stoßrichtung erfährt. In der Komprimierung »venividivicisch« – analog: »felsimmeerisch« oder »frischvonderleberwegig«[26] – faßt Kampl den geplanten triumphierenden Auftritt Ludwigs auf dem Ball in ein Wort, auf daß dieser »dann mit Einem Schlag, Schlag Eins, alle vormitternächtlichen Bewerber« um die Hand der reichen Erbin »vernichten« könne.

Den komischen Habitus vieler Nestroy-Figuren macht ihre

Eigenart aus, »mit einem Fuß in der Profession, mit dem andern in der Philosophie« zu stehen.[27] Wenn sich die Nestroyschen Professionisten nach höheren Sphären strecken, schaut ihnen mindestens ein Hemdzipfel, wenn nicht die nackte Haut unter dem Rock hervor. Noch in seiner Fluchtanwandlung bleibt der Handlungsgehilfe Weinberl, wenn er seinen Weltschmerz in Bilder kleidet, ganz in der Sphäre seines Handlungsgewölbes befangen: »Glauben Sie mir junger Mann, der Commis hat auch Stunden, wo er sich auf ein Zuckerfaß lehnt und in süße Träumereyen versinckt; da fallt es ihm dann wie ein 25 Pfundgewicht aufs Herz, daß er von Jugend auf ans G'wölb gefesselt war wie ein Blaßl an die Hutten. Wenn man nur aus uncompletten Makulaturbüchern etwas vom Weltleben weiß, wenn [man] den Sonnenaufgang nur vom Bodenfensterl, die Abendröthe nur aus Erzählungen der Kundschaften kennt, da bleibt eine Leere im Innern die alle Öhlfässer des Südens, alle Haringfässer des Nordens, nicht ausfüllen, eine Abgeschmacktheit die alle Muska[tblüth] Indiens nicht würzen kann.«[28] Und nach seinem Ausbruchsversuch zieht er – regelrecht – Bilanz: »Jetzt frag ich aber[,] zahlt sich so a Jux aus, wenn man ihn mit einer Furcht, mit 3 Schrocken, 5 Verlegenheiten und 7 Todsängsten erkauft? Is so a Gschäft nicht noch weit dümmer als wenn einer für a Loth Salami 1 fl [Gulden], für ein Vierting Bokshörndl ein Thaler, für a halbe Sardelln ein doppelten Dukaten zahlt? Wenn wier aber das jetzt gehörig einsehn, dann kommen wier ja erst um ein Alzel gscheider nach Haus.«[29]

Der philosophierende Seilergeselle Strick schöpft seine Wortspiele und metaphorischen Wendungen in seinem Auftrittslied – »kommt arbeitend rückwärts aus der Coulisse« – aus der Sphäre seines Handwerks: »So viel is einmal wahr und gwiß / Daß für ein Seilerer ka Aussicht is; / Auch von Vorwärts kommen is ka Red / Weil a Seilerer allweil rückwärts geht / Auch is der Umstand noch dabei, / A Seilerer findt nix fehlerfrei / Denn worauf sein Blick gerichtet is, / Da hat's ein Faden, so viel is gwiß.«[30]

Der Schlosser Gluthammer – ebenso sprechend benamst wie der Kommis Weinberl, der Seiler Strick, der Kürschner Schabenfellner, der Schreiber Federl, der Hemdenmacher Knöpfel, die Gärtnerin Flora Baumscheer und viele andere Nestroy-Charaktere –, der eine alte Bekannte nicht gleich wiedererkennt, bittet um Nachsicht: »Geduld – ich hab noch nicht den rechten Schlüssel zum Schloß der Erinnerung« und droht wehrhaft: »diese Fäust' sind Dietrich genug, um einem die Pforten der Ewigkeit aufzusperren.«[31] Gluthammer verheddert sich ebenso in den Fallstricken angemaßten hohen Tons wie der Ladendiener Schippl, der bildbrüchig Intrigen spinnt: »Mein Hirn sitzt schon als alte Bruthenn' auf dem Basilisken-Ei der Rache!«[32] Von mühsamer emotionaler, indes souveräner sprachlicher Beherrschung zeugt die gestanzte Umschreibung einer Watschn, die der aufgebrachte Maler Kranz dem Millionär Wandling anträgt: »Gehn S' weiter, eh' die höchste Erbitterung meiner Hand eine Unterkunft in Ihrem Gesicht anweist!«[33]

Pointe um Pointe schlägt Nestroy aus der virtuosen Verzahnung zweier unabhängig voneinander laufender (Selbst-)Gespräche zu einem komischen Dialog: Der Dichter Leicht kehrt abends zu seiner Frau in die ärmliche Wohnung zurück, nachdem er die paar Gulden Honorar für sein neues Stück »g'rad auf'n Billard verspielt« hat: »Therese: Mann du treibst es zu starck! Jetzt können wier betteln gehen. Leicht: Sey still[,] mir fallt g'rad ein neu's Zauberspiel ein. Therese: Keinen Kreutzer Geld, und Morgen fruh kommt der Greißler. Leicht (in poetischer Begeisterung, ohne auf sie zu hören): »Der Zauberer erscheint.« Therese: Der Schneider und der Schuster kommen auch herauf. Leicht (wie oben): »Zwey Furien kommen aus der Versenckung.« Therese: Der Hausherr wirft uns hinaus. Leicht (wie oben): »Ein Ungeheuer naht sich.« Therese (lamentierend): Das is ein Unglück ohne Gränzen! Seit Acht Tagen kein Holz zum einheitzen und das (auf das Licht deutend) is die letzte Kerzen im Haus. LEICHT: (wie oben): »Grichisches Feuer beleuchtet das Ganze.« THERESE: Hör' auf mit deine verdammten Comödien, und schaff' ein Geld her. LEICHT: Bring mich nicht aus der Phantasie.«[34]

Nachdem man im »Dommeyerschen Garten« Kaffee genommen hat, ergreift August Fels die Gelegenheit, Louise, der Tochter Herrn von Kleefelds, den Hof zu machen, während letzterer mit Herr von Wohlschmack den Theaterzettel studiert: »AUGUST: Nur ein Wort, theure, himmlische Louise! LOUISE: Was dürfen, was können Sie mir sagen? AUGUST: Viel, und nichts, was Sie nicht schon wissen, daß mein Herz Ihnen gehört auf ewig. WOHLSCHMACK (lesend): ›Am dritten Mai mit aufgehobenem Abonnement –‹ LOUISE: Glauben Sie mir, Herr von Fels, könnt ich den gestrigen Tag verbannen aus meinen Gedächtnisse, alles, mein halbes Leben wollt ich hingeben. WOHLSCHMACK (lesend): ›Zum Vortheile des Herrn Raffel –‹ AUGUST: O, in mir herrscht – WOHLSCHMACK (lesend): ›Wahn und Wahnsinn.‹ AUGUST: Eine Stimmung, die ich nicht zu beschreiben vermag. LOUISE: Denken Sie, es kann nicht sein, und mit der Zeit wird Ruhe wiederkehren in Ihr Herz. AUGUST: Ihr Bild lebt darin – für meinen Schmerz und für dies theure Bild, für nichts mehr sonst ist in meinem Herzen Platz. WOHLSCHMACK (lesend): ›Die Logen sind bereits vergriffen, Sperrsitze jedoch in der Wohnung des Unterzeichneten zu haben.‹ LOUISE: Ich bin ja nicht Ihre erste Liebe. WOHLSCHMACK (lesend): ›Numero 64.‹ LOUISE: Drum vergessen Sie mich wie die früheren. WOHLSCHMACK (lesend): ›Im ersten Stock links die Thür.‹ (Zu Kleefeld.) Das kann brillant werden. AUGUST: Nie, Louise, nie werde ich das. Ich hätte Ihnen noch so viel zu sagen. WOHLSCHMACK (lesend): ›Bei doppelter Wachsbeleuchtung und verstärktem Orchester.‹ AUGUST: Es muß sich heute noch eine Gelegenheit ergeben, wo ich Sie ohne Zeugen sprechen kann. Louise: Es darf nicht sein. August: Nur wenige Worte. Wohlschmack (lesend): ›Der Anfang ist um acht Uhr, das Ende nach zehn Uhr.‹ – Na, vielleicht gehn wir hinein. (Sie wenden sich wieder gegen August.) Sie sind ja auch ein Theaterliebhaber, Herr von Fels. Kleefeld: Sie werden uns hoffentlich begleiten? August: Mit Vergnügen.«[35] Die Verzahnung ist hier umso komischer, als der Theaterzettel als Folie dem theatralisch-pathetischen Hickhack des Liebesgesprächs unterlegt ist.

»Das Wortspiel ist die Schwelle, über die man in die Geistigkeit der Komödie Nestroys eintritt, und es ist die Schwelle, über die der stolpert, dem das Wortspiel konstitutionell zuwider ist.«[36] Auch wenn man in Franz H. Mautners treffender Bemerkung »Wortspiel« durch »Sprachspiel« oder »Spiel mit der Sprache« ersetzt – Nestroy ist nicht, wie Karl Kraus meinte, »einer, der nur Kopf hat und nicht Gestalt, dem die Rolle nur eine Ausrede ist, um sich auszureden«.[37] Das hieße diesen souveränen Theaterpraktiker um die virtuose Handhabung des situations- und charakterkomischen Arsenals der Schwanktradition zu verkürzen. Nestroys komisch-komödiantischer Dialog, in dem Szene und Wort lebendig ineinandergreifen, hat über die Komödie der Sprache hinaus eminent dramatische Qualitäten.

In welchem Maß diese »mimisch« sind, verdeutlicht etwa die Szene, in der Frau von Erbsenstein, ungehalten ob der Säumigkeit ihres Bräutigams, Herrn von Gigerls, beim »Putzmachen« mit ihrem Stubenmädchen nur mühsam das angegriffene Nervenkostüm unter dem Kleid konventioneller Contenance verbergen kann. »Frau von Erbsenstein (ärgerlich und unruhig): Seit einer Glockenstund erwart ich ihn, und er – richt mir die Locken ordentlich – (Nanett thut es.) vor anderthalb Stund schon wär es seine Pflicht gewesen – da schau den Ärmel an, steck doch das Schnürl hinein [–] (Nanett thut es) zwey Stund laßt er mich passen.«[38]

Was bei Nestroy entscheidend »mitspielt« und ganz wesentlich die Komik seiner Stücke ausmacht, ist die Fähigkeit seiner Figuren, sich selbst in den turbulentesten Verwicklungen über die Spielsituation zu erheben. Das unterstreicht Ansgar Hillach, der die Entfaltung von Witz, Wortspiel und Ironie der Rollendialoge im Handlungs- und Spielzusammenhang genauer betrachtete, indem er die Nestroyschen Bühnentexte eben als Spielvorlage mit einem weiten Spielraum mimischer und szenischer Ausdeutung unter die Lupe nahm.[39] Nicht nur ist der Dialog bisweilen ironisch reflektiert: Schuster Knieriems verschwurbelte astronomische Anmaßung ist durch die dialektalen Wendungen, die sie in die Zange nehmen, wie durch Anführungszeichen als solche markiert: »Ich hab die Sach schon lang heraus. Das Astralfeuer des Sonnenzirkels ist in der goldnen Zahl der Urions von den Sternbild des Planeten-Systems in das Universum der Paralaxe mittelst des Fixstern-Quadranten in die Elypse der Ecliptick gerathen, folglich muß durch die Diagonale der Approximation der perpendiculären Zirkeln, der nächste Comet die Welt zusammstoßen. Diese Berechnung ist so klar als wie Schuhwix«[40] → 19. Auch die Figuren treten häufig aus der Rolle. Und das nicht bloß, wenn sie, beiseite sprechend wie in der folgenden Szene, ihr »Sprach-g'wandl« kommentieren: »EIN HERR (Nanny entgegengehend): Wo ist deine Gebieterin, holde Soubrette? – NANNY (ebenfalls im Reitanzuge): Meine Gebieterin?! (Geziert sprechend.) Als ich sie verließ, saß sie dort am Waldessaum, seitdem sah ich sie nicht wieder! (Für sich, im gewöhnlichen Dialekte.) Ich red' gern, wie mir der Schnabel g'wachsen is – wenn ein'm aber einer per ›Soubrette‹ anred't, da muß man schon ein Übriges tun!«[41]

Jede komische Situation erhält einen zusätzlichen Dreh, wenn sie von einer in der Situation befangenen, aber gleichzeitig sich über sie erhebenden Figur kommentiert, von außen betrachtet wird. Wenn etwa zwei menschenfressende Häupt-

Nestroy als Frau Maxl in Alexander Bergens (Marie Gordons) Posse »Eine Vorlesung bei der Hausmeisterin«

linge auf einer »der fernsten Inseln in Australien« sich etwas auf ihre gepflegten Umgangsforman zugute halten – ostentativ: »ABENDWIND: Mich g'freut's, daß Sie mir die Ehr' geben. BIBERHAHN: Bitte, die Ehre ist meinerseits. ABENDWIND: Und wie geht's Ihnen denn immer? BIBERHAHN: Dank' für die Nachfrag', und Ihnen? ABENDWIND: Na, es muß schon gleich gut seyn, bis es wieder besser wird. BIBERHAHN (mit stolzem Selbstgefühl, bey Seite): Jetzt sollten uns die Civilisierten hören. ABENDWIND (bey Seite): Giebt es einen gebildeteren Diskurs!? Ach, wir Wilde haben schon auch uns're Cultur.«[42]

Durch diese Wechsel einer Figur zwischen Aufgehen in der Situation und dem fiktionsbrechenden Aus-der-Rolle-Fallen ist die Situation »Spielraum und Spielball in einem. Dadurch gewinnt sie an Beweglichkeit, wird überraschenderer Wendungen fähig, erscheint facettenreicher, dramatischer – und nicht zuletzt komischer. Gelächter ist ja neben anderem auch ein Akt der Distanzierung; diese wird aber dem Zuschauer durch die Sprunghaftigkeit der Figuren nicht nur erleichtert, sondern geradezu aufgedrungen.«[43]

So forciert, daß die Wahrnehmung der Figuren als Figuren zu leiden droht, setzt Nestroy dieses Kunstmittel in jener Szene ein, da Mathias Damisch vermeint, im verkleideten Conrad die angehimmelte Schauspielerin Rosaura gegenüber zu haben: »CONRAD (als Rosaura, einen Schritt näher tretend): Aus dem ungeheueren Schritt, den ich eben thue, werden Sie ersehen, daß ich Sie liebe. DAMISCH (mit schlauer Zärtlichkeit): Ich hab' Ihnen die ganze Wochen schon in dem Verdacht. CONRAD (als Rosaura): Ich habe gerungen mit meinen Grundsätzen, wie noch keine Sterbliche rang. DAMISCH (galant): Sie sind auch keine Sterbliche; als personificierte tragische Muse, haben Sie schon Ihren abonnierten Sitz im Wolkenparterre der Unsterblichkeit. (für sich.) Die erste poetische Phrase ist nicht ungelungen. CONRAD (als Rosaura): Ich habe manchen Grundsatz zu Boden geschleudert – sonst stünd' ich ja nicht hier, zugleich als Siegerin, und als Besiegte. DAMISCH (für sich): Ha – ein aufmunternder Calembour – (zärtlich nähertretend) Rosaura –! CONRAD (als Rosaura, geziert zurückweichend): Zurück –!! Die Drey Schritte ja nicht überschritten, sonst – dieser Grundsatz steht noch aufrecht, wie Deutschlands Zollschrancken. DAMISCH (für sich): Sie will mich schlagen mit einem politischen Witz – (laut.) Am Ende vermittelt sich ja jede Differenz. (für sich.) Bumsdi! gleich d'rauf ein diplomatisches bon mot! CONRAD (als Rosaura): Sie kennen mich noch nicht – DAMISCH (mit naiver Schlauheit): Is das meine Schuld? wenn es auf mich ankäm' – CONRAD (als Rosaura): Ich ahne in Ihnen eine, nur für das Höhere, mir gleichgestimmte Seele. – Alles kommt darauf an, ob Sie meine Erwartungen rechtfertigen werden. DAMISCH: Reden Sie, ich wart' ja nur auf das, was Sie erwarten. (selbstgefällig bey Seite.) Wortspiel minderer Bedeutung, aber dennoch –«[44]

22

»Möglichste Opposition«

Statuskrisen

Die Mehrzahl der Menschen ist so! Im Straßengedräng' lernt man s' am besten von dieser Seite kennen; bittet man bescheiden um Platz, so stoßen s' einen mit Unverschämtheit zurück, schiebt man sich mit Ellbogenstößen vorwärts, so ziehen s' mit Devotion den Hut herab.

(GOTTLIEB in »Der Schützling« II,4)

Ganze vier neue Rollen gewinnt Nestroy 1853 hinzu, so wenige wie noch in keinem anderen Jahr. Gastspielreisen – Berlin, Pest, Ofen – sind dieses Jahr wie schon die vorangegangenen mehr denn je Anlaß und Vorwand, sich von Wien fernzuhalten. →16 Nestroy entzieht sich unter allen nur denkbaren Vorwänden der Bühne des Carltheaters.

Das Jahr 1850 hatte Nestroy vier Niederlagen ensuite als Autor beschert: Vier Nestroy-Uraufführungen – vier Durchfälle: »›Sie sollen ihn nicht haben!‹ oder Der holländische Bauer« bringt es auf drei Aufführungen, »Alles will den Prophet'n seh'n« und »Verwickelte Geschichte!« schaffen ganze vier. Und nicht bloß wird die anonym aufgeführte Posse »Karikaturen-Charivari mit Heurathszweck« am 1. April ausgepfiffen und nach der ersten Vorstellung wieder abgesetzt; nicht bloß darf der »Humorist«, der Nestroy als Autor errät, »dies elende, sinn- und gehaltlose, witz- und geistesarme Machwerk« als »von einer für die Bühne bereits verlorenen Hand« bezeichnen; er nennt Nestroy, der darin abwechselnd in die Rolle einer Linzer Köchin, eines Waldbauern, einer Sentimentalen und dreier Witzfiguren aus den »Fliegenden Blättern«

schlüpft, zu allem Überdruß auch noch einen »verunglückten Nachahmer« Carl Treumanns[1] – und benennt damit den Grund für eine langanhaltende depressive Verstimmung Nestroys, unter der, wie Friedrich Kaiser beobachtet, auch seine »Darstellungskraft« leidet: »manches Stück, welches er mit der Vollkraft seines Humors gerettet hätte, blieb eben in Folge der Mattigkeit seines jetzigen Spiels wirkungslos«.[2]

Anfang 1851 muß Nestroy zu allem Ungemach auch noch hinnehmen, daß Carl den Star des Theaters an der Wien, Carl Treumann – einen gebürtigen Hamburger, der in Verwandlungsrollen in immer neuen Verkleidungen und Masken brilliert –, vertraglich an sein Haus bindet. »Als Nestroy von dem Engagement Carl Treumann's Kenntniß erhielt«, berichtet Kaiser, »gerieth er außer sich, denn er erblickte darin das Bestreben des Direktors, ihn, Nestroy, in den Hintergrund zu drängen. Nestroy erklärte sogleich, daß er nie in einem Stücke auftreten werde, in welchem Treumann auch beschäftigt wäre, und begann überhaupt störrig zu werden, ließ sich wiederholt krank melden, wies ihm zugetheilte Rollen zurück, oder brachte sie absichtlich nicht zur Geltung, kurz, er verschmähte kein Mittel, um die Direktion in Verlegenheit zu setzen, oder ihr Nachtheil zu schaffen.«[3]

In einem nicht datierten Briefkonzept beschwert sich Nestroy über die Anlage einer ihm zugeteilten Rolle, die sich zudem mit seinem Fach schlage: »Dieses Beginnen zusammengestellt mit den feindseligen Thatsächlichkeiten die Sie bereits gegen mich im Stillen ausgeführt haben, laßt keinen anderen Schluß ziehen als den, daß es Ihr Plan ist meinen artistischen Credit beym Publicum zu schmälern und dadurch meinem Nachfolger leichteres Spiel zu machen.« Und er kündigt Widerstand an: »und so sehr es einerseits mein Wunsch und Vorsatz ist, bis zum Moment des Buches mit vollen Fleiß und Eifer zu wirken, so können Sie es andererseits nur natürlich finden, daß ich mich wenn ich ein Absichtliches durch zweckwidrige

Beschäftigung Untergrabenwollen sehe, dazu forciert werde, die möglichste Opposition zu ergreiffen.«[4]

Mit der Posse »Mein Freund«, die am 4. April 1851 uraufgeführt wird, schreibt sich Nestroy wieder in die unumstrittene Position des ersten Wiener-Lokalstück-Autors zurück. →26 Die »möglichste Opposition« gegen seinen Direktor, von dem er sich aufs Abstellgleis geschoben fühlt, betreibt er konsequent weiter. Kaiser: »Vergeblich suchten ihm seine wahren Freunde zu beweisen, daß er durch ein solches Vorgehen nur seinem vermeintlichen Rivalen Treumann den Weg zu glänzenden Erfolgen ebne; er schien taub für jeden vernünftigen Rath, und blieb mit dem Starrsinne eines boshaften Knaben bei seiner gänzlich verfehlten Methode.«[5]

Treumann gibt am 3. September 1852 sein gefeiertes Debüt am Carltheater. Da Nestroy sich weigert, gemeinsam mit dem neuen »Publikumsliebling« aufzutreten, bleibt Carl nichts anderes übrig, als seinem neuen Star auch die Nestroy-Rollen zuzuweisen. Daß dieser darin nicht überzeugen kann, ist dem nun umso mehr Gekränkten kein Grund, den Schmollwinkel zu verlassen. 1853 liefert Nestroy auch erstmals nicht die vertraglich fixierten zwei Stücke pro Jahr, sondern nur eines – »Heimliches Geld, heimliche Liebe« –, und das fällt durch.

Als Nestroy und Treumann im Volksstück »Ein Schatten«, einer Dramatisierung des »Schlehmihl«-Stoffes, am 12. November 1853 erstmals gemeinsam auf der Bühne stehen, »stellte es sich glänzend heraus«, so Kaiser, »daß Nestroy gegen einen ihm nicht ebenbürtigen Gegner gekämpft hatte, denn wie sehr auch Treumann bemüht war, seine Rolle zur Geltung zu bringen, so wurde dennoch seine nur erkünstelte Komik von der angebornen Nestroy's förmlich erdrückt, und als Beide miteinander ein Duett zu singen hatten, dessen Refrain lautete: ›Kein Schatten!‹, bemerkte ein Zuhörer im Parterre: ›Ja wohl; kein Schatten von Nestroy ist – Treumann!‹«[6] Und der Berichterstatter der »Recensionen« registriert: »Hr. Nestroy, das muß man eingestehen, ging erfrischt und neu gekräftigt aus dieser Feuerprobe hervor; er verwendet wieder erneuerten Fleiß auf das Memoriren und die Darstellung seiner Rollen, und wenn er sich nicht verleiten läßt, das von ihm unübertrefflich gegebene Fach der Parodie und Caricatur zu vernachlässigen und sogenannte Charakterrollen zu geben, so bleibt ihm, als Darsteller, seine frühere Beliebtheit völlig gesichert.«[7]

Mit diesem ersten gemeinsamen Auftritt schlagen Acht und Bann, die der Alt- über den Jungstar verhängt hat, in freundschaftliche Hochschätzung um. Nestroy denkt ihm gar in seinen nächsten Stücken die Hauptrollen zu, die er sich bisher selbst auf den Leib geschrieben hatte, und tritt ins zweite Glied zurück. Was wiederum Wenzel Scholz, der Treumann von Anfang an akzeptiert hatte, erbost: »Wenn *Du Dich selbst* zurücksetzest – *ich nicht!*« entrüstet er sich dem Freund gegenüber. »Ich stelle mich nicht *vor* Treumann, aber durchaus nicht *hinter* ihn! Ich *allein* bin nichts, Du *allein* auch nichts, und Herr Treumann *allein* auch nichts, aber *wir alle zusammen sind sehr viel!*«[8]

Frei von Konflikten ist die Beziehung des Impresarios zu seinem Star über die Jahre hinweg keineswegs. Carls Eigensinn und »seine Rücksichtslosigkeit, die er oft gegen jene an den Tag legte, welche alle ihre Fähigkeiten und Kräfte aufboten, um ihn immer mehr zu bereichern, führte eines Abends während der Vorstellung zu einem heftigen, laut geführten Wortwechsel mit Nestroy, und es wäre bei dem reizbaren Temperamente beider Streitenden vielleicht zu Aergerem gekommen, wenn nicht die übrigen Mitglieder sich vermittelnd zwischen beide Parteien gestellt hätten«, berichtet Kaiser. »Nestroy, durch den Undank dieses Theater-Despoten in gerechte Entrüstung gerathen, wollte von einer Erneuerung seines bald zu Ende gehenden Vertrags nichts mehr hören. Carl dagegen wollte ihm zeigen, daß er durch seinen Abgang in keine Verlegenheit gesetzt würde, und knüpfte deßhalb Unterhandlungen mit dem, damals noch bei dem Gratzer Theater als erster Komiker im Engagement stehenden Herren Louis Grois an, welchen er auch, um einen Ersatz für Nestroy zu haben, fest engagirte.«[9]

Grois, ab 1837 Mitglied des Carlschen Ensembles, kann Nestroy weder ersetzen noch dessen Nummer-eins-Position gefährden, »so mußte Carl, so viel Ueberwindung es ihm auch kosten mochte, dennoch alles Mögliche aufbieten, um Nestroy wieder zu versöhnen und für seine Anstalt zu erhalten«.[10]

Für »zwerchfellerschütternden« Mehrwert bei der Obstruktionsarbeit gegen den Direktor sorgten Nestroy und Scholz. Sie wollten es Carl ein für allemal verleiden, daß er seine Starkomiker als Aufputz in Nebenrollen klassischer Stücke einsetzte, »und als ihnen dieser einst die Rollen der beiden Wächter des Hutes in Schiller's Tell octroyirte, setzten sie dies Vorhaben in folgender Weise in Scene. In der bekannten dritten Scene des dritten Actes erschien Nestroy als Frießhardt mit einem riesigen Bart, Scholz als Leuthold mit glattem Gesicht, knallrothen Backen und über den Augen zwei schwarzen, kurzen, dicken, aufrechtstehenden Wülsten, welche die Brauen vorstellen sollten. Mit steinernem Ernst, der um so drastischer wirken mußte, nahmen die Söldlinge den Tell – von Kunst dargestellt – gefangen, ›weil er dem Hut nicht Reverenz bewiesen‹. Bis dahin lief die Sache leidlich ab, bis der böse Landvogt, mit großem Gefolge, Rudolf, Bertha und Rudenz, auf die Scene tritt und von den Wächtern erfährt, daß Tell gefangen sei, weil ›er dem Hut nicht Reverenz bewiesen‹. Erzürnt spricht nun der Landvogt: ›Verachtest Du so Deinen Kaiser, Tell –‹ Nestroy als Frießhardt einfallend: ›Daß Du dem Hut nicht Reverenz beweisest?‹ Geßler (mit abwehrender Bewegung gegen Nestroy fortfahrend): ›Und mich, der hier an seiner Statt gebietet –‹ Scholz als Leuthold: ›Daß Du dem Hut nicht Reverenz beweisest.‹ Geßler: ›Daß Du die Ehr' versagst dem Hut, den ich zur Prüfung des Gehorsams aufgehangen?‹ Nestroy, wie oben: ›Daß

Du demselben nicht Reverenz beweisest?‹ Tell: ›Verzeiht mir, lieber Herr! Aus Unbedacht, nicht aus Verachtung Euer ist's geschehn. Wär' ich besonnen –‹ Scholz: ›Würde er dem Hute Reverenz bewiesen haben.‹ So ging die Scene fort, in immer unpassenderer, störenderer Weise, bis die Darsteller der ernsten Rollen sich vor Verlegenheit nicht mehr zu fassen wußten und die Zuschauer in ein nicht enden wollendes, brüllendes Gelächter ausbrachen. Wenn der Landvogt Tell befahl, die Armbrust zu nehmen, so riet ihm Scholz, dem Hute Reverenz zu beweisen; wenn Geßler den armen Vater höhnte, daß er das Seltsame liebe, so meinte Nestroy, das bewiese er, ›weil er dem Hut nicht Reverenz bewiese.‹ Die Scene nahm ein Ende mit Schrecken; die Komiker wurden von der Direction in Ordnungsstrafe genommen, aber in kleinen Rollen ernster Stücke nie mehr beschäftigt.«[11]

23

»Unter Glas und in vergoldetem Rahmen«? – »Contrair!«

Das Leben ist ein heickliches Bild, man skizziert sich das Ding recht schön, in der Ausführung verfehlt man's, da heißt's dann das verpfuschte Werck abliefern an die unerbittlichen Mächte, und man bekommt's nicht mehr zum Ändern zurück. – Je nu –

(Herr von Falsch in »Der Treulose« III,13)

Mit Befremden reagiert Johann Nestroy – er hat sich nach Beendigung seiner Direktion des Wiener Carltheaters →25 ins »Pensionopolis« der Habsburgermonarchie, nach Graz, zurückgezogen →29 – auf ein Paket, das ihm am 2. Jänner 1861 zugeht: ein Bild »unter Glas und in vergoldetem Rahmen. Selbes ist ein Tableau von vielen meiner Rollen, darunter meine Büste, auch die Nahmen der unter meiner Direction engagiert gewesenen Mitglieder, Tietel meiner Stücke etc. sind darauf zu finden.« Zwei Tage darauf bittet er seinen Wiener Freund Ernst Stainhauser, sich »in der für mich noch dunklen Sache Licht« zu verschaffen und ihm »dann mit gewohntem Tacte den richtigen Rath« zu »ertheilen, damit ich keinen Verstoß begehe«. Rat erwartet sich Nestroy in zwei Fragen: »Bin ich dafür Bezahlung schuldig? An wen? Wie viel?« und »Bin ich dafür Dankabstattung schuldig? An wen?«[1]

Artig wird der unverhofft Beschenkte dem Gestalter der Symbolographie »Johann Nestroy als Schauspieler, Dichter, Direktor und Mensch«, Ferdinand Tewele, am 19. Jänner brieflich seinen »verbindlichsten Dank für die mir gemachte Überraschung« abstatten. »Dieses Tableau, welches Sie so geistreich componierten und mein Wirken sich zur Aufgabe macht, hat mich in hohem Grade erfreut; die Ausführung ist ein neuer Beweis Ihrer so vielfältig bewährten Meisterschaft in der Simbolografie. Ganz besonders aber habe ich meinen wärmsten Dank auszusprechen für die Aufmerksamkeit, mit welcher Sie beym Jahreswechsel das Tableau mir zudachten, und verbinde damit den aufrichtigen Wunsch, daß ein reichlicher Absatz Ihr ausgezeichnetes Talent würdig lohnen möge.«

Um drei Tage später Stainhauser gegenüber mit dem Künstler harsch ins Gericht zu gehen: »Mein Privaturtheil über dieses tableau ist aber ein ganz anderes, und besteht in Folgendem. Composition und Combination, vom artistischen Standpunkt aus, ganz schön; Ausführung der Figuren, respective Figurinen, miserabel. Viele sind vorhanden, welche längst verschollen sind, und andere, an der Tagesordnung sich befindliche, nicht vorhanden; somit die Auswahl ziemlich verfehlt. Von den vorhandenen sind überdieß mehrere der bekanntesten falsch kostümiert. Ich höre die Angabe rührt von O. X. Gämmerler her – (mir ist immer als müsse er Otto Xaver Gämmerler heißen, damit man das OX immer vorausschicken kann) – da ist es allenfalls begreifflich, daß nicht einmahl das Kostüm des ›Tratschmiedels‹ richtig ist. Sehr gut ist es, daß die Figurinen nicht bloß aus von mir verfaßten Stücken gewählt sind, dann ist aber wieder umso mehr gefehlt, daß Hausknecht, Hausmeisterin, Wuprahal, theatralischer Unsinn und Tannhäuser nicht vorkommen, statt welchen manches Verschollene oder Unkennbare, wie Färber und Zwillingsbruder, Nagerl und Handschuh etc. hätte wegbleiben können.«

Den galligen Humor, mit dem er seine Detailkritik vorbringt, versagt sich Nestroy zwar auch beim Formulieren seiner grundsätzlichen Einwände gegen die ihm lästige Ehrung nicht; die Bitterkeit, die dieser dabei annimmt, verrät indes, daß dem notorisch schüchternen →3 und todesscheuen →20 Sechzigjährigen diese vorzeitige Lebensbilanz im Format 39 mal

55,2 Zentimeter mehr als nur eine unliebsame Behelligung war: »Davon aber abgesehen, hat das tableau auf mich individuell den Eindruck des Inverlegenheitgesetztwerdens gemacht. Es sieht aus, wie ein aufdringliches Kokettieren mit lauter übertriebenen Vorzüglichkeiten, und ich kann mich eines siedheiß aufsteigenden Beschämungsgefühles nicht erwähren, wenn ich denke: am Ende glauben doch viele Leute, ich habe in vorhinein darum gewußt, und mir geschähe ein Gefallen mit dem Erscheinen dieses Bildes. *Contrair!* muß ich dreymahl unterstrichen ausrufen. Der größte Fehler dieses Bildes ist der, daß ich noch am Leben bin, und so angenehm mir dieser Fehler in anderer Beziehung ist, so macht er doch das tableau zu einem, mit dem Anschein einer meinerseitigen Aufdringlichkeit behafteten Nimium. Es ist eine Apotheose; so ehrt man einen verstorbenen Erzbischof aber keinen lebendigen Mimerer.«

24

»A halbeter Schnipfer«?

Der Stückeschreiber Nestroy

Übersetzens aus Frankreich / A Stuck, thut er dann gleich / Sein' Pegasus hetzen / Thuts gschwind nur übasetzen / Aus'n Deutsch'n ins Lokale / Und nennts Originale / Alte Witz manövriert er / Macht draus neue Liader / Was in d'Postbücheln gspasi / Nimmt'r auch z'Hülf das waß i / So schreibt'r unverdrossen / Alle Jahr zwanzig Possen / A ganzer Dichter sagen viele Leut is dieser Mann / Daweil is a halbeter Schnipfer er schon / Jetzt den könnt' i hohln wann i möcht / Aber nein so a Dichter is dem Teufel zu schlecht / Pfui Teufel so a Dichter is dem Teufel zu schlecht.

(SATANAS in »Der gutmütige Teufel«[1])

Mit einem offenen Brief »an das Publikum Wiens«, der am 12. Juli 1848 plakatiert wird,[2] weist Nestroy die »freche Beschuldigung«, er habe für »Freiheit in Krähwinkel« ein noch unaufgeführtes Stück eines Wiener Kollegen plagiiert, als »*unverschämte Lüge und Ehren-Beleidigung*« zurück – und droht, gegen diese Unterstellung gerichtlich vorgehen zu wollen.

Der Dramatiker Josef Karl Böhm hatte Ende Juni 1848 sein Stück »Eine Petition der Bürger einer kleinen Provinzstadt, oder Theolog, Jurist und Techniker« am Carltheater eingereicht – wo es abgelehnt wurde – und vermeinte in der Nestroyschen Revolutionsposse sein Stück geplündert. Ausdrücklich bezeichnet Böhm Nestroy »nur mehr *als das Werkzeug* eines ihm untergeschobenen Planes« – als Drahtzieher des »schmählichen Plagiats« vermutet er Direktor Carl, an den auch der offene Brief gerichtet ist, in dem der seine Vorwürfe erhebt.[3]

Der Versuchung, das Motto, unter welches Böhm seine öffentliche Empörung stellt – den zeitgenössischen Slogan »Heilig ist das Eigenthum!« –, aufzugreifen und höhnisch gegen den Beschwerdeführer zu wenden, kann Nestroy schwerlich widerstehen. Er tut das in einem »Ganz offenen Brief an Herrn C. Böhm«, der am 14. Juli im »Oesterreichischen Courier« erscheint: »Da die Aufführung Ihres Original-Charaktergemäldes: ›Eine Petition der Bürger einer kleinen Provinzstadt,‹ factisch erwiesen hat, daß zwischen selbem und meiner Posse: ›Freiheit in Krähwinkel‹ gar keine Aehnlichkeit statt habe, und somit Ihre gegen mich gerichtete Beschuldigung eines Plagiats eine Art geistiger Unzurechnungsfähigkeit von Ihrer Seite beurkundet, so kann ich unmöglich in der Anfangs beabsichtigten ernsten Weise Ihnen entgegentreten, sondern beschränke mich blos auf folgende Erwiderung.

Im ›Demokrat‹ (Nr. 164, am 11. Juli 1848) reiben Sie mir *(sit venia verbo)* auf eine höchst pikante Weise die Sentenz unter die Nase: ›*Heilig ist das Eigenthum!*‹ Sie sind ein origineller Mann, aber diese Idee ist nicht von Ihnen; ich wette darauf, Sie haben sie von einer Gewölbthüre abgespickt. Uibrigens kann ich Ihnen die wärmste Versicherung geben, daß mich nie nach fremdem Eigenthum, am wenigsten nach *Ihrem geistigen* gelüstet.

Sie scheinen die allerdings originelle Idee zu entwickeln, als hätten Sie allein ein ausschließendes Privilegium auf die großartige Gegenwart, um daraus Stöffchens zu Charakter-Gemälden zu entnehmen. Ich lasse Ihnen diese Albernheit, denn – *heilig ist das Eigenthum.*

Sie glauben ferners, die riesige Jetztzeit, die triumphirend ihre vier Monate gegen zwei Jahrtausende in die Wagschale wirft, könne nur Stoff zu einem einzigen, und zwar zu Ihrem Charakter-Gemälde liefern, nicht einmal auf ein Pößchen bleibe übrig, ohne ein Plagiat an Ihnen zu begehen. Ich lasse Ihnen diese immense Nichtbegreifung dieses großartigsten Theiles der Weltgeschichte, denn, *heilig ist das Eigenthum.*

Die Art und Weise, wie Sie sich vor der Aufführung Ihres Original-Charaktergemäldes geberdeten, mit dem factischen Ergebnisse desselben, und mit der gegen mich gerichteten schweren Beschuldigung zusammengehalten, charakterisirt Sie, auf's Gelindeste ausgedrückt, als einen wenigstens temporär Wahnsinnigen; das wird Ihnen wol Niemand rauben, ich am wenigsten; ich lasse Ihnen Ihren Wahnsinn, denn – *heilig ist das Eigenthum.*

Wenn aber, Herr Böhm, Ihnen je wieder die Idee kommen sollte, man habe Ihnen eine Grundidee gestohlen, so müssen Sie diese Idee gleich vom Grund aus verbannen, als eine grundfalsche Idee, schon aus dem Grunde, weil *Niemand* Grund hat, bei *Ihnen Grund-Ideen, oder Ideen überhaupt zu suchen.*«

Sollte Böhm, wie die Rezension des »Oesterreichischen Couriers« unterstellt – »Eine Petition der Bürger einer kleinen Provinzstadt, oder Theolog, Jurist und Techniker« wird am 12. Juli im Theater an der Wien uraufgeführt –, den Skandal aus Publicitygründen angezettelt haben, dann gab ihm der Erfolg – kurzfristig – recht: Die Premiere geht vor vollem Haus über die Bühne – die Kritiken sind allerdings vernichtend, nehmen im Plagiatsstreit Partei für Nestroy; wie im übrigen auch dessen Publikum: Der »Oesterreichische Courier« über die fünfzehnte Aufführung von Nestroys Posse »Freiheit in Krähwinkel« im »überfüllten« Theater in der Leopoldstadt am 13. Juli, dem Abend nach der Uraufführung von Böhms Stück: »Der Beifall ist immer gleich groß, und Nestroy und Scholz werden jeden Abend wol ein Dutzend Mal gerufen. Doch, den größten Triumph hat Nestroy am 13. gefeiert. An diesem Abende überschüttete ihn das Publikum mit Beifall, und rief ihn einstimmig hervor, um ihm unter Applaus und Bravorufen hinsichtlich der ungerechten, beleidigenden und frechen Anklage und Beschuldigung Böhms, Genugthuung angedeihen zu lassen. Das ist der Sieg des Talentes über die schwache unbeholfene – Oberflächlichkeit, um mich nicht eines anderen Ausdruckes zu bedienen.«[4]

Wenn Nestroy in seinem offenen Brief an das Wiener Publikum dezidiert daran festhält, er habe die »Grundidee« zu »Freiheit in Krähwinkel« »einzig und allein *aus dem Leben* gegriffen«, ist ihm entgegenzuhalten, daß er sehr wohl auf die Motiv-, Figuren- und Handlungsschemata der Krähwinkliaden-Tradition – die von August von Kotzebues »Deutschen Kleinstädtern« (1801) ihren Ausgang nimmt – zurückgreift, insbesondere auf Adolf Bäuerles Lokalposse »Die falsche Primadonna in Krähwinkel« (1818). Deren Hauptrolle hatte Nestroy noch 1847 sowohl im Interimstheater im Odeon wie auch auf seiner Gastspielreise in Brünn, Berlin, Hamburg und Frankfurt am Main verkörpert.

Dabei bleibt allerdings unbestritten, daß Nestroys persönliche Erfahrungen →27 sowie das aufmerksame Verfolgen der Revolutionsereignisse reichlich Possenstoff lieferten. – Und entscheidend bleibt ohnehin, was zeitgenössische Kritiker, die Nestroy keineswegs vorbehaltlos wohlwollend gegenüberstehen, diesem unabstreitbar zubilligen: »Übrigens können zwei Dichter mit demselben Sujet ganz verschiedene Erfolge erringen. Ich erinnere hier nur an Nestroy's ›Talisman‹ und Kupelwieser's ›Blonde oder rothe Haare.‹ Während ersterer noch immer eine Säule des Repertoirs bildet, zeigten sich letztere kaum als schwacher Strohhalm. – Überdies sind auch die Ähnlichkeiten zwischen beiden Stücken nicht so groß, daß Herr Nestroy eines Plagiates beschuldigt werden könnte. Die vorhandenen liegen im Stoffe, und dieser ward unsern neuesten Ereignissen entnommen. Hier können sich daher zwei Dichter leicht begegnen, ohne daß deshalb von einem literarischen Diebstahl die Rede sein kann. Und aufrichtig gesagt: was könnte denn ein Nestroy einem Böhm stehlen? Wird der Adler der Gans einen Fittich ausraufen, um sich damit in die Lüfte zu schwingen?« ätzt »Der Demokrat«[5], und die »Wiener Abendzeitung« kann bei aller grundsätzlichen Reserve gegen Nestroy nicht umhin zu urteilen, »daß Böhm dort langweilig, wo Nestroy unterhaltend ist, Böhm geistlos, wo Nestroy witzig ist, Böhm lahm, wo Nestroy sprungfertig ist«.[6]

Der Theaterzettel weist im übrigen den »Talisman« – uraufgeführt am 16. Dezember 1840 – als »teilweise einem französischen Sujet nachgebildet« aus, nämlich dem im selben Jahr in Paris uraufgeführten Comédie-Vaudeville »Bonaventure« von Dupeuty und de Courcy. Joseph Kupelwiesers Bearbeitung des »Bonaventure«, die genau einen Monat nach dem »Talisman« am Josefstädter Theater uraufgeführte Posse »Rot, braun und blond oder Die drei Witfrauen« – »treu nach dem Französischen« –, wurde sehr abfällig beurteilt.

Zwei Jahre darauf hat Kupelwieser die Nase vorn: »Die Memoiren des Teufels«, seine Übersetzung des Vaudevilles »Les Mémoires du Diable«, ist nicht nur zwei Wochen vor Nestroys Bearbeitung derselben Vorlage (auf die der Theaterzettel wieder hinweist), vor »Die Papiere des Teufels oder Der Zufall« nämlich, auf der Bühne zu sehen, sie sticht Nestroy auch in der Gunst von Publikum und Kritik aus: »und so ist denn dießmal die Ausgleichung mit Hrn. Kupelwieser geschehen, welchem Hr. Nestroy mit dem ›Talisman‹ über ›Roth, blond und braun‹ den Rang ablief, während Ersterer mit den ›Memoiren des Teufels‹ die ›Papiere des Teufels‹ überbot«, resümiert »Stbe«.[7]

Ein Kopf-an-Kopf-Rennen liefern sich Kupelwieser und Nestroy bei der Adaptierung des Mitte November 1843 in Paris uraufgeführten Vaudevilles »L'homme blasé«. Nestroys »Der Zerrissene« und Kupelwiesers »Überdruß aus Überdruß oder Der gespenstige Schlosser« haben am selben Tag, am 9. April 1844, Premiere. Kupelwiesers Übersetzung verschwindet nach wenigen Aufführungen vom Spielplan; Nestroys Umarbeitung – der Theaterzettel nennt wieder die Quelle: »Die

Handlung ist dem Französischen (*L'homme blasé*) nachgebildet« – ist eines seiner erfolgreichsten Stücke.

Ein »Dr. Wagner«, der den Schiedsrichter zwischen den beiden Konkurrenten spielt, die wieder einmal in der Stoffwahl zusammengetroffen waren, bilanziert: »Herr Nestroy hat diesen Stoff mit all' der Gewalt seiner kaustischen Lebensanschauung, mit aller Kraft seines gesunden und derben Spasses behandelt; es ist ein Stük geworden, wobei man vor Lachen fast außer Athem kömmt. [...] Die Bearbeitung der Josefstadt, von Herrn Kupelwieser, ist eine solche, wie sie das große Heer unserer Uebersetzer gewöhnlich zu Markte bringt. An der Wien sind die Herren Nestroy und Scholz, in der Josefstadt die Herren Nolte und Verstl die Repräsentanten der Komik, und man kann sich leicht denken, wie traurig die Parallele zwischen diesen beiderseitigen, komischen Darstellern ausfällt! Hervorrufungen fanden, hier wie dort, in reichstem Maße statt, und der Unterschied bei beiden ›Zerrissenen‹ ist nur der, daß der an der Wien eine Reihe besuchter Vorstellungen erleben wird, der in der Josefstadt aber bereits bei der zweiten vor einem leeren Hause debutirte. Das ist der Unterschied zwischen einer witzigen und witzlosen Bearbeitung.«[8]

Gut achtzig Stücke schreibt Nestroy; in den dreißiger und vierziger Jahren im Schnitt jährlich drei – dabei steht er Abend für Abend auf der Bühne, sind neue Rollen einzustudieren, Proben zu absolvieren. Er hat abendfüllende Stücke zu liefern, die nicht nur ins Repertoire eines Vorstadttheaters passen, sondern auch auf das Ensemble zugeschnitten sein müssen →7. Der Produktionsdruck, dem die für die nicht subventionierten Bühnen schreibenden Dramatiker ob der Novitätensucht des Publikums ausgesetzt sind, erzeugt einen europaweiten »Kettenhandel mit Stoffen und ›Lokalisierungen‹«[9], die Adaption urheberrechtlich nicht geschützter ausländischer Werke, die über ein dichtes Netzwerk von Theateragenturen, »Scouts«, Korrespondenten und Scharen von

Übersetzern ungemein rasch von Metropole zu Metropole vermittelt werden.

Die Vorlagen, die in Handlungsschema, Grundkonstellation und Motivik dem Bedarf der Wiener Vorstadtbühne entsprechen, sucht und findet Nestroy in der zeitgenössischen Unterhaltungsliteratur, vornehmlich der französischen. Seine »Umarbeitungen« bringt er mit unglaublicher Schnelligkeit zu Papier: »Er arbeitete mit reißender Schnelligkeit, meist Vormittags im Bette liegend, mit Bleistift auf die halbe Seite großer, in Bittschriftenformat zusammengelegter Bogen schreibend. An der leeren halben Seite wurden spätere Aenderungen, Couplets, Witzfunken etc. notirt und das fertige Stück dann so der Direction übergeben.«[10]

Die näheren Umstände, unter denen Nestroy seine in der Mitte oder gedrittelt längs geknickten Manuskriptblätter füllt, überliefert Ludwig August Frankl: »Wenn er, nach einer anstrengenden Rolle, müde nach Hause kam, nahm er nur ein leichtes Ma[h]l ein und ging zu Bette. Vor diesem mußten auf sechs bis acht Tellern verschiedene pikante Speisen, Caviar, Lachs, Sardinen, Käse u. dgl. aufgestellt und wenigstens ein Dutzend gespitzter Bleistifte und Papierblätter bereit gelegt sein. Gegen Morgen hin zeitlich erwachend, machte er Licht und fing zu schreiben an. Dazwischen naschte er bald von dem einen, bald von dem anderen Teller. So schrieb er zwei bis drei Stunden, ›bis ihm die Einfälle ausgingen‹. Er löschte dann die Lichter aus und schlief bis in den hellen Tag.«[11]

Pointierte Sentenzen, Bonmots, »witzige Einfälle« schöpft Nestroy dabei zum Teil aus Listen von numerierten Notizen und Gedankensplittern, Lesefrüchte zumeist. Aphoristische Wendungen, die er in der rechten Spalte der Konzeptblätter notiert, aber im betreffenden Stück dann nicht verwendet, überträgt er in die numerierten Listen – eine der umfangreichsten Sammlungen trägt die Überschrift »Reserve« –, um sie in späteren Stücken verwenden zu können.[12]

Die Bandbreite der Anverwandlung reicht von der lustlos »verwienerten« Imitation schablonenhaften Theatermaterials – »Unverhofft« geht über eine Übersetzung der Vorlage, des Vaudevilles »Boquillon à la recherche d'un père«, kaum hinaus[13], und indem Nestroy die Hauptszenen von Charles Dickens' »Martin Chuzzlewit« unter enormem Zeitdruck zu den »Anverwandten« dramatisiert, gerät, wie »Der Humorist« befindet, »der vortreffliche Roman« zu einer »entsetzlich langweiligen Posse«[14] – bis zur Erarbeitung völlig eigenständiger Lokalpossen auf der Grundlage »geborgter« Hauptmotive und -personen. John Oxenfords Einakter »A Day Well Spent« arbeitet Nestroy zur breit angelegten abendfüllenden vieraktigen Posse »Einen Jux will er sich machen« aus; beim »Mädl aus der Vorstadt« werden Personal, Dialog und Handlung der Vorlage, Paul de Kocks und Charles Varins Vaudeville »La jolie fille du faubourg«, allenfalls als Skelett benutzt, das Fleisch auf den Knochen, der Dialog, ist von Nestroys Hand modelliert.

Diese 1841 uraufgeführte Posse erlaubt einen Blick in die Werkstatt Nestroys, da von der eigenhändigen Übersetzung der Vorlage über das Szenar bis zum Theatermanuskript alle Bearbeitungsstufen überliefert sind. Schon während der flüchtigen Übersetzung in ein mittellagiges Wiener Deutsch kürzt, strafft und ergänzt Nestroy das Textbuch; er teilt den einzelnen Figuren ein charakteristisches Idiom zu – zieht dem einen ein Feiertagsg'wandel an, stattet den anderen mit »Alletagsworten« aus →19 – und kennzeichnet »elektrische Fleckerl«, aus denen »bei der gehörigen Reibung die Funken der Heiterkeit« herausfahren.[15] Aus der Randnotiz »einnehmen / die erste Kur bey der die Medizin den Patienten einnehmen muß« – Schnoferl versucht, die Näherinnen für seinen Freund zu gewinnen, einzunehmen – wird im Entwurf der Endfassung folgender Dialog entwickelt: »SCHNOFERL: Mein Freund is kranck, herzenskranck. Durch ein Mädl, ich will diesen Zustand durch Mädln curieren. Sie sollen gewissermaßen die

Nestroy als Pan in der Clairville/Offenbachschen »musikalisch-parodistischen Idylle« »Daphnis und Chloe«

homöopathischen Pulverln seyn. ROSALIE: Uns kann er ja nicht einnehmen. SCHNOFERL: Is auch nicht nöthig, im Gegentheil, Sie sollen ihn einnehmen, das erste Beispiel von einer Cur, wo die Medizin den Patienten einnehmen muß.«[16] Im weiteren arbeitet Nestroy die Figuren aus: zu Klischeebildern, die zum Typeninventar der Posse zählen, einige Neben- und ausgestattet mit individuellen, handlungsmotivierenden Charakteren die Hauptfiguren.

Beim »Talisman« fertigt Nestroy zunächst eine »Aneignungsskizze«[17] der Vorlage an, des französischen Comédie-Vaudevilles »Bonaventure«, mit der er sich Handlungselemente und die Motivation des Dialogs zurechtlegt. Dann entwirft er auf der Grundlage der sprachlich noch rohen Skizze ein Szenar, in dem er Schauplätze festlegt, Handlungen und Figuren übernimmt und verändert und neue Rollen schafft – immer unter Berücksichtigung der Erfordernisse des Carlschen Theaterbetriebs und des Carlschen Ensembles. Wie schon in der Aneignungsskizze notiert Nestroy auch im Szenar mit zwei, drei Worten Dialogpartien. Dem folgt die sprachliche Ausarbeitung der Dialogpartikel. Zuerst werden die Couplet-Texte und das Quodlibet ausformuliert – daran muß sich ja auch noch der Kapellmeister zu schaffen machen –, bevor der Dialog »theatralisch« zurechtgemacht wird: Die Sprache wird komödiantisch aufgeladen und rhythmisiert, lange Monologe werden durch winzige Einschübe anderer Figuren ebenso bühnengerecht hergerichtet, wie Nestroy mit Dialogpausen Spielräume für Mimik und Gestik schafft.

Nestroys Reinschrift kann keineswegs als Endfassung oder Version letzter Hand bezeichnet werden; das Textbuch geht noch durch mehrere Hände: Nicht nur Direktor Carl →7 und die Zensur →15 greifen zum Teil noch gravierend ein, auf den Proben wird noch an Dialogen und Szenenfolgen gearbeitet, paßt der Komponist noch den Wortlaut der Lieder und Couplets an die Melodie an, und zuletzt fügt man sich auch noch

Mißfallensbekundungen des Publikums und Einwendungen der Rezensenten durch Kürzungen und Streichungen.

Daß Nestroys »Schnipfereien« keine spontanen Coups waren, sondern es sorgfältig ausgetüftelter Strategien bedurfte, um fremde Vorlagen dem Repertoire des Wiener Vorstadttheaters einzugemeinden, zeigt ein Brief an Louis Grois, in dem Nestroy detailliert auf die textlichen und dramaturgischen Schwierigkeiten eingeht, die ihm die »Umgestaltung« der Offenbach-Operette »Mesdames de la Halle« bereitet. »Ich habe die Damen der Halle nicht nur gelesen, sondern zweymahl gelesen, und durchstudiert. Es ist nicht bald ein Stück dieser Gattung aus der Hand seines französischen Verfassers so urfranzösisch hervorgegangen, wie dieses; er hat das Menschenmöglichste, oder besser gesagt, das Franzosenmöglichste gethan, daß das Stück, wie es ist, nie deutsch werden kann. So wie es französische Wortspiele giebt, die nicht übersetzt werden können, so ist es hier die Handlung, die sich nicht in's Deutsche übertragen läßt.

Abgesehen davon, daß ein deutscher Schauspieler sich nie das erlauben darf, was sich die französischen erlauben, bey welchen man Alles als nazionelle Eigenthümlichkeit hinnimmt, bey welchen man sogar ein directes Ausarten goutiert, was bey deutschen immer widerlich wirkt – so tritt hier noch der besonders schwierige Fall ein, daß ächte Wienerfratschlerinen (wie sie aber jetzt beynahe nicht mehr existieren,) noch bedeutend gemeiner sind, als die Pariser Damen der Halle. Wenn also Wienerfratschlerinen daraus gemacht werden sollten, wäre es nöthig, daß wir uns wenigstens ebenso loslassen dürften, als wie die Franzosen; statt dem aber müßten wir uns, aus obangeführtem Grunde, moderieren, woraus sich auf jeden Fall ein höchst fataler Standpunct für die Darstellung gestaltet, während überdiß noch, durch die ›Hausmeisterin‹, der personelle Reitz der Neuheit der Erscheinung bereits abgestreifft ist. Es ist damit nicht gesagt, daß das Stück durchaus unmöglich ist, denn beym Theater giebt es ja eigentlich keine Unmöglichkeit; – aber die Umgestaltung müßte eine gründliche, und durchgreiffende seyn, und da thürmt sich eine Masse von Schwierigkeiten auf, die wohl zum größten Theil nicht unbesiegbar, aber durchaus schwer besiegbar sind.

Eine der größten, nie ganz zu überwindenden Schwierigkeiten bleibt immer der Regiments-Tambour. Er mag wirklicher Militär, oder bloß Bürgermiliz seyn, es mag seinetwegen das Stück in die 30ger Jahre oder in die Jahre [1]816, [1]817 zurückverlegt werden, (was besser ist) – ein Übelstand bleibt er in Uniform, am Platze Wien, immer; seine Strawanzerie den Fratschlerinen gegenüber, wird immer unangenehm berühren. Andererseits aber muß es doch ein Regimentstambour bleiben, als unvermeidliche Concession, welche man dem Trommeln macht. Eine andere Schwierigkeit ist die Censur, welche das im Deutschen gewiß nicht dulden würde, worüber sie im Französischen hinausgeht; das Factum das die Marktweiber sämmtlich von Corporals Kinder haben, müßte im Deutschen mit großer Vorsicht umgangen, und bemäntelt werden.

Auch müßten, für gänzlich motivlose Momente, Motive gefunden werden. Der merkwürdigste Moment dieser Art ist das Verbergen des ›Schmauswablers‹ in der Butte. Warum verbirgt ihn die Fratschlerin? dafür ist kaum ein halber Grund. Warum läßt er sich verbergen? dafür ist gar kein Grund. Warum schreyt er nicht, wenn ihm Gewalt angethan wird? dafür ist weniger als gar kein Grund. Warum trägt ihn der Regiments-Tambour fort? dafür ebenfalls kein Grund. Diese, selbst für die Pantomime zu mangelhaft motivierten Momente, nimmt nur ein Publicum hin, welches eine französische Vorstellung ansieht, von welchem aber nur der allerkleinste Theil dieser Sprache vollkommen mächtig ist. Im Deutschen muß auf das Alles gedacht werden, auch im Wahnsinn muß Methode seyn. – Und so könnte ich über diesen Gegenstand fort und fort noch eine Menge schreiben.

Der langen Rede kurzer Sinn aber ist folgender: Hätte ich im Sommer, wo noch eine lange Zeit vor mir lag, das Stück bekommen, wäre es mir vielleicht gelungen, etwas den Anforderungen des deutschen Publicum's Entsprechendes daraus zu machen, in diesen wenigen Tagen aber ist eine gründliche, durchgreiffende Umarbeitung eine absolute Unmöglichkeit.«[18]

Nestroy wollte die harte Nuß nicht mehr knacken. Alois Berla tat es. In seiner Bearbeitung wurde das Stück als »Die Damen vom Stand« am 22. Februar 1862 im Theater am Franz-Josefs-Kai uraufgeführt – mit Nestroy als Golatschenhändlerin Barbara Kletzenstingl, seiner letzten neueinstudierten Rolle.

25

»Jedes Ereigniß wird seinen Mann an mir finden«

Nestroy als Theaterdirektor

Ich nehm überhaupt sehr wenig Notiz von mir selbst. Ich find, das is das Komodeste; meine Affairen betracht ich als Gukgukseier, die ich in das fremde Nest des Zufalls leg, der soll s' ausbrüten wenn er mag. Ich rechne nie; auf die Art kann 's Schiksal mir auch nie einen Strich durch die Rechnung machen; während dem man als schlauer Berechner und Planmacher alle Augenblik den Verdruß erlebt, daß ei'm 's Schiksal das Tintenfaß über die Calculationen schüttet.

(VINCENZ in »Die beiden Herrn Söhne« II,9)

Am 14. August 1854 – nachdem er bereits im Februar »vom Schlage gerührt« worden war – stirbt Direktor Carl →7 in Bad Ischl an einem neuerlichen »Schlagfluß«. Er hatte, unter Androhung der Enterbung, testamentarisch verfügt, daß keiner seiner Erben die Leitung des Carltheaters übernehmen dürfe, sondern das Haus binnen sechs Monaten nach seinem Tod zu verkaufen, zu verpachten oder in ein Zinshaus umzuwandeln sei.

Mit einer Eingabe vom 18. Oktober teilt Johann Nestroy der »hochlöblichen k.k. obersten Polizeibehörde« mit, daß er am 9. Oktober das Carltheater für den Zeitraum von zehn Jahren gepachtet habe, und ersucht um die behördliche Anerkennung als verantwortlicher Direktor sowie um die amtliche Bewilligung, ab 1. November öffentliche Theatervorstellungen in dem Haus in der Jägerzeile geben zu dürfen.

In einer beigeschlossenen »Bestätigung« bekunden die Carlschen Erben, daß sie am 9. Oktober mit Herrn Johann Nestroy,

»bisherigem Schauspieler und Dichter« am Carltheater, »den Pacht rücksichtlich Verpachtvertrag abgeschlossen haben, mittelst welchem Vertrag sie das k.k. priv. Carl-Theater samt dazu gehörigen Räumlichkeiten und *fundus instructus* vom 1. November 1854 an, auf zehn Jahre, jedoch mit Vorbehalt des Kündigungsrechtes bei Ablauf des 5. Kontraktjahres, um den jährlichen Pachtschilling von 24.000 fl. C.M. an Herrn Johann Nestroy zu dessen selbstverantwortlichem Theaterbetrieb verpachten«.[1]

Im Antrag der Wiener Polizeidirektion an den Statthalter von Niederösterreich, der Nestroys Ansuchen am 28. Oktober bewilligt, wird Nestroy nachdrücklich befürwortet: »Wegen seiner Präponderanz als Schriftsteller und Schauspieler sowie wegen seinen anderweitigen gewinnenden Eigenschaften erkennt die ganze Schauspielergesellschaft des Carl-Theaters in ihm eine Autorität und ist auch bereit, unter seiner Leitung fortzuwirken. Ebenso spricht sich unter den verschiedenen Bewerbern, die zur allgemeinen Kenntnis gelangten, das Urteil des Publikums und der Presse zu seinen Gunsten aus. Wenn eine genaue Kenntnis des ganzen inneren und äußeren Theaterorganismus, ein bewiesenes dramatisches Schriftsteller- und Darstellertalent, eine unbescholtene politische Haltung und geordnete Vermögensverhältnisse zur Leitung eines Theaters befähigen, so dürfte Nestroy vollkommen hiezu geeignet erscheinen, und ihm sonach die hochortige Bewilligung zur Übernahme der verantwortlichen Direktion des Carl-Theaters von 1. November l. J. angefangen erteilt werden.«[2]

Zur Leitung eines Theaters reichten offenbar all die polizeilich attestierten Vorzüge nicht hin: »In einem colossalen Irrthum« befinde sich laut Leopold Rosner – unter der Direktion Nestroys, aber von Marie Weiler ans Carltheater engagiert –, wer annehme, Nestroy sei ein »vorzüglicher, in allen Sätteln gerechter Theaterdirector« gewesen. Im Gegenteil: Von der Tüchtigkeit seines Vorgängers und seiner Nachfolger habe

Nestroy »nicht ein Atom im Leibe« gehabt. Rosner erinnert sich: »Ein Theaterdirector, der die zur Aufführung eingereichten Komödien liest und beurtheilt, der das Repertoire feststellt, Stücke inscenirt, am Regietische sitzt, Proben leitet, Schauspieler dressirt, Anordnungen betreffs der Decorationen und Kostüme trifft, dann wieder Aufträge wegen neuer Engagements ertheilt, Reclamenotizen für die Zeitungen verfaßt oder gar, wie dies heutzutage vorkommt, eine Claque bezahlt und dergleichen – *ein solcher Theaterdirector war Johann Nestroy nicht.* All' das widerstrebte nicht nur seinem ganzen Wesen, er hatte auch nicht die geringste Befähigung dazu! Nestroy hat, um nur ein merkwürdiges Beispiel aufzuweisen, nie eines seiner eigenen Stücke in Scene gesetzt! Er memorirte seine Rollen fleißig, kam pünktlich zur Probe, wo er sich meist ruhig verhielt und Jeden, der ihm den Weg vertrat, artig um Entschuldigung bat. Er folgte unverdrossen allen Anordnungen des Regisseurs, der ihn manchmal recht herb anließ, und – am Abend spielte er bravourös! und vermochte durch seine sarcastische, ironisch geißelnde Art das Publicum zu enthusiasmiren, bis zur Begeisterung hinzureißen. Das war Nestroy!«[3]

Die überlieferten Briefe – insbesondere an den befreundeten Rechnungsführer und »Oekonomie-Controlor« des Carltheaters, Ernst Ritter von Stainhauser – vermitteln durchaus den Eindruck, daß Nestroy sich um das Tagesgeschäft an seinem Haus kümmert. Er erkundigt sich nach dem Geschäftsgang, beschließt Engagements und Kündigungen, er bestimmt die Gagen, bewilligt und verweigert Benefizvorstellungen, bittet Zeitungsredaktionen um die Veröffentlichung der Programme gastierender Ensembles, er erkundigt sich auswärts nach verfügbaren Kräften, bewilligt Gastspiele seiner Ensemblemitglieder, weist eingereichte Stücke zurück oder nimmt sie an – und geriert sich gar, als Stainhauser Anfang April 1858 über karge Einspielergebnisse klagt, als gewiefter Geschäftsmann: »Wenn ein Geschäft brillant geht, muß man nie jubeln, noch weniger aber, wenn es schwächer geht, lamentieren. Daß Du Dich gegen mich so aussprichst, das macht gar nichts; allein, so vorsichtig und genau Du im Geschäfte in den Büchern bist, so unvorsichtig und unbedacht bist Du manchmahl im Reden, und ich muß fast fürchten, daß Du Dich mündlich gegen Mehrere so aussprichst, wie Du es gegen mich schriftlich thust, und das ist bey jedem Geschäft nahmentlich beym theatralischen höchst nachtheilig. Ich verkenne gewiß Deine gute Absicht nicht, und weiß Deine Freundschaft und Anhänglichkeit an mich in vollem Umfange zu schätzen, aber ich warne Dich vor Unbedachtsamkeit im Reden, gerade wenn es matter geht muß man sogar groß thuen, das ist Regel und Raison.«[4]

Nestroy hatte von Carl einen musterhaften administrativen Apparat übernommen, der unter dem Theatersekretär Franz Treumann, dem Buchhalter Stainhauser und den bewährten Regisseuren Johann Baptist Lang, Louis Grois und Carl Treumann »wie am Schnürl« funktionierte. In diesem »Generalstab« – der 1860 25 »Herren vom Schauspiel«, 19 »Damen des Schauspiels«, einen Männerchor mit 17, einen Frauenchor mit 13 Sängern, ein 46 Mitglieder zählendes Ballett, 48 Musiker, 25 Dekorateure, 14 Garderobiers und eben so viele Beleuchter und Dienstleute dirigierte[5] – billigt Rosner dem nominellen Direktor allenfalls »eine berathende Stimme« zu, »das heißt, er theilte seine Ansicht mit, die gewöhnlich die der Anderen war«.[6] Friedrich Kaiser merkt naserümpfend an, daß »das Fräulein Direktrice« und »ihre Günstlinge« nach Belieben schalten und walten konnten, »da Nestroy, um des lieben Hausfriedens willen, in Allem nachgab und glücklich war, wenn seine Lebensgefährtin, von den Theater-Angelegenheiten in Anspruch genommen, weniger bemüht war, seine Schritte außerhalb des Hauses, wie es früher geschehen war, strenge überwachen zu lassen«.[7] →2

»So? Sie, jetzt werd' ich Ihnen was sagen, und das merken Sie sich ein- für allemal. Ich hab' gar nichts zu erlauben. Wenn

Sie etwas brauchen, so wenden Sie sich an die Frau!«[8] Zumindest gut erfunden ist die von Leopold Rosner überlieferte Klarstellung des Theaterdirektors Nestroy, der dem Souffleur erlaubt hatte, gegen die Vorschriften ein Regiebuch zu verleihen. Tatsächlich dürfte die Weiler von Anfang an die graue Eminenz gewesen sein. Nicht erst seit dem 9. Dezember 1856, als Nestroy seiner Lebensgefährtin durch eine schriftliche Instruktion die »Gesammtgeschäftsadministration« des Carltheaters übertrug und sein »Cassen-Personale« davon in Kenntnis setzte, »daß in allen Rechnungen, Raporten, Ausweisen und so weiter, sowohl bei Empfängen als Ausgaben die Anordnungen mit Unterschrift der Frau Maria Lacher genannt Weiler versehen, dieselbe Gültigkeit wie von mir selbst ausgegangen, besitzen und in der geschäftlichen Manipulation jede Unterschrift der Frau Maria Lacher genannt Weiler, als meine Eigene mit allen aus dieser Vollmacht entspringenden Consequenzen, zu achten« sei.[9]

In beiden schweren Krisen zwischen Nestroy und »der Frau« →6, sowohl im Sommer 1856 wie auch im Sommer 1858, drohte die Weiler, sich vom »Geschäft«, wie sie die Administration des Carltheaters nannte, zurückzuziehen. Ein Druckmittel, dessen Brisanz Ernst Stainhauser, der ja nicht nur zwischen den Streitenden vermittelte, sondern als Rechnungsführer genauestens um die Gestion des Theaters wußte, eher einzuschätzen vermochte als Nestroy.

Der konnte sich seinen Unmut über diesbezügliche Bemerkungen Stainhausers in einem an diesen gerichteten Brief vom 19. Juni 1858 nicht ganz verkneifen. Hatte er dort schon dezidiert darauf hingewiesen, daß ihn zu seinem Entschluß, sich mit der Weiler zu versöhnen, »wahrlich nicht ihr Geld« treibe – »ich werde es nie bedürfen, ebensowenig ihr Directionstalent, das habe ich selbst, obschon es mir Mancher vielleicht nicht zutraut, weil es nicht meine Sache ist, damit zu prunken« –, so kommt er wenig später, eingeschnappt, noch einmal auf diesen

Punkt zu sprechen: »Nun spreche ich zu Dir, als umgekehrter König Philipp, den Satz den dieser zu Marquis Posa spricht in umgekehrter Folge, ›Du hast in meinem Hause mich ausgefunden, nicht auch auf meinem Throne‹. Du sprichst ein Bedauern über meine Lage aus, weil sie ›rath- und thatlos ist‹. Ganz unrichtig; ich bin nie *rathlos* weil ich über Alles mit mir selbst zu Rathe gehe; ich bin auch nie *thatlos*, ich scheine es höchstens manchmahl zu seyn, aus dem einfachen Grunde, weil ich nur zur rechten Zeit handle. Ich kenne und weiß Alles an meinem Theater, wie in meinem Hause, weder dort noch da kann irgend eine Eventualität mich unvorbereitet treffen, jedes Ereigniß an einer oder der andern Seite wird seinen Mann an mir finden. Ich brauche es übrigens nicht mehr zu wiederholen, daß ich Dir die selbst unrechten Äußerungen über meine Directions-Energie, nicht in Geringsten übel nehme; die Quelle aus der sie fließen ist wahre Freundschaft, und giebt Dir somit einen umfassenden Freybrief.«

Eine der Bedingungen für einen Friedensschluß, der die Krise des Jahres 1856 bereinigen sollte, sieht »Compagniegeschäft im Geschäft zu Ein Dritttheil reinen Gewinst-Antheil für Weiler, Zwey Dritttheile für mich, (mit unbedingter Disposition)« vor.[10] Diese Bedingung wurde erfüllt: Das von Stainhauser geführte Rechnungsbuch weist für die Weiler 315 Gulden Gehalt und ein Drittel der Einnahmen aus.[11]

Die Einspielergebnisse sind denn auch ausgezeichnet. Aus den zum Teil erhaltenen »Manualen«, den Rechnungsbüchern Ernst Stainhausers, läßt sich der jährliche Reingewinn mit 40.000 bis 50.000 Gulden beziffern. Kassenmagnet ist der Schauspieler Nestroy →9, der in der Zeit seiner Direktion nicht weniger als 1421mal auf der Bühne steht, während der Stückeschreiber →24 Nestroy – sieht man von den zwei Wagner-Parodien »Tannhäuser« und »Lohengrin« ab – in diesen sechs Jahren mit nur einer Uraufführung am Carltheater vertreten ist: Die Posse »Umsonst« hat am 7. März 1857 Premiere.

Ein wesentlicher Anteil daran, daß trotz des geringen Kapitals, das Nestroy in das Unternehmen einbrachte, »der ökonomische Zustand doch wohlgeordnet« ist, ist laut einem »konfidentiellen Bericht der Polizeidirektion über die Vorstadt-Theater Wiens« vom 25. Dezember 1857 »der Demoiselle Weiler zuzuschreiben«.[12] Daß das Haus bestens geführt ist – von wem auch immer –, erfährt eine hochoffizielle Bestätigung durch ebendiesen Polizeibericht, der generell anmerkt, daß das Carltheater »unter der Pachtung und Leitung Nestroys, welcher durch den Theatersekretär Franz Treumann und die beiden Regisseure Karl Treumann und Grois gut beraten ist, in mehrfacher Beziehung gewonnen« habe: »das gesamte Theaterpersonal wird besser bezahlt als unter Carl; die ersten Komiker Karl Treumann und Grois genießen Bezüge und Begünstigungen gleich den Koryphäen der Hoftheater; alles, was Nestroy vorführt, setzt er mit Aufwand und Geschmack in die Szene. Überall herrscht Ordnung und Reinlichkeit, und das Einstudieren der Stücke wie ihre Aufführung ist so trefflich, daß selbst die häufig stattfindenden Wiederholungen fast immer volle Häuser machen, während die anderen Vorstadt-Theater sich abmühen müssen, durch viele Neuigkeiten einige Anziehungskraft zu üben.« Was hier nach strengem Regiment klingt, beeilt sich der Bericht unter Hinweis auf das »durch Schulden und Unzucht bemakelte« Privatleben der Ensemblemitglieder heftigst zu widerrufen: »Die Disziplin ist so gelockert, daß dem Direktor mehr aus Kollegialität und Dankbarkeit als aus Schuldigkeit gehorcht wird.«

Der versteht sich offensichtlich – zumindest nach Auskunft Leopold Rosners – als Primus inter pares: »Auf den Proben umringten die Damen des Ballets den Director. Jede drückte ihm einen Bleistift und auf einem Zettel ein Gesuch um zwei Freikarten in die Hand. An eine Coulisse gelehnt, unterfertigte er mit höflicher Verbeugung. Er bewilligte Alles. So viele Sitze waren nicht im Hause, als er verschenkt hätte. Der Secretär decimirte meist die Anweisungen. Oft, wenn ihn die Scene nicht erwartete, gesellte er sich zu einer Gruppe und ließ sich die Anekdote des Tages erzählen. Manches treffende Wort, das bei solchen Gelegenheiten von seiner Seite fiel, ist nicht wiederzugeben. Nestroy, der nie eines seiner Stücke selbst in Scene gesetzt, fügte sich den Anordnungen des Regisseurs wie jeder Andere. Der alte Lang war oft sehr grob mit ihm, wenn er etwas nicht gleich so traf, wie er es anordnete, und ließ ihn manchmal wie einen Anfänger die Scene zwei-, dreimal wiederholen. Wenn Nestroy dann abging, zog er die Schultern hoch in die Höhe, schlenkerte mit beiden Armen und blinzelte uns zu, als ob er sagen wollte: ›Heut' is er scharf geladen, der alte Lang.‹«[13]

Was sich aus den zahlreichen überlieferten Schnurren und Anekdoten über Nestroys Theaterleitung herausdestillieren läßt, ist dessen Zuvorkommenheit dem Personal und den Autoren gegenüber – wieder mit Brief und Siegel beglaubigt vom Antrag der Wiener Polizeidirektion an den Statthalter von Niederösterreich, der festhält, daß Nestroy alle Anstalten getroffen habe, »um den vielen Übelständen, an denen die Leopoldstädter Bühne durch die bekannte Kargheit des verstorbenen Direktors litt, abzuhelfen, zu diesem Ende das Orchester verstärkt, das Chor- und Tanzpersonale vermehrt und insbesondere günstige Bedingungen für dramatische Dichter festgestellt« habe.[14]

Von Nestroy aufgefordert, seine Vertragsbedingungen zu nennen, hatte Wenzel Scholz sich vor allem ausbedungen, daß es beim vertrauten »Du« zwischen dem nunmehrigen Direktor und seinem langjährigen Bühnenpartner bleiben solle. Nestroys launige briefliche Antwort vom 10. Oktober 1854: »Lieber Freund *Scholz!* / Indem ich *Dir* beifolgend *Deinen* neuen Contract zusende, hoffe ich, *Du* wirst es als einen neuen Beweis meiner Freundschaft anerkennen, daß ich das Risico unternommen, ein Mitglied ohne Probespiel und ohne dem Beisatze

›auf Gefallen oder nicht Gefallen‹ zu engagiren. *Du* willst auch unser ›*Dusagen*‹ contractlich gesichert, darüber wünschte ich einen Separat-Vertrag, mit der Clausel, daß *Du* für jedesmalige Unterlassung eine Monats-Gage als Strafe zu zahlen hättest. / Dein *alter* Freund und / *junger* Director / J. Nestroy«. Scholz' neuer Dreijahresvertrag, von Nestroy am 9. Oktober eigenhändig aufgesetzt, ist ungemein großzügig: Neben einem Jahresgehalt von 3000 Gulden und einem Spielhonorar von zwölf Gulden – wobei Scholz mindestens zwölf Rollen monatlich zugesichert werden – gesteht der neue Direktor seinem »Ersten Komiker am K.K. priv. Carl-Theater« »in jedem Contracts-Jahre zwey halbe Einnahmen nach Abzug eines Tageskosten Pauschal-Betrages von Einhundert u. Dreyssig Gulden Cv.Mze von den jeweiligen Brutto-Einnahmen« zu; daneben sechs Wochen »Reise-Urlaub« im Sommer 1855 sowie je einen Monat in den zwei folgenden Jahren, und das nicht nur »in jedem der Drey benannten Jahre mit Beybehaltung der Gage«, sondern Scholz hatte – gemäß Paragraph 8, der noch rasch nachträglich zwischen Vertragsdatum und unterem Blattrand drangeflickt worden war – im Urlaub neben der monatlichen Gage auch »den Spiel-Honorars-Betrag für Zwölf Rollen [à] 12 fl. C.M., somit 144 fl. C.M. ausbezahlt zu bekommen«.[15] Carl Treumanns Gage liegt mit 433 Gulden gar über jener, die sich der Direktor selber zugesteht: 416 Gulden.

Nachdem ein Stück von Theodor Flamm wegen des Gastspiels der Kunstreiterin Miß Ella abgesetzt worden ist, wird der Dichter bei Theatersekretär Franz Treumann um eine Entschädigung vorstellig, von diesem aber abgewiesen, weil er »mit derlei dem Direktor nicht kommen könne«. Flamm wendet sich an Nestroy, und der veranlaßt, daß Treumann dem im Kahlenbergerdorf wohnenden Dichter schon tags darauf als Entschädigung für entgangene Tantiemen 300 Gulden überbringt. Die Quittung will Nestroy noch bei der Probe sehen. Carl hatte Friedrich Kaisers Stück »Theaterwelt« mit der 19. Vorstellung aus dem Repertoire genommen, weil ab der 20. Aufführung eine Tantieme von 20 Gulden fällig gewesen wäre. →7 Nestroy räumte Kaiser eine sechsprozentige Tantieme ein, Anton Bittner und David Kalisch immerhin noch vier beziehungsweise drei Prozent.

Ludwig Gottsleben schildert voll Dankbarkeit, wie Nestroy sich bei der Premiere seines Erstlingsstücks – Nestroy gab in »Herr Göd und Jungfer Godl« am 23. Mai 1858 den Flickschneider Florian Stich – abmühte, um dem Stück zum Erfolg zu verhelfen: »Nie sah ich ein Gesicht so dicht mit Schweißperlen übersät, wie es das Antlitz Nestroys war, als er nach der ersten Szene von der Bühne kam. Mit allem Aufgebot seiner Kraft versenkte er sich in die Aufgabe und umgab den Autor mit der sorglichsten Aufmerksamkeit. Das Stück gefiel nur teilweise, der vielen ernsten Szenen wegen, aber Nestroy war wunderbar, wie er immer zu trösten und aufzumuntern verstand, jede abfallende Szene besonders ausgezeichnet fand, und schließlich alle Schwächen des Stückes auf die *Zuschauer* schob.«[16]

Im Frühjahr 1858 macht Nestroy von seinem Recht Gebrauch, den Pachtvertrag mit den Erben Carls zur halben Laufzeit zu kündigen, und stellt diesen das Carltheater per 1. November 1860 zur Verfügung. Als diese ihm auf Druck der öffentlichen Meinung das Haus im Dezember 1858 neuerlich anbieten, will Nestroy weiterhin nur den alten Pachtzins von 24.000 Gulden zahlen, ein Mitbieter offeriert 28.000. Nestroy lehnt den erhöhten Pachtschilling »in der schroffsten, jede weitere Unterhandlung ausschließenden Weise«[17] ab. Vier Wochen darauf hat das Carltheater einen neuen Pächter: den Nürnberger Direktor Gustav Brauer.

Die Abschiedsvorstellung am 31. Oktober 1860 bietet ein Potpourri der beliebtesten Nestroy-Szenen und -Rollen der letzten Jahre mit dem Titel »Bunte Szenenreihe aus Possen, Parodien und Operetten«. Rosner berichtet: »Wie es vor dieser

Abschiedsvorstellung zuging, läßt sich denken. Wien hat dergleichen wohl kaum früher erlebt. Schon in den Sommermonaten wurden Sitze und Logen vorgemerkt. Für die 300 Sitze und 30 Logen waren mehrere tausend Anfragen und Vormerkungen eingelaufen. Es sind Logen mit fl. 200, sogar mit fl. 300, Sperrsitze mit fl. 20, 50, 80, bezahlt worden. Ein Statistiker schätzt die Hervorrufe, welche Nestroy zutheil wurden, auf fünfzig, die der übrigen Mitglieder auf zwanzig. Kein Wunder, daß die Vorstellung nach elf Uhr endete.«[18]

»Als der Vorhang zum letzten Male emporrauschte«, berichtet das »Fremden-Blatt« vom 1. November 1860, »war das gesammte Personale des Carltheaters im Halbkreise, festlich gekleidet, links vom Zuschauer die Damen, rechts die Herren aufgestellt. In der Mitte stand Nestroy, ihm zur Seite seine würdigen und beliebten Kollegen Grois und Treumann. Nestroy trat an die Lampen, aber ein Beifallsturm, der fünf Minuten lang währte, hinderte ihn zu sprechen; dreimal erneuerte sich die Beifallssalve, endlich bat der tief gerührte Künstler, sprechen zu dürfen und trug mit zitternder Stimme folgenden scherzhaft-gemüthlichen, gelungenen Epilog von Anton Langer vor.«

Besonderen Beifalls erfreute sich laut Rosner im gereimten Epilog »Mein letztes Wort«, den Anton Langer dem scheidenden Direktor geschrieben hatte, die Stelle: »Ich schrieb so, wie's die Menschen machen / Bei *Liebesgeschichten und Heiratssachen,* / Und über'n *Jux,* den ich mir hab' gemacht, / Hab'n Andere am meisten wohl gelacht. / Was ich mit Müh' gesucht hab' lange oft, / Das fand ich manchmal plötzlich *unverhofft,* / So braucht' ich ein Stück gar nicht erst zu dichten, / Das hab' ich täglich mitgemacht: *Theaterg'schichten*! / Doch viele der erfundenen Gestalten / Mußten durch mich Verkörp'rung auch erhalten. / Was ich als Darsteller gewirkt, gestrebt, / Sie wissen's ja, Sie haben es miterlebt. / So hab' ich es erreicht nach manchem Jahr, / Daß ich – darf ich es sagen? – Ihr Liebling war. / Jetzt wird mir's klar, jetzt, wo ich scheiden muß, / Wo mir entgegenrauscht: Ihr Abschiedsgruß. / Ich habe nicht *umsonst* als *Kampl* mich gezeigt. / Es war das Publicum mir als *mein Freund* geneigt. / Der *Unbedeutende* hat es so weit gebracht, / Weil Sie zu Ihrem *Schützling* ihn gemacht.«[19]

Im Vergleich zur Direktion Carls sei, so der Polizeibericht über die Vorstadttheater aus dem Jahr 1857, unter Nestroy auch »der Wert der Bühnenprodukte« gestiegen – insofern, als »jetzt doch einige Rücksicht auf Sitte und Wohlanständigkeit genommen wird«.[20] Gleichwohl wird bedauernd festgestellt, daß die Stücke Friedrich Kaisers, die Nestroy bevorzugt auf die Bühne bringt, »ebensowenig wie die Schöpfungen der sonstigen dramatischen Poesie überhaupt zu echten Volksstücken sich erheben« → 26: »Alles, was zur Anschauung kommt, sind höchstens einige Gestalten aus dem Volke, einige episodische Figuren von Nationalitäten, die zu Dialektrollen Gelegenheit bieten; aber nach echten Volksstücken, die ein künstlerisches Ganzes bilden und von tief ergreifender Wirkung sind, wird vergebens gesucht.«[21] Die Bezeichnung »Volkstheater« komme dem Carltheater nicht (mehr) zu, denn die Vorstellungen »sind weder ein treuer Abdruck des Wiener Volkslebens, noch bieten sie dem Volke einen seinen Bedürfnissen entsprechenden gesunden geistigen Genuß, daher hat auch das Volk zu den Besuchern dieser Bühne kein so großes Kontingent gestellt als einst zu Raimunds Zeiten, wo sie im wahren Geiste einer Volksbühne zu wirken strebte.«[22]

»Auch wird bei der Geschmacksrichtung des Publikums, welches dieses Theater fleißig frequentiert, nicht einmal nach dem Kunstwert gefragt. Die Mehrzahl der Besucher besteht aus reichen Müßiggängern, aus Israeliten, Börsemännern und Reisenden oder hier domizilierten Fremden, die nach dem *dolce far niente* oder nach der Spekulation oder sonstigen Geschäften des Tages lachen, nichts als lachen wollen. Solche blasierte Naturen können nur durch Erschütterung des Zwerchfelles aus ihrer Abspannung aufgeweckt werden. Diese Lachlustigen zu befriedigen, hat sich das Carl-Theater zu der vorzüglichen Aufgabe gemacht, und ihrem Gelingen dankt es sein Glück.«[23] In einer Absage, die Nestroy dem Autor zweier Stücke erteilen muß, bestätigt er, »daß Lustspiele, welche nicht ganz ans Possenhafte streifen, bei meinem Publikum keinen Eingang finden. Oftmalige Versuche haben dieses nur zu klar heraus gestellt und dadurch veranlaßt, daß eine große Anzahl solcher Lustspiele noch auf meinem Schreibpulte liegen und der Erlösung harren.«[24]

Die künstlerische Bilanz der Direktionsära Nestroy fällt tatsächlich mager aus. Rommel kommt zu dem Schluß, daß »Nestroy zu einer aktiven Bühnenleitung kaum den Versuch unternahm«.[25] In diese Kerbe schlägt auch »Die Presse«, die am 1. November 1860 nüchtern bilanziert: »Man spielte ein Stück ab, solange es ging, und fiel das nächste durch, so gab man das alte wieder, bis man ein neues einstudirt hatte. Das war einziger Grundsatz dieser Direction, bei der Nestroy als Beirath fungirte. Das Personal bestand aus einer Reihe von Komikern und Localsängerinnen und Statisten; denn was nicht komisch wirkte, war kaum besser als Comparsen. Von einem Ensemble war, da eine sorgfältige Besetzung aller Fächer gar nicht versucht wurde, keine Rede, und zum Ueberflusse spielte jeder Einzelne auf eigene Faust, und setzte sich oft direct mit dem Publicum in Privatverkehr! Dieses Herausbilden und Hervordrängen der einzelnen Individualitäten – Nestroy allein ließ sich derlei nicht zu Schulden kommen, er war der Bescheidenste – hatte zur Folge, daß alle Rollen, die für diese Virtuosen und jene, welche sich für solche hielten, geschrieben wurden, einander glichen, und glichen sie sich nicht, so spielte jeder stets nach seiner stereotypen Manier.«

Theatergeschichtlich wichtig war das Gastspiel der Truppe des Komikers Levassor vom Pariser Palais Royal und der Tanzsoubrette Madame Teisseire vom Théâtre Gymnase, das in die

Zeit vom 26. März bis zum 19. April 1856 fiel. Alles, was die Pariser Boulevardbühne zu bieten hatte, wurde in einem Monstre-Varieté-Programm auf die Bühne gebracht: Bluetten, Chansonetten, Intermezzi, Soloszenen, Bagatellen und – erstmals auf einer Wiener Bühne – Ausschnitte aus Offenbach-Operetten. Ein- oder zweiaktige Vaudevilles und Operettchen, vom Publikum begeistert aufgenommen, dominierten in der Folge den Spielplan des Carltheaters. Das Volksstück und die Lokalposse gerieten ins Hintertreffen →26.

Nach dem »kolossalen Erfolg« der »Hochzeit bei Laternenschein«[26] – die erste von 42 Aufführungen war am 16. Oktober 1858 – bringt Carl Treumann in rascher Folge eine Offenbach-Operette nach der anderen auf die Bühne – in seiner Übersetzung und Bearbeitung und »für die hiesige Bühne eingerichtet und instrumentirt« von Carl Binder. Friedrich Kaiser, Nestroys Hausautor, kommt mit seinen Lebens- und Charakterbildern gegen das »dramatische Bröckelwerk«[27] nicht mehr an, er wirft diesem »Feindseligkeit« gegen das Volksstück vor und wandert verärgert ans Theater an der Wien ab.

Produktionen, die mit Sprechtheater nicht mehr viel zu tun haben, sondern dem Varieté und der Zirkusartistik zuzurechnen sind, halten während der sommerlichen Gastspiele fremder Truppen – das Ensemble macht in dieser Jahreszeit Urlaub oder ist selbst auf Gastspielen engagiert – breit Einzug: die schottische »Horn-Pipe-Tänzerin« Miß Lydia Thompson; eine Truppe persischer Hofgymnastiker; Klischnigg mit seinen Affenkunststücken; Señora Pepita de Oliva, die bei einem ihrer spanischen Nationaltänze zur Entrüstung der Prüden das leichte seidene Oberkleid bis knapp über die Knie lüpft und hin und her schwenkt – und damit für ein volles Haus sorgt.

Rammelvoll ist der Zuschauerraum des Carltheaters auch bei jeder Vorstellung der Kunstreiterin Miß Ella, die im Februar und März 1855 fünfzig Abende bestreitet – »die ganze Gestalt voll des schönsten Ebenmaßes, der rundesten und üppigsten Formen«, delektiert sich die »Theaterzeitung«.[28] Die Darbietungen des gleichzeitig in Wien gastierenden Zirkus Renz finden nur sehr lauen Publikumszuspruch, die »Ostdeutsche Post« resümiert denn auch, daß Miß Ella »Herrn Renz mit seinem Circus ganz aus dem Sattel gehoben hat«. Der »Wanderer« hält fest, daß schon von der ersten Vorstellung des Zirkus Renz die Erwartungen des Publikums nicht »befriediget« wurden. »Die Ursache liegt wohl zunächst in dem Umstande, daß die neuen Mitglieder des Hrn. Renz keine besondere Leistungsfähigkeit an den Tag legten, und daß der *weibliche* Theil der Gesellschaft am *schwächsten* vertreten ist, was in einem Augenblicke, wo Miß Ella im Carltheater Sensation erregt, um so empfindlicher wirkt.«[29] Saphir →14 läßt daraufhin im »Humorist« den »›Anti-Menschen-Quälerei-Verein‹ im Reiche der Thiere« unter anderem folgende Gesetze »zu Gunsten der gequälten Menschheit« erlassen: »5) Das Roß von ›Miß Ella‹ wird angewiesen, die ›Lokalmuse‹ brüderlich zu behandeln und sie nicht ganz aus dem Sattel zu werfen. 6) Die kleinen Kinder unter den Menschen sollen nicht mehr angehalten werden, den ›Circus Renz‹ zu besuchen, denn Kinder fürchten sich, wenn sie *Abends allein* in einem großen Locale sind.«[30]

26

»Wie ein Fettflek in den Mondschein«

Nestroy als letzter Mohikaner des Lokalstücks?

'S Moralisieren is leicht, wenn man die Welt vom grünen Talgrund aus betrachtet, ich aber schau' sie vom Gipfel des kahlsten aller Felsen, vom Kulminationspunkt alles Elends an, und in dieser Vogelperspektiv' haben die bausbackigsten Sentenzen eine hohle, nichtige Gestalt!

(Gottlieb in »Der Schützling« I,6)

»Ja, Nestroy wird und muß uns vor diesem fremden Eindringling schützen« – ausgerechnet das Blatt seines hartnäckigsten Gegners, Moritz Gottlieb Saphirs →14 »Humorist«, der ihm mit seinen geifernden Attacken zeitweise das Schreiben verleidet, ausgerechnet der »Humorist« ruft in der Bedrängnis, in die die Wiener Lokalmuse geraten ist, Nestroy als Nothelfer an: »Er, an der Spitze so manches Bessern, muß uns unsere *Lokal-Posse* erhalten«. Der Eindringling, gegen den es mobilzumachen gilt: »das hergelaufene, schwindsüchtige, witz- und charakterlose Kind aus der Fremde: *Vaudeville* genannt«.[1]

Dabei gilt es einer Übermacht zu wehren, deren massive Invasion zwar auf Inseln des Widerstands stößt – das Theater in der Josefstadt unter Franz Pokorny bleibt eine Bastion des bodenständigen Repertoires –, das aber Überläufer in strategisch wichtigen Brückenköpfen findet: In Karl Carls Machtbereich →7 okkupiert das Vaudeville 1843 bei 325 Spielabenden nicht weniger als 205 (im Theater an der Wien) beziehungsweise 22 (im Leopoldstädter Theater, das weitgehend für das Lokalstück reserviert bleibt); das Jahr darauf immerhin noch 158 beziehungsweise 61.

Daß Carl vor dem Ansturm nur zu bereitwillig die Segel gestrichen hatte, lag nicht ausschließlich am gewinnenden Wesen der Vaudeville-Vorhut: Die deutsche Soubrette Ida Brüning-Wohlbrück – Friedrich Kaiser hebt neben »ihrem munteren, degagirten Spiel« und »ihrer klangreichen und vortrefflich geschulten Stimme« auch das »Pikante ihrer Aeußerlichkeit« hervor[2] – hatte Carl derart von sich einnehmen können, daß er sie nach einem Gastspiel am Josefstädter Theater für eine Jahresgage von 6000 Gulden engagierte. Ihr Debüt am Theater an der Wien in der Titelrolle des Vaudevilles »Chonchon, die Savoyardin, oder Die neue Fanchon« markiert am 25. November 1842 den Beginn der langjährigen Dominanz der nunmehrigen Favoritin Carls über diese Bühne – deren Publikum die meist schleißig übersetzten Piecen umso mehr goutiert, als es sich der fiktiven Pariser Hautevolee der Vaudevilles durchwegs zugehörig fühlt; den Zuschauerraum »auf der Wied'n« dominieren mittlerweile zerstreuungsbedürftige Neureiche → 13.

Dem Zuspruch des Publikums steht der erhobene Zeigefinger der Kritik gegenüber, der entsetzt auf die Amoralität, die Frivolität des Imports deutet. Die stereotype Jeremiade verstummt zu Nestroy Lebzeiten nicht mehr; noch 1860 poltert Friedrich Theodor Vischer unter dem Eindruck der anlaufenden Offenbach-Operetten-Mode: »Schon 1840 trat mir der Verfall der Volkskomödie unter den Händen Nestroy's entgegen. Er ist noch immer da und ich sah ihn zuerst in einer französischen Posse ›Orpheus‹, die eben viel Glück machte, im Leopoldstädter Theater. Schon das ist bezeichnend, daß das liederliche Stück in Wien überhaupt Eingang fand. Französische Frivolität ist erträglich im specifischen Elemente der spielenden Leichtigkeit, worein der Franzose auch das Bedenklichste zu tauchen weiß; in der geraden, derben deutschen Weise wird derselbe Stoff gemein und ekelhaft. Ein Götter-Cancan (buchstäblich) auf einer deutschen Bühne!«[3]

Nestroy als Soldat Sansquartier in Louis Angelys Vaudeville »Zwölf Mädchen in Uniform«

Der Kritik ist das Volkstheater moralische Anstalt, hat das Volksstück erzieherische Funktion, soll es mit aus dem Leben gegriffener Handlung und ebensolchem Personal »den gemeinen Mann von der Sinnlichkeit des Thieres zum Menschen erheben, und von ausschweifenden Vergnügungen abhalten, und so eine wichtige moralische Anstalt des Staates bilden«[4]. Mit »Zu ebener Erde und erster Stock« (1835), das diesem idealtypischen Konstrukt sehr nahe kam, schöpften die Kritiker die Hoffnung, daß sich in Nestroy der Neuerer des Alt-Wiener Volksstücks gefunden habe. Dieser »veredelte Sprößling der Lumpacivagabundusfamilie« führe bereits »den Wapenbrief feinerer Sitte und eines edleren Strebens«, gibt sich die »Theaterzeitung« sehr angetan von der »gereiften Lebensklugheit«, dieses »humoristischen Gemäldes«.[5]

Mit jeder Nestroyschen Posse, die folgt, wächst die Enttäuschung der Rezensenten. Man stößt sich moralisierend am aggressiv Kritischen, am Desillusionierenden, am »Plebejischen«, »Pöbelhaften« von Nestroys allermeisten Possen und fordert vehement das bodenständig-unschuldige Volksstück der zehner und zwanziger Jahre ein. Erst nach elfjähriger Schelte beschert der einstige Hoffnungsträger die Herrn vom kritischen Fach wieder mit einem »Volksstück«, wie sie es unermüdlich reklamiert hatten. Wenn Nestroy den Weg weitergehe, den er mit dem »Unbedeutenden« (1846) – einem »Volksstück von echtem Schrott und Korn, *aus* dem Volk und *für* das Volk geschrieben« – eingeschlagen habe, »würde und müßte unsere Volksbühne wieder auf einen höheren, edleren Standpunkt gehoben werden, und das werden, was sie sein soll: ein Vereinigungspunkt zu heiterer Unterhaltung für alle Classen der Gesellschaft«, gibt sich Heinrich Adami in der »Theaterzeitung« hoffnungsfroh.[6] Nur: Den Enthusiasmus der Kritik teilt zwar beim »Unbedeutenden« anfangs auch noch das Publikum, die Begeisterung hält aber nicht allzulange vor – die Posse mit Gesang in drei Akten wird im Mai 1846 29mal, im

Juni 16mal, im Juli einmal, im September sechsmal, im Oktober viermal, im November viermal, im Dezember dreimal aufgeführt, dann nur noch sporadisch –, und Nestroys weitere Versuche im seriösen Genre »Volksstück«, etwa »Der Schützling« (1847) oder »Mein Freund« (1851), erreichen bei weitem nicht die Aufführungszahlen seiner beliebten Possen.

Klage über den Niedergang des Volksstücks wird seit Anfang der vierziger Jahre geführt. »Dr. Wagner« etwa moniert im November 1843 unter dem Titel »Die Lokalposse jüngerer Zeit« in den »Sonntags-Blättern« den Etikettenschwindel, der mit der Bezeichnung »Lokalposse« getrieben werde, unter der alles rubriziert werde, was eine Dialektrolle enthalte. Was etwa sei – selbst – an Ferdinand Raimunds »auf den Kopf gestellten Tragödien« »Der Verschwender« oder »Der Alpenkönig und der Menschenfeind« als volkstümlich zu bezeichnen, »wenn nicht etwa ausnahmsweise der Dialekt einer Person, deren Wienerisch zu der Hiperpoesie der Andern paßt, wie ein Fettflek in den Mondschein« – und »dem Volke noch weit ferner steht Nestroy«.[7] Der sei nämlich – weit eher als ein komisches – ein parodistisches Talent →17, und was die Volkspoesie auszeichne, sei eben nicht eine kritisch-parodistische Haltung, sondern »Naivität«.

»Mit einer Art schmerzlicher Resignazion« nimmt »Dr. Wagner« denn auch »das totale Fiasko dieses neuesten Produktes aus Nestroy's Feder«[8] zur Kenntnis: Am 17. November 1843 im Theater in der Leopoldstadt uraufgeführt, fällt die Posse mit Gesang in drei Akten »Nur Ruhe!« mit Pauken und Trompeten durch. Als »verdorbene Ollapotrida von Trivialität, Geschmacklosigkeit und Gesinnungsentwürdigung, die nicht anders als anwidern, langweilen, indigniren konnte«, bezeichnet eine mit »Stbe« unterfertigte Besprechung in der »Wiener Zeitschrift« mißmutig die neue Posse und bedauert, »daß wir Zeugen seyn mußten, wie ein Nestroy sich so viel Untact, so viel Profanirung unserer localen Zustände konnte zu Schulden kommen lassen, ohne zu erröthen«.[9] Entweiht hatte Nestroy scheint's nicht nur das Genre der Posse, sondern offenbar auch die Majestät des Publikums →13, das sich in der ätzenden Satire auf die saturierte Selbstgefälligkeit und bornierte Selbstsucht wiedererkannt haben dürfte und seinen Unmut ab dem zweiten Akt vehement und lautstark durch unausgesetztes Zischen kundtat.

Geschlossen ungnädig sind die Kritiker: weil Nestroy – »der einzige kräftiggrüne Zweig auf dem welk und gelb gewordenen Baume unserer Volksmuse«[10] – die in ihn gesetzten Hoffnungen im Abwehrkampf enttäuscht: »daß er sich aufraffen und mit einem entscheidenden Schlage die Rechte des Wiener Originalgenres wieder zu voller Geltung bringen würde«[11].

Eine detaillierte Manöverkritik liefert Rezensent »– st –« im »Wanderer«: »Alle *Anhänger der Posse* sahen mit gespannter Erwartung dem Erfolge dieser Novität entgegen, als sollte er gleichsam in dem Kampfe des Vaudeville's mit der *Posse* den Ausschlag geben. – Die *Mehrzahl* des Publikums ist nun einmal so, daß sie nicht lange *indifferent* bleiben kann, sie muß *Partei nehmen*, entweder pro oder contra. Wir sehen dies überall. Deutsche und italienische Oper, deutsche und französische Comödie; Director X und Director Y; Primadonna Alpha und Primadonna Beta – Jeder und Jede haben ihre wüthenden Anhänger und ihre – wüthenden Gegner. Wer zur Fahne des Einen oder der Einen geschworen, glaubt es sich selbst schuldig zu seyn, den Andern oder die Andere bekriegen zu müssen, und dabei wird vergessen, daß man sich durch diesen Parteigeist selbst um die besten Genüsse betrügt. ›*Nestroy!*‹ ist das Feldgeschrei der Freunde der körnigen Localposse und der Gegner des Vaudeville's, das jene mehr und mehr zu verdrängen droht. Wie groß die Anzahl seiner Gönner und Anhänger sey, bewies das beispiellos überfüllte Schauspielhaus und der nicht enden wollende Beifallssturm, den das Erscheinen des als Dichter und Schauspieler gleich beliebten Beneficianten hervorrief. Die Stimmung des gesammten Publicums war für Nestroy und sein Werk eine *entschieden günstige*; denn jedes Witzwort, jeder Spaß, jede treffende Bemerkung ward in den *ersten Scenen* des ersten Actes freudig aufgefaßt und mit jubelndem Beifalle belohnt; ›Doch mit des Geschickes Mächten / Ist kein ew'ger Bund zu flechten, / Und das Unglück schreitet schnell!‹

Schon in der zweiten Hälfte des ersten Actes bemächtigte sich eines Theiles des Publicums eine der früheren ganz entgegengesetzte Stimmung, die in den folgenden Aufzügen lavinenartig anwuchs, und weder durch manchen gelungenen Witz, der sonst wohl seine Wirkung nicht verfehlt hätte, noch durch die echt collegialischen Bemühungen des Hrn. Scholz mehr beschwichtigt werden konnte; selbst Nestroy vermochte mit dem Talisman seiner Couplets den bösen Zauber nicht zu beschwören.

Als unparteiischer Referent muß ich bekennen, daß das Gebotene weit hinter meiner Erwartung zurückblieb, daß ich hoffte: Nestroy werde im *entscheidenden Momente* die ganze Gewalt seiner Streitkräfte entfalten und siegend aus dem Kampfe hervorgehen, indeß diese Posse zu seinen schwächsten Arbeiten gezählt werden muß. Ich kann nur *bedauern*, daß ich mich in meinen Hoffnungen getäuscht«.[12]

Martialisch und chauvinistisch auch »Stbe« in der »Wiener Zeitschrift«: »Man durfte von Hrn. Nestroy, dessen Tüchtigkeit durch eine Reihe von Successen bewährt war, erwarten, daß er sich aufraffen und mit einem entscheidenden Schlage die Rechte des Wiener Originalgenres wieder zu voller Geltung bringen würde; leider aber ist dieß nicht geschehen, sondern es wurde vielmehr Denjenigen Wasser auf die Mühle getragen, welche mit fremden Kräften, auf unnationale Weise, ihr Korn zu mahlen begonnen und es darauf abgesehen zu haben scheinen, unsere volksthümliche Bestrebung ganz unter den Einfluß Anderer, dem Geist und Gemüthe nach keineswegs

Verwandter zu geben. Immerhin darf man überzeugt seyn, daß diese unpopuläre Tendenz sich an sich selbst rächen und daß das Heimatliche demnach zum gewissen Siege gelangen werde; zu bedauern ist nur, daß diese Hoffnung nun neuerdings hinausgeschoben und auf eine spätere Zukunft vertagt wurde; aber der Retter, der Rächer wird und muß erscheinen.«[13]

Drastisch resignativ formuliert »W.« im »Wiener Zuschauer« die Enttäuschung über die Niederlage in der Entscheidungsschlacht, die »der letzte Mohikaner unter dem Heere der Lokaldichter« erlitten hatte: »In der That, Nestroy mit seinem urkräftigen Talente, mit seinem Scharfblick in die Zustände der niedern Volksklassen, mit seinem parodistischen Element und dem Kernwitz, der aus vielen seiner Arbeiten uns entgegentritt, war noch der Einzige, von dem für unsere absterbende Lokalposse Heil und Rettung zu hoffen gewesen wäre; da er sich aber selbst durch Zoten und Gemeinheiten, von welchen namentlich dieses neueste Produkt wimmelt, der Ehre beraubt, für einen Retter des Volksstückes in seiner ursprünglichen naiven und gemüthlichen Art angesehen zu werden: so möge denn dies Genre zu Grabe gehen, möge dieser einst so kräftige Baum zu Boden stürzen, und von den wuchernden Schlingpflanzen des Vaudevilles umrankt werden; die Kritik ist wahrlich nicht Schuld an seinem Falle!«[14]

Moritz Gottlieb Saphir regt denn auch nach dieser verheerenden Niederlage eine Allianz der »bessern Kritik« →14 mit dem »*besseren und gebildeteren* Theil« des Theaterpublikums an, um »dem Uebel zu steuern« – das da heißt: Nestroy, der sein »kolossales Talent« unverbesserlich mit seinem Hang zu »Trivialitäten und Gemeinheiten«, zu »Zweideutigkeit des Ausdrucks, Unkeuschheit des Gedankens, verwerflicher Frivolität der Gesinnung« entweiht habe →12 und der sich darin der Komplizenschaft eines »gewissen Theils des Publikums, von dem sich jeder gebildete Mensch ausschließt«, sicher sein kann; jenes Teils des Publikums, der »mit faunischer Lust auf eine

Stelle, auf eine Geberde, in der er einen entarteten Sinn, eine Zweideutigkeit findet«, lauert.

Würde nun der »bessere Theil« des Publikums seiner Entrüstung ob der permanenten »Entwürdigung der Komik und der Volksmuse« ebenso lautstark Ausdruck verleihen, wie der »gewisse kleine Theil des Publikums« bei jeder Zote und Gemeinheit in »grauses Gelächter und Wiehern« ausbricht, dann wären Autoren und Darsteller endlich genötigt, sich »zu den wahren, echten Hilfstruppen der Volksmuse« zu bekennen: »zu wahrem, reinem Witz, zu hellem unschuldigem Spaß, zu heiterer, nicht verletzender Laune, und zu Charakteren, die nicht aus den Spelunken, aus den Gossen, aus den Zuchthäusern, aus den Lasterhöhlen des Daseins genommen sind, sondern aus dem gesunden, markigen, ehrenwerten, wenn auch oft belächelnswerthen Leben und Treiben des Volkes!«[15]

Auf Nestroy, so Saphir, sei in dieser Kampagne nicht mehr zu zählen, denn bei ihm sei nichts »Ideales«: nicht nur »keine Seufzerallee, keine Gefühlswelt, keine Herzensregung, keine Schwärmerei«, sondern auch »kein Mondschein« – Nestroy zog die Rolle des »Fettfleks im Mondschein« vor.

27

Revolution als Posse

Nestroy und Scholz in Theateruniform

DIE KRÄHWINKLERINNEN: Halt! Halt Männer! Halt!
FRAU PEMPERL: Wo wollts denn hin?
PEMPERL: A Bisserl Revolution anschau'n.
FRAU PEMPERL: Na sey so gut, daß dir was g'schieht.
FRAU SCHABENFELLNER (zu ihrem Mann): Du gehst gleich z'Haus.
SCHABENFELLNER: Nein Weiberl, auf a 5 Minuten muß ich hinschau'n.
PEMPERL: Wer weiß, wann wieder a Revolution is.

(»Freiheit in Krähwinkel« II,11)

»Das Jahr 1848 ließ das Theater wiederum sperren, da andere, wichtigere Interessen das an Thaliens Spielen verdrängt hatten. – In diesem Jahre gab Carl →7 wiederholte Proben seines ächten Bürgersinnes, seiner Loyalität, seines persönlichen Muthes. Am 30. April – den Tag vorher hatte er das Theater geschlossen, da der Besuch sich auf Null reducirt – versammelte er alle seine Mitglieder auf der verödeten Bühne, forderte sie auf, sich unter seiner Anführung zum Schutze des bedrohten Eigenthumes zu schaaren, den Behörden ihren starken Arm zur Verfügung zu stellen. Mit Acclamation erklärten die wackern Künstler ihre Bereitwilligkeit hiezu, und das kleine Corps ward in zwei gleiche Hälften getheilt, deren eine Carl selbst kommandirte, die andere sein Regisseur Lang. Die erste Abtheilung bezog sofort, armirt aus Carl's reicher Waffenkammer, ihren Posten; kaum aber hatten sie eine Stunde unter Gewehr gestanden, als ein Menschenknäuel sich über die Ferdinandsbrücke, die Jägerzeil hinunter wälzte, es waren die Tausende Wiens, die ihre Lieblinge: Scholz und Nestroy im Waffenschmuck erblicken wollten. Da standen sie Beide, Nestroy, der schlanke Recke, umgürtet mit dem Schwerte Caspar des Torringers, an seiner Linken Scholz, fest gepflanzt auf seinen kurzen dicken Beinen, im Antlitz die martialische Miene des Tyrannnen Sacripandos. – Wer konnte diese Helden sehen und den Ernst bewahren! wahrlich hätte man diese Beiden als Parlamentäre zwischen Wiens Mauern und Windischgräz's Lager hin und her gesandt, es wäre kein Schuß gefallen und die Vertheidiger hätten lachend ihre Angreifer umarmt, wären flugs mit ihnen in's Carltheater gezogen, dort die Friedensstifter zu krönen.«[1]

In etwas anderem Licht als bei Franz Gämmerler, Mitglied des Carltheater-Ensembles, das schon in München unter Carls Leitung gespielt hatte, erscheint Direktor Carls »ächter Bürgersinn« bei Friedrich Kaiser, der süffisant davon spricht, wie Carl, »vom allgemeinen Schwindel ergriffen, sein Geschäft als Theater-Director vernachläßigte, und es vorzog, in der Uniform eines National-Garde-Bezirks-Chefs zu paradiren, oder als Mitglied des Gemeinderathes seine Beredsamkeit zu erproben«.[2]

Der Mummenschanz währt ohnehin nicht lange: Carl muß nämlich seinen Nationalgarde-Bezirkschef-Posten – »unter dem Druck der Straße« – zurücklegen, nachdem er seine »Theater-Compagnie« eine Schar Demonstranten zerstreuen hatte lassen, die einem Baron Schloißnig in der Jägerzeile eine Katzenmusik darbrachte – »mit gefälltem Bajonnete«, wie Kaiser berichtet[3] – und »mit den komödienhaften, echt staberl'schen Worten: ›Entweder siegen oder sterben!‹«, wie ein Flugblatt ätzt.[4]

Mit der Folge, daß ihm der erbitterte Mob schon tags darauf, am 14. Mai, vor dem Carltheater ebenfalls eine Katzenmusik macht und ihn lautstark auffordert, sich auf dem Balkon zu zeigen und sein Kommando über die Leopoldstädter Nationalgarde zurückzulegen – aufgebracht darüber, daß der tyrannische Impresario, »an dem jeder Zoll ein Stockaristokrat ist«, sich untersteht, »mit dem heiligsten – mit der Ehre des Volkes – Comödie« zu spielen, wie sich das Flugblatt echauffiert.[5] Grois und Scholz, die auf den Balkon treten, vermögen die tobende Menge – »gewiß über zehn tausend Menschen«[6] – nicht zu beschwichtigen, »und das wüthende Volk unterhielt nun mit großen Steinen ein ununterbrochenes Werfen, zertrümmerte unzählige Fenster vom Theater und Kandelabern, zerschlug den prachtvollen Luster und Spiegel im Credenz-Corridor, und machte Miene die Thore einzusprengen, um die Demolierung im Innern des Schauspielhauses vorzunehmen«.[7] Mit der Versicherung, daß Carl für sein Vorgehen zur Verantwortung gezogen werde, konnten Nationalgardisten die Menge davon abhalten und sie zum Abziehen bewegen.

Carl hatte sich gründlich verrechnet, wenn er sich vom Ausrücken seiner aus dem Theaterfundus uniformierten und bewaffneten Operettentruppe einen Reklame-Effekt erwartet hatte und die Publikumslieblinge Nestroy und Scholz, beide mit einem alten Theatersäbel in der Hand, an der Ferdinandsbrücke Aufstellung nehmen ließ. Die Komödie der fünften Kompanie, auch »Compagnie Carl« oder »Theater-Compagnie« genannt, für die Nestroy ein »Trost«-Lied verfaßt, das nach der populären Melodie »Wir wollen in die Stadt marschieren« aus dem »Lumpacivagabundus«[8] gesungen wird – Refrain: »Uns're Compagnie ist d' Schlampete!« –, schlägt rasch in bitteren Ernst um. »Staberl, Staberl, das Publikum hat über dich den Stab gebrochen!« schließt das mit »Heinrich genannt der Sanfte« unterzeichnete Flugblatt. Und Friedrich Kaiser, der sich an den Vandalismus gemahnt fühlt, den Carl »an dem Meisterwerke des ersten deutschen Bühnendichters begangen«, indem er Frießhardt und Leuthold im »Wilhelm Tell« mit seinen Starkomikern besetzt hatte →22, resümiert: »›Staberl‹ blieb eben unter allen Verhältnissen ›Staberl‹!«[9]

28

»Reactionsknödeln mit radicalem Sauerkraut«

»Krähwinkel« und Umgebung

Weh Ihnen! In den Kletzenbrod sind Türkische Feigen, Grichische Rosinen, Piemontesische Mandeln, Französche Pistazien und Deutsche Kletzen, das is politischer Inhalt, ohne Kaution können Sie das nicht riskieren.

(Vincenz in »Der holländische Bauer« I,7)

»Ein Gezische und Geheule, daß selbst die Katzen davonlaufen möchten«, erntet Nestroy am 21. Mai 1848 bei der Premiere seines Stücks »Die lieben Anverwandten«, einer Dramatisierung von Charles Dickens' »Martin Chuzzlewit«. Aufgebracht ist das Publikum des Carltheaters nicht, weil »der vortreffliche Roman« in Nestroys Bearbeitung zu einer »entsetzlich langweiligen Posse« geraten war, wie »M–r« im »Humorist« anmerkt.[1] »Außer einer wahrhaft glänzenden Introduktion und einem Kouplet kaum ein gesunder Gedanke!« befindet auch der »Wanderer«. Allerdings: »Gerade der glänzende Erfolg besagten Liedes aber brach dem Stücke den Stab.«[2]

Mit empörten »Abbitten!«-Rufen endet eines von Nestroys fürchterlichsten Premieren-Debakeln, weil die Zentralfigur den revolutionären Taumel der freiheitsbewegten Bevölkerung auf die Schaufel nimmt. In seinem Auftrittsmonolog glossiert der Intrigant Edelschein – von Nestroy gespielt – die Erfolge der Märzrevolution, das »jetzt angehende bess're Leben«, macht sich über die Uniformprotzerei der Nationalgarden lustig, die Auswüchse revolutionären Überschwangs – was das Publikum durchaus noch goutiert.

Den Eklat provoziert das zweite Couplet, das den Deutsch-

Nestroy als Jupiter in der Crémieux/Offenbachschen »musikalisch-parodistischen Burleske« »Orpheus in der Unterwelt«

nationalismus der Freiheitsbewegten verulkt. Eine heikle Angelegenheit, denn nicht nur die militanten Studenten sind deutschnational eingeschworen, die Wiener Erhebung ist im ganzen satt schwarz-rot-gold grundiert. Drei Tage vor der Premiere von Nestroys Posse war die Deutsche Nationalversammlung in der Frankfurter Paulskirche zum ersten Mal zusammengetreten.

Verspottet werden sowohl die Wähler – »Gar mancher is als Wähler für Frankfurt 'nein g'rennt / Der auß'r d' Frankfurterwürsteln von Frankfurt nix kennt!« – als auch die Abgeordneten – »Drum möcht' mancher partout ganze Völker vertret'n, / Der auß'r seine Stiefel nix vertreten kann«.[3] Obwohl das Lied nicht auf ungeteilten Beifall stößt, wird Nestroy »zwei Minuten lange stürmisch verlangt«[4]; er erscheint nicht, und in dem Unmut, der aufkommt, weil der Publikumsliebling die Gunstbezeugungen der Zuseher verschmäht →13, bricht sich auch die Empörung jener Zuschauer Bahn, die ob der Verspottung der Wahlen zur Frankfurter Nationalversammlung erbittert sind – »und darum war der vielstimmige Ruf ›Abbitten,‹ welcher sich mit dem fürchterlichen Gezische vermengte. Unter solchen Umständen konnte das Stück nur mit Noth zu Ende gespielt werden, dann aber gings energisch ans Gericht; Hr. Lang erschien, man ließ ihn nicht zu Wort kommen, rief: ›Lang hinein, Nestroy heraus!‹ Ersterer blieb aber standhaft, flehend, die jämmerlichsten Mienen schneidend, und erlangte durch seine, in diesem Momente anerkennenswerthe Konsequenz, das Wort. Er sagte beiläufig, Nestroy sei von dem harten Schlage unwohl, und er bitte für den Verfasser um Vergebung, der hiemit einen Mißgriff gethan, und hofft um so mehr auf das Vergessen, da Hr. Nestroy durch manches gelungene Produkt die hohe Gunst des Publikums besitze. Hierauf Beifall, ein großer Theil will sich zur Ruhe begeben, ein kleiner entrüstet sich aber noch immer rastlos über die ›Frankfurter,‹ kurz, sie *verbissen* sich in die ›*Frankfurter*‹ und hattens *scharf* dabei.«[5]

Die »Theaterzeitung«, die das Stück am 24. Mai bespricht – da war es nach drei Aufführungen schon wieder vom Spielplan verschwunden –, kann zwar nicht unterschlagen, daß es »eine Opposition der strengsten Art« fand, wartet aber, Nestroy gewogen, besänftigend mit einer Ankündigung auf: »wie verlautet, schreibt er eben wieder ein Stück ganz nach den herrschenden Anforderungen berechnet.«

Director Carl verläßt sich lieber nicht darauf, daß das neue Nestroy-Stück »ganz nach den herrschenden Anforderungen berechnet« ist; aus Angst vor neuerlichen Tumulten zieht er sich am 1. Juli 1848, dem Tag der Uraufführung von Nestroys »Freiheit in Krähwinkel«, in seine Hietzinger Residenz zurück. Umsonst, die Revolutionsposse ist ein triumphaler Erfolg.

»Das sehr zahlreich versammelte Publikum überschüttete seinen Liebling mit Beifallsbezeugungen, und rief ihn während des Stückes und nach den Aktschlüssen im buchstäblichen Sinne des Wortes unzählige Male hervor«, rapportiert »Der Demokrat«[6] (wie sich »Der Wanderer« vom 24. Juni bis zum 26. Oktober 1848 nennt*); der »Oesterreichische Courier« (ehemals »Theaterzeitung«[7]) pflichtet bei: Nestroy habe es verstanden, »die Zeit zu erfassen, die Bewegungen in Wien seit

* Am 10. Juni erschien der »Wanderer« – politisiert – mit dem Untertitel »Ein politisch-belletristischer Tagesbote für Stadt und Land« und tönte vollmundig: »*Alles für das Volk, Alles für die Freiheit!* steht mit Flammenlettern auf unserer Fahne – und das andere findet sich! – *Deutsch* wollen wir auch sein, auf deutscher Erde stehen wir, deutsch rollt das Blut in unsern Adern, schlägt unser Herz, und mit der deutschen Größe werden wir hochauf steigen und fallen.« Programmatisch vorwärtsstürmend gibt sich dann am 24. Juni die »Neue Folge des Wanderers«, so der Untertitel des nunmehrigen »Demokraten«: »*Demokratisch* wird jedes Wort, jeder Zug unserer Feder sein, und Alle, die sich um uns versammeln, *können* und *werden* nur gleiche Gesinnung hegen. Wir setzen keine Einzelnheiten unseres Blattes auseinander; der Titel enthält Alles, er spricht das Gegengewicht, den Kampf gegen jeden *Aristokraten* aus, und sagt, daß unser Organ als ›*Mann des Volkes*‹ dastehe« und einstehe für »offenes, freies Auftreten, ein Bekennen der Farbe und Gesinnung« – bis er, nach dem Sieg der Reaktion und wieder unter dem Titel »Wanderer«, so frei ist, Farbe und

dem 13. März in einem Miniatur-Bilde mit großer Geschicklichkeit vorzuführen, und durch Witz und Satyre das Publikum unausgesetzt zu amüsiren, und in steter Spannung zu erhalten. Es kommt in diesem Stücke Alles vor, was die neuesten Tage charakterisirte: der glühende Drang nach Freiheit, selbst in den untersten Classen, die Willkür und Despotie der Beamten, der schauderhafte Einfluß der Liguorianer, die Liguorianer selbst und ihre Austreibung, die Hoffnungen der reactionären Partei auf die Russen, Metternich *sogar*, und zuletzt – die Barricaden; kurz: die ganze Revolution und Reaction in einem hellbeleuchteten Guckkasten«.[8]

Geradezu als »*Dokument*« der jüngsten Geschichte Österreichs wird »Freiheit in Krähwinkel« auch in einem anonymen Flugblatt bezeichnet, das Nestroy gegen die Anwürfe von Moritz Gottlieb Saphirs »Humorist« in Schutz nimmt, dem Dramatiker sei es darum zu tun gewesen, die Revolution »*in's Lächerliche, Gemeine herab zu zerren*«.[9] Nestroy sei ein »Liberaler, ein Volksfreund, ein Demokrat«, jubelt der Autor des Flugblatts, mit »Freiheit in Krähwinkel« habe er »der Freiheit eine Wohlthat« erwiesen.[10]

Ganz anders wieder »J.S.T.« in der »Presse«: Mit der Parodie der tagespolitischen Ereignisse habe Nestroy sich an der Revo-

Gesinnung zu wechseln und zu verlautbaren: »Zerrissen ist das düstere Gewölk, welches sich in den letzten Oktobertagen Vernichtung drohend über die sonst so heitere Hauptstadt der österr. Monarchie gelagert hatte. Die Verderben drohenden Blitze, ausgehend von einer kleinen Partei Irregeleiteter und Irreleitender, wurden abgewehret durch das muthvolle Militär, dem wir die Wiederkehr des Friedens und der gesetzlichen Ordnung danken müssen.« Ein wenig von dem kämpferischen Überschwang hat die Postille, die sich fernerhin darauf zu besinnen gedenkt, »das politisch übersättigte Publikum durch angenehme Lektüre zu erheitern«, in die angestammte »Sfäre eines *belletristisch-literarischen* Blattes« hinübergerettet: »Unnachsichtlich mit dem Schlechten, wird es uns mit Freude und Stolz erfüllen den wahren Schöpfungen der Kunst, dem Edlen, Schönen, Vollendeten mit Wärme das Wort zu sprechen, und so thatkräftig zu einem Aufbau zu helfen, wo Niederreißen, ja Indifferentismus zu allen Zeiten nicht zu entschuldigen bleibt.«

lution vergangen: »Hr. Nestroi parodirt die – Freiheit! Ist sie der Stoff dazu? [...] Weiß Herr Nestroi nicht, daß es Gefühle gibt, über die wir keinen Scherz anhören können, ohne verletzt, verwundet bis in den Kern unsrer Seele zu werden? weiß Hr. Nestroi nicht, daß es eine Heiligkeit gibt, welche unser Herz *nie* profaniren läßt? Die Freiheit – der Kampf – das Streben um sie ist das heiligste und heiligendste Gefühl – und Hr. Nestroi parodirt sie! Ich muß gestehen, der Erfolg des Stückes machte mich, vielleicht auch seinen Verfasser staunen; wie muß er das Publikum beurtheilen, wenn das Publikum so ihn beurtheilt! Mir stieg die Schamröthe ins Gesicht bei diesem Beifalle.«[11]

Erstaunt über den stürmischen Beifall, den »Freiheit in Krähwinkel« erntete, zeigt sich auch Friedrich Kaiser. Ihm schien die Aufführung »dieses Stückes in dieser Zeit ein Wagniß, weil es im Grunde doch nur eine Persiflage aller Freiheitsbestrebungen enthielt [...]. Indeß bot die Posse soviel des zeitgemäßen Witzes, daß man, aus dem Lachen nicht herauskommend, die Grund-Idee zu bedenken vergaß.«[12] Überdies wurde nach der Premiere eine Szene gestrichen, die Mißfallen erregt hatte: die Vision des absolutistischen Krähwinkler Bürgermeisters – der mitansehen muß, wie der naive Enthusiast Eberhard Ultra der Freiheit zum Sieg verhilft und über das Ende des »Zopfsystems« triumphiert – vom Sieg der Reaktion: »Auf einer Seite knien die Krähwinkler Bürger, auf der andern steht eine dem Bürgermeister ganz ähnliche Gestalt mit einem russischen General Arm in Arm unter einem Triumphbogen. Im Hintergrunde sieht man Kosaken ansprengen und russische Grenadiere, welche die Knute schwingen«, so die Regiebemerkung am Ende der 25. Szene des ersten Akts.

Für die – vermeintliche – Tendenz seines nächsten Stücks – das uraufgeführt wurde, nachdem auf der politischen Bühne eingetreten war, was Nestroy auf der Possenbühne in der Vision des Krähwinkler Bürgermeisters an die Wand gemalt hatte –, für »Lady und Schneider« (Premiere war am 6. Februar 1849), erntet Nestroy nur vom »Oesterreichischen Courier« uneingeschränktes Lob: »Mit großem Scharfsinn hat er unsere neuesten Zustände und die jetzige Gesinnung der Bevölkerung belauscht. Er hat gefühlt, daß der radicale Schwindel allgemach vorüber geht; er hat auf die allgemeine Neigung für das conservative Princip speculiert, er hat den Pulsschlag des Volkes studirt, und siehe da! er hat den Nagel auf den Kopf getroffen.«[13] Tenor und einhelliger Vorwurf der anderen Kritiken: Nestroy habe sein Fähnlein in den Wind der Reaktion gehängt – Gesinnungslosigkeit.

Nestroy wird einmal mehr mit der Zentralfigur seines Stücks identifiziert: mit dem politisierenden Schneider Hyginus Heugeign, dem Opportunisten par excellence – »Sie müssen mich noch wo an die Spitze stellen, sey's Bewegung oder Clubb, liberal, legitim, conservativ, radical, oligarchisch, anarchisch oder gar kanarchisch, das is mir Alles eins, nur Spitze!«[14] –, der in seinen Liedern die Wiener Verhältnisse vor der Revolution mit denen nach deren Niederwerfung und der Wiederherstellung der kaiserlichen Macht vergleicht. Daß das Publikum sein Mißfallen über politische Anspielungen äußerte, wird einhellig betont. Weniger, so steht zu vermuten, weil es nicht opportun ist, über »politische Ereignisse, deren Nachhall noch im Volke fortzittert«, Witze zu reißen, »welche scharfe Stacheln in die kaum vernarbten Wunden drüken«, wie der »Patriot« indigniert anmerkt;[15] sondern Nestroy dürfte eben doch eingehend »den Pulsschlag des Volkes studirt« und den Nagel auf den Kopf getroffen haben, wenn er etwa Heugeign, der über die Auswirkungen der politischen Veränderungen auf die Wiener Geschäftswelt räsoniert, bemerken läßt: »Nur Ein Gschäft thut z'kurz kommen, / Was, metaphorisch genommen, / Grad' z'thun hat am Meisten, / Das sind d'Sattler, die leisten / Enorms in der Zeit, / Wo von gestern auf heut / Hunderttausend von Leut / Habn umgesattelt so gscheidt. – / Und kein

Einzger von Alln / Thut dem Sattler was zahln.«[16] Nestroy brauche sich über die schlechte Aufnahme nicht zu wundern, merkt der Rezensent im »Patrioten« an: »Herr Nestroy muß das Volk für sehr charakterlos halten und es müßte sehr charakterlos sein, wenn es über seine eigene Parodirung und Verspottung in Beifall ausbrechen könnte.«

»Der Wanderer« kündigt am 2. November 1849 an, daß Nestroy sich »in seinem demnächst zu erwartenden neuen Stück auf den Spaß verlegt und die politischen Anspielungen abseits liegen gelassen haben« soll. Dieses neue Stück, uraufgeführt am 17. November, ist indes die dreiaktige Posse »Höllenangst« – in der es zwar an Anspielungen auf die politische Situation der Restaurationszeit nicht mangelt, allerdings ins Philosophisch-Existentielle gewendet – und nicht »Der alte Mann mit der jungen Frau«. Die Inszenierung dieses »bereits vollkommen eingerichteten« Stücks, das der »Oesterreichische Courier« am 30. September noch für den November ankündigt, wird während der Proben abgebrochen – es gelangt zu Nestroys Lebzeiten nicht mehr zur Aufführung. Es ist eben nicht opportun, ein Stück auf die Bühne zu bringen, in dessen Mittelpunkt ein Ziegeleibesitzer steht, der einem »Hochverräter« Unterschlupf gewährt und fatalistische Kommentare zur »neuen Ordnung« abgibt: »Nach Revolutionen kann's kein ganz richtiges Straf-Ausmaß geben. Dem Gesetz zufolge, verdienen so viele Hunderttausende den Tod – natürlich, das geht nicht; also wird halt Einer auf lebenslänglich erschossen, der Andere auf Fünfzehn Jahr eing'sperrt, der auf Sechs Wochen, noch ein Anderer kriegt a Medaille – und im Grund haben s' Alle das Nehmliche gethan.«[17] Den ganzen Herbst 1849 über stehen Stücke auf dem Spielplan des Carltheaters, die dem greisen Feldmarschall Radetzky huldigen und kniefällig das wiederinstallierte Regime verherrlichen – unter ungeheurem Zuspruch eines enthusiasmierten Publikums.[18]

Und auch wenn nach einer Phase der Lockerung der Zensur und Kompetenzstreitigkeiten zwischen zivilen und Militärbehörden nach der Kapitulation Wiens mit dem Erlaß einer neuen Theaterordnung formell erst Ende 1850 wieder jede politische Stellungnahme auf der Bühne unterbunden war →15 – eindeutige Stellungnahmen waren ohnehin nicht einmal von Nestroys Zentralfiguren zu haben gewesen. Die mit »–ler« gezeichnete Pemierenrezension von »Lady und Schneider« in der »Allgemeinen Oesterreichischen Zeitung« charakterisiert das Stück ob seiner politischen Unentschiedenheit höhnisch als »Reactionsknödeln mit radicalem Sauerkraut«[19]. Rezensent »Br.« moniert in der »Wiener Zeitschrift« verzagt und gleichzeitig hellsichtig: »Ich bin mit der Idee des Stückes: die Thorheit jener überspannten Köpfe zu geißeln, die mit eiserner Zudringlichkeit in der politischen Welt eine Stellung einnehmen wollen, welcher ihr Kopf nicht gewachsen ist, vollkommen einverstanden; auch jene Phantasten, welche politischen Idealen nachjagen, die in der Wirklichkeit nicht ausführbar sind, mögen dem öffentlichen Gelächter preisgegeben werden, und es wird nicht leicht wirksamer, als von der Bühne herab geschehen können; allein es muß in jedem Falle dem Zuschauer klar werden, mit *wem* er es eigentlich zu thun hat? Die politische Farbe jenes Charakters muß so aufgetragen sein, daß kein Zweifel walten kann. Wer aber so, wie dieser Heugeign, den ganzen Abend hindurch politische Anspielungen macht, bald über diese, bald über jene Parthei herfällt, bald die *Rechte*, bald die *Linke*, bald das *Centrum*; dann alle miteinander geißelt, wer so dumm ist, hinter einer so läppischen Combination, eine politische Intrigue suchen zu wollen, wer so wahnsinnig ist, aus dem Beifall, der seiner Schneiderarbeit gezollt wird, Anzeichen für seine künftige politische Größe herausklügeln zu wollen, wer endlich so tölpelhaft eitel ist, sich bei dieser Gelegenheit auf den Schultern zweier Bedienten aufs Orchester tragen zu lassen, um von dort aus die Bewunderung der

Ballgäste zu ernten, ein solcher Mensch gehört offenbar ins Tollhaus; ein Tollhäusler aber ist ein schlechter Moralprediger, und einen Narren kann man nicht als Beispiel aufstellen.«[20]

Die Position, die Nestroy auf der Bühne bezieht, läßt sich dennoch genau definieren: Schon in den Szenarien wird mit »rechts« und »links« präzise festgelegt, woher die Darsteller auftreten und wohin sie abgehen. Nestroys Lieblingsplatz ist demnach etwas links von der Mitte an der Rampe. Nestroy bringt seine minuziösen Szenenanweisungen allerdings – entgegen den heutigen Gewohnheiten im deutschsprachigen Theater – aus der Sicht des Darstellers zu Papier, von der Bühne her. Für das Publikum ist Nestroys bevorzugter Ort auf der Bühne daher leicht rechts neben dem Souffleurkasten.[21]

29

»›Was thut denn der Faullenzer da?‹«

Nestroy in Pension

aber die Gefühle bleiben sich gleich, und werden im Alter noch heftiger weil sie keine rechte Erwiederung finden; das is grad' als wie Einer, der einen Haring ißt, und nix z'trinken kriegt.

(Gabriel in »Der alte Mann mit der jungen Frau« II,5)

»Was kann ein von Geschäften zurückgezogener Provinzler einem Residenzbewohner, der sich überdieß an der Spitze eines so interessanten Geschäftes befindet, Belanghabendes schreiben?« Launig entschuldigt Nestroy von seinem Alterssitz Graz aus – wo er sich, das heißt nominell Marie Weiler, Ende Mai 1859 in der Elisabethstraße angekauft hat – am 18. Dezember 1860 Ernst Stainhauser gegenüber seine Säumigkeit im Briefschreiben.

Am 2. Mai 1861 ist Nestroy wieder seit zwei Wochen im Verzug. Die Ausrede diesmal: Zeitmangel. »Aber glaube mir, der Geschäftsüberhäufte urtheilt unrichtig, wenn er glaubt, daß der Nichtszuthunhaber wegen Geschäftsmangel disponiblen Zeitüberfluß haben muß. Ich rede gar nichts von der zweyten Hälfte des Tages, welche durch Spielparthie in der Resource, und Theater so ausgefüllt ist, daß man nur nothdürftig die Zeit zur Jause herausbringt – aber die erste Hälfte des Tages von Früh Morgens bis $1/2$ 2 Uhr, hat doch auch eine respectable Länge – ›was thut denn der Faullenzer da, daß er nicht schreibt?‹ – wirst Du Dir denken. Das will ich Dir sagen. Kaum habe ich den Morgenthee getrunken, und mich mit Friseur- und Balbiererhilfe aus dem Allnächtlichen ins Tagtägliche übersetzt, so kommen die Zeitungen an. Zeitung lesen – welch großes Wort, welch Zeitverschlingender Begriff in dieser Zeit! Die Stunde, die es in Anspruch nimmt, ist wohl das Geringste, aber das politisch aufgeregte, hochwogende Gemüth braucht lange, bis es sich wieder zur Spiegelglätte ebnet, auf der man eine ruhig behagliche Freundescorrespondenz dahin gleiten lassen kann.«

Von den Zeitungen, die er abonnierte, erwartete Nestroy allerdings schon, daß sie die »Spiegelglätte« seines Gemüts zumindest kräuselten →18: Er bezog neben dem Berliner »Theaterdiener« und dem »Theater-Moniteur« die Wiener Zeitungen »Fremdenblatt«, »Morgen-Post«, »Presse« und »Figaro«. »Die ›Wiener-Zeitung‹ wird mir täglich zugeschickt, ich lese sie nicht, weiß auch nicht, ob sie bezahlt ist oder nicht. Von 1. Januar [1]861 will ich sie aber nicht mehr. Was interessiert an einem politischen Blatt? die Politik. Vermöge ihrer officiellen Stellung darf aber die Wiener-Zeitung weit weniger Politik bringen, als jedes andere Blatt. Wozu also?«[1]

Weiter im Tagesablauf: »Der Mensch lebt nicht bloß vom Zeitunglesen, sondern auch hauptsächlich vom Essen. Dazu braucht man aber Apetit; hat man aber eine Stunde der Zeitungs-Lectüre gewidmet, so braucht man wenigstens Zwey Stunden Spaziergang, um den Apetit wieder zu bekommen, den man als legitimistischer Patriot über das Zeitunggelesene verloren haben muß. […] Ich versichere Dich, ein Apetit erzeugender Spaziergang ist jetzt eine doppelt und dreyfache Lebensconditio sine qua non geworden. Und so promenieren wir häufig Vormittag in den kaum Zwanzig Minuten entfernten Leonharder-Wald, und da fällt mir immer ein, so oft ich gegen Gleisdorf (östliche Richtung) blicke, von Gratz bis Fürstenfeld ist um gute zwey Meilen weiter, als von Wien bis Marchegg, wir sind also in Gratz um gute zwey Meilen weiter von Ungarn entfernt, als in Wien – es hat doch eine herrliche Lage das Gratz! Häufig besuche ich auch den Schloßberg und mache – wozu man kaum um zwey Neunkreuzer Fantasie braucht – beym Anblick der sich aufthürmenden Wolken einen Absprung von den athmosphärischen auf die politischen, die fast sturmverkündend heraufziehen. [...] Nun weißt Du meine Tages-Eintheilung«, resümiert er Verständnis heischend Ernst Stainhauser gegenüber, »und wirst es begreifflich und verzeihlich finden, daß so wenig Zeit hat Dein nichtsthuender Freund J. Nestroy«.[2]

»Ziemlich philisterhaft«, soll heißen: bieder bürgerlich, verbringt Nestroy nach Auskunft Eduard von Bauernfelds auch die Sommer in Bad Ischl, wo er seit August 1859 ein Haus besitzt, das er im Jahr darauf durch Zubauten vergrößern läßt: »[Er] ging nach Tisch ins Casino, wo er sein Piquet spielte. Beinahe jeden Abend konnte man ihn im Ischler Theater in seiner (bezahlten) Loge erblicken. Bei dieser Gelegenheit hat er viele seiner eigenen Stücke zum erstenmal vollständig darstellen sehen, deren er keines je in Scene gesetzt oder zu der Inscenirung beigetragen, wozu er jeglichen Geschickes ermangelte. In den Scenen, in denen er nicht beschäftigt war, zog er sich in seine Garderobe zurück – nicht selten in angenehmer Gesellschaft. In Ischl hielt er in den Possen bis zu Ende aus, schien sich köstlich dabei zu unterhalten und applaudirte den beglückten Kunstjüngern aus vollem Herzen.«[3]

Und er spielt selbst auch noch – nicht nur in seinen alten Rollen, sondern er studiert, obwohl es ihm schon schwerfällt, auch noch neue ein: Bereits im November 1859 hatte er mit Carl Treumann vertraglich vereinbart, an dessen erst zu gründendem Theater von 1861 bis 1865 in den Monaten Februar und März mindestens 15 Abende im Monat zu gastieren. Für ein astronomisch hohes Honorar von 200 Gulden pro Abend. Von 4. Februar bis 23. März 1861 und von 11. Dezember 1861 bis 4. März 1862 erfüllt Nestroy seinen Vertrag.

Und bringt noch zwei neue Stücke mit: Die einaktige Posse

»Frühere Verhältnisse« wird am 7. Jänner 1862, die Offenbach-Bearbeitung »Häuptling Abendwind«, eine »Indianische Faschings-Burleske in einem Akt«, am 1. Februar 1862 im Treumann-Theater uraufgeführt – beide mit mäßigem Erfolg. Die Posse »Zeitvertreib«, seit 1858 fertig, mit deren Überarbeitung Nestroy im Sommer 1861 beschäftigt ist, um sie zu seinem Wiener Gastspiel mitzubringen, bleibt – obwohl bereits bei der Zensur eingereicht und von dieser unbeanstandet retourniert – unaufgeführt.

Am 4. März 1862 steht Nestroy in Wien zum letzten Mal auf der Bühne, als Knieriem – in der Rolle, mit der er eine Generation zuvor den furiosen Auftakt zu einer drei Jahrzehnte währenden Dominanz über die Wiener Bühnen gesetzt hatte. Vom Publikum enthusiastisch gefeiert, hat Nestroy nicht mehr die quecksilbrige Beweglichkeit, seinen Körper »zum satyrischen Cancan« seiner Glanzzeit zu verrenken. »Zwar das Wort floß ihm noch von der Lippe so scharf wie ein Dolch, der aus der Hand des Waffenschmiedes kömmt, aber das Gedächtniß war verflattert, die Glieder hatten ihre Schmiegsamkeit verloren und gehorchten nur, wenn sie angerissen wurden. Nestroy durfte sich nicht mehr vom Souffleurkasten entfernen, und war er auch völlig sicher, so trugen ihn die Füße nicht weit«, erinnert sich Friedrich Uhl.[4] Als Jupiter in »Orpheus in der Unterwelt« schafft er es nicht mehr, »die Beweglichkeit der Fliege auch nur annähernd zu charakterisiren, so sehr er sich Mühe gab, beim Einstudiren. Wir waren Augenzeugen davon, betrübte Augenzeugen. – Daß man diesen Umstand nicht betont, diese Erscheinung nicht schadenfroh ausgebeutet, ist in der Pietät begründet, die sich Wien Männern und namentlich Künstlern gegenüber bewahrt hat, die ihm theuer waren.«[5] Der Dank, den Nestroy Uhl für dessen »nachsichtsvolle Beurtheilung« seines letzten Wiener Gastspiels am 30. Jänner 1862 brieflich abstattet, kommt nicht von ungefähr, auch die »Recensionen« wollen bei der Besprechung der »Früheren Verhältnisse« »in wehmüthig-heiterer Erinnerung« an Nestroys Glanzzeiten »denn auch diesmal mit dem letzten Mohikan der älteren Wiener Volksposse nicht allzustreng in's Gericht gehen«.[6]

30

»Vor gedrängt vollem Hause«

Nestroys Tod und Begräbnis

So lang man sein Seelenfutteral, das bissel Leib mit herumschleppt, muß man aufs Weltliche kein'n Spott legen. Für einen soliden Liebenden sind am End' a Paar Quadratklafter irdisches Hoffnungsgrün g'scheidter als die Quintrillionen Kubikmeilen Ätherblau, Luftmedium, Urnebel, Teufelszeug, Schwindeley.

(SCHLICHT in »Mein Freund« Vorspiel,3, Variante[1]*)*

»Vorstadt-Zeitung«, Wien, Sonntag, 25. Mai 1862: »Mit dem gestrigen Frühzuge sind Herr Direktor Treumann und Herr Grois, welche durch eine Depesche von der gefährlichen Erkrankung Nestroy's benachrichtigt wurden, nach Graz abgereist. Die letzte hier eingetroffene Depesche von *vorgestern* Abends lautet: ›Er hört noch, sonst gefühllos. Tod heute nicht gewiß. Letzte Lähmung zu erwarten.‹ Gestern Abends hieß es, Nestroy sei *gestorben*. Bestimmtes konnten wir jedoch darüber nicht erfahren.«

»Vorstadt-Zeitung«, Wien, Montag, 26. Mai 1862: »Die Befürchtungen, welche in Folge der Vorvorgestern und vorgestern aus Graz eingetroffenen Nachrichten über den Zustand Nestroy's bei den zahllosen Freunden desselben Platz gegriffen hatten, sind leider in Erfüllung gegangen.«

Am 29. April 1862 steht Nestroy im Ständischen Theater bei einer Wohltätigkeitsveranstaltung zum Besten des »Grazer Frauenvereins aller christlichen Konfessionen« noch als Pitzl und Willibald auf der Bühne. Am 16. Mai fühlt er sich unwohl, sieht auf einem Auge nichts. Erst als er am 18. Mai zu lallen beginnt, wird ein Arzt konsultiert. Am Freitag, 23. Mai, versagen ihm Sprache und Gehör gänzlich, verliert er nach der Kontrolle über den nunmehr gelähmten Körper, das Bewußtsein. Carl Treumann →22 und Anton Langer finden, als sie am Samstag, 24. Mai, in Graz eintreffen, »den wackern Freund zwar noch am Leben, jedoch bereits in gänzlich bewußtlosem Zustande«.[2] Am Sonntag, 25. Mai, stirbt Nestroy nach fünfzigstündigem Todeskampf um dreiviertel elf Uhr vormittag in seinem Haus in der Elisabethstraße 675. Die Sektion ergibt: »Acutes Oedem des Gehirnes – seröse Apoplexie; Verknöcherung der Arterien; Spuren geheilter Lungentuberkulose«.

Marie Weiler →6, ohnehin gesundheitlich schwer angeschlagen, ist derart mitgenommen, daß sie auf ärztliches Anraten in Begleitung ihrer Kinder überstürzt nach Triest abreist, um »ihrer Schmerzen Herr zu werden«, wie die amtliche »Wiener Zeitung« vermeldet.[3] Die Abwicklung der Formalitäten und des Zeremoniells übernehmen die aus Wien angereisten Kollegen: »Am 27. d. M., Nachmittags 4 Uhr, wurde die Leiche Johann Nestroys im allgemeinen Krankenhause zu Graz feierlich eingesegnet. [...] Unter dem Geläute der Glocken und dem Zudrange einer großen Volksmenge wurde die Leiche von den ersten Mitgliedern des landst[ändischen] Theaters gehoben und in die Kirche getragen, woselbst das Opernpersonale einen sehr ergreifenden Trauerchor anstimmte.«[4]

Auf dem Weg von Graz zum Wiener Nordbahnhof bleibt der zinnerne Sarg mit Nestroys Leiche zunächst zwischen Süd- und Nordbahnhof auf dem Hauptzollamt hängen, bevor er in der Kapelle der Kirche zu Sankt Johann in der Jägerzeile aufgebahrt wird.

Am Montag, 2. Juni 1862, gibt Nestroy seine allerletzte Vorstellung in Wien – Titel des Stücks: »Leichenbegängniß Erster Classe oder A schene Leich« –, wie gewohnt vor »gedrängt vollem Hause«: »Die mit Trauerzeichen und zahllosen Kerzen geschmückte Kirche zu St. Johann in der Jägerzeile war schon geraume Zeit vor Beginn der Leichenfeier von Personen aller Stände überfüllt. Der vordere Theil des Kirchenschiffes und der Chor waren für die geladenen Gäste reservirt. Um ein Uhr Mittags erschienen der Hofburgtheaterdirektor Laube, Regisseur Fichtner, Unterregisseur Förster, der Hofoperntheaterdirektor Salvi, Oberregisseur Schober, Regisseur Telle, Oekonomiedirektor Steinhauser, Direktor Varney mit sämmtlichen Mitgliedern des Bouffes parisiens, Direktor Brauer, Regisseur Reinhard, Direktor Hoffmann, Oberregisseur Forst dann die meisten Schauspieler sämmtlicher hiesigen Bühnen sowie des nun mehr geschlossenen Theaters an der Wien, ferner die Direktoren von Graz Balvansky mit Regisseur Czernits, von Preßburg Herrmann mit Regisseur Köck, von Oedenburg Kottaun, von Temesvar Strampfer, etc. etc. endlich Direktor Treumann mit der gesammten Gesellschaft seines Theaters und schließlich Nestroy's und Carl's vieljähriger Regisseur Lang. Die meisten Redakteure Wien's, fast alle Mitglieder der Concordia, der grünen Insel, des Hesperus, des Albrecht-Dürer-Vereins und eine Menge Kunstfreunde hatten sich ebenfalls eingefunden. Kurz nach ein Uhr erschien als *einziger* Repräsentant der Familie Herr Gustav Nestroy.

Der Sarg, mit zahllosen Lorbeer- und Blumenkränzen geschmückt, wurde nun von der Trauerkapelle in die Kirche gebracht und die feierliche Einsegnung erfolgte. Nach den üblichen kirchlichen Ceremonien ließ der Regenschori ein Libera intoniren, dessen gänzlich mangelhafte und schulmäßige Aufführung als greller Mißton auf die tief ergriffene Menge einwirkten. Bei einer Feierlichkeit, von der man vorauswußte, daß die gesammte Künstlerwelt Wien's anwesend sein werde, hätte man doch für eine entsprechende Besetzung des Chores sorgen sollen.

Unter dem Vortritt der Bühnenmusik des Hofoperntheaters, unter der Leitung des Kapellmeisters Kaulich, ordnete sich der Zug. Von der Kirche in der Jägerzeile bis zu dem Friedhofe im

Orte Währing, eine Strecke von mehr als 1½ Stunden Entfernung stand zu beiden Seiten der Straße, Kopf an Kopf die Bevölkerung, fast alle Fenster waren von Damen besetzt und alle Baugerüste, Hügel und sonstigen Anhöhen überfüllt. Wir sagen nicht zu viel, wenn wir behaupten, mehr als 200.000 Personen haben dieser Feier beigewohnt.«[5]

Anders als der »Zwischen-Akt« in seinem Bericht über »Nestroy's Leichenfeier« schätzt die »Vorstadt-Zeitung« die Menge, die Nestroy das letzte Geleit gibt, auf 65.000 bis 70.000 Personen;[6] auf 30.000 das »Fremden-Blatt« allein die Menge, die den Leichenzug auf dem Währinger Friedhof erwartet.[7]

»Der Sarg wurde von zwölf Mitgliedern des Quaitheaters getragen, ihm zur Seite gingen mit Fackeln die Sänger. Unmittelbar hinter dem Sarge schritt Herr Gustav Nestroy mit Gämmerler. An diese reihten sich Treumann, Anton Langer, Herrmann und schließlich in endloser Reihe die Künstler und Kunstfreunde Wiens an. Nur langsam vermochte sich der Zug durch die dichtgedrängte Menge zu bewegen. Vor dem Treumanntheater wartete der sechsspännige Trauerwagen, auf welchen der Sarg gehoben wurde, und nun ging der Zug über die Ringstraße, das Glacis, die Währingergasse nach Währing. Um halb 4 Uhr dort angelangt, empfing die Geistlichkeit den Sarg und geleitete ihn zum Friedhofe, wo abermals eine Einsegnung erfolgte. Der Sarg wurde nun zur Gruft getragen, an die man bei dem großen Andrange von Verehrern des Todten nur mit großer Mühe gelangen konnte.«[8]

Anton Langer hält die Grabrede, dann singt der Chor des Treumanntheaters unter Orchesterbegleitung das Suppésche Trauerlied »Wiedersehen«. Als »die Leiche in das Grab gesenkt werden sollte, stürzte Alles nach dem Kranze und den Blumen auf dem Sarge, um ein Blatt zu erhaschen. Rasch ward der Sarg hinabgelassen«, hält der Bericht des »Fremden-Blatts« fest.[9] – Für Souvenirs war ohnehin gesorgt: Die »Vorstadt-Zeitung« erwähnt als »Kuriosität« im Bericht über »Nestroy's Leichen-

Nestroy als Schüler Willibald in der Burleske »Die schlimmen Buben in der Schule«

begängniß«, daß »am Friedhofe durch zwei ›*Hilfsmänner*‹ ein Bild Nestroy's mit Text von Stix für 10 Rkr. verkauft wurde«. Im »Zwischen-Akt«, der in seinem ausführlichen Nachruf nicht unerwähnt läßt, daß die »Kunsthandlung L.T. Neumann« während Nestroys letztem Aufenthalt in Wien ein »photografisches Album« des Schauspielers »in 12 seiner hervorragendsten Rollen« anfertigen ließ, inseriert ebenjene Kunsthandlung L.T. Neumann, Kohlmarkt 257, schon am Tag des Begräbnisses das Souvenir für den »besseren Theil des Publikums«*: »Empfehlenswerth als beste Erinnerung an Nestroy! Nestroy-Album. Nestroy in 12 seiner beliebtesten Rollen mit den darauf Bezug habenden Motto's und dessen Porträt mit Facsimile (Visitkartenform). Nach der Natur photografirt von Hermann Klee.« Preis eines Albums »in elegantem Einband mit Goldpressung 10 fl. öst. W. – Alle 13 Visitkarten ohne Album 8. fl. öst. W. Einzelne Visitkarten kosten 70 kr.«

Einzig die Behörden versagen Nestroy auf seinem letzten Weg die Teilnahme, die sie ihm zu seinen Lebzeiten ungebeten und unausgesetzt angedeihen hatten lassen →15: Die »Wiener Zeitung« moniert, »daß die Ortspolizei von Währing durchaus nicht die gehörigen Vorkehrungen für einen solchen Anlaß getroffen hatte. Es war nicht einmal aufgespritzt, so daß man vom Staub fast erstickt wurde, und die wenigen Aufsichtsorgane waren ganz außer Stande, dem Andrange auch nur für Momente zu wehren.«[10]

* Das Ganze unterhalb einer Anzeige, in der ein Dr. Singer verspricht, »alle innerlichen und äußerlichen insbesondere geheime und Haut-Krankheiten selbst hartnäckige und veraltete, nach einer stets bewährten Methode entsprechend schnell und gründlich« zu heilen.

Anhang

Chronologie, zugleich Stück- und fragmentarisches Rollenverzeichnis

wer die Menschen kennt, der kennt auch die Vegetabilien, weil nur sehr wenig Menschen leben, und viele unzählige aber nur vegetieren. Wer in der Früh aufsteht, in die Kanzley geht, nacher Essen geht, nacher präferanzeln geht, und nacher schlafen geht, der vegetiert, wer in der Fruh in's G'wölb geht, und nacher auf d' Mauth geht, und nacher essen geht, und nacher wieder in's G'wölb geht, der vegetiert, wer in der Fruh aufsteht, a Roll' durchgeht, nacher in die Prob geht, nacher essen geht, nacher in's Kaffeehaus geht, nacher Comödiespielen geht, und wenn das alle Tag so fortgeht, der vegetiert.

(Titus Feuerfuchs in »Der Talisman« I,17)

In runden Klammern die Anzahl der Aufführungen der Nestroy-Stücke in Graz und Preßburg sowie am Theater an der Wien und am Theater in der Leopoldstadt beziehungsweise am Carltheater zu Nestroys Lebzeiten (an jenen Theatern also, an denen Nestroy in festem Engagement stand; nicht berücksichtigt sind – mit Ausnahme jener Stücke, die nach Nestroys »Pensionierung« uraufgeführt wurden – die Gastspiel-Aufführungen) – eine Art Maßzahl des Erfolgs oder Mißerfolgs. In eckigen Klammern die Nummer – chronologische Zählung – der jeweiligen Rolle in Nestroys Rollenverzeichnis. Nestroy verkörperte insgesamt 880 Rollen.[1]

1801 7. Dezember: Johann Nepomuk Eduard Ambrosius Nestroy als zweites Kind des Hof- und Gerichtsadvokaten Johann

Nestroy und dessen Frau Magdalena, geborene Constantin, in Wien geboren **1811** Eintritt ins Akademische Gymnasium, bis 1813 Absolvierung der ersten drei »Grammatikklassen« **1813** Wechsel ins Gymnasium der »Schotten«, bis 1816 Absolvierung der vierten »Grammatikklasse« und zweier »Humanitätsklassen« **1814** 15. September: Tod der Mutter (Lungenschwindsucht); sie hinterläßt fünf Kinder. Im Herbst gibt Nestroy ein öffentliches Pianofortekonzert **1817** Beginn der Universitätsstudien, bis 1820 Absolvierung von drei Philosophieklassen **1818** Nestroy sammelt in privaten Liebhaber-Aufführungen erste Bühnenerfahrung. 8. und 9. Dezember: Singt im Redoutensaal der Wiener Hofburg die Baßsolopartie in Händels Oratorium »Timotheus« **1820** Immatrikulierung an der Juristischen Fakultät, in deren Registern er zwei Jahre lang geführt wird. Spielt in Sprech- und Gesangsrollen in Liebhaberaufführungen **1822** Bekanntschaft mit Wilhelmine Philippine von Nespiesni, in deren stiefväterlichem Haushalt privat Theater gespielt wird. 24. August: *Debüt am k.k. Hoftheater nächst dem Kärntnertor* als Sarastro; wird für zwei Jahre engagiert **1823** Einjahresvertrag mit dem Deutschen Theater in Amsterdam. 29. August: Letzter Auftritt am Kärntnertortheater. 7. September: Trauung mit Wilhelmine Nespiesni. 18. Oktober: *Debüt am Amsterdamer Deutschen Theater* als Kaspar im »Freischütz« **1824** 21. April: Sohn Gustav wird geboren. 9. Juni: Vertragsverlängerung um ein Jahr. Theaterkrawalle, Saalschlachten im Sommer **1825** Seuchenartiges Fieber nach Überschwemmungen; Ende Mai: Wilhelmine Nestroy bringt Gustav nach Wien, kehrt am 30. Juli nach Amsterdam zurück. Juni: Erkrankung Nestroys, Genesung Ende Juli. 13. August: Letztes Auftreten in Amsterdam. 15. August: Schließung des Deutschen Theaters. 26. Oktober: Vorvertrag mit dem Brünner Nationaltheater über vier Gastvorstellungen. 31. Oktober: *Debüt am Brünner Nationaltheater* als Jakob in Méhuls »Joseph und seine Brüder«. Das Engagement wird vertraglich bis Ostern 1827 verlängert. Im Dezember Schwierigkeiten mit den Zensurbehörden **1826** 28. April: Letztes Auftreten in Brünn. 30. April: Annullierung von Nestroys Vertrag durch die Brünner Polizei. 15. Mai: Vertragsabschluß mit Johann August Stöger, der die Theater in Graz und Preßburg leitet. 23. Mai: *Debüt am Grazer Ständischen Theater* als Figaro im »Barbier von Sevilla«. Übergang vom Opernrepertoire zum musikalischen Sprechtheater mit Betonung des grotesk-komischen Fachs in Dialektstücken **1827** Nestroy wird von seiner Frau Wilhelmine verlassen. 15. Dezember: *Debüt als Lokalpossendichter* mit der *Premiere* des einaktigen »Vorspiels« »*Der Zettelträger Papp*« (7) mit Nestroy in der Titelrolle [185] **1828** Nestroy lernt in Graz seine spätere Lebensgefährtin, die Sängerin Marie Weiler, kennen. 20. Dezember: *Premiere* des Zauberspiels mit Tanz und Gesang in zwei Akten »*Dreyßig Jahre aus dem Leben eines Lumpen*« (unter dem Titel »Des Wüstlings Radicalkur«; eine Bearbeitung des Stücks ist im Theater an der Wien ab 5. Juni 1832 unter dem Titel »Die Verbannung aus dem Zauberreiche« zu sehen) (86); Nestroy in der Rolle des Longinus [279] **1829** 16. Jänner: *Premiere* des einaktigen Schwanks »*Der Einsylbige oder Ein dummer Diener seines Herrn*« (2) (das Stück ist verschollen, nur der Theaterzettel ist erhalten); Nestroy in der Rolle des Kammerdieners Carl Maria Siegelwachs [290]. Pendeln zwischen den 240 Kilometer voneinander entfernten Bühnen in Graz und Preßburg. *Gastspiel* in Klagenfurt (nicht genau datierbar). 4. bis 22. August: *Gastspiel* am Theater in der Josefstadt. 18. August: *Premiere* des Zauberspiels in zwei Akten »*Der Tod am Hochzeitstage oder Mann, Frau, Kind*« (4); Nestroy in der Rolle des Gutsbesitzers Herr von Dappschädl [328] **1830** 28. Jänner: *Premiere* des Quodlibets in zwei Akten »*Der unzusammenhängende Zusammenhang*« (7). 13. März: *Premiere* des »Schaugemäldes« »*Magische Eilwagenreise durch die Komödienwelt*« (5) (Quodlibet). 21., 24., 28., 30. Juli: *Gastauftritte* am Kärntnertortheater

1831 12. Februar: *Premiere* des Quodlibets in zwei Akten »*Zwei Schüsseln voll Faschingskrapfen*« (1). 11. März: *Gastauftritt* am Josefstädter Theater. 26. März: Kündigt seinen Vertrag mit den Graz-Preßburger Bühnen. Kurzfristiges Engagement in Lemberg, Debüt am 8. Mai als Rappelkopf in Ferdinand Raimunds »Alpenkönig und Menschenfeind«. 9. Mai: Das Theater wird wegen Ausbruchs der Cholera geschlossen, Rückkehr nach Wien. 23. August: Engagement ans Theater an der Wien. 30. August: *Debüt am Theater an der Wien* als Maestro Crescendo und Sansquartier. 3. Oktober: Geburt von Nestroys und Marie Weilers Sohn Carl **1832** Als Komiker und Bühnenautor bei Karl Carl unter Vertrag. 7. Februar: *Premiere* der »Gesprochenen und gesungenen Parodie eines getanzten Dramas, mit Verwandlungen, Gruppierungen, Äußerungen, Mutmaßungen, Einsperrungen, Entführungen, Malträtierungen, Rettungen, Dingsda und allem Erdenklichen, was Sie sich selbst wünschen, in drei Akten« »*Der gefühlvolle Kerkermeister oder Adelheid, die verfolgte Witib*« (20); Nestroy in der Rolle des Dalkopatscho [464]. 23. März: *Premiere* der »Neuen Parodie eines schon oft parodierten Stoffes in drei Aufzügen« »*Nagerl und Handschuh oder Die Schicksale der Familie Maxenpfutsch*« (71); Nestroy in der Rolle des Ramsamperl [469]. 23. Mai: *Premiere* des Quodlibets »*Humoristische Eilwagenreise durch die Theaterwelt*« (4). 22. Juni: *Premiere* der »parodierenden Lokal-Zauberposse« in drei Akten »*Zampa, der Tagdieb oder Die Braut von Gips*« (8); Nestroy in der Rolle des Paphnuzzi de Salamucci [476]. 26. September: *Premiere* des »Original-Zauberspiels in drei Akten« »*Der konfuse Zauberer oder Treue und Flatterhaftigkeit*« (27); Nestroy in der Rolle des Magiers Schamfu [484]. 20. Oktober: *Premiere* der »Original-Zauberposse« in drei Aufzügen »*Die Zauberreise in die Ritterzeit oder Die Übermüthigen*« (7); Nestroy in der Rolle des Simplicius Sapprawalt [486]. Niederschrift der Zauberposse in drei Aufzügen »*Genius, Schuster und Marqueur oder Die*

Pyramieden der Verzauberung« (gelangt zu Nestroys Lebzeiten nicht zur Aufführung) **1833** Niederschrift der »Faschings-Posse in 3 Aufzügen« »*Der Feenball oder Tischler, Schneider, Schlosser*« (gelangt zu Nestroys Lebzeiten nicht zur Aufführung). 12. Februar: *Premiere* des »Lokalen Zauberspiels mit Gesang in zwey Aufzügen« »*Der Zauberer Februar oder Die Überraschungen*« (10) (nur einige Gesangstexte und der Theaterzettel sind erhalten); Nestroy in der Rolle des Müllers Görgel Blasi [495]. 11. April: *Premiere* der Zauberposse mit Gesang in drei Aufzügen »*Der böse Geist Lumpacivagabundus oder Das liederliche Kleeblatt*« (258); Nestroy in der Rolle des Schustergesellen Knieriem [498]. Niederschrift der Zauberposse in drei Akten »*Das Verlobungsfest im Feenreiche oder Die Gleichheit der Jahre*« (erste Fassung von »Die Gleichheit der Jahre«; gelangt zu Nestroys Lebzeiten nicht zur Aufführung). 9. Oktober: *Premiere* der »Parodierenden Zauberposse in 3 Aufzügen« »*Robert der Teuxel*« (70); Nestroy in der Rolle des »Comissionairs eines bösen Zauberers« Bertram [507]. 20. November: *Premiere* der Posse mit Gesang in einem Akt »*Der Tritschtratsch*« (150); Nestroy in der Rolle des Tabakkrämers Sebastian Tratschmiedl [510] **1834** 17. Jänner: *Premiere* der »Zauberposse mit Gesang in 3 Acten. Als Parodie des Raupachschen Dramas ›Robert der Teufel‹« »*Der Zauberer Sulphurelectrimagneticophosphoratus und die Fee Walpurgiblocksbergiseptemtrionalis oder Die Abentheuer in der Sclaverey oder Asiatische Strafe für europäische Vergehn oder Des ungerathenen Herrn Sohns Leben Thaten und Meinungen, wie auch seine Bestrafung in der Sclaverey und was sich alldort ferneres mit ihm begab*« (11); Nestroy in der Rolle des »reichen Orientalen« Alib-Memeck [514]. 5. März: Nestroys Vater stirbt an Alterstuberkulose. Um den 18. März (nicht genau datierbar): *Gastspiel* in Wiener Neustadt. 4. April: *Premiere* des Zauberspiels in drei Aufzügen »*Müller, Kohlenbrenner und Sesseltrager oder Die Träume von Schale und Kern*« (5); Nestroy in der Rolle des Sesseltragers Roth [516]. Zwischen 23. Juli und 14. August (Dauer unbestimmt): *Gastspiel* in Karlsbad. 8. Oktober: *Premiere* der Lokalposse in vier Abteilungen »*Die Gleichheit der Jahre*« (21); Nestroy in der Rolle des Eduard Strizl [528]. 5. November: *Premiere* des Zauberspiels in zwei Aufzügen »*Die Familien Zwirn, Knieriem und Leim oder Der Welt-Untergangs-Tag*« (64); Nestroy in der Rolle des Knieriem [531]. 5. Dezember: *Premiere* der einaktigen Posse »*Die Fahrt mit dem Dampfwagen*« (66); Nestroy in der Rolle des Sohns des herrschaftlichen Kochs Christoph [534] **1835** 13. Februar: *Premiere* der »Parodirenden Posse mit Gesang in 3 Abtheilungen« »*Weder Lorbeerbaum noch Bettelstab*« (9); Nestroy in der Rolle des Dichters Leicht [540]. 22. April: *Premiere* der Posse mit Gesang in vier Akten »*Eulenspiegel oder Schabernack über Schabernack*« (141); Nestroy in der Rolle des Natzi [543]. 24. September: *Premiere* der Lokalposse mit Gesang in drei Aufzügen »*Zu ebener Erde und erster Stock oder Die Launen des Glücks*« (134); Nestroy in der Rolle des Bedienten Johann [559]. November: Affäre Wiest, Verurteilung zu fünf Tagen Arrest wegen Extemporierens in einer »Zwölf-Mädchen-in-Uniform«-Vorstellung und »ehrenrührigen Extemporierens« gegen den Kritiker Wiest. Zwischen 21. und 25. Dezember (Dauer unbestimmt): *Gastspiel* in Preßburg **1836** 16. bis 21. Jänner: Verbüßung der Haftstrafe. 5. März: *Premiere* des »Dramatischen Gemäldes in 2 Abtheilungen« »*Der Treulose oder Saat und Ernte*« (11); Nestroy in der Rolle des Herrn von Falsch [564]. 6. Mai: *Premiere* der Posse mit Gesang in zwei Aufzügen »*Die beiden Nachtwandler oder Das Nothwendige und das Überflüssige*« (116); Nestroy in der Rolle des Seilergesellen Fabian Strick [568]. 23. Juli: *Premiere* der Posse mit Gesang in drei Akten »*Der Affe und der Bräutigam*« (91); Nestroy in der Rolle des Dieners Carl Maria Tiburtius Hecht [570]. 16. September bis 1. Oktober: *Gastspiel* in Graz, 18. bis 21. November in Preßburg, Ende Dezember in

Wiener Neustadt. **1837** 17. Jänner: *Premiere* der »Lokal-Posse« mit Gesang in drei Aufzügen »*Eine Wohnung ist zu vermiethen in der Stadt. Eine Wohnung ist zu verlassen in der Vorstadt. Eine Wohnung mit Garten ist zu haben in Hietzing*« (3); Nestroy in der Rolle des Rentiers Herr von Gundlhuber [575]. 1. bis 11. Mai: *Gastspiel* in Ofen. 5. Mai: *Premiere* der Posse in zwei Aufzügen »*Moppels Abentheuer im Viertel unter dem Wiener Wald, in Neu-Seeland und in Marokko*« (39) im Theater an der Wien. 14. bis 28. Mai: *Gastspiel* in Pest. 16. November: *Premiere* der Posse in zwei Aufzügen »*Das Haus der Temperamente*« (83); Nestroy in der Rolle des Barbiers und Friseurs Schlankel [588] **1838** 10. März: *Premiere* der Posse mit Gesang in fünf Akten »*Glück, Mißbrauch und Rückkehr oder Das Geheimniß des grauen Hauses*« (109); Nestroy in der Rolle des Schreibers Blasius Rohr [592]. 19. April: *Premiere* der »Parodierenden Zauberposse mit Gesang in vier Acten« »*Der Kobold oder Staberl im Feendienst*« (8); Nestroy in der Rolle des Kobolds Folletterl [595]. 3. November: *Premiere* des »Lustigen Trauerspiels mit Gesang in 3 Abtheilungen« »*Gegen Thorheit giebt es kein Mittel*« (9); Nestroy in der Rolle des Simplicius Berg [602]. 18. Dezember: Carl übernimmt die Leitung des Theaters in der Leopoldstadt **1839** 19. Jänner: Nestroys erster Auftritt im Leopoldstädter Theater. 13. April: *Premiere* der »Lokal-Posse« mit Gesang in drei Aufzügen »*Die verhängnißvolle Faschings-Nacht*« (91); Nestroy in der Rolle des Holzhackers Lorenz [610]. 18. bis 26. Juni: *Gastspiel* in Brünn, 4. bis Ende Juli (nicht genau datierbar) in Lemberg **1840** 15. Jänner: *Premiere* der Posse mit Gesang in drei Akten »*Der Färber und sein Zwillingsbruder*« (62); Nestroy in der Doppelrolle des Kilian und des Hermann Blau [620]. 2. April: Geburt der Tochter Maria Cäcilia. 21. Mai: *Premiere* der Posse mit Gesang in vier Aufzügen »*Der Erbschleicher*« (20); Nestroy in der Rolle des Bauernburschen Simon Dappel [626]. 5. Juni bis 8. Juli: *Gastspiel* in Prag, 11. bis 13. Juli in Brünn. 8. August:

Premiere des »Komischen Quodlibets mit Gesang in 2 Abtheilungen« »*Die zusammengestoppelte Komödie*« (1). 16. Dezember: *Premiere* der Posse mit Gesang in drei Aufzügen »*Der Talisman*« (111); Nestroy in der Rolle des vazierenden Barbiergesellen Titus Feuerfuchs [635] **1841** 1. bis 25. Juni: *Gastspiel* in Prag, 3. bis 9. Juli in Hamburg. 7. September: Wilhelmine Nestroy übernimmt die Alleinschuld für die Zerrüttung der Ehe. 24. November: *Premiere* der Posse mit Gesang in drei Akten »*Das Mädl aus der Vorstadt oder Ehrlich währt am längsten*« (81); Nestroy in der Rolle des Winkelagenten Schnoferl [650]. 18. Dezember: *Premiere* des »Historisch-romantischen Dramas in fünf Akten« »*Prinz Friedrich*« unter dem Titel »Rudolph, Prinz von Korsika« (etwa 1827 entstanden) (2) **1842** 10. März: *Premiere* der »Posse mit Gesang in 3 Acten« »*Einen Jux will er sich machen*« (164); Nestroy in der Rolle des Handlungsdieners Weinberl [656]. 3. Mai: *Premiere* der »Komischen Scenenreihe in 1 Akt« »*Die Ereignisse im Gasthofe*« (8) (der Text des Quodlibets ist verschollen). 11. Juli bis 10. August: *Gastspiel* in Prag, 14. bis 19. August in Brünn. 17. November: *Premiere* der »Posse mit Gesang in 3 Akten und einem Vorspiele« »*Die Papiere des Teufels oder Der Zufall*« (10); Nestroy in der Rolle des Schreibers Federl [668] **1843** 23. März: *Premiere* der Posse mit Gesang in drei Akten »*Liebesgeschichten und Heurathssachen*« (42); Nestroy in der Rolle des Bedienten Nebel [677]. 12. Mai: *Premiere* des »Scenen- und Personen-Durcheinanders aus älteren und neueren Stücken, in 3 Abtheilungen« »*Das Quodlibet verschiedener Jahrhunderte*« »Nebst einem neuen Vorspiele in einem Akt«: »*Die dramatischen Zimmerherrn*« (4). 4. bis 11. Juni: *Gastspiel* in Linz, 21. Juni bis 11. Juli in Breslau. 17. November: *Premiere* der Posse mit Gesang in drei Akten »*Nur Ruhe!*« (4); Nestroy in der Rolle des Lederergesellen Rochus Dickfell [689] **1844** 3. Jänner: *Premiere* der Posse mit Gesang in drei Akten »*Eisenbahnheirathen oder Wien, Neustadt, Brünn*« (57); Nestroy in der Rolle des Porträt- und Zimmermalers Patzmann [690]. 16. März: *Premiere* des »Intermezzos nach einer dem ›Humoristen‹ entnommenen Anecdote dramatisiert« »*Hinüber – Herüber*« (77); Nestroy in der Rolle des Gevatters [695]. 9. April: *Premiere* der Posse mit Gesang in drei Akten »*Der Zerrissene*« (106); Nestroy in der Rolle des Kapitalisten Herr von Lips [697]. 11. bis 29. Juli: *Gastspiel* in Prag, 1. bis 27. August in Berlin, am 28. August in Frankfurt an der Oder **1845** 16. Jänner: *Premiere* der Posse mit Gesang in vier Akten »*Die beiden Herrn Söhne*« (6); Nestroy in der Rolle des Vincenz [707]. 15. Februar: Gerichtliche Scheidung von Wilhelmine Nespiesni. 26. Februar: *Premiere* der Posse mit Gesang in drei Aufzügen »*Das Gewürzkrämerkleeblatt oder Die unschuldigen Schuldigen*« (4); Nestroy in der Rolle des Gewürzkrämers Cichori [709]. 23. April: *Premiere* der Posse mit Gesang in drei Akten »*Unverhofft*« (105); Nestroy in der Rolle des Partikuliers Herr von Ledig [712]. 30. April: Letzte Vorstellung des Carlschen Ensembles im Theater an der Wien, Übersiedlung ins Leopoldstädter Theater. 12. Juli: *Gastauftritt* in Brünn, 17. Juli bis 4. August: *Gastspiel* in Berlin, 10. bis 28. August in Prag, 2. bis 10. September in München. **1846** 2. Mai: *Premiere* der Posse mit Gesang in drei Akten »*Der Unbedeutende*« (92); Nestroy in der Rolle des Zimmermanns Peter Spann [721]. 16. Juli bis 5. August: *Gastspiel* in Pest. 4. August: *Premiere* der Burleske mit Gesang in zwei Akten »*Zwei ewige Juden für einen*« (6); Nestroy (in der Pester Erstaufführung vom 6. August) in der Rolle des Malers Kranz [722]. 9. bis 19. August: *Gastspiel* in Prag, 22. bis 27. August in Graz **1847** 9. April: *Premiere* der Posse mit Gesang in vier Akten »*Der Schützling*« (40); Nestroy in der Rolle des Gottlieb Herb [731]. 7. Mai: Letzte Vorstellung im alten Leopoldstädter Theater. 12. bis 27. Mai: *Gastspiel* in Prag, 29. Mai bis 16. Juni in Brünn, 19. bis Ende Juni in Graz, 7. Juli bis 4. August in Berlin, 7. bis 27. August in Hamburg, 30. August bis 13. September in Frankfurt am Main, am

10. September in Mainz, vor dem 19. September (nicht genau datierbar) in Wiesbaden. 10. Dezember: Eröffnung des an der Stelle des alten Leopoldstädter Theaters neu errichteten Carltheaters mit Nestroys Burleske mit Gesang in einem Akt »*Die schlimmen Buben in der Schule*« (110); Nestroy in der Rolle des Willibald [736] **1848** 25. Jänner: *Premiere* der »Parodierenden Posse mit Gesang in drei Akten« »*Martha oder Die Mischmonder Markt-Mägde-Mietung*« (3); Nestroy in der Rolle des Leinöhl [737]. 13. März: Ausbruch der Revolution in Wien. 21. Mai: *Premiere* der Posse mit Gesang in fünf Akten »*Die (lieben) Anverwandten*« (3); Nestroy in der Rolle des Mechanikus Herr Edelschein [738]. 1. Juli: *Premiere* der Posse mit Gesang in zwei Abteilungen und drei Akten »*Freiheit in Krähwinkel*« (36); Nestroy in der Rolle des Journalisten Eberhard Ultra [740]. Schließung des Carltheaters von 1. August bis 10. September. 3. bis 7. August: *Gastspiel* in Graz, 8. bis 16. August in Ofen und Pest, 17. bis 21. August in Brünn, 23. bis 27. August in Prag, 29. August bis 6. September in Leipzig, am 7. September in Hamburg, am 14. und 15. September in Linz. 26. Oktober: Einschließung Wiens durch kaiserliche Truppen und Bombardierung der Vororte. 1. November: Kapitulation Wiens, Massenverhaftungen, öffentliche Hinrichtungen **1849** 6. Februar: *Premiere* der Posse mit Gesang in zwei Akten »*Lady und Schneider*« (6); Nestroy in der Rolle des Schneiders Hyginus Heugeign [744]. 18. Februar: Offener Brief an Saphir. 13. März: *Premiere* der »Travestie in einem Acte« »*Judith und Holofernes*« (68); Nestroy in der Rolle des Volontärs in der hebräischen Armee Joab [745]. 14. bis Ende Juli: *Gastspiel* in Prag. 17. November: *Premiere* der Posse mit Gesang in drei Akten »*Höllenangst*« (5); Nestroy in der Rolle des Wendelin [751]. Niederschrift der Posse mit Gesang in vier Akten »*Der alte Mann mit der jungen Frau*« (gelangt zu Nestroys Lebzeiten nicht zur Aufführung) **1850** 12. Jänner: *Premiere* der »Faschings-Posse mit Gesang in 2 Aufzügen« »›*Sie sollen ihn*

nicht haben!‹ oder Der holländische Bauer« (3); Nestroy in der Rolle des Zuckerbäcker-Gehilfen Vincenz [753]. 1. April: *Premiere* der Posse mit Gesang in drei Aufzügen »*Karrikaturen-Charivari mit Heurathszweck*« (1); Nestroy in der Rolle des Jeriel Finkl [757]. 4. Mai: *Premiere* der Posse mit Gesang in drei Akten »*Alles will den Prophet'n seh'n*« (4); Nestroy in der Rolle des Juweliers Kilian Sitzmeyer [759]. 22. Juni: *Premiere* der Posse mit Gesang in zwei Akten »*Verwickelte Geschichte!*« (4); Nestroy in der Rolle des Wachtl [765]. Im Juli (nicht genau datierbar) *Gastspiele* in Ofen und Pest, 1. bis 24. August in Lemberg, 30. August bis 6. September in Linz **1851** 4. April: *Premiere* der Posse mit Gesang in drei Akten und einem Vorspiele »*Mein Freund*« (33); Nestroy in der Rolle des Faktors Schlicht [769]. Mitte Mai: *Gastspiel* in Triest, 2. bis 24. Juli in Ofen und Pest, 29. bis 31. Juli in Brünn. 20. November: *Premiere* des »Zauberspiels mit Gesang und Tanz in einem Akt nach einer Volkssage« »*Der gutmütige Teufel oder Die Geschichte vom Bauer und von der Bäuerin*« (21); Nestroy in der Rolle des Luzifer-Sekretärs Satanas [777] **1852** 29. März: *Premiere* der Posse mit Gesang in drei Akten »*Kampl*« (80) mit Nestroy in der Titelrolle, eines »*Chirurgen vor der Linie*« [782]. 4. bis 16. Juli: *Gastspiel* in Prag, 17. Juli bis 16. August in Ofen und Pest **1853** 16. März: *Premiere* der Posse mit Gesang in drei Akten »*Heimliches Geld, heimliche Liebe*« (3); Nestroy in der Rolle des Kupferschmiedgesellen Casimir Dachl [788]. 20. Juli bis 9. August: *Gastspiel* in Berlin, 13. bis 28. August in Ofen und Pest **1854** 1. Februar: *Premiere* der Posse mit Gesang in zwei Akten »*Theaterg'schichten durch Liebe, Intrigue, Geld und Dummheit*« (38); Nestroy in der Rolle des Mathias Damisch [793]. 14. bis 25. Juni: *Gastspiel* in Graz, 28. Juni bis 5. Juli in Linz, 8. bis 20. Juli in Berlin, 22. bis 27. Juli in Brünn. 14. August: Tod Karl Carls. 1. November: Nestroy Pächter und Direktor des Carltheaters **1855** Niederschrift der Posse mit Gesang in drei Akten »›*Nur keck!*‹« (gelangt zu Nestroys Lebzeiten nicht zur Aufführung). 16. bis 18. Juli: *Gastspiel* in Bad Ischl **1856** 3. und 4. April: *Gastspiel* in Pest. Affäre Köfer. Nestroy in den Sommermonaten mit Tochter Maria Cäcilia in Berlin, Hamburg, Helgoland, Amsterdam. 9. Dezember: Nestroy überträgt Marie Weiler die Administration des Carltheaters **1857** 7. März: *Premiere* der Posse mit Gesang und Tanz in drei Akten »*Umsonst*« (46); Nestroy in der Rolle des Schauspielers Pitzl [832]. Nestroy reist im Juni und Juli mit Frau und Tochter nach Paris, Scheveningen, Den Haag, Amsterdam. 31. Oktober: *Premiere* der »Zukunftsposse mit vergangener Musik und gegenwärtigen Gruppirungen in drei Akten« »*Tannhäuser*« (83); Nestroy in der Rolle des Musikenthusiasten Landgraf Purzl [838]. Niederschrift der Posse in einem Akt »*Zeitvertreib*« (gelangt zu Nestroys Lebzeiten nicht zur Aufführung). 15. Dezember: *Gastauftritt* in Ödenburg **1858** Im Frühjahr stellt Nestroy das Carltheater zum 1. November 1860 Carls Erben wieder zur Verfügung. 5. März: Die Kinder des nicht verheirateten Paares Nestroy und Weiler werden legitimiert. 5. bis 16. April: *Gastspiel* in Triest. Ende Mai: Zerwürfnis mit Marie Weiler. 1. Juni bis 30. Juli: Nestroy allein auf Reisen: Hamburg, Paris, Hamburg, Helgoland **1859** 31. März: *Premiere* der »Musikalisch-dramatischen Parodie in vier Bildern« »*Lohengrin*« (16) mit Nestroy in der Titelrolle [857]. Ende Mai: Kauf eines Hauses in Graz. Im Juli Urlaub auf Helgoland. Im August Erwerb eines Sommerhauses in Bad Ischl **1860** Ferien auf Helgoland. Umbau des Sommerhauses. 30. Oktober: Abschiedsvorstellung am Carltheater. 31. Oktober: Ende von Nestroys Direktionstätigkeit. Am Jahresende Übersiedlung nach Graz **1861** 4. Februar bis 23. März: *Gastspiel* im Theater am Franz-Josefs-Kai (Treumanntheater). 11. Dezember: Beginn des letzten Wiener *Gastspiels* am Kai-Theater **1862** 7. Jänner: *Premiere* der Posse mit Gesang in einem Akt »*Frühere Verhältnisse*« (13) im Kai-Theater; Nestroy in der Rolle des Hausknechts Anton Muffl [878]. 1. Februar: *Premiere* der

»Indianischen Faschings-Burleske in einem Akt« »*Häuptling Abendwind oder Das gräuliche Festmahl*« (5) mit Nestroy in der Titelrolle [879]. Am 4. März zum letzten Mal in Wien auf der Bühne, am 29. April zum letzten Mal in Graz. 18. Mai: Schlaganfall. 25. Mai: Tod Nestroys. Am 3. Juni wird Nestroy in Wien auf dem Währinger Friedhof begraben (im März 1881 exhumiert und in einem Ehrengrab auf dem Wiener Zentralfriedhof beigesetzt).

Anmerkungen

Nestroys Stücke werden, wenn nicht anders angegeben, zitiert nach: Johann Nestroy: Sämtliche Werke. Historisch-kritische Ausgabe. Hg. v. Jürgen Hein, Johann Hüttner, Walter Obermaier und W. Edgar Yates. Bd. 1 ff. Wien, München 1977 ff. Jene Stücke, die bei Abschluß der Arbeit noch nicht in dieser Ausgabe vorlagen – »Der gefühlvolle Kerkermeister«, »Nagerl und Handschuh«, »Zampa, der Tagdieb«, »Der konfuse Zauberer«, »Eulenspiegel«, »Zu ebener Erde und erster Stock«, »Zwei ewige Juden für einen«, »Der Schützling«, »Martha«, »Die schlimmen Buben in der Schule«, »Die lieben Anverwandten«, »Mein Freund«, »Der gutmütige Teufel«, »Zeitvertreib« und »Lohengrin« –, nach: Johann Nestroy: Sämtliche Werke. Historisch-kritische Gesamtausgabe. Hg. v. Fritz Brukner und Otto Rommel. 15 Bde. Wien 1924–1930. Nestroys Briefe werden, wenn nicht anders angegeben, zitiert nach: Johann Nestroy: Briefe. Hg. v. Walter Obermaier (im Rahmen der von Hein, Hüttner, Obermaier und Yates herausgegebenen historisch-kritischen Ausgabe). Wien, München 1977, und, wenn sie im Text datiert sind, nicht im einzelnen per Endnote nachgewiesen. Wird fortlaufend aus derselben Quelle zitiert und ist dies aus dem Zusammenhang auch ersichtlich, wird auf eine Wiederholung des Nachweises per Endnote verzichtet. Auszeichnungen und Hervorhebungen in Zeitungen und Zeitschriften (gewöhnlich durch Sperrung) werden (ausgenommen Namen, die generell gesperrt gedruckt wurden) durch Kursivierung wiedergegeben; ebenso Unterstreichungen in Briefen. Die originale Schreibung und Zeichensetzung von Quellen und

Dokumenten wurde beibehalten, stillschweigend aufgelöst wurden lediglich Geminationen. Text in eckigen Klammern bezeichnet Abweichungen vom oder Ergänzungen zum Original-Wortlaut; »[…]« bezeichnet eine Auslassung innerhalb eines Zitats. Durch Komma getrennte römisch und arabisch geschriebene Zahlen (etwa: III,7) bezeichnen Akt und Szene.

Vorbemerkung

1 »Moppels Abentheuer im Viertel unter dem Wiener Wald, in Neu-Seeland und Marokko« I,14.

2 Schnoferl: »Das sind die psychologischen Quadrilierungen, die das Unterfutter unsers Charakters bilden« (»Das Mädl aus der Vorstadt« I,11,Variante).

1 »Abermahls Malheur« – Nestroys Spielleidenschaft

1 Johann Nestroy an Ernst Stainhauser, Wien, 26. März 1856. Zitiert nach: Johann Nestroy: Briefe. Hg. v. Walter Obermaier. Wien, München 1977.

2 Leopold Rosner: Persönliche Erinnerungen an Nestroy. In: Neues Wiener Tagblatt, 7. Dezember 1901.

3 Neuestes Spielbuch. Enthaltend: L'Hombre, Whist, Boston, Piquet, Tarok, nebst allen andern beliebten Kartenspielen. Alles kurz und faßlich, auf Erfahrung gegründet dargestellt, und beschrieben, für Jung und Alt. Wien 1834, S. 54.

4 Johann Nestroy: Briefe. Hg. v. Walter Obermaier. Wien, München 1977, Brief Nummer 187, S. 234.

2 »Notorisch galante Aventuren« – Nestroys »geheime Liaison's«

1 Eduard von Bauernfeld: Erinnerungen von Bauernfeld. Ferdinand Raimund und Johann Nestroy. In: Neue Freie Presse, 21. März 1877 (Morgenblatt).

2 Leopold Rosner: Persönliche Erinnerungen an Nestroy. In: Neues Wiener Tagblatt, 7. Dezember 1901.

3 »Dr. –or«: Ein Liebesabenteuer Nestroy's vor Gericht. In: Konstitutionelle Vorstadt-Zeitung, 6. Jänner 1864.

4 Abgedruckt bei Otto Rommel: Johann Nestroy. Ein Beitrag zur Geschichte der Wiener Volkskomik (= Johann Nestroy. Sämtliche

Werke. Historisch-kritische Gesamtausgabe. Hg. v. Fritz Brukner und Otto Rommel, Band 15). Wien 1930, S. 391–394, hier S. 393.
5 »Dr. –or«: Ein Liebesabenteuer Nestroy's vor Gericht. In: Konstitutionelle Vorstadt-Zeitung, 6. Jänner 1864.
6 Johann Nestroy an Ernst Stainhauser, Ischl, 26. Juli 1856.

3 »›Merk Dir das: wenn Einer dumm redt, muß man noch dummer reden, als er‹« – Personsbeschreibungen

1 Zitiert nach: Otto Rommel: Johann Nestroy. Ein Beitrag zur Geschichte der Wiener Volkskomik (= Johann Nestroy. Sämtliche Werke. Historisch-kritische Gesamtausgabe. Hg. v. Fritz Brukner und Otto Rommel, Band 15). Wien 1930, S. 684.
2 Ebenda, S. 230.
3 Richard R. Pokorny: Johann Nestroy. In: Zeitschrift für Menschenkunde und Zentralblatt für Graphologie, 26. Jg. (1962), S. 270–277, hier S. 277.
4 Otto Rommel: Johann Nestroy, S. 230.
5 Etwa Leopold Liegler: Johann Nestroy. Ein charakterologischer Versuch. In: Die Wage, 6. Jg., Nr. 1 (7. März 1925), S. 18–26; oder H. Sittenberger: Johann Nestroy. In: Grillparzer-Jahrbuch 11. Jg. (1901), S. 125–164; Max Bührmann: Johann Nepomuk Nestroys Parodien (Dissertation). Kiel 1933, S. 174/175; Erik G. Wickenburg: Beitrag zu Nestroys Charakterbild. In: Erik G. Wickenburg: Barock und Kaiserschmarrn. München 1961, S. 413–417.
6 »Aphorismus« Nr. 225 in Nestroys »Reserve«-Liste. Zitiert nach Otto Rommel: Johann Nestroy, S. 700.
7 Zitiert nach: Johann Nestroy: Sämtliche Werke. Historisch-kritische Ausgabe von Jürgen Hein, Johann Hüttner, Walter Obermaier und W. Edgar Yates, Stücke 26/I: Freiheit in Krähwinkel. Hg. v. John R.P. McKenzie, S. 195–198, hier S. 197/198. Fast wörtliche Wiedergabe der Angaben Eberhard Ultras zu seiner Person (»Freiheit in Krähwinkel« I,15).
8 Otto Welte-Möller: Erinnerungen an Nestroy. Nach persönlichen Mitteilungen Gottslebens. In: Tagespost (Graz) (Morgenblatt), 19. Mai 1912.
9 Friedrich Kaiser: Unter fünfzehn Theater-Direktoren. Bunte Bilder aus der Wiener Bühnenwelt. Wien 1870, S. 36–38.
10 Friedrich Uhl: Aus meinem Leben. Stuttgart und Berlin, 1908, S. 109.
11 Ludwig August Frankl: Johann Nestroy. II. Zur Biographie. In: Neue Freie Presse (Morgenblatt), 7. Februar 1869.
12 Ludwig Speidel: Persönlichkeiten. Biographisch-literarische Essays (= Ludwig Speidels Schriften, Erster Band). Berlin 1910, S. 129/130.
13 Anna Grobecker in einem Brief an Leopold Rosner vom 3. Oktober 1895. In: Aus den Papieren eines Wiener Verlegers 1858–1897.

Persönliches, Literarisches, Theatralisches. Hg. v. Friedrich Arnold Mayer. Wien, Leipzig 1908, S. 38.
14 Leopold Rosner: Persönliche Erinnerungen an Nestroy. In: Neues Wiener Tagblatt, 7. Dezember 1901.
15 Anton Langer: Nachruf »Am Sarge Nestroy's«. In: Die Presse, 29. Mai 1862.
16 Friedrich Uhl: Johann Nestroy. In: Der Botschafter, 1. Juni 1862.
17 Leopold Rosner: Persönliche Erinnerungen an Nestroy. In: Neues Wiener Tagblatt, 7. Dezember 1901.
18 Friedrich Uhl: Johann Nestroy. In: Der Botschafter, 1. Juni 1862.
19 Leopold Rosner: Das Carltheater unter Nestroy II. Wie Director Nestroy regiert. In: Illustrirtes Wiener Extrablatt, 3. November 1895.
20 Charakteristische Züge aus dem Leben Nestroy's. In: Wiener Theater-Chronik. Zeitschrift für Kunst und Bühnenwelt, 5. Juni 1862.
21 Leopold Rosner: Nestroyana: In: Wiener Tagblatt, 6. Dezember 1890.
22 Ludwig August Frankl: Johann Nestroy. II. Zur Biographie. In: Neue Freie Presse (Morgenblatt), 7. Februar 1869.
23 Anna Grobecker: Brief an Leopold Rosner vom 3. Oktober 1895. In: Aus den Papieren eines Wiener Verlegers 1858–1897. Persönliches, Literarisches, Theatralisches. Hg. v. Friedrich Arnold Mayer. Wien, Leipzig 1908, S. 38/39.
24 Bilderschau in meinem Zimmer. Erinnerungsblätter von Franz Wallner. In: Die Gartenlaube. Illustrirtes Familienblatt, 1866, Nr. 11, S. 173–175, hier S. 173.
25 Ebenda, S. 174.
26 Leopold Rosner: Persönliche Erinnerungen an Nestroy. In: Neues Wiener Tagblatt, 7. Dezember 1901.
27 A. v. Wurzbach: Nestroy. In: Dr. Joh. Nep. Vogl's Volks-Kalender für das Jahr 1870. Wien 1869, S. 139–155, hier S. 143.
28 Leopold Rosner: Nestroyana. In: Wiener Tagblatt, 6. Dezember 1890.

4 »Erster Komiker und Bass-Buffo« – Zwischen Sänger- und Schauspielerkarriere

1 »Allgemeine Theaterzeitung und Unterhaltungsblatt für Freunde der Kunst, Literatur und des geselligen Lebens«, 31. August 1822.
2 Zitiert nach dem in der Handschriftenabteilung der Wiener Stadt- und Landesbibliothek befindlichen Original.
3 »Allgemeine Theaterzeitung und Originalblatt für Kunst, Literatur und geselliges Leben«, 7. August 1830.
4 »Allgemeine Theaterzeitung und Originalblatt für Kunst, Literatur und geselliges Leben«, 29. Juli 1830.
5 Briefe werden zitiert nach: Johann Nestroy: Briefe. Hg. v. Walter Obermaier. Wien, München 1977.

6 Friedrich Kaiser: Unter fünfzehn Theater-Direktoren. Bunte Bilder aus der Wiener Bühnenwelt. Wien 1870, S. 9.
7 Ebenda, S. 24.
8 »Allgemeine Theaterzeitung und Originalblatt für Kunst, Literatur und geselliges Leben«, 8. September 1831.

5 »Es war ein beyspielloser Lärm« – Eine Nestroy-Premiere anno 1833

1 Unter dem Titel »Scenen aus dem Volksleben der Wiener« erschienen in: Mittheilungen aus Wien. Zeitgemählde des Neuesten und Wissenswürdigsten aus dem Gebiethe der Künste und Wissenschaften, mit den Resultaten praktischer Anwendung; aus dem Kreise des höheren geselligen und öffentlichen Volkslebens, der Tagsgeschichte und gemeinnütziger Anstalten dieser kaiserlichen Residenz. Herausgegeben und redigirt von Franz Pietznigg. Jahrgang 1833, S. 103–113. Nach Otto Rommel: Johann Nestroy. Ein Beitrag zur Geschichte der Wiener Volkskomik (= Band 15 der »Sämtlichen Werke«). Wien 1930, S. 194, wieder in Erinnerung gerufen und mitgeteilt von Walter Obermaier in: Nestroyana, 11. Jg. (1991), H. 1/2, S. 25–29.

6 »Die Frau« – Nestroys Lebensgefährtin Marie Weiler

1 »Viele herzliche Grüße von der Frau« (Johann Nestroy an Johann Baptist Lang, Scheveningen, 21. Juli 1857), »was Dir die Frau bereits geschrieben« (Johann Nestroy an Ernst Stainhauser, Scheveningen, 23. Juli 1857), »In Betreff der Abreise der Frau« (Johann Nestroy an Ernst Stainhauser, Hamburg, 7. Juni 1858), »Ich habe hier etwas für die Frau im Kauf« (Johann Nestroy an Ernst Stainhauser, Ischl, 8. August 1859), »von Seite der Frau« (Johann Nestroy an Ernst Stainhauser, Graz, 16. Jänner 1861), »zwischen mir und der Frau« (Johann Nestroy an Ernst Stainhauser, Graz, 16. Jänner 1861).
2 »Allgemeine Theaterzeitung und Unterhaltungsblatt für Freunde der Kunst, Literatur und des geselligen Lebens«, 27. Mai 1828.
3 Friedrich Kaiser: Unter fünfzehn Theater-Direktoren. Bunte Bilder aus der Wiener Bühnenwelt. Wien 1870, S. 33.
4 Leopold Rosner: Das Carltheater und Nestroy II: Wie Director Nestroy regiert. In: Illustrirtes Wiener Extrablatt, 3. November 1895.
5 Zitiert nach: Otto Rommel: Johann Nestroy. Ein Beitrag zur Geschichte der Wiener Volkskomik (= Johann Nestroy: Sämtliche Werke. Historisch-kritische Gesamtausgabe. Hg. v. Fritz Brukner und Otto Rommel, Band 15), S. 391–394, hier S. 393/394.
6 Amtliche Verständigung über den Erlaß der Statthalterei. Zitiert nach: Otto Rommel: Johann Nestroy, S. 531.

7 Bilderschau in meinem Zimmer. Erinnerungsblätter von Franz Wallner. In: Die Gartenlaube, 1866, Nr. 11, S. 173–175, hier S. 174.
8 Undatiert; zitiert nach: Johann Nestroy: Briefe. Hg. v. Walter Obermaier. Wien, München 1977, Brief Nr. 74, S. 110.
9 Nestroys Testament, zitiert nach: Otto Rommel: Johann Nestroy, S. 618–622, hier S. 620/621.
10 In: Otto Rommel: Johann Nestroy, S. 609–611, hier S. 610.
11 Zitiert nach dem in der Handschriftensammlung der Wiener Stadt- und Landesbibliothek befindlichen Original.
12 Abgedruckt bei Otto Rommel: Johann Nestroy, S. 614.
13 Marie Weiler an Ernst Stainhauser, Ischl, 10. Juni 1858. Zitiert nach dem in der Handschriftensammlung der Wiener Stadt- und Landesbibliothek befindlichen Original.

7 »Corsarenbriefe« – Das Reich des Theaterunternehmers Karl Carl

1 Otto Rommel: Johann Nestroy. Ein Beitrag zur Geschichte der Wiener Volkskomik (= Johann Nestroy. Sämtliche Werke. Historisch-kritische Gesamtausgabe. Hg. v. Fritz Brukner und Otto Rommel, Band 15). Wien 1930, S. 45.
2 Zitiert nach: Karl Glossy: Zur Geschichte der Theater Wiens. II. (1821–1830). Zürich, Leipzig, Wien 1920, S. 142.
3 Ebenda, S. 84.
4 Unter dem Titel »Protest gegen die Monopolisierung der Vorstadtbühnen durch Carl Carl« abgedruckt in: Ferdinand Raimund: Sämtliche Werke. Historisch-kritische Säkularausgabe in sechs Bänden. Hg. v. Fritz Brukner und Eduard Castle, Dritter Band: Ferdinand Raimunds Nachlaß. Wien 1932, S. 353–358, hier S. 356 und 357.
5 Zitiert nach: Otto Rommel: Johann Nestroy, S. 536.
6 Friedrich Kaiser: Unter fünfzehn Theater-Direktoren. Bunte Bilder aus dem Wiener Bühnenleben. Wien 1870, S. 111.
7 Ebenda, S. 13.
8 Ebenda, S. 14.
9 Ebenda, S. 128.
10 Ebenda, S. 129.
11 »Der Wanderer«, 2. Oktober 1832.
12 Friedrich Kaiser: Theater-Director Carl. Sein Leben und Wirken – in München und Wien, mit einer entwickelten Schilderung seines Charakters und seiner Stellung zur Volksbühne. Wien 1854, S. 64.
13 Ebenda, S. 73/74.
14 August Lewald's gesammelte Schriften, Vierter Band: Ein Menschenleben. Leipzig 1844.
15 Zitiert nach: Otto Rommel: Johann Nestroy, S. 537.

16 Karl Glossy: Zur Geschichte der Theater Wiens. II. (1821–1830). Zürich, Leipzig, Wien 1920, S. 91.
17 Friedrich Kaiser: Unter fünfzehn Theater-Direktoren. Bunte Bilder aus dem Wiener Bühnenleben. Wien 1870, S. 109/110.
18 Adolf Bäuerle: Director Carl. Roman und Wirklichkeit. Wien, Leipzig 1856, Zweiter Theil, S. 283.
19 Abschiedsrede Carls nach der letzten Vorstellung seines Ensembles im Theater an der Wien. Zitiert nach Leopold Rosner: Zur Geschichte des Leopoldstädter Theaters II. Director Carl im alten Hause. In: Illustrirtes Wiener Extrablatt, 28. September 1895.
20 Ferdinand Ritter von Seyfried: Rückschau in das Theaterleben Wiens seit den letzten fünfzig Jahren. Wien 1864, S. 89.
21 Zitiert nach Otto Rommel: Johann Nestroy, S. 537.
22 Ebenda, S. 55.
23 Ebenda, S. 546.
24 Ebenda, S. 544.
25 Ebenda, S. 547.
26 Ebenda, S. 547.
27 Ebenda, S. 543.
28 Ebenda, S. 548.
29 Ebenda, S. 549.
30 Friedrich Kaiser: Unter fünfzehn Theater-Direktoren. Bunte Bilder aus dem Wiener Bühnenleben. Wien 1870, S. 105.
31 E[ugen] Eiserle: Johann Nestroy. In: Der Zwischen-Akt, Wien, Montag, 2. Juni 1862.
32 Friedrich Kaiser: Wenzel Scholz. Ereignisse und Denkwürdigkeiten aus seinem Leben, nach seinen hinterlassenen Schriften und den Mittheilungen seiner Witwe zusammengestellt. In: Morgen-Post, 22. März 1858.
33 Wenzel Scholz an Karl Carl, 19. September 1833. Zitiert nach dem in der Handschriftenabteilung der Wiener Stadt- und Landesbibliothek befindlichen Original.
34 Zitiert nach Otto Rommel: Johann Nestroy, S. 560.

8 »Ich stimme für diese Heurath nicht« – Nestroys Ehefrau Wilhelmine Nespiesni

1 J.K. Rosenbaum: Tagebuch. Zitiert nach Otto Basil: Johann Nestroy. Reinbek 1967, S. 28.
2 Ebenda.
3 Die Trauungsmatrikel werden zitiert nach Bruno Hampel: Die Familie Nestroy und die Sippe der Gattin des Dichters. In: Monatsblatt der heraldischen Gesellschaft »Adler«, Nr. 571/572 (Juli/August 1928) (= X. Band, Nr. 31/32), S. 369–387, hier S. 369.
4 Die Erklärung Wilhelmine Nestroys vom 7. September 1841 wird

zitiert nach dem in der Handschriftenbteilung der Wiener Stadt- und Landesbibliothek befindlichen Original.
5 Ebenda.
6 Ebenda.
7 Zitiert nach Hampel, S. 373/374.

9 »Bis an die Gränze des Muthwillens« – Nestroys unheimliche Bühnenpräsenz

1 Friedrich Schlögl: Johann Nestroy. In: Vom Wiener Volkstheater. Wien, Teschen 1884, S. 144–153, hier S. 149/150.
2 »Allgemeine Theaterzeitung und Originalblatt für Kunst, Literatur und geselliges Leben«, 31. Mai 1828.
3 Zitiert nach: Rainer Theobald: »Kolossalstil im Komischen« – Nestroys erstes Prager Gastspiel im Spiegel der Kritik. In: Nestroyana, 12. Jg. (1992), H. 3/4, S. 87–101, hier S. 92.
4 Karl Kraus druckte unter dem Titel »Ein zeitgenössischer Kritiker Nestroys« in »Fackel« Nr. 657–667 (August 1924, S. 100–120) Bernhard Gutts Kritiken des Prager Nestroy-Gastspiels vom Jahr 1844 ab, die in der »Bohemia« erschienen waren.
5 Zitiert nach: Rainer Theobald: »Kolossalstil im Komischen« – Nestroys erstes Prager Gastspiel im Spiegel der Kritik. In: Nestroyana, 12. Jg., H. 3/4, S. 87–101, hier S. 99/100.
6 Ludwig Speidel: Johann Nestroy. In: Derselbe: Persönlichkeiten. Biographisch-literarische Essays (= Ludwig Speidels Schriften, Erster Band). Berlin 1910, S. 128–135, hier S. 133/134.
7 Otto Rommel: Johann Nestroy. Ein Beitrag zur Geschichte der Wiener Volkskomik (= Johann Nestroy. Sämtliche Werke. Historisch-kritische Gesamtausgabe. Hg. v. Fritz Brukner und Otto Rommel, Band 15). Wien 1930, S. 24–28.
8 Friedrich Schlögl: Johann Nestroy. In: Vom Wiener Volkstheater. Wien, Teschen 1884, S. 144–153, hier S. 151.
9 Aus dem Burgtheater. 1818–1837. Tagebuchblätter des weil. k.k. Hofschauspielers u. Regisseurs Carl Ludwig Costenoble. Hg. v. K. Glossy und J. Zeidler. Wien 1889, 2. Band, S. 336.
10 Abgedruckt in: Karl Glossy: Zur Geschichte der Theater Wiens. III. (1831–1840). In: Jahrbuch der Grillparzer-Gesellschaft, 30. Jg., S. 1–152, S. 101–103.
11 Friedrich Schlögl: Johann Nestroy. In: Vom Wiener Volkstheater. Wien, Teschen 1884, S. 144–153, hier S. 150/151.

10 »Eine ganz originelle Art Ohrfeigen« – Die Affäre Wiest

1 »Zu ebener Erde und erster Stock oder die Launen des Glücks«, 2. Aufzug, 21. Auftritt.

2 Friedrich Kaiser: Unter fünfzehn Theater-Direktoren. Bunte Bilder aus der Wiener Bühnenwelt. Wien 1870, S. 39.
3 »Der Sammler«, 15. April 1834.
4 Aus dem Burgtheater. 1818–1837. Tagebuchblätter des weil. k.k. Hofschauspielers u. Regisseurs Carl Ludwig Costenoble. Hg. v. K. Glossy und J. Zeidler. Wien 1889, 2. Band, S. 215.
5 Ebenda, S. 243.
6 Walter Obermaier: Nestroy und Ernst Stainhauser. In: Viennese Popular Theatre: A Symposium. Das Wiener Volkstheater. Ein Symposium. Hg. v. W. E. Yates und John R. P. McKenzie. Exeter 1985, S. 41–54, hier S. 47.
7 Abgedruckt in und zitiert nach: Karl Glossy: Zur Geschichte der Theater Wiens. III. (1831–1840). In: Jahrbuch der Grillparzer-Gesellschaft, 30. Jg., S. 1–152, S. 101–103.
8 Zitiert nach Otto Rommel: Johann Nestroy. Ein Beitrag zur Geschichte der Wiener Volkskomik (= Johann Nestroy. Sämtliche Werke. Historisch-kritische Gesamtausgabe. Hg. v. Fritz Brukner und Otto Rommel, Band 15). Wien 1930, S. 588.
9 »Lumpacivagabundus« III,12. Anekdote überliefert von: Friedrich Kaiser: Unter fünfzehn Theater-Direktoren. Bunte Bilder aus der Wiener Bühnenwelt. Wien 1870, S. 41.

11 »Als Gratifikation für bereits geleistete Dienste« – Nestroys Verträge mit Carl

1 Vgl. Otto Rommel: Johann Nestroy. Ein Beitrag zur Geschichte der Wiener Volkskomik (= Johann Nestroy. Sämtliche Werke. Historisch-kritische Gesamtausgabe. Hg. v. Fritz Brukner und Otto Rommel, Band 15). Wien 1930, S. 56/57.
2 Friedrich Kaiser: Unter fünfzehn Theater-Direktoren. Bunte Bilder aus der Wiener Bühnenwelt. Wien 1870, 34/35.
3 Abgedruckt bei Otto Rommel: Johann Nestroy, S. 561/562.
4 Zitiert nach: Moritz Necker: Johann Nestroy. Eine biographisch-kritische Skizze. In: Johann Nestroy's Gesammelte Werke. Hg. v. Vincenz Chiavacci und Ludwig Ganghofer, Zwölfter Band, Stuttgart 1891, S. 93–218, hier S. 122/123.
5 Johann Hüttner (Johann Hüttner: Machte sich Nestroy bezahlt? In: Nestroyana, 1. Jg. (1979), H. 1/2, S. 2–15) weist nach Durchsicht der von »Oekonomie-Controlor« Ernst Stainhauser geführten Aufzeichnungen über die Tageseinnahmen des Leopoldstädter Theaters, des Interimstheaters im Odeon und des Carltheaters darauf hin, daß die Richtigkeit dieses Auszugs aus dem Vertrag zwischen Nestroy und Carl zumindest in einigen Punkten in Zweifel gezogen werden muß. So erhielt Nestroy Stainhausers Eintragungen zufolge etwa nur eine halbe Benefizeinnahme pro Premiere, obwohl unter Punkt 3 und 4

sowohl dem Schauspieler wie auch dem Autor eine »halbe kostenfreie Benefice auf die erste Vorstellung eines neuen Stückes« zugestanden worden war.

6 Zitiert nach Otto Rommel: Johann Nestroy, S. 563.

7 Ebenda, S. 564.

12 »Napoleon der Gemeinheit« – Nestroys »schmierige Wachstubenzoten«

1 F. Sch.: Johann Nestroy. In: Neue Freie Presse, 16. Juni 1899 (Morgenblatt) und 17. Juni 1899, veröffentlicht, ohne Angabe eines Datums, das »letzte der Amtsprotocolle«, das sich mit Nestroy beschäftigt (in der Ausgabe vom 17. Juni).

2 Die amtlichen Dokumente werden, wenn nicht anders angegeben, zitiert nach dem Kapitel »Nestroy und die Zensur« in: Otto Rommel: Johann Nestroy. Ein Beitrag zur Geschichte der Wiener Volkskomik (= Johann Nestroy. Sämtliche Werke. Historisch-kritische Gesamtausgabe. Hg. v. Fritz Brukner und Otto Rommel, Band 15). Wien 1930, S. 364–398, hier S. 370/371.

3 Friedrich Theodor Vischer: Kritische Gänge. Neue Folge. Erstes Heft: Eine Reise. Stuttgart 1860, S. 63.

4 »und manchen zu freien Scherz …« (»Allgemeine Theaterzeitung und Unterhaltungsblatt für Freunde der Kunst, Literatur und des geselligen Lebens«, 31. Mai 1828); »und jeder Tadel müßte unterbleiben …« (»Allgemeine Theaterzeitung und Originalblatt für Kunst, Literatur, Mode und geselliges Leben«, 22. März 1831); »und würde diese Art Komik nicht schon beinahe die Gränze des Schicklichen überschreiten …« (»Der Wanderer«, 2. September 1831).

5 Friedrich Theodor Vischer: Kritische Gänge. Neue Folge. Erstes Heft: Eine Reise. Stuttgart 1860, S. 63.

6 Julius Seidlitz: Die Poesie und die Poeten in Österreich im Jahre 1836. 2 Bde. Grimma 1837, Bd. 1, S. 185.

7 Zitiert nach Rommel: Johann Nestroy, S. 384.

8 Ebenda, S. 387/388.

9 Ebenda, S. 388.

10 Zensurakt zu Nestroys Stück »Mein Freund«; zitiert nach dem unter der Aktenzahl 922 P. 1851 im Niederösterreichischen Landesarchiv befindlichen Original.

11 Zitiert nach Rommel: Johann Nestroy, S. 389.

12 Ebenda, S. 390.

13 »Kanonen, Kanonen! Zusammenkartätschen die Canaille da unten« – Nestroy und sein Publikum

1 Zitiert nach dem in der Handschriftenabteilung der Wiener Stadt- und Landesbibliothek befindlichen Original.

2 Zitiert nach Otto Rommel: Johann Nestroy. Ein Beitrag zur Geschichte der Wiener Volkskomik (= Johann Nestroy. Sämtliche Werke. Historisch-kritische Gesamtausgabe. Hg. v. Fritz Brukner und Otto Rommel, Band 15). Wien 1930, S. 372.
3 Friedrich Uhl: Aus meinem Leben. Stuttgart, Berlin 1908, S. 110/111.
4 »Allgemeine Theaterzeitung, Originalblatt für Kunst, Literatur, Musik, Mode und geselliges Leben«, 27. März 1843.
5 Ludwig August Frankl: Nekrolog der Wiener Volksmuse. In: Sonntags-Blätter für heimathliche Interessen, 23. Jänner 1842.
6 Heinrich Adami in: »Allgemeine Theaterzeitung und Originalblatt für Kunst, Literatur, Musik, Mode und geselliges Leben«, 20. Jänner 1834.
7 Ebenda.
8 Friedrich Kaiser: Unter fünfzehn Theater-Direktoren. Bunte Bilder aus der Wiener Bühnenwelt. Wien 1870, S. 15–17.
9 Ebenda, S. 109/110.
10 Ebenda, S. 107.
11 Ebenda, S. 27.
12 Ebenda, S. 230.
13 Ebenda, S. 16.
14 Konfidentieller Bericht der Polizeidirektion über die Vorstadt-Theater Wiens. Abgedruckt bei Otto Rommel: Johann Nestroy, S. 391–394, hier S. 393.
15 Ebenda, S. 392/393.
16 Otto Welte-Möller: Erinnerungen an Nestroy. Nach persönlichen Mitteilungen Gottslebens. In: Tagespost (Graz), 19. Mai 1912 (Morgenblatt).
17 »Allgemeine Theaterzeitung und Originalblatt für Kunst, Literatur, Musik, Mode und geselliges Leben«, 3. Mai 1834.
18 »Der Sammler«, 8. Mai 1834.
19 »Allgemeine Theaterzeitung und Originalblatt für Kunst, Literatur, Musik, Mode und geselliges Leben«, 19. Jänner 1837.
20 »Wiener Zeitschrift für Kunst, Literatur, Theater und Mode«, 21. Jänner 1837.
21 Ebenda.
22 »Der Humorist«, 21. Jänner 1837.
23 Ludwig August Frankl: Johann Nestroy. II. Zur Biographie. In: Neue Freie Presse, 7. Februar 1869 (Morgenblatt).

14 »Sie lächerlicher Vomkunstrichterstuhlherabdieleutevernichtenwoller« – Nestroy und seine Kritiker

1 Siehe dazu Wolfgang Neuber: Nestroys Rhetorik (Dissertation). Wien 1980, Anhang 1: Historisch-kritische Edition des offenen Briefes Nestroys an M.G. Saphir, S. 198–228.

2 Moritz Gottlieb Saphir: Didaskalien. Des Wiener Volksstücks Glück und Ende. In: Der Humorist, 12./13., 15. und 17. Mai 1847.
3 Julius März in: Der Humorist, 3. Juli 1848.
4 »er« in: Der Humorist, 8. Februar 1849.
5 Aus der Kritik der Premiere der »Gleichheit der Jahre« in in der »Wiener Zeitschrift für Kunst, Literatur, Theater und Mode«, 14. Oktober 1834.
6 »Sonntags-Blätter für heimathliche Interessen«, 13. März 1842.
7 Aus der Kritik der »Unverhofft«-Premiere des »Humoristen«, 26. April 1845.
8 Ferdinand Ritter von Seyfried: Rückschau in das Theaterleben Wiens seit den letzten fünfzig Jahren. Wien 1864, S. 83.
9 Friedrich Kaiser: Unter fünfzehn Theaterdirektoren. Bunte Bilder aus der Wiener Bühnenwelt. Wien 1870, S. 110/111.
10 »Der Humorist«, 18. Juli 1849.
11 Zitiert nach: Gerhard Magenheim: Nestroy und Bäuerle oder Die beinahe uneigennützige Dankbarkeit. In: Nestroyana, 15. Jg., H. 3/4, S. 93–95, hier S. 93.
12 Johann Nestroy an Adolf Bäuerle, 14. März 1842.
13 Johann Nestroy an Adolf Bäuerle, 9. Juli 1832.
14 Johann Nestroy an Adolf Bäuerle, 13. Jänner 1840.
15 Johann Nestroy an Adolf Bäuerle, 31. Juli 1841.
16 Zitiert nach: Johann Nestroy: Briefe. Hg. v. Walter Obermaier. Wien, München 1977, Kommentar zur Brief Nr. 54 (an Gustav Heine, 13. August 1851), S. 93/94, hier S. 94.
17 Moritz Gottlieb Saphir in: Der Humorist, 14. März 1838.

15 »Ich hab' mir's was kosten lassen« – Nestroy und die Zensur

1 Zitiert nach dem in der Handschriftenabteilung der Wiener Stadt- und Landesbibliothek befindlichen Original.
2 Die amtlichen Dokumente und Akten werden, wenn nicht anders angegeben, zitiert nach Otto Rommel: Johann Nestroy. Ein Beitrag zur Geschichte der Wiener Volkskomik (= Johann Nestroy. Sämtliche Werke. Historisch-kritische Gesamtausgabe. Hg. v. Fritz Brukner und Otto Rommel, Band 15). Wien 1930, hier S. 365.
3 Ebenda, S. 366.
4 Ebenda, S. 367/368.
5 Ebenda, S. 370.
6 Ebenda, S. 369.
7 Ebenda, S. 371.
8 Zitiert nach dem in der Handschriftenabteilung der Wiener Stadt- und Landesbibliothek befindlichen Original.
9 Otto Rommel: Johann Nestroy, S. 372.

10 Zitiert nach dem in der Handschriftenabteilung der Wiener Stadt- und Landesbibliothek befindlichen Original.

11 Ebenda.

12 Zitiert nach: Carl Glossy: Zur Geschichte der Wiener Theatercensur I. In: Jahrbuch der Grillparzer-Gesellschaft, 7. Jg. (1897), S. 238–340, hier S. 241.

13 Franz Hadamowsky: Ein Jahrhundert Literatur- und Theaterzensur in Österreich (1751–1848). In: Die österreichische Literatur. Ihr Profil an der Wende vom 18. zum 19. Jahrhundert (1750–1830). Hg. v. Herbert Zeman. Graz 1979, S. 289–305, hier S. 293.

14 W.E. Yates: Das Werden eines Nestroystücks. In: Viennese Popular Theatre: A Symposium. Das Wiener Volkstheater. Ein Symposion. Hg. v. W.E. Yates und John R.P. McKenzie. Exeter 1985, S. 55–66, hier S. 63; W. Edgar Yates: Das Werden eines (edierten) Nestroy-Textes. In: Vom schaffenden zum edierten Nestroy. Beiträge zum Nestroy-Symposium im Rahmen der Wiener Vorlesungen 28.–29. Oktober 1992. Hg. v. W. Edgar Yates (= Wiener Vorlesungen. Konversatorien und Studien, Band 3. Hg. von der Kulturabteilung der Stadt Wien). Wien 1994, S. 11–30, hier S. 21.

15 Friedrich Walla: Die Theaterzensur am Beispiel des Lumpacivagabundus. In: Vom schaffenden zum edierten Nestroy. Beiträge zum Nestroy-Symposium im Rahmen der Wiener Vorlesungen 28.–29. Oktober 1992. Hg. v. W. Edgar Yates (= Wiener Vorlesungen. Konversatorien und Studien, Band 3. Hg. von der Kulturabteilung der Stadt Wien). Wien 1994, S. 45–68, hier S. 54.

16 Zitiert nach Rommel: Johann Nestroy, S. 373.

17 Nach den unter der Aktenzahl 922 P. 1851 im Niederösterreichischen Landesarchiv befindlichen Originalen. Nestroys Eingabe findet sich auch in Rommel: Johann Nestroy, S. 374–379; Janotas »Bemerkungen über die Eingabe des J. Nestroy« in Rommel: Johann Nestroy, S. 379–382. Rommel (S. 365) weist darauf hin, daß er auf »die Wiedergabe der in keiner Weise bezeichnenden Orthographie der Akten« zugunsten der Lesbarkeit verzichtet habe.

18 Rommel: Johann Nestroy, S. 383/384.

19 F. Sch.: Johann Nestroy. In: Neue Freie Presse, 16. Juni 1899 (Morgenblatt) und 17. Juni 1899, veröffentlicht, ohne Angabe eines Datums, das »letzte der Amtsprotocolle«, das sich mit Nestroy beschäftigt (in der Ausgabe vom 17. Juni).

20 Zitiert nach Rommel: Johann Nestroy, S. 397.

16 »Jeder Weg, den man einschlägt, ist ein Umweg« – Nestroy auf Reisen

1 Premierenkritik des »Schützlings« von Seidlitz im »Humoristen« vom 12. April 1847; Artikelserie Moritz Gottlieb Saphirs: Des Wie-

ner Volksstücks Glück und Ende. In: Der Humorist, 12./13., 15. und 17. Mai 1847. In dieselbe Kerbe schlägt L. Raudnitz (»Das Volkstheater, dessen Publikum und Kritik, mit besonderer Bezugnahme auf das Leopoldstädter Theater«), der Nestroy kurz darauf, in der »Theaterzeitung« vom 27. Mai 1847, als »die Verfleischlichung der Negation, der Satyre und Ironie, den Gegensatz des Pathetischen und Schaffenden« bezeichnet.

2 »Theaterzeitung«, 7. Mai 1857.

3 Zitiert nach: Johann Nestroy: Briefe. Hg. v. Walter Obermaier. Wien, München 1977, S. 52.

4 Zitiert nach: Louise Adey Huish: Zur Geschichte von Nestroys Gastspielen: München berichtet über einen langersehnten Gast. In: Nestroyana 12. Jg. (1992), H. 3/4, S. 102–115, hier S. 105.

5 »Theaterzeitung«, 14. September 1844.

6 »Freischütz«, 10. Juli 1841. Zitiert nach Wolfgang Neuber: Nestroys Rhetorik. Wirkungspoetik und Altwiener Volkskomödie im 19. Jahrhundert. (= Abhandlungen zur Kunst-, Musik- und Literaturwissenschaft, Bd. 373). Bonn 1987, S. 158.

7 Siehe dazu Neuber, S. 157ff.

8 »Wiener allgemeine Zeitung (früher Theaterzeitung)«, 20. Juli 1852.

9 Anton Langer: Am Sarge Nestroy's. In: Die Presse, 29. Mai 1862.

17 »Das grobe, stück- und flickwerkige Unterfutter statt der glänzenden Außenseite« – Nestroy als Parodist

1 Karl von Holtei: Vierzig Jahre, 8 Bde., Berlin 1843–1850; hier zitiert nach der zweiten Auflage: Breslau 1859, Bd. 5, S. 190.

2 »Der Wanderer«, 25. November 1834.

3 »Der Sammler«, 11. Dezember 1834.

4 Karl von Holtei: Vierzig Jahre, Bd. 5, S. 73.

5 »Weder Lorbeerbaum noch Bettelstab«, II,7.

6 »Theaterzeitung«, 16. Februar 1835.

7 »Der Wanderer«, 16. Februar 1835.

8 »Wiener Zeitschrift für Kunst, Literatur, Theater und Mode«, 26. Februar 1835.

9 Zitiert nach: Jürgen Hein: Nestroy und die Parodie auf dem Wiener Volkstheater. Mit einem unveröffentlichten Brief Nestroys. In: Nestroyana, 7. Jg. (1987), H. 1/2, S. 41–51, hier S. 43/44.

10 Friedrich Walla: Parodie, parodistisches Seitenstück, Singspiel? In: Nestroyana, 5. Jg. (1983/84), H 3/4, S. 66–74, hier S. 71.

11 »Der Wanderer«, 16. Februar 1835.

12 Siehe dazu Friedrich Walla: Parodie, parodistisches Seitenstück, Singspiel? In: Nestroyana, 5. Jg. (1983/84), H 3/4, S. 66–74, hier S. 74.

13 Friedrich Hebbel: Judith. Eine Tragödie in fünf Acten. In: Friedrich Hebbel: Sämtliche Werke. Historisch-kritische Ausgabe.

Hg. v. Richard Maria Werner, 24. Bde. Berlin 1901–1907, Erste Abteilung, Bd. 1: Dramen I, S. 1–81, hier S. 64 (5. Akt).

14 Johann Nestroy: Judith und Holofernes, 3. Szene.

15 »Judith«, S. 8 (1. Akt).

16 »Judith und Holofernes«, 4. Szene.

17 »Judith«, S. 50 (4. Akt).

18 »Judith und Holofernes«, 28. Szene.

19 »Judith und Holofernes«, 9. Szene (Hervorhebung, sprich Kursivierung, von mir, W. S.).

20 »Wiener Zeitschrift«, 15. März 1849.

21 »Oesterreichischer Courier« (»Theaterzeitung«), 15. März 1849.

22 Friedrich Hebbel: Sämtliche Werke, Zweite Abteilung: Tagebücher, Bd. 3, S. 249/250 (Eintragung vom 28. Juni 1847).

23 Friedrich Hebbel: Das »Versprechen hinter'm Heerd« im Burgtheater. In: Die Presse, 12. Januar 1849. In: Sämtliche Werke, Erste Abteilung, Bd. 11: Vermischte Schriften III, Kritische Arbeiten II, S. 260–265, hier S. 261.

24 Karl Kraus: Nestroy und die Nachwelt. In. Die Fackel, Nr. 349/350, 13. Mai 1912, S. 1–23, hier S. 16.

25 »Wiener Briefe« 1 vom 1. März 1861. In: Friedrich Hebbel: Sämtliche Werke, Erste Abteilung, Bd. 10: Vermischte Schriften II, Jugendarbeiten II. – Reiseeindrücke II. – Kritische Arbeiten I, S. 224.

26 »Wiener Briefe« 13, Anfang Oktober 1862. In: Friedrich Hebbel: Sämtliche Werke, Erste Abteilung, Bd. 10: Vermischte Schriften II, S. 299.

27 »Wiener Briefe« 14, November 1862. In: Friedrich Hebbel: Sämtliche Werke, Erste Abteilung, Bd. 10: Vermischte Schriften II, S. 304.

28 Richard Wagner: Das Judentum in der Musik (erstmals 1850). Zitiert nach Jens Malte Fischer: Richard Wagners »Das Judentum in der Musik« – Eine kritische Dokumentation als Beitrag zur Geschichte des Antisemitismus. Frankfurt/M., Leipzig 2000, S. 189 (Fußnote). Auch überliefert in: Cosima Wagner: Die Tagebücher, 2 Bde. Hg. v. Martin Gregor-Dellin und Dietrich Mack. München, Zürich 1976. Bd. I (1869–1877), S. 33 (Eintragung vom 14. Januar 1869).

29 Franz Dingelstedt: Eine diabolische Theaterkritik. In: Wiener Zeitschrift für Kunst, Literatur, Theater und Mode, 12., 14. und 15. November 1842, hier 14. November.

30 Ernst Kreowski und Eduard Fuchs: Richard Wagner in der Karikatur. Berlin 1907, S. 84.

18 »›Dulekmi‹« – Nestroys politische Ansichten

1 »Aphorismus« 18 in Otto Rommel: Johann Nestroy. Ein Beitrag zur Geschichte der Wiener Volkskomik (= Johann Nestroy. Sämtliche Werke. Historisch-kritische Gesamtausgabe. Hg. v. Fritz Brukner und Otto Rommel, Band 15). Wien 1930, S. 683.

2 Julius März in »Der Humorist«, 3. Juli 1848.
3 Briefentwurf von Ende 1848 oder Anfang 1849. Zitiert nach Walter Obermaier: Johann Nestroy: Briefe. Wien, München 1977, S. 81–83, hier S. 82/83.
4 Siehe u.a. Norbert Geldner: Der politische Nestroy – Ein Nachtrag. In: Nestroyana, 3. Jg. (1981), H. 1, S. 14–19.
5 Karl Kraus: Nestroy und die Nachwelt. In: Die Fackel, Nr. 349/350 (13. Mai 1912), S. 1–23, hier S. 11.
6 Egon Friedell: Kulturgeschichte der Neuzeit. Die Krisis der europäischen Seele von der schwarzen Pest bis zum Ersten Weltkrieg. Ungekürzte Sonderausgabe in einem Band, München 1969 (erste Ausgabe in drei Bänden 1927–1931), S. 1105.
7 Constant von Wurzbach: Nestroy, Johann. In: Biographisches Lexikon des Kaiserthums Oesterreich, Zwanzigster Theil, Wien 1869, S. 213.
8 Ebenda.
9 Johann Nestroy an Ernst Stainhauser, Graz, 24. November 1861.
10 Johann Nestroy an Ernst Stainhauser, Graz, 2. Mai 1861.
11 Ebenda.
12 Ebenda.
13 Siehe den Kommentar zum Brief Nestroys an Ernst Stainhauser vom 18. Dezember 1860 in: Johann Nestroy: Briefe. Hg. v. Walter Obermaier. Wien, München 1977, S. 203/204.
14 Johann Nestroy an Ernst Stainhauser, Graz, 18. Dezember 1860.

19 »Alletagsworte« und der »Red' a Fey'rtagsgwandel anzieh'n« – Nestroys sprachliche Maßschneiderei

1 Leopold Rosner: Persönliche Erinnerungen an Nestroy. In: Neues Wiener Tagblatt, 7. Dezember 1901.
2 »Mein Freund« II,20.
3 »Weder Lorbeerbaum noch Bettelstab« I,12.
4 Karl Kraus: Nestroy und die Nachwelt. In: Die Fackel, Nr. 349/350, 13. Mai 1912, S. 1–23, hier S. 5.
5 Ebenda, S. 4/5.
6 Ebenda, S. 7.
7 Ebenda, S. 12.
8 »Einen Jux will er sich machen« I,8.
9 Karl Kraus: Nestroy und die Nachwelt. In: Die Fackel, Nr. 349/350, 13. Mai 1912, S. 1–23, hier S. 12.
10 »Der Zerrissene« II,1.
11 »Kampl« III,15.
12 »Der Talisman«, II,17.
13 »Theaterg'schichten durch Liebe, Intrigue, Geld und Dummheit« II,4.

14 »Der Tod am Hochzeitstage« I,11 (Hervorhebung, sprich Kursivierung von mir, W.S.).

15 »Der Tod am Hochzeitstage« I,19 (Hervorhebung, sprich Kursivierung von mir, W.S.).

16 Otto Rommel: Johann Nestroy. Ein Beitrag zur Geschichte der Wiener Volkskomik (= Johann Nestroy. Sämtliche Werke. Historisch-kritische Gesamtausgabe. Hg. v. Fritz Brukner und Otto Rommel, Band 15). Wien 1930, S. 701.

17 Johann Nestroy: Ausgewählte Werke. Hg. v. Leopold Liegler. 3. Bändchen: Eine Wohnung ist zu vermieten in der Stadt. Eine Wohnung ist zu verlassen in der Vorstadt. Eine Wohnung mit Garten ist zu haben in Hietzing. Wien 1925, U4.

18 Häuptling Abendwind oder Das greuliche Festmahl. Operette in einem Aufzug von Johann Nestroy. Bearbeitet von Leopold Liegler. In: Der Pflug. Monatsschrift der Wiener Urania. September 1926, S. 3–42. Nachwort: S. 39–42, hier S. 41/42.

19 Ebenda, S. 42.

20 Karl Kraus: Nestroy und das Burgtheater. In: Die Fackel, Nr. 676–678, Januar 1925, S. 1–40, hier S. 25/26 (Fußnote).

21 Ebenda, S. 26.

22 Häuptling Abendwind oder Das greuliche Festmahl. Operette in einem Aufzug von Johann Nestroy. Bearbeitet von Leopold Liegler. In: Der Pflug. Monatsschrift der Wiener Urania. September 1926, S. 3–42. Nachwort: S. 39–42, hier S. 42.

23 »Die beiden Nachtwandler« II,7.

24 Vgl. Franz H. Mautner: Nestroy. Heidelberg 1974, S. 78.

25 Karl Kraus: Nestroy und das Burgtheater. In: Die Fackel, Nr. 676–678, Januar 1925, S. 1–40, hier S. 25 (Fußnote).

26 Karl Kraus: Nestroy und die Nachwelt. In: Die Fackel, Nr. 349/350, 13. Mai 1912, S. 1–23, hier S. 15.

27 Franz H. Mautner: Nestroy. Heidelberg 1974, S. 65/66.

20 »An und für sich ein widerlicher Gedanke« – Nestroys Todesscheu

1 Aus Nestroys Entwürfen zum sogenannten »Schicksalsmonolog« Wendelins, die nicht in die Bühnenfassung aufgenommen wurden. Zitiert nach: Johann Nestroy: Gesammelte Werke in sechs Bänden. Hg. v. Otto Rommel. Wien 1948/49, Bd. 5, S. 706/707.

2 Wenzel Scholz. Erinnerungen von Dr. F.C. Weidmann. Wien 1857, S. 24.

3 Ebenda, S. 23.

4 Friedrich Kaiser: Wenzel Scholz. Ereignisse und Denkwürdigkeiten aus seinem Leben, nach seinen hinterlassenen Schriften und den Mittheilungen seiner Witwe (Fortsetzung). In: Morgen-Post, 19. April 1858.

5 Anton Langer: Am Sarge Nestroy's. In: Die Presse, 29. Mai 1862.
6 Zitiert nach Rio Preisner: Johann Nepomuk Nestroy. Der Schöpfer der tragischen Posse. München 1968, S. 235–237.

21 »Ah, wäre denn harmlos und geistlos dasselbe?« – Nestroys Komik

1 Aus Nestroys Entwürfen zum sogenannten »Schicksalsmonolog« Wendelins, die nicht in die Bühnenfassung aufgenommen wurden. Zitiert nach: Johann Nestroy: Sämtliche Werke. Historisch-kritische Ausgabe von Jürgen Hein, Johann Hüttner, Walter Obermaier und W. Edgar Yates, Stücke 27/II: Höllenangst. Hg. v. Jürgen Hein, S. 181.
2 »Unverhofft« I,3.
3 »Der Zerrissene« I,9.
4 Friedrich Theodor Vischer: Kritische Gänge. Neue Folge, Erstes Heft: Eine Reise. Stuttgart 1861, S. 63.
5 »Der Zerrissene« I,9.
6 »Der Unbedeutende« III,33.
7 In der »Parodie in drei Akten« »Zampa, der Tagdieb«.
8 »Der Talisman« I,17.
9 »Frühere Verhältnisse« 17. Szene.
10 »Einen Jux will er sich machen« II,9.
11 »Liebesgeschichten und Heurathssachen« I,12.
12 »Ich weiß, daß der Mensch was werden soll in der Welt; ich weiß aber auch, daß das eine Sottis' auf die Menschenwürde is, denn es spricht deutlich aus, daß der Mensch viel zu wenig is, wenn er nix is als, ein Mensch.« (»Die beiden Herrn Söhne« I,3); »Menschen? warum nicht gar! der Mensch fängt erst beym Baron an!« (»Freiheit in Krähwinkel« II,7).
13 »Der Färber und sein Zwillingsbruder« I,4.
14 »Mein Freund« II,13.
15 Siehe dazu: Jürgen Hein: Spiel und Satire in der Komödie Johann Nestroys (= Ars poetica. Texte und Studien zur Dichtungslehre und Dichtkunst, Studien, Band 11). Bad Homburg v.d.H., Berlin, Zürich 1970, bes. S. 43.
16 »Das Mädl aus der Vorstadt« I,5.
17 »Liaison-Verhältniß« (»Talisman« II,20), »Besuch Visite« (»Die beiden Nachtwandler« II,15), »Eigenschaftsqualitäten« (»Liebesgeschichten und Heurathssachen« II,15), »Jausensouper« (»Der alte Mann mit der jungen Frau« II,17), »Machinationsumtriebe« (»Der Erbschleicher« I,9), »Odeur-Geruch« (»›Nur keck!‹« II,18), »eine Zweifeltortur folterquält mich« (»Liebesgeschichten und Heurathssachen« II,15).
18 »Der Tod am Hochzeitstage« I,13.
19 »Die beiden Herren Söhne« II,13.

20 »Heimliches Geld, heimliche Liebe« II,17.
21 »Der Zerrissene« I,9.
22 Edelschein in »Die (lieben) Anverwandten« IV,4: »Der Ernst hat eine feierliche Seite, eine schauerliche Seite, überhaupt viele sehr ernsthafte Seiten, aber ein elektrisches Fleckerl hat er doch immer, und da fahren bei der gehörigen Reibung die Funken der Heiterkeit heraus.«
23 »Augenniederschlagerinnen« und »Nichtauffünfzählenkönnerinnen« (»Der Unbedeutende« I,21), »Zufußgegangenseintums« (»Zwei ewige Juden für einen« I,10), »Insicherheitgebrachtwerdung« (»Karrikaturen-Charivari mit Heurathszweck« II,18).
24 »Heimliches Geld, heimliche Liebe« I,24.
25 »Der Färber und sein Zwillingsbruder« I,10.
26 »venividivicisch« (»Kampl« III,14), »felsimmeerisch« (»Liebesgeschichten und Heurathssachen« II,8), »frischvonderleberwegig« (»Häuptling Abendwind« 9. Szene).
27 Karl Kraus: Nestroy und die Nachwelt. In: Die Fackel, Nr. 349/350 (13. Mai 1912), S. 1–23, hier S. 6.
28 »Einen Jux will er sich machen« I,13.
29 »Einen Jux will er sich machen« III,15.
30 »Die beiden Nachtwandler« I,13.
31 »Geduld – ich hab noch nicht den rechten Schlüssel zum Schloß der Erinnerung« (»Der Zerrissene« I, 3); »diese Fäust' sind Dietrich genug, um einem die Pforten der Ewigkeit aufzusperren« (»Der Zerrissene« I, 13).
32 »Mein Freund« I,23.
33 »Zwei ewige Juden für einen« II,25.
34 »Weder Lorberbaum noch Bettelstab« I,9.
35 »Eine Wohnung ist zu vermiethen« III, 6.
36 Franz H. Mautner: Nestroys Kunst und unsere Zeit. In: Jahrbuch der Deutschen Schillergesellschaft 7 (1963), S. 383–415, hier S. 404.
37 Karl Kraus: Nestroy und die Nachwelt. In: Die Fackel, Nr. 349/350 (13. Mai 1912), S. 1–23, hier S. 8.
38 »Das Mädl aus der Vorstadt« I,3.
39 Ansgar Hillach: Die Dramatisierung des komischen Dialogs. Figur und Rolle bei Nestroy. München 1967.
40 »Der böse Geist Lumpacivagabundus« III,8.
41 »Martha oder Die Mischmonder Markt-Mägde-Mietung« III,2.
42 »Häuptling Abendwind« 7. Szene.
43 Ansgar Hillach: Die Dramatisierung des komischen Dialogs. Figur und Rolle bei Nestroy. München 1967, S. 57.
44 »Theaterg'schichten durch Liebe, Intrigue, Geld und Dummheit« II,10.

22 »Möglichste Opposition« – Statuskrisen

1 »Der Humorist«, 3. April 1850.
2 Friedrich Kaiser: Unter fünfzehn Theater-Direktoren. Bunte Bilder aus der Wiener Bühnenwelt. Wien 1870, S. 203.
3 Ebenda, S. 206.
4 Zitiert nach: Johann Nestroy: Briefe. Hg. v. Walter Obermaier. Wien, München 1977, S. 90/91, hier S. 91.
5 Friedrich Kaiser: Unter fünfzehn Theater-Direktoren. Bunte Bilder aus der Wiener Bühnenwelt. Wien 1870, S. 206/207.
6 Ebenda, S. 212.
7 »Recensionen und allgemeine Bemerkungen über Theater und Musik«, VII: Die Vorstadttheater 1852–1853 und 1853–1854. – Opernpersonal und Repertoir. – Cornet'sche Aeusserungen. – Verwandte Stimmen. Wien 1855, S. 43.
8 Friedrich Kaiser: Wenzel Scholz. Ereignisse und Denkwürdigkeiten aus seinem Leben, nach seinen hinterlassenen Schriften und den Mittheilungen seiner Witwe (Fortsetzung). In: Morgen-Post, 7. April 1858.
9 Friedrich Kaiser: Theater-Director Carl. Sein Leben und Wirken – in München und Wien, mit einer entwickelten Schilderung seines Charakters und seiner Stellung zur Volksbühne. Wien 1854, S. 57/58.
10 Ebenda, S. 58.
11 Bilderschau in meinem Zimmer. Erinnerungsblätter von Franz Wallner. In: Die Gartenlaube. Illustrirtes Familienblatt, 1866, Nr. 11, S. 173–175, hier: S. 174.

23 »Unter Glas und in vergoldetem Rahmen«? – »Contrair!«

1 Johann Nestroy an Ernst Stainhauser, Graz, 4. Jänner 1861.

24 »A halbeter Schnipfer«? – Der Stückeschreiber Nestroy

1 Entwurf in einem Soufflierbuch des Carltheaters. Zitiert nach: Johann Nestroy. Sämtliche Werke. Historisch-kritische Gesamtausgabe. Hg. v. Fritz Brukner und Otto Rommel. Wien 1924–1930, Bd. 14, S. 633.
2 Abgedruckt in und zitiert nach: Johann Nestroy: Freiheit in Krähwinkel. Hg. von John R. P. McKenzie (= Johann Nestroy: Sämtliche Werke. Historisch-kritische Ausgabe von Jürgen Hein, Johann Hüttner, Walter Obermaier und W. Edgar Yates, Stücke 26/I). Wien 1995, S. 206.
3 Veröffentlicht im »Demokrat« vom 11. Juli 1848.
4 »D.B.« im »Oesterreichischen Courier«, 17. Juli 1848.
5 »fr.« in »Der Demokrat«, 14. Juli 1848.
6 »Wiener Abendzeitung«, 15. Juli 1848.
7 »Wiener Zeitschrift«, 21. November 1842.

8 »Sonntags-Blätter«, 14. April 1844.
9 Otto Basil: Johann Nestroy. Reinbek 1967, S. 83.
10 Bilderschau in meinem Zimmer. Erinnerungsblätter von Franz Wallner. In: Die Gartenlaube. Illustrirtes Familienblatt. 1866, Nr. 11, S. 173–175, hier: S. 173.
11 Ludwig August Frankl: Johann Nestroy. II. Zur Biographie. In: Neue Freie Presse, 7. Februar 1869 (Morgenblatt).
12 Vgl. Friedrich Walla: Untersuchungen zur dramatischen Technik Johann Nestroys (Dissertation). Wien 1969; sowie W. Edgar Yates: Nestroys Kollektaneen. In: »Verbergendes Enthüllen« – Zu Theorie und Kunst dichterischen Verkleidens. Festschrift für Martin Stern. Hg. v. Wolfram Malte Fues und Wolfram Mauser. Würzburg 1995, S. 241–250.
13 Siehe dazu: Susan Doering: Schnipfer oder Dichter? Zur Frage der Vorlagenbearbeitung bei Johann Nestroy. In: Jean-Marie Valentin (Hg.): Das österreichische Volkstheater im europäischen Zusammenhang 1830–1880. Bern, Frankfurt/Main, New York, Paris 1988, S. 55–70, hier S. 59/60.
14 »M–r.« im »Humoristen«, 23. Mai 1848.
15 Edelschein in »Die (lieben) Anverwandten« IV,4: »Der Ernst hat eine feierliche Seite, eine schauerliche Seite, überhaupt viele sehr ernsthafte Seiten, aber ein elektrisches Fleckerl hat er doch immer, und da fahren bei der gehörigen Reibung die Funken der Heiterkeit heraus.«
16 Zitiert nach: Susan Doering: Schnipfer oder Dichter? Zur Frage der Vorlagenbearbeitung bei Johann Nestroy. In: Jean-Marie Valentin (Hg.): Das österreichische Volkstheater im europäischen Zusammenhang 1830–1880. Bern, Frankfurt/Main, New York, Paris 1988, S. 55–70, hier S. 61/62.
17 Siehe dazu wie auch zu den folgenden Ausführungen über den »Talisman«: Helmut Herles: Nestroys Komödie »Der Talisman«. Von der ersten Notiz zum vollendeten Werk. München 1974.
18 Johann Nestroy an Louis Grois, Graz, 9. November 1861.

25 »Jedes Ereigniß wird seinen Mann an mir finden« – Nestroy als Theaterdirektor

1 Zitiert nach: Otto Rommel: Johann Nestroy. Ein Beitrag zur Geschichte der Wiener Volkskomik (= Johann Nestroy. Sämtliche Werke. Historisch-kritische Gesamtausgabe. Hg. v. Fritz Brukner und Otto Rommel, Band 15). Wien 1930, S. 608.
2 Ebenda, S. 610/611.
3 Leopold Rosner: Das Carltheater unter Nestroy II. Wie Director Nestroy regiert. In: Illustrirtes Wiener Extrablatt, 3. November 1895.
4 Johann Nestroy an Ernst Stainhauser, Triest, 11. April 1858.

5 Leopold Rosner: Das Carltheater unter Nestroy V. Administratives. In: Illustrirtes Wiener Extrablatt, 13. Dezember 1895.
6 Leopold Rosner: Das Carltheater unter Nestroy II. Wie Director Nestroy regiert. In: Illustrirtes Wiener Extrablatt, 3. November 1895.
7 Friedrich Kaiser: Unter fünfzehn Theater-Direktoren. Bunte Bilder aus der Wiener Bühnenwelt. Wien 1870, S. 232.
8 Leopold Rosner: Persönliche Erinnerungen an Nestroy: In: Neues Wiener Tagblatt, 7. Dezember 1901.
9 Zitiert nach: Otto Rommel: Johann Nestroy, S. 614.
10 Johann Nestroy an Ernst Stainhauser, Reichenau, 18. Juli 1856.
11 Siehe dazu: Otto Rommel: Johann Nestroy, S. 342/343.
12 Ebenda, S. 391–394.
13 Leopold Rosner: Persönliche Erinnerungen an Nestroy. In: Neues Wiener Tagblatt, 7. Dezember 1901.
14 Zitiert nach Otto Rommel: Johann Nestroy, S. 610.
15 Zitiert nach dem in der Handschriftensammlung der Wiener Stadt- und Landesbibliothek befindlichen Original. Der Vertrag zwischen Nestroy und Scholz ist auch abgedruckt bei Otto Rommel: Johann Nestroy, S. 612–614.
16 Ludwig Gottsleben: 50 Jahre Komiker! Wien 1910, S. 18.
17 Zitiert nach: Franz Hadamowsky: Das Carltheater unter der Direktion Johann Nestroys. In: Jahrbuch der österreichischen Leo-Gesellschaft 1926, S. 193–241, hier S. 205.
18 Leopold Rosner: Fünfzig Jahre Carl-Theater (1847–1897). Ein Rückblick. Wien 1897, S. 16.
19 Ebenda, S. 16/17.
20 Zitiert nach: Otto Rommel: Johann Nestroy, S. 392.
21 Ebenda.
22 Ebenda, S. 393.
23 Ebenda, S. 392/393.
24 Brief vom 1. März 1860 an den ungenannten Adressaten Hans Max. Zitiert nach: Johann Nestroy: Briefe. Hg. v. Walter Obermaier. Wien, München 1977, Brief Nr. 155, S. 190.
25 Otto Rommel: Johann Nestroy, S. 323.
26 Leopold Rosner: Fünfzig Jahre Carl-Theater (1847–1897). Ein Rückblick. Wien 1897, S. 14.
27 Friedrich Kaiser: Unter fünfzehn Theater-Direktoren. Bunte Bilder aus der Wiener Bühnenwelt. Wien 1870, S. 226.
28 »Wiener Conversationsblatt für alle Tagsbegebenheiten, für öffentliches Leben, Geselligkeit, für Industrie, Kunst, Handel, Communicationen, für Erfindungen aller Art, für Musik, Mode und Luxus. (Theaterzeitung.)«, 16. März 1855.
29 Die »Ostdeutsche Post« und der »Wanderer« werden zitiert nach einem ausführlichen »Pressespiegel« zum Thema Miß Ella und der Zirkus Renz, den die »Theaterzeitung« in der Ausgabe vom 1. März 1855 bietet.
30 »Humorist«, 26. März 1855.

26 »Wie ein Fettflek in den Mondschein« – Nestroy als letzter Mohikaner des Lokalstücks?

1 »Der Humorist«, 27. März 1843.
2 Friedrich Kaiser: Unter fünfzehn Theaterdirektoren. Bunte Bilder aus der Wiener Bühnenwelt. Wien 1870, S. 126.
3 Friedrich Theodor Vischer: Kritische Gänge. Neue Folge. Erstes Heft: Eine Reise. Stuttgart 1860, S. 62/63.
4 »Wiener allgemeine Theaterzeitung, Conversationsblatt für alle Tagsbegebenheiten, für öffentliches Leben, Geselligkeit, für Industrie, Kunst, Handel, Communicationen, für Erfindungen aller Art, für Literatur, Musik, Mode und Luxus«, 3. September 1854.
5 »Allgemeine Theaterzeitung und Originalblatt für Kunst, Literatur, Musik, Mode und geselliges Leben«, 26. September 1835.
6 »Allgemeine Theaterzeitung, Originalblatt für Kunst, Literatur, Musik, Mode und geselliges Leben«, 5. Mai 1846.
7 »Sonntags-Blätter«, 12. November 1843.
8 »Sonntags-Blätter«, 19. November 1843.
9 »Wiener Zeitschrift«, 20. November 1843.
10 Dr. Wagner in »Sonntags-Blätter«, 19. November 1843.
11 »Stbe« in »Wiener Zeitschrift«, 20. November 1843.
12 »Der Wanderer«, 20. November 1843.
13 »Wiener Zeitschrift«, 20. November 1843.
14 »Wiener Zuschauer«, 22. November 1843.
15 Zitate aus: Moritz Gottlieb Saphir: Didaskalien. Vaudeville. – Posse. – Bäuerle. – Nestroy: dessen neues Stück: »Nur Ruhe!«. In: Der Humorist, 20. November 1843; und Moritz Gottlieb Saphir: Ausflüge in die Vorstadttheater. 1. Josephstädter »Todtentanz«. In: Der Humorist, 25. November 1843. – 2. Ein Wort an das bessere Theaterpublikum. In: Der Humorist, 29. November 1843.

27 Revolution als Posse – Nestroy und Scholz in Theateruniform

1 Franz Gämmerler: Theater-Director Carl, sein Leben und sein Wirken. Wien 1854, S. 63/64.
2 Friedrich Kaiser: Theater-Director Carl. Sein Leben und Wirken – in München und Wien, mit einer entwickelten Schilderung seines Charakters und seiner Stellung zur Volksbühne. Wien 1854, S. 89.
3 Friedrich Kaiser: Unter fünfzehn Theater-Direktoren. Bunte Bilder aus der Wiener Bühnenwelt. Wien 1870, S. 177.
4 »Staberl's Katzenmusik-Abentheuer in Hietzing und Wien oder Director Carl's Glück und Ende«. In: Johann Nestroy: Gesammelte Briefe und Revolutionsdokumente. Hg. v. Fritz Brukner. Wien 1938, S. 101–105, hier S. 103.
5 Ebenda, S. 102.

6 Ebenda, S. 103.
7 Ebenda, S. 104/105.
8 »Der böse Geist Lumpacivagabundus« I,4.
9 Friedrich Kaiser: Unter fünfzehn Theater-Direktoren. Bunte Bilder aus der Wiener Bühnenwelt. Wien 1870, S. 31.

28 »Reactionsknödeln mit radicalem Sauerkraut« – »Krähwinkel« und Umgebung

1 »M–r« im »Humoristen«, 23. Mai 1848.
2 »Wanderer«, 23. Mai 1848.
3 »Die (lieben) Anverwandten« IV,4.
4 »Wanderer«, 23. Mai 1848.
5 Ebenda.
6 »Der Demokrat«, 4. Juli 1848.
7 Die »Allgemeine Theaterzeitung, Originalblatt für Kunst, Literatur, Musik, Mode und geselliges Leben« nannte sich ab 1. April 1848 »Allgemeine Theaterzeitung. Censurfreies Organ für alle Erscheinungen des Tages, im Leben, im Fortschritte der Zeit, in Kunst und Wissenschaft, in der Literatur, im Bereiche der Intelligenz, der Industrie, des Handels, u.s.w.«, ab 1. Mai 1848 »Allgemeine Theaterzeitung. Central-Organ für alle Erscheinungen des Tages, im Leben, im Fortschritte der Zeit, in Kunst und Wissenschaft, in der Literatur, im Bereiche der Intelligenz, der Industrie, des Handels, u.s.w.«, ab 26. Juni 1848 »Oesterreichischer Courir mit einem Anhange: Wiener allgemeine Theaterzeitung, Feuilleton für Kunst, Literatur, Musik, Mode und geselliges Leben«, ab 2. Jänner 1849 »Oesterreichischer Courier, früher: Wiener allgemeine Theaterzeitung, Feuilleton für Kunst, Literatur, Musik, Mode und geselliges Leben«, ab 1. April 1849 »Oesterreichischer Courier«.
8 »Oesterreichischer Courier«, 3. Juli 1848.
9 Julius März in »Der Humorist«, 3. Juli 1848.
10 Abgedruckt in und zitiert nach: Johann Nestroy: Sämtliche Werke. Historisch-kritische Ausgabe. Stücke 26/I: Freiheit in Krähwinkel. Hg. v. John R.P. McKenzie. Wien 1995, S. 195–198.
11 J.S.T. in »Die Presse«, 4. Juli 1848.
12 Friedrich Kaiser: Unter fünfzehn Theaterdirektoren. Bunte Bilder aus der Wiener Bühnenwelt. Wien 1870, S. 178.
13 »Oesterreichischer Courier«, 8. Februar 1849.
14 »Lady und Schneider« I,10.
15 »Der Patriot. Organ für schöne Literatur, Kunst, politische und dramaturgische Interessen«, 9. Februar 1849.
16 »Lady und Schneider« I,8.
17 »Der alte Mann mit der jungen Frau« I,15.
18 Siehe dazu: Johann Nestroy: Sämtliche Werke. Historisch-kritische

Ausgabe. Hg. v. Jürgen Hein, Johann Hüttner, Walter Obermaier und W. Edgar Yates. Stücke 27/I: Der alte Mann mit der jungen Frau. Hg. v. Urs Helmensdorfer. Wien 1997, Abschnitt »Aufnahme«, S. 145–198, bes. S. 148–150.

19 »Allgemeine Oesterreichische Zeitung«, 10. Februar 1849.

20 »Wiener Zeitschrift«, 9. Februar 1849.

21 Siehe dazu: Johann Nestroy: Sämtliche Werke. Historisch-kritische Ausgabe. Stücke 27/I: Der alte Mann mit der jungen Frau. Hg. v. Urs Helmensdorfer. Wien 1997, Exkurs II: Rechts und links auf dem Theater, S. 373–379.

29 »›Was thut denn der Faullenzer da?‹« – Nestroy in Pension

1 Johann Nestroy an Ernst Stainhauser, Graz, 18. Dezember 1860.

2 Johann Nestroy an Ernst Stainhauser, Graz, 2. Mai 1861.

3 Eduard von Bauernfeld: Erinnerungen von Bauernfeld. Ferdinand Raimund und Johann Nestroy. In: Neue Freie Presse, 21. März 1877 (Morgenblatt).

4 Friedrich Uhl: Johann Nestroy. In: Der Botschafter, 1. Juni 1862.

5 Ebenda.

6 »Recensionen und Mittheilungen über Theater, Musik und bildende Kunst«, 12. Jänner 1862.

30 »Vor gedrängt vollem Hause« – Nestroys Tod und Begräbnis

1 Zitiert nach: Johann Nestroy: Sämtliche Werke. Historisch-kritische Gesamtausgabe. Hg. von Fritz Brukner und Otto Rommel, 15 Bde. Wien 1924–1930, Bd. 8, S. 398/399.

2 »Vorstadt-Zeitung«, 26. Mai 1862.

3 »Wiener Zeitung«, 3. Juni 1862.

4 »Vorstadt-Zeitung«, 29. Mai 1862.

5 »Zwischen-Akt«, 3. Juni 1862.

6 »Vorstadt-Zeitung«, 3. Juni 1862.

7 »Fremden-Blatt«, 3. Juni 1862.

8 »Zwischen-Akt«, 3. Juni 1862.

9 »Fremden-Blatt«, 3. Juni 1862.

10 »Wiener Zeitung«, 3. Juni 1862.

Chronologie, zugleich Stück- und fragmentarisches Rollenverzeichnis

1 Die Aufführungszahlen nach: »Chronologisches Verzeichnis der Stücke Nestroys«. In: Otto Rommel: Johann Nestroy. Ein Beitrag zur Geschichte der Wiener Volkskomik (= Johann Nestroy. Sämtliche Werke. Historisch-kritische Gesamtausgabe. Hg. v. Fritz Brukner und Otto Rommel, Band 15). Wien 1930, S. 399–419. Die Rollennummern nach: »Chronologisches Verzeichnis der Rollen Nestroys«. In: Otto Rommel: Johann Nestroy. Ein Beitrag zur Geschichte der Wiener Volkskomik (= Johann Nestroy. Sämtliche Werke. Historisch-kritische Gesamtausgabe. Hg. v. Fritz Brukner und Otto Rommel, Band 15). Wien 1930, S. 428–516 (korrigiert nach den »Berichtigungen« zu Band 1 von: Johann Nestroy: Gesammelte Werke, 6 Bde. Hg. v. Otto Rommel. Wien 1948/1949).

Verwendete Literatur (Auswahl)

Ausgaben

Gesammelte Werke. Hg. v. Vincenz Chiacacci und Ludwig Ganghofer. 12 Bde. Stuttgart 1890/91.

Sämtliche Werke. Historisch-kritische Gesamtausgabe. Hg. v. Fritz Brukner und Otto Rommel. 15 Bde. Wien 1924–1930.

Sämtliche Werke. Historisch-kritische Ausgabe. Hg. v. Jürgen Hein, Johann Hüttner, Walter Obermaier und W. Edgar Yates. Bd. 1ff. Wien, München 1977ff.

Bibliographien

Günter Conrad: Johann Nepomuk Nestroy 1801–1862. Bibliographie zur Nestroyforschung und -rezeption. Berlin 1980.

Birgit Kawohl: Johann Nepomuk Nestroy. Eine Personalbibliographie. Gießen 1996.

Forschungsberichte

Jürgen Hein: Nestroyforschung (1901–1966). In: Wirkendes Wort, 18. Jg. (1968), S. 232–245.

Jürgen Hein: Neuere Nestroyforschung (1967–1973). In: Wirkendes Wort, 25. Jg. (1975), S. 140–151.

W. Edgar Yates: Recent Nestroy Scholarship. In: Ritchie Robertson, Edward Timms (Hg.): Theatre and Performance in Austria. From Mozart to Jelinek (= Austrian Studies IV). Edinburgh 1993, S. 158–170.

Briefe

Johann Nestroys gesammelte Briefe (1831–1862). Hg. v. Fritz Brukner. Wien 1938.

Johann Nestroy: Briefe. Hg. v. Walter Obermaier. Wien, München 1977.

Zeitschrift

Nestroyana. Blätter der Internationalen Nestroy-Gesellschaft, 1. Jg. (1979) ff.

Biographisches, Gesamtdarstellungen, Memoiren- und Sekundärliteratur

Helmut Ahrens: Bis zum Lorbeer versteig' ich mich nicht. Johann Nestroy – sein Leben. Frankfurt/M. 1982.
Helmut Arntzen: Dementi einer Tragödie. Zu Hebbels und Nestroys »Judith«. In: Helmut Arntzen: Zur Sprache kommen. Studien zur Literatur- und Sprachreflexion, zur deutschen Literatur und zum öffentlichen Sprachgebrauch. Münster 1983, S. 151–164.
Hugo Aust: Sprachspiele des Geldes. Ein Nestroysches Thema im Lichte Wittgensteins. In: Wirkendes Wort, 39. Jg. (1989), S. 357–371.
Hugo Aust: Gottes rote Tinte. Zur Rechtfertigung der Zensur in der Restaurationszeit. In: Nestroyana, 9. Jg. (1989), H. 1/2, S. 35–48.
Helmut Bachmaier, Gotthard Stängle: Johann Nepomuk Nestroy. Salzburg 1984.
Helmut Bachmaier: Die Parodie als Überbietung der Posse bei Nestroy (»Judith und Holofernes«). In: Der Deutschunterricht, 37. Jg. (1985), H. 6, S. 110–124.
Adolf Bäuerle: Director Carl. Roman und Wirklichkeit. Pest, Wien, Leipzig 1856.
Otto Basil: Johann Nestroy. Reinbek 1967.
Otto Forst de Battaglia: Johann Nestroy. Abschätzer der Menschen, Magier des Wortes. Leipzig 1932.
Otto Forst de Battaglia: Johann Nestroy. München 1962.
Eduard von Bauernfeld: Erinnerungen von Bauernfeld. Ferdinand Raimund und Johann Nestroy. In: Neue Freie Presse, 21. März 1877 (Morgenblatt).
Günter Berghaus: J. N. Nestroys Revolutionspossen im Rahmen des Gesamtwerks. Ein Beitrag zur Bestimmung von Nestroys Weltanschauung auf dem Hintergrund der österreichischen Sozialgeschichte des Vormärz (Dissertation). Berlin 1977.
Günter Berghaus: Quellen zu Nestroys Weltanschauung und Lebensphilosophie. In: Nestroyana, 4. Jg. (1982), H. 1, S. 3–24.
Klaus Boeckmann: Untersuchungen zu den Elementen des Komischen im Werk Nestroys. Ein Beitrag zur Phänomenologie der literarischen Komik und zur Poetik der Komödie (Dissertation). Hamburg 1970.
Günther Boege: Nestroy als Bearbeiter. Studien zu »Die verhängnisvolle Faschingsnacht«, »Der Unbedeutende« und »Judith und Holofernes« (Dissertation). Berlin 1968.
Peter Branscombe: Nestroy in Leipzig. Ein Beitrag zu seinem Gastspiel 1848, nebst einem unbekannten Augenzeugenbericht über »Freiheit in Krähwinkel«. In: Nestroyana, 14. Jg. (1994), H. 1/2, S. 32–39.
Siegfried Brill: Die Komödie der Sprache. Untersuchungen zum Werke Johann Nestroys (= Erlanger Beiträge zur Sprach- und Kunstwissenschaft, Bd. 28). Nürnberg 1967.

Max Bührmann: Johann Nepomuk Nestroys Parodien (Dissertation). Kiel 1933.
Aus dem Burgtheater. 1818–1837. Tagebuchblätter des weil. k.k. Hofschauspielers u. Regisseurs Carl Ludwig Costenoble. Hg. v. K. Glossy und J. Zeidler. Wien 1889.
Ursula Deck: Wenzel Scholz und das Alt-Wiener Volkstheater (Ein Beitrag zur Geschichte der Wiener Volkskomik) (Dissertation). Wien 1968.
Siegfried Diehl: Zauberei und Satire im Frühwerk Nestroys (= Frankfurter Beiträge zur Germanistik, Bd. 9). Bad Homburg, Berlin, Zürich 1969.
Susan Doering: Schnipfer oder Dichter? Zur Frage der Vorlagenbearbeitung bei Johann Nestroy. In: Jean-Marie Valentin (Hg.): Das österreichische Volkstheater im europäischen Zusammenhang 1830–1880. Bern, Frankfurt/Main, New York, Paris 1988, S. 55–70.
Susan Doering: Der wienerische Europäer. Johann Nestroy und die Vorlagen seiner Stücke (= Literatur aus Bayern und Österreich, Literarhistorische Studien, Bd. V). München 1992.
Alois Eder: »Die geistige Kraft der Gemeinheit.« Zur Sozialgeschichte der Rezeption Nestroys. In: Jürgen Hein (Hg.): Theater und Gesellschaft. Das Volksstück im 19. und 20. Jahrhundert (= Literatur in der Gesellschaft, Bd. 12). Düsseldorf 1973, S. 133–153.
Eugen Eiserle: Johann Nestroy. In: Der Zwischen-Akt, Wien, 2. Juni 1862.
Leopold Federmair: Der politische Nestroy. In: Nestroyana, 2. Jg. (1980), H. 3/4, S. 94–108.
Ernst Fischer: Johann Nestroy. In: Ernst Fischer: Von Grillparzer zu Kafka. Sechs Essays. Wien 1962, S. 125–207.
Egon Friedell: Kulturgeschichte der Neuzeit. Die Krisis der europäischen Seele von der schwarzen Pest bis zum Ersten Weltkrieg. Ungekürzte Sonderausgabe in einem Band, München 1969 (erste Ausgabe in drei Bänden 1927–1931), S. 1105.
Franz Gämmerler: Theater-Director Carl, sein Leben und sein Wirken. Wien 1854.
Norbert Geldner: Der politische Nestroy – Ein Nachtrag. In: Nestroyana 3. Jg. (1981), H. 1, S. 14–19.
Karl Gladt: Die Handschriften Johann Nestroys. Graz, Wien, Köln 1967.
Carl Glossy: Zur Geschichte der Wiener Theatercensur I. In: Jahrbuch der Grillparzer-Gesellschaft, 7. Jg. (1897), S. 238–340.
Karl Glossy: Zur Geschichte der Theater Wiens. II. (1821–1830). Zürich, Leipzig, Wien 1920.
Karl Glossy: Zur Geschichte der Theater Wiens. III. (1831–1840). In: Jahrbuch der Grillparzer-Gesellschaft, 30. Jg., S. 1–152.
Ludwig Gottsleben: 50 Jahre Komiker! Wien 1910.

Karl Gutzkow: Reiseeindrücke aus Deutschland, der Schweiz, Holland und Italien (1832–1873) (= Gesammelte Werke. Jena [2]1873–1878, Erste Serie, Elfter Band).
Franz Hadamowksy: Das Carltheater unter der Direktion Johann Nestroys. In: Jahrbuch der österreichischen Leo-Gesellschaft 1926, S. 193–241.
Franz Hadamowsky: Ein Jahrhundert Literatur- und Theaterzensur in Österreich (1751–1848). In: Die österreichische Literatur. Ihr Profil an der Wende vom 18. zum 19. Jahrhundert (1750–1830). Hg. v. Herbert Zeman. Graz 1979, S. 289–305.
Bruno Hampel: Die Familie Nestroy und die Sippe der Gattin des Dichters. In: Monatsblatt der heraldischen Gesellschaft »Adler«, Nr. 571/572 (Juli/August 1928) (= X. Band, Nr. 31/32), S. 369–387, hier S. 369.
Bruno Hanemann: Johann Nestroy. Nihilistisches Welttheater und verflixter Kerl. Zum Ende der Wiener Komödie (= Abhandlungen zur Kunst-, Musik und Literaturwissenschaft, Bd. 215). Bonn 1977.
Jürgen Hein: Spiel und Satire in der Komödie Johann Nestroys (= Ars poetica. Texte und Studien zur Dichtungslehre und Dichtkunst, Studien, Band 11). Bad Homburg v.d.H., Berlin, Zürich 1970.
Jürgen Hein: Das Wiener Volkstheater. Raimund und Nestroy (= Erträge der Forschung, Bd. 100). Darmstadt 1978.
Jürgen Hein: Notizen zur Nestroy-Rezeption. In: Nestroyana, 2. Jg. (1980), H. 1, S. 3–11.
Jürgen Hein: Bild und Rolle des Theaters in Nestroys Werk. In: Nestroyana, 4. Jg. (1982), H. 3/4, S. 98–103.
Jürgen Hein (Hg.): Parodien des Wiener Volkstheaters. Stuttgart 1986.
Jürgen Hein: Nestroy und die Parodie auf dem Wiener Volkstheater. Mit einem unveröffentlichten Brief Nestroys. In: Nestroyana, 7. Jg. (1987), H. 1/2, S. 41–51.
Jürgen Hein: Nestroy als Klassiker? – Sein Verhältnis zu den »Klassikern«. In: Nestroyana, 7. Jg. (1987), H. 3/4, S. 77–92.
Jürgen Hein: Nestroy in Amsterdam. In: Nestroyana, 8. Jg. (1988), H. 3/4, S. 53–70.
Jürgen Hein: Johann Nestroy (= Sammlung Metzler, Bd. 258). Stuttgart 1990.
Jürgen Hein, W. Edgar Yates: Ein Bericht aus dem Jahr 1943 über das Ensemble des Theaters an der Wien. Nebst Nachträgen zu den Bänden Stücke 19 und Stücke 20 der HKA. In: Nestroyana, 19. Jg. (1999), H. 3/4, S. 119–137.
Wolfgang Herles: Nestroy im Norden. Anmerkungen zur Wirkungsgeschichte. In: Jürgen Hein (Hg.): Theater und Gesellschaft. Das Volksstück im 19. und 20. Jahrhundert. (= Literatur in der Gesellschaft, Bd. 12). Düsseldorf 1973, S. 155–159.

Helmut Herles: Nestroy und die Zensur. In: Jürgen Hein (Hg.): Theater und Gesellschaft. Das Volksstück im 19. und 20. Jahrhundert (= Literatur in der Gesellschaft, Bd. 12). Düsseldorf 1973, S. 121–132.
Helmut Herles: Nestroy im Norden. In: Jürgen Hein (Hg.): Theater und Gesellschaft. Das Volksstück im 19. und 20. Jahrhundert (= Literatur in der Gesellschaft, Bd. 12). Düsseldorf 1973, S. 155–159.
Helmut Herles: Nestroys Komödie »Der Talisman«. Von der ersten Notiz zum vollendeten Werk. München 1974.
Ansgar Hillach: Die Dramatisierung des komischen Dialogs. Figur und Rolle bei Nestroy. München 1967.
Karl von Holtei: Vierzig Jahre, 8 Bde. Breslau ^{2}1859, Bd. 5 (erstmals Berlin 1843–1850).
Johann Hüttner: Johann Nestroy im Theaterbetrieb seiner Zeit. In: Maske und Kothurn, 23. Jg. (1977), S. 233–243.
Johann Hüttner: Machte sich Nestroy bezahlt? In: Nestroyana, 1. Jg. (1979), H. 1/2, S. 2–15.
Johann Hüttner: Einnahmen des Leopoldstädter bzw. Interims bzw. Carl-Theaters. In: Nestroyana, 1. Jg. (1979), H. 1/2, S. 16–25.
Johann Hüttner: »Der Treulose« – ein Fall für die Nestroyforschung. In: Nestroyana, 2. Jg. (1980), H. 3/4, S. 61–71.
Johann Hüttner: Zensur ist nicht gleich Zensur. In: Nestroyana, 3. Jg. (1981), H. 1, S. 22–24.
Johann Hüttner: Das theatrale Umfeld Nestroys. In: Nestroyana, 3. Jg. (1981), H. 4, S. 140–155.
Johann Hüttner: Volk sucht sein Theater. Theater suchen ihr Publikum: Das Dilemma des Wiener Volkstheaters im zweiten Drittel des 19. Jahrhunderts. In: Jean-Marie Valentin (Hg.): Das österreichische Volkstheater im europäischen Zusammenhang 1830–1880. Bern, Frankfurt/Main, New York, Paris 1988, S. 33–53.
Louise Adey Huish: Zur Geschichte von Nestroys Gastspielen: München berichtet über einen langersehnten Gast. In: Nestroyana, 12. Jg. (1992), H. 3/4, S. 102–115.
Herbert Hunger: Das Denken am Leitseil der Sprache. Johann Nestroys geniale wie auch banale Verfremdungen durch Neologismen. Wien 1999.
Kurt Kahl: Johann Nestroy oder Der wienerische Shakespeare. Wien, München, Zürich 1970.
Friedrich Kaiser: Hannswurst auf der Barrikade. Humoristischer Roman (= »Lustige Bibliothek«, Bd. 1). Wien 1850.
Friedrich Kaiser: Theater-Director Carl. Sein Leben und Wirken – in München und Wien, mit einer entwickelten Schilderung seines Charakters und seiner Stellung zur Volksbühne. Wien 1854.
Friedrich Kaiser: Wenzel Scholz. Ereignisse und Denkwürdigkeiten aus seinem Leben, nach seinen hinterlassenen Schriften und den Mittheilungen seiner Witwe. In: Morgen-Post, 14.–26., 28.–31. März, 1.–3., 6., 7., 9.–12., 14., 19. April 1858.

Friedrich Kaiser: Unter fünfzehn Theater-Direktoren. Bunte Bilder aus der Wiener Bühnenwelt. Wien 1870.
Karl Michael Kisler: Der Theater-Mayr. Aus den Biedermeiertagebüchern des Theatermalers Michael Mayr. Wien, Eisenstadt 1988.
Henk J. Koning: Dämonie und ihre Überwindung als Elemente vormärzlichen Eskapismus in Karl von Holteis Legende »Robert der Teufel« und Johann Nestroys Parodie »Robert der Teuxel«. In: Schlesien, 35. Jg. (1990), S. 166–177.
Karl Kraus: Nestroy und die Nachwelt. In: Die Fackel, Nr. 349/350 (13. Mai 1912), S. 1–23.
Karl Kraus: Nestroy und das Burgtheater. In: Die Fackel, Nr. 676–678, Januar 1925, S. 1–40.
Karl Kraus: Nestroy und die Nachwelt. Mit einem Nachwort von Hans Mayer. Frankfurt/M. 1975.
Karl Kraus: Theater der Dichtung. Nestroy / Zeitstrophen (= Karl Kraus: Schriften. Hg. v. Christian Wagenknecht, Bd. 14). Frankfurt/M. 1992.
Ernst Kreowski, Eduard Fuchs: Richard Wagner in der Karikatur. Berlin 1907.
Anton Langer: Am Sarge Nestroy's. In: Die Presse, 29. Mai 1862.
Erwin Leber: Johann Nestroy. Seine Bühnenlaufbahn. (Mit besonderer Berücksichtigung seiner Tätigkeit im Theater an der Wien und in der Leopoldstadt.) Ein Beitrag zur Wiener Theatergschichte. Wien 1928.
August Lewald's gesammelte Schriften, Vierter Band: Ein Menschenleben. Leipzig 1844.
Josef Lewinsky: Kleine Schriften dramaturgischen und theatergeschichtlichen Inhalts. Nach seinem Tode gesammelt und hg. v. Olga Lewinsky (= Schriften der Gesellschaft für Theatergeschichte, Bd. 14). Berlin 1910.
Leopold Liegler: Über die Unsicherheit bei der Schreibung wienerischer Texte. In: Alt-Wiener Kalender für das Jahr 1925, S. 155–166.
Leopold Liegler (Hg.): Johann Nestroy: Ausgewählte Werke, 3. Bändchen: Eine Wohnung ist zu vermieten in der Stadt. Ein Wohnung ist zu verlassen in der Vorstadt. Eine Wohnung mit Garten ist zu haben in Hietzing. Wien 1925.
Leopold Liegler: Johann Nestroy. Ein charakterologischer Versuch. In: Die Wage, 6. Jg., Nr. 1 (7. März 1925), S. 18–26.
Leopold Liegler: Häuptling Abendwind oder Das greuliche Festmahl. Operette in einem Aufzug von Johann Nestroy. Bearbeitet von Leopold Liegler. In: Der Pflug. Monatsschrift der Wiener Urania. September 1926, S. 3–42.
Leopold Liegler: Johann Nestroy. Ein Bild der Zeit und der Persönlichkeit. In: Die Freyung, Heft 1 (März 1930), S. 3–20.
Leopold Liegler: Der Witz bei Nestroy. In: Plan, 1. Jg., 1. Heft (Oktober 1945), S. 7–13.

Leopold Lindtberg: Nestroy gehört den Komödianten. In: Gustav Pichler (Hg.): Nestroy gehört den Komödianten. Salzburger Nestroy-Gespräche 1977. Wien 1978, S. 9–25.
Gerhard Magenheim: Nestroy und Bäuerle oder Die beinahe uneigennützige Dankbarkeit. In: Nestroyana, 15. Jg., (1995) H. 3/4, S. 93–95.
Walter Marinovic: Der Witz bei Nestroy (Dissertation). Wien 1951.
Franz H. Mautner: Nestroys Kunst und unsere Zeit. In: Jahrbuch der Deutschen Schillergesellschaft, 7. Jg. (1963), S. 383–415.
Franz H. Mautner: Nestroy. Heidelberg 1974.
Friedrich Arnold Mayer (Hg.): Aus den Papieren eines Wiener Verlegers 1858–1897. Persönliches, Literarisches, Theatralisches. Wien, Leipzig 1908.
John R. P. McKenzie: Nestroy's Political Plays. In: Viennese Popular Theatre: A Symposium. Das Wiener Volkstheater. Ein Symposium. Hg. v. W. E. Yates und John R. P. McKenzie. Exeter 1985, S. 123–138.
Moritz Necker: Johann Nestroy. Eine biographisch–kritische Skizze. In: Johann Nestroy's Gesammelte Werke. Hg. v. Vincenz Chiavacci und Ludwig Ganghofer, Zwölfter Band, Stuttgart 1891, S. 93–218.
Wolfgang Neuber: Nestroys Rhetorik (Dissertation). Wien 1980.
Wolfgang Neuber: Nestroys Rhetorik. Wirkungspoetik und Altwiener Volkskomödie im 19. Jahrhundert (= Abhandlungen zur Kunst-, Musik- und Literaturwissenschaft, Bd. 373). Bonn 1987.
Wolfgang Neuber: Stumme Rhetorik: Sprachlose Wirkungsstrategien in Nestroys Possen »Der Talisman« und »Einen Jux will er sich machen«. In: Gerald Stieg, Jean-Marie Valentin (Hg.): Johann Nestroy 1801–1862. Vision du monde et écriture dramatique. Actes du colloque international Paris 1991. Publications de l'Institut d'Allemand d'Asnières 1991, S. 101–108.
Walter Obermaier: Johann Nestroys »Häuptling Abendwind« – Offenbachrezeption und satirisches Element. In: Nestroyana, 5. Jg. (1983/84), H. 3/4, S. 49–58.
Walter Obermaier: Neue Einblicke in Nestroys Biographie. I. Die Gastspielreisen 1834 bis 1836. In: Nestroyana, 6. Jg. (1984/85), H. 1/2, S. 42–50.
Walter Obermaier: Nestroy und Ernst Stainhauser. In: Viennese Popular Theatre: A Symposium. Das Wiener Volkstheater. Ein Symposium. Hg. v. W. E. Yates und John R. P. McKenzie. Exeter 1985, S. 41–54.
Walter Obermaier: Der Einfluß des französischen Theaters auf den Spielplan der Wiener Vorstadtbühnen in den 50er Jahren des 19. Jahrhunderts, inbesondere die Offenbachrezeption Nestroys. In: Jean Marie Valentin (Hg.): Das österreichische Volkstheater im europäischen Zusammenhang 1830–1880. Bern, Frankfurt/Main, New York, Paris 1988, S. 133–153.

Walter Obermaier: Nestroy und die Presse. In: Gerald Stieg, Jean-Marie Valentin (Hg.): Johann Nestroy 1801–1862. Vision du monde et écriture dramatique. Actes du colloque international Paris 1991. Publications de l'Institut d'Allemand d'Asnières 1991, S. 109–118.

Walter Obermaier: »Da setzt mancher oft noch sein letzt's bissel Geld, glaubt, einmal muß's einschlag'n, und alleweil is's g'fehlt« – Glück und Glücksspiel bei Nestroy. In: Nestroyana, 15. Jg. (1995), H. 1/2, S. 26–44.

Alfred Orel: Opernsänger Johann Nestroy. In: Jahrbuch des Vereines für Geschichte der Stadt Wien, Bd. 14 (1958), S. 94–113.

Richard R. Pokorny: Johann Nestroy. In: Zeitschrift für Menschenkunde und Zentralblatt für Graphologie, 26. Jg. (1962), S. 270–277.

Rio Preisner: Johann Nepomuk Nestroy. Der Schöpfer der tragischen Posse. München 1968.

Eva Reichmann: Nestroys konservatives Gesellschaftskonzept. In: Nestroyana, 13. Jg. (1993), H. 1/2, S. 69–74.

Eva Reichmann: Konservative Inhalte in den Theaterstücken Johann Nestroys. Würzburg 1995 (= Epistemata. Würzburger Wissenschaftliche Schriften, Reihe Literaturwissenschaft, Bd. 158).

Barbara Rett: Johann Nestroy und die bürgerliche Revolution (Dissertation). Innsbruck 1978.

Gottfried Riedl (Hg.): Nestroy. Bilder aus einem Theaterleben. Wien 1988.

Otto Rommel: Johann Nestroy. Ein Beitrag zur Geschichte der Wiener Volkskomik (= Johann Nestroy. Sämtliche Werke. Historisch-kritische Gesamtausgabe. Hg. v. Fritz Brukner und Otto Rommel, Band 15). Wien 1930.

Otto Rommel: Die großen Figuren der Alt-Wiener Volkskomödie. Hanswurst, Kasperl, Thaddädl und Staberl, Raimund und Nestroy. Wien 1946.

Otto Rommel: Die Alt-Wiener Volkskomödie. Ihre Geschichte vom barocken Welt-Theater bis zum Tode Nestroys. Wien 1952.

Karl Rosner (Hg.): Schatten aus dem alten Wien. Erinnerungen von Leopold Rosner. Berlin 1910.

Leopold Rosner: Nestroyana: In: Wiener Tagblatt, 6. Dezember 1890.

Leopold Rosner: Nestroy's Freundin. In: Illustrirtes Wiener Extrablatt, 11. Juli 1893.

Leopold Rosner: Zur Geschichte des Leopoldstädter Theaters I. In: Illustrirtes Wiener Extrablatt, 25. September 1895.

Leopold Rosner: Zur Geschichte des Leopoldstädter Theaters II. Director Carl im alten Hause. In: Illustrirtes Wiener Extrablatt, 28. September 1895.

Leopold Rosner: Zur Geschichte des Leopoldstädter Theaters III. Die Renovirung. Das Odeon. Die Eröffnung des neuen Hauses. In: Illustrirtes Wiener Extrablatt, 6. Oktober 1895.

Leopold Rosner: Zur Geschichte des Leopoldstädter Theaters IV. Das Jahr 1848. In: Illustrirtes Wiener Extrablatt, 10. Oktober 1895.
Leopold Rosner: Zur Geschichte des Leopoldstädter Theaters V. Bis zum Herbste 1849. In: Illustrirtes Wiener Extrablatt, 12. Oktober 1895.
Leopold Rosner: Zur Geschichte des Leopoldstädter Theaters VI. Bis zu Carl's Tode. In: Illustrirtes Wiener Extrablatt, 24. Oktober 1895.
Leopold Rosner: Das Carltheater unter Nestroy I. In: Illustrirtes Wiener Extrablatt, 27. Oktober 1895.
Leopold Rosner: Das Carltheater unter Nestroy II. Wie Director Nestroy regiert. In: Illustrirtes Wiener Extrablatt, 3. November 1895.
Leopold Rosner: Das Carltheater unter Nestroy III. Nachklänge an Levassor. »Tannhäuser.« Berühmte Gäste. In: Illustrirtes Wiener Extrablatt, 11. November 1895.
Leopold Rosner: Das Carltheater unter Nestroy IV. Offenbach's Operetten. – Die letzte Saison. In: Illustrirtes Wiener Extrablatt, 17. November 1895.
Leopold Rosner: Das Carltheater unter Nestroy V. Administratives. In: Illustrirtes Wiener Extrablatt, 13. Dezember 1895.
Leopold Rosner: Fünfzig Jahre Carl-Theater (1847–1897). Ein Rückblick. Wien 1897.
Leopold Rosner: Persönliche Erinnerungen an Nestroy. In: Neues Wiener Tagblatt, 7. Dezember 1901.
Richard Schaukal: Nestroy der Österreicher. In: Wiener Zeitung, 10. September 1929.
Sigurd Paul Scheichl: Schlummer und Roßschlaf. Beobachtungen zum Stilbruch bei Nestroy. In: Gerald Stieg, Jean-Marie Valentin (Hg.): Johann Nestroy 1801–1862. Vision du monde et écriture dramatique. Actes du colloque international Paris 1991. Publications de l'Institut d'Allemand d'Asnières 1991, S. 119–130.
Gerhard Scheit: Der fröhliche Antisemitismus. Nestroy in der Unterwelt. In: Gerhard Scheit: Hanswurst und der Staat. Eine kleine Geschichte der Komik: Von Mozart bis Thomas Bernhard. Wien 1995, S. 117–150.
Paul Schick: Der Satiriker und der Tod. Versuch einer typologischen Deutung. In: Festschrift zum hundertjährigen Bestehen der Wiener Stadtbibliothek 1856–1956 (= Wiener Schriften, Heft 4). Wien 1956, S. 200–231.
Friedrich Schlögl: Johann Nestroy. In: Vom Wiener Volkstheater. Erinnerungen und Aufzeichnungen von Friedrich Schlögl. Wien, Teschen 1884, S. 144–153.
Girid und Walter Schlögl: Nestroy im Ausweichquartier. In: Nestroyana, 19. Jg. (1999), H. 1/2, S. 20–25.
Wendelin Schmidt-Dengler: Die beschädigte Allegorie. Anmerkungen zur Literatursprache in Österreich im allgemeinen und zu Johann Nestroy im besonderen. In: Gerald Stieg, Jean-Marie Valentin (Hg.): Johann Nestroy 1801–1862. Vision du monde et écriture dramatique.

Actes du colloque international Paris 1991. Publications de l'Institut d'Allemand d'Asnières 1991, S. 131–142.
F. Sch. [Stephan Schütze]: Johann Nestroy. In: Neue Freie Presse, 16. Juni 1899 und 17. Juni 1899.
Friedrich von Schwarzenberg: Aus dem Wanderbuche eines verabschiedeten Lanzknechtes. Wien 1844.
Karl Seidl: Die Sprache Nestroys (Dissertation). Wien 1933.
Ignaz Seidlitz: Die Poesie und die Poeten in Österreich im Jahre 1836. 2 Bde. Grimma 1837.
Ferdinand Ritter von Seyfried: Rückschau in das Theaterleben Wiens seit den letzten fünfzig Jahren. Wien 1864.
Hans Sittenberger: Johann Nestroy. In: Grillparzer-Jahrbuch, 11. Jg., (1901), S. 125–164.
Ludwig Speidel: Johann Nestroy. In: Derselbe: Persönlichkeiten. Biographisch-literarische Essays (= Ludwig Speidels Schriften, Erster Band). Berlin 1910, S. 128–135.
Gerald Stieg: Ist Nestroy ein Wiener Dialektdichter? In: Gerald Stieg, Jean-Marie Valentin (Hg.): Johann Nestroy 1801–1862. Vision du monde et écriture dramatique. Actes du colloque international Paris 1991. Publications de l'Institut d'Allemand d'Asnières 1991, S. 157–164.
Hauke Stroszek: Der Millionist und die Milich. Zur Motivik in Johann Nestroys »Der Zerrissene«. In: Nestroyana, 8. Jg. (1988), H. 3/4, S. 74–85.
Hauke Stroszek: Heilsthematik in der Posse. Über Johann Nestroys »Der Talisman«. Aachen 1990.
Rainer Theobald: »Kolossalstil im Komischen« – Nestroys erstes Prager Gastspiel im Spiegel der Kritik. In: Nestroyana, 12. Jg. (1992), H. 3/4, S. 87–101.
Friedrich Uhl: Johann Nestroy. In: Der Botschafter, 1. Juni 1862.
Friedrich Uhl: Aus meinem Leben. Stuttgart, Berlin 1908.
Jean Marie Valentin (Hg.): Das österreichische Volkstheater im europäischen Zusammenhang 1830–1880. Bern, Frankfurt/Main, New York, Paris 1988.
Friedrich Theodor Vischer: Kritische Gänge. Neue Folge. Erstes Heft: Eine Reise. Stuttgart 1860.
Gerrit Waidelich: Dokumente zu Nestroys Amsterdamer Engagement in Korrespondenzberichten über das dortige deutsche Theater. In: Nestroyana, 17. Jg. (1997), H. 1/2, S. 24–38.
Friedrich Walla: Untersuchungen zur dramatischen Technik Johann Nestroys (Dissertation). Wien 1969
Friedrich Walla: Parodie, parodistisches Seitenstück, Singspiel? In: Nestroyana, 5. Jg. (1983/84), H. 3/4, S. 66–74.
Friedrich Walla: Johann Nestroy und die Zensur. Krokodil am Geistesstrom oder Die jüngere Schwester der Inquisition. In: Nestroyana, 9. Jg. (1989), H. 1/2, S. 22–34.

Friedrich Walla: Die Theaterzensur am Beispiel des Lumpacivagabundus. In: Vom schaffenden zum edierten Nestroy. Beiträge zum Nestroy-Symposium im Rahmen der Wiener Vorlesungen 28.–29. Oktober 1992. Hg. v. W. Edgar Yates (= Wiener Vorlesungen. Konversatorien und Studien, Band 3. Hg. von der Kulturabteilung der Stadt Wien). Wien 1994, S. 45–68.

Franz Wallner: Aus dem Tagebuche des alten Komödianten. Leipzig 1845.

Franz Wallner: Rückblicke auf meine theatralische Laufbahn und meine Erlebnisse an und ausser der Bühne. Berlin 1864.

Franz Wallner: Bilderschau in meinem Zimmer. Erinnerungsblätter von Franz Wallner. In: Die Gartenlaube. Illustrirtes Familienblatt. 1866, Nr. 11, S 173–175.

Franz Wallner: Aus der Theaterwelt. Berlin 1870.

F.C. Weidmann: Wenzel Scholz. Wien 1857.

Hans Weigel: Johann Nestroy oder Die Flucht in die Vorstadt. In: Hans Weigel: Flucht vor der Größe. Beiträge zur Erkenntnis und Selbsterkenntnis Österreichs. Wien 1960, S. 73–100.

Hans Weigel: Johann Nestroy. Velber 1967.

Otto Welte-Möller: Erinnerungen an Nestroy. Nach persönlichen Mitteilungen Gottslebens. In: Tagespost (Graz), Morgenblatt, Sonntag, 19. Mai 1912.

Erik G. Wickenburg: Beitrag zu Nestroys Charakterbild. In: Erik G. Wickenburg: Barock und Kaiserschmarrn. München 1961, S. 413–417.

Franz Wiest: Geist, Witz und Satyre in Vorlesungen, Phantasiestücken, Humoresken, Aquarellen und Skizzen. Leipzig 1847.

Susan Wimmer: Vorlagenbearbeitung. Studien zur Wiener Komödie 1800–1860 mit besonderer Berücksichtigung des Schaffens von Johann Nestroy (Dissertation). Wien 1984.

A. v. Wurzbach: Nestroy. In: Dr. Joh. Nep. Vogl's Volks-Kalender für das Jahr 1870. Wien 1869, S. 139–155.

Constant von Wurzbach: Nestroy, Johann. In: Biographisches Lexikon des Kaiserthums Oesterreich, Zwanzigster Theil. Wien 1869, S. 204–225.

W. Edgar Yates: Nestroy. Satire and Parody in Viennese Popular Comedy. Cambridge 1972.

W. Edgar Yates: Kriterien der Nestroyrezeption 1837–1838. In: Nestroyana, 5. Jg. (1983/84), H. 1/2, S. 3–11.

W. Edgar Yates: Nestroy und die Rezensenten. In: Nestroyana, 7. Jg. (1987), H. 1/2, S. 28–40.

W. Edgar Yates: »Die Sache hat bereits ein fröhliches Ende erreicht!« Nestroy und das Happy End. In: Jean-Marie Valentin (Hg.): Das österreichische Volkstheater im europäischen Zusammenhang 1830–1880. Bern, Frankfurt/Main, New York, Paris 1988, S. 71–86.

W. Edgar Yates: Das Werden eines Nestroystücks. In: Viennese Popular Theatre: A Symposium. Das Wiener Volkstheater. Ein Symposion. Hg. v. W.E. Yates und John R.P. McKenzie. Exeter 1985, S. 55–66.

W. Edgar Yates: Aus der Werkstatt eines »schreibelustigen« Genies. Zu Nestroys Bearbeitung englischer Vorlagen. In: In: Gerald Stieg, Jean-Marie Valentin (Hg.): Johann Nestroy 1801–1862. Vision du monde et écriture dramatique. Actes du colloque international Paris 1991. Publications de l'Institut d'Allemand d'Asnières 1991, S. 165–176.

W. Edgar Yates: Verfluchtes Reisen: Reisen als Flucht. In: Nestroyana, 13. Jg. (1993), H. 3/4, S. 110–120.

W. Edgar Yates: Nestroy and the Critics (= Studies in German Literature, Linguistics, and Culture. Literary Criticism in Perspective). Columbia 1994.

W. Edgar Yates: Nestroy und Bauernfeld. In: Nestroyana, 14. Jg. (1994), H. 1/2, S. 11–22.

W. Edgar Yates: Das Werden eines (edierten) Nestroy-Textes. In: Vom schaffenden zum edierten Nestroy. Beiträge zum Nestroy-Symposium im Rahmen der Wiener Vorlesungen 28.–29. Oktober 1992. Hg. v. W. Edgar Yates (= Wiener Vorlesungen. Konversatorien und Studien, Band 3. Hg. von der Kulturabteilung der Stadt Wien). Wien 1994, S. 11–30.

W. Edgar Yates: Nestroys Kollektaneen. In: »Verbergendes Enthüllen« – Zu Theorie und Kunst dichterischen Verkleidens. Festschrift für Martin Stern. Hg. v. Wolfram Malte Fues und Wolfram Mauser. Würzburg 1995, S. 241–250.

Personenregister

Bildnachweis

Umschlag: Nestroy als Schauspieler Pitzl in der Posse »Umsonst«, 1861. Photographiert von Hermann Klee. Mit freundlicher Genehmigung von Reinhard Urbach

S. 7 (Johann Nestroy, photographiert von Ludwig Angerer, 1861), 21, 35, 57: Österreichisches Theatermuseum

Die zwölf Rollenbilder nahm Hermann Klee 1861 auf. Ergänzt um ein Privatphoto, erschienen sie 1861 in Leporelloform (Visitenkartenformat) als »Nestroy-Album« im Verlag von L.T. Neumann. S. 69, 94, 109, 117, 132, 151, 173, 190, 210, 232, 243, 261: Mit freundlicher Genehmigung von Reinhard Urbach